D1720023

BORDERLINE

Niveau 0 :
La Caverne

Zoë Hababou fait partie de ces écrivains-voyageurs qu'on a plus de chances de croiser au bord d'une route d'Amérique Latine qu'à une séance de dédicaces. Licenciée de philosophie et fascinée par le phénomène de la conscience, c'est finalement au Pérou qu'elle trouvera sa voie, initiée à l'Ayahuasca par un chaman shipibo aujourd'hui disparu. Cet homme lui enseignera les secrets de cette médecine hautement psychotrope, que son rôle d'artiste visionnaire la pousse à révéler dans sa saga *Borderline*.

Elle tient aussi un blog dédié à l'art, au voyage et au chamanisme qu'elle alimente avec passion depuis l'autre bout du monde : www.lecoindesdesperados.com

*À ma mère,
qui n'a jamais voulu faire de moi autre chose
que ce que je suis.*

Mourir en les haïssant, c'était ça la liberté.

George Orwell, *1984*

On m'a fait quelque chose. Je sais pas ce qu'on m'a fait, mais y a un truc qu'est pas normal.

— *Tu m'entends, Travis ?*

J'essaye de répondre, tente en vain de remuer la bouche, mais c'est à peine si je la sens, tout comme le reste de mon visage, d'ailleurs. Tout est lointain, engourdi, fuyant, comme si je me trouvais six pieds sous l'eau. Mais qu'est-ce qu'on m'a fait, putain ?...

— *Je sais que tu ne peux pas me répondre. Et je sais aussi que tu m'entends.*

Cette paralysie a quelque chose d'horripilant, de fondamentalement ignoble et odieux. Une partie de mon esprit se débat et rue dans les brancards, hurle comme une folle pour démontrer son existence, mais le mur de glace dans lequel elle est prisonnière est inébranlable. De toute manière je sens bien qu'il s'agit que d'une infime portion de lui et rien d'autre. Tout le reste du cerveau est assommé, à l'instar de ce corps inerte au sein duquel je suis emmuré comme si c'était la peau d'un autre.

— *La dépersonnalisation, ça te dit quelque chose ?*

Aucune réponse, fatalement.

— *Une sorte de blocage, qui peut avoir des ramifications plus ou moins profondes. Mais rien que l'hypnose ne puisse identifier et permettre de lever.*

Dépersonnalisation ? Hypnose... Spade ?

— *Il faut savoir faire la différence entre refus et incapacité. Les instructeurs, tu te doutes bien que bon... Dans un sens, c'est aussi pour ça que je suis ici. Quand une recrue commence à se comporter bizarrement, c'est à moi qu'on l'envoie, histoire que je vérifie ce qui est réel et ce qui est simulé. Évidemment, ils tardent toujours un peu à le faire, mais ça fait partie du jeu.*

Je le sens qui s'approche. Il y a comme un déplacement d'air à côté de moi.

— Tu n'as rien à craindre, Travis. Je n'ai pas l'intention de te glisser des choses dans le cerveau. Moi ce qui m'intéresse, c'est ce qui s'y trouve déjà.

Il me semble qu'il marche, qu'il évolue dans la pièce. Je peux presque le visualiser dans sa longue blouse blanche, tel un fantôme.

— Mais pour ça il faut parvenir à forcer le sas de sécurité. C'est là que l'hypnose intervient. Et c'est la manière la plus douce de le faire. Avec ce genre de mécanisme psychologique, il faut faire attention : trop de force brute, trop d'empressement, et c'est tout le système qui en pâtit. Autant te dire que les dommages peuvent être irrémédiables. Surtout après le choc primordial de la scission que représente la dépersonnalisation.

On dirait qu'il peut sentir ma surprise, et ma peur, depuis le coma où je me tiens.

— Le mot est sévère, mais en réalité ça n'a rien de si extrême ou définitif. Et c'est encore la meilleure option qu'un esprit peut choisir face à un traumatisme. À ta place, je me sentirais reconnaissant qu'il ait élu celle-là et non l'autre. C'est-à-dire, la chute pure et simple dans la folie. Oui, je sais que pour toi ce terme de folie n'a pas de sens, même pas un sens générique, mais peu importe comment on l'appelle. L'esprit peut véritablement chuter, encore et encore, à jamais, sans plus pouvoir ou vouloir rencontrer de prise pour stopper ou ralentir le processus. C'est ça, que moi j'appelle la folie.

Un silence.

— Pour le coup, ça constitue une perte d'identité bien pire que la dépersonnalisation. Mais les psy aiment utiliser des mots *pompeux pour tout, jusqu'au moindre trouble bénin. Les philosophes aussi, d'ailleurs.*

Je le sens tout près de mon oreille quand il chuchote :

— Mais il y a des méthodes bien plus efficaces pour parvenir à ça. Et crois-moi, dans ces cas-là, ce genre de vulgaire petit dédoublement ne sert strictement à rien.

Quelle impression étrange d'écouter toutes ces horreurs alors qu'on est paralysé en soi-même. Jamais j'aurais cru que l'hypnose était véritablement capable de ça, d'induire cette tétanie de l'esprit et du corps, tout en maintenant la conscience en état de marche.

— Certaines choses coûtent cher d'un point de vue moral, surtout pour quelqu'un comme toi, qui se noie dans ses principes. Concilier obéissance et préservation de son identité, ou du moins, repères identitaires, n'est pas chose aisée ici, pas vrai ? Et parfois, le seul moyen de continuer à exister au sein de cette dichotomie est de se dédoubler, dirons-nous. Une partie de l'esprit se soumet, tandis que l'autre, gardienne de l'identité, se rétracte, se bâillonne et se cloître loin, très loin dans les tréfonds de la personnalité. Un lieu obscur où il faut aller la récupérer, grâce à l'hypnose par exemple. C'est ça qui t'est arrivé.

Mais qu'est-ce qu'il dit ?...

— Mais comme je te le disais, tout ça n'est rien, vraiment, comparé au stade ultérieur du processus. La véritable perte de l'identité. Le renoncement à elle. Il n'y a pas tant de choses à en dire, en fait. Cela advient quand la subjectivité elle-même est atteinte. Qu'une nouvelle logique s'implante en elle, qu'elle épouse celle de son agresseur au point que sa compréhension et même son appréhension de la réalité en soient parfaitement transformées. Mais il est vrai que la méthode pour parvenir à ça

13

n'est pas la même que celle que Fletcher a employée avec vous.

Est-ce qu'il est en train de me dire que tout était calculé, comme… programmé ? Et que lui et Fletcher pourraient facilement me faire plonger dans la démence rien qu'en claquant des doigts ?

Il semble entendre ma question silencieuse parce qu'il reprend :

— Je ne peux pas dire si Fletcher savait exactement ce qu'il faisait. Je dois reconnaître qu'il est assez fin psychologue, et qu'au niveau empirique il se situe bien au-delà de nombre de mes confrères psychiatres. Ça fait vingt ans qu'il fait ce métier, et il a vu passer un nombre de recrues effarant. Sans s'être jamais soucié de théorie, sa pratique en ce qui concerne le redressement de la personnalité frôle la perfection, son expérience en la matière est unique et stupéfiante, tu peux me croire. Moi-même suis loin d'être mauvais, mais cet homme-là m'a appris certaines choses que je n'aurais probablement jamais découvertes seul. Donc pour répondre à ta question, je pense qu'il savait ce qu'il faisait, oui, sans se le formuler aussi clairement que je suis en train de le faire pour toi.

J'ai furieusement envie de réagir, j'en sais rien, mugir, me débattre, chialer, mais tout ce genre de truc m'est parfaitement inaccessible.

— Et pour répondre à ta deuxième question, oui, je pourrais facilement faire vaciller ta raison au point de te faire sombrer dans la démence, et ça n'a d'ailleurs absolument rien d'un secret d'initié, c'est même la base primordiale de la manipulation mentale. On arrive à ce genre de résultat grâce à la parole, au moyen d'une sorte d'aveu, de confession.

Un rêve étrange et angoissant remonte en moi. Un rêve où il

est question du diable, d'une tombe, d'un contrat.

— Amener quelqu'un à se livrer, c'est le priver du secret de son intimité. Le fondement majeur de l'identité, c'est l'impénétrabilité de la pensée, donc rendre celle-ci transparente équivaut à dissoudre la personnalité de celui qui se confesse, qui dès lors ne peut plus se retrancher derrière le secret de son propre esprit. Et il le vit d'autant plus mal que c'est lui qui se livre, en parlant, en laissant s'échapper au travers des mots ce qu'il porte de plus secret, de plus précieux, de plus personnel en lui. Cela revient à offrir tout son être aux autres, à les autoriser à arracher et piétiner son propre esprit, en bref à offrir toute sa personne en pâture. Dès lors il n'existe plus de réelle démarcation entre soi et les autres, et à fortiori entre celui qui se confesse et ses agresseurs. Il ne sait plus qui il est. Il devient perméable à tout, transparent, sans défense. L'entrée dans la démence ne constitue alors plus qu'une formalité, car à ce stade de compromission, un Homme n'en est tout simplement plus un.

Confession. Ce mot résonne en moi, et fait encore une fois écho à ce rêve…

— Je sais ce que tu te demandes. La réponse est : tout.

Tout ?...

— Souviens-toi, dans 1984. Souviens-toi, quand il dit : Faites-le lui à elle.

Oui, je sais ce que ça veut dire. Je sais ce que signifie confesser toute sa personne. Je sais ce que c'est, le secret d'un Homme, cette chose à laquelle personne, personne au monde, ne doit toucher. Nous sommes toujours en 1984. À jamais.

— Il n'y a aucun moyen de sortir, Travis. Tu pactises avec la machine d'autant plus que tu penses t'en éloigner, comme dirait Chuck Palahniuk. Tu devrais le lire, celui-là.

Il murmure au creux de mon oreille, comme pour infiltrer ses paroles en plein centre de mon cerveau :

— En fuyant, tu ne fais que t'enfoncer encore plus loin dans ses rouages labyrinthiques. Tu essayes de jouer à un jeu dont tu ignores les règles, mais sache que ces règles ne te seront jamais, au grand jamais, connaissables. Le chemin que tu as choisi de suivre est extrêmement dangereux, et te mènera à la folie bien plus vite que toutes les tortures qu'on pourrait inventer ici. Si tu tiens à ta vie, tu dois cesser de creuser de ce côté-là. La chose que tu n'as pas comprise, c'est que chaque niveau du jeu n'est qu'un nouveau jeu. Tu n'es pas en train de t'élever vers la vérité, parce qu'une telle chose n'existe pas. Il n'y a que les différents masques de l'illusion, qu'elle ôte les uns après les autres en te faisant croire qu'un jour, tu pourras voir son vrai visage. Mais c'est faux. La vérité n'est pas derrière les masques de l'illusion. La vérité est l'illusion. Rien n'est caché, il n'y a rien à chercher, tout est là, déjà en face de toi.

Sa voix se vrille à l'intérieur de moi, pour y distiller son venin à jamais.

— Tu es en train de faire un rêve qui a été prévu pour toi, ni plus ni moins. Et plus tu iras loin dans le rêve, plus en profondeur dans la machine, plus le chemin du retour s'effacera au point de tout simplement ne plus exister.

Je m'étais procuré une arme, comme tout bon citoyen américain. J'avais mis une balle dans le barillet avant de le faire tourner, et je l'avais regardée l'air de dire : *Chiche ?*

Elle s'était direct emparée du flingue, une flamme de défi dans les yeux, et elle l'avait lentement approché de sa tempe. Elle avait dit :

— Si je devais mourir d'une balle dans la tête, je voudrais que ce soit ici et maintenant.

Et :

— La vie n'a que le prix qu'on lui accorde.

Elle avait abaissé le chien. Mon cœur sortait de ma poitrine. Son visage ruisselait de sueur. Ses yeux étaient transfigurés par la mort, et l'excitation. Et, sans me quitter des yeux, elle avait appuyé sur la détente. Ensuite ça avait été mon tour. Ce jour-là, le diable n'avait pas voulu de nous auprès de lui.

Et puis on avait fait l'amour, comme pour célébrer la vie. J'étais pas certain qu'on était pas morts.

On était étendus l'un près de l'autre dans le lit, trempés, essoufflés, époustouflés même. Pour une fois tout était parfaitement silencieux.

Je lui avais demandé :

— À quoi tu penses ?

Elle m'avait pas répondu tout de suite, et j'avais savouré son silence, quelques secondes, en imaginant des choses folles. Puis elle avait murmuré :

— Qu'est-ce qu'on fait après avoir joué avec la mort ?

Y avait qu'une seule réponse possible.

— Y nous reste plus qu'à jouer avec la vie.

Voilà comment on en est arrivés là.

* * *

Cette semaine-là a été assez cool. Wish avait rameuté quelques potes à lui, des vieux, des tout jeunes, et on s'y est tous mis pour refaire une santé à ma vieille guimbarde. Les mecs de ce bled étaient les rois de la récup'. Je dis pas que par moment je me suis pas effrayé de voir comment ils s'y prenaient pour rafistoler certaines pièces avec tout un tas de trucs pas imaginables, mais je me suis pas permis d'ouvrir ma gueule, étant donné que moi j'aurais pas fait mieux, surtout avec si peu de moyens. Et ça m'a rien coûté en plus, à part des soirées mémorables avec ces gars, et quelques packs de bière.

Wish avait décidé qu'on avait le droit de se mettre la race avant de commencer les choses sérieuses, comme il disait, et j'étais pas contre. On s'est biturés comme des perdus. Les mecs encaissaient vachement bien. Un soir ils m'ont fait goûter leur fameux mélange au citron vert, blanc d'œuf et débouche chiotte, et je me suis surpris à gerber mes tripes à l'arrière d'une grange, chose qui m'était pas arrivée depuis des lustres, enfin, je veux dire, rapport à l'alcool. C'est des moments dont je garde un putain de souvenir. Je me sentais bien avec ces types-là, à l'aise, bien plus qu'avec les trouducs de mon pays, en fait. Ils avaient la joie de vivre chevillée au corps, se fendaient la gueule pour un rien, et pas qu'un peu, et même si à 30 ans ils en paraissaient 50 à cause du dur boulot dans les champs, c'est pas ça qui les empêchait de se réjouir d'un rien.

Moi qu'étais pourtant qu'un pauvre cassoce, je me sentais comme un intellectuel snob et emmerdant avec un énorme balais dans le cul au milieu d'eux, farci de problèmes existentiels bidons, alors que franchement c'était pas à moi de me plaindre. Ceci dit, ça m'a pas pris longtemps non plus pour virer mon balais et me fendre la poire avec eux.

Wish, par contre, était souvent en retrait du groupe, à grattouiller sa guitare, à se rouler des joints, dans son monde. Parfois, il avait un soudain sursaut et se mettait à raconter des histoires incroyables, des récits où il était question d'OVNI ou d'esprits, des légendes du passé, en mimant tout ce qu'il évoquait avec les intonations appropriées, des mimiques ahurissantes, des bruitages et tout ce genre de truc, qui te faisaient carrément *vivre* ce qu'il te racontait. Je me souviens de cette histoire où lui et ses frangins étaient chez eux dans la jungle à se taper des bières un soir quand des lumières venues du ciel avaient soudain touché terre en explosant. Je me rappelle encore la manière qu'il a eu de gonfler les joues en regroupant ses poings contre son torse avant d'étendre les bras en rugissant pour symboliser la déflagration. Ce mec-là avait vraiment la faculté de te téléporter dans un autre monde avec ses histoires. De te faire comme *pénétrer* dans une autre dimension. Bon, faut reconnaître que l'ayahuasca et le san pedro et la ganja qu'on fumait en continu, conjugués à ces jours de fou que je venais de vivre dans les montagnes, m'avaient déjà pas mal retourné la tronche, au point que je sois limite trop ouvert, trop réceptif pour que mon cerveau arrive à gérer. Tout me touchait d'une façon très forte. Et toutes ces murges arrangeaient pas vraiment mon affaire.

Quelques fois, Alfredo nous rejoignait après la fermeture de son bar. Y avait quelque chose de singulier entre Wish et lui. Sans cette nouvelle ouverture, j'aurais sans doute rien remarqué, mais là ça me sautait carrément à la gueule. Quand leurs regards se croisaient, un courant très fort passait entre eux. Ils me faisaient irrésistiblement penser à deux mecs qu'auraient commis un meurtre ensemble, et qui seraient les seuls à le savoir. Deux types liés à jamais par un douloureux secret.

Cette relation qu'ils avaient attisait ma curiosité, d'autant plus qu'Alfredo était le seul avec qui Wish parlait vraiment, durant de longues conversations étouffées, comme en aparté de ce qui se passait dans la pièce. Alfredo semblait ressentir une sorte de tendresse envers Wish, tel un vieux père un peu ébloui par son fils original et capricieux. Il l'appelait *niño* et arrêtait pas de le taquiner, comme seul peut se permettre de le faire un ami de longue date. Un ami qu'on aurait même depuis plusieurs vies. Bizarrement, assister à leurs échanges me touchait beaucoup, et d'une manière ou d'une autre je me sentais chanceux d'être témoin de ça.

Un soir alors que Wish s'était mis à jouer de la flûte, Alfredo m'avait donné un coup de coude en le désignant de la tête et m'avait fait :

— C'est un vrai artiste, il joue avec feeling, pas vrai ?

Puis il s'était foutu à rire en se moquant de la dégaine de Wish, qui, faut bien le reconnaître, portait toujours des sapes improbables, des ceinturons qu'il fabriquait lui-même, des chemises peintes, et des espèces de bandanas aux couleurs rasta qu'il se nouait autour du crâne plus ou moins n'importe comment. Alfredo lui avait dit qu'il ressemblait à un *hombre lobo* avec ses oreilles pointues et ses dents acérées. Et c'est vrai que la ressemblance était frappante.

Moi aussi, je passais pas mal de temps à papoter avec Alfredo. Je l'aimais bien, ce type-là. Il ressemblait pas vraiment aux autres, qu'étaient tous des petits mecs bruns et râblés, avec une cage thoracique surdéveloppée, sans doute à cause de l'altitude. Il était plus blanc de peau, avec un visage pointu, des yeux tombants et des cheveux raides et longs qu'il maintenait en queue de cheval. Y avait quelque chose de tragique en lui. J'ai gardé cette image de lui dans la tête, au coin du feu, avec son vieux poncho sur les épaules, à tendre ses mains maigres vers la chaleur. Je me souviens que de le voir comme ça, ça m'avait donné envie de rire et de chialer en même temps. Moi aussi, en fait, j'avais l'impression de le connaître depuis longtemps. Il m'attendrissait, et me faisait de la peine. C'est pas qu'il était bête, mais il avait quand même l'air d'être assez faible, surtout envers les femmes, comme il me l'avait raconté en évoquant ses divorces. À le voir comme ça, on aurait dit une vieille souris, à se frotter les mains devant le feu, la goutte au nez. Une autre sorte de mutant esseulé sur les rives du monde, affublé de cet humour qui ne faisait rire que moi. D'ailleurs, il me l'avait dit :

— Qui c'est qui va encore rire à mes blagues quand tu seras parti ?

Et puis y avait aussi notre tabagie invétérée qui nous

rapprochait considérablement.

Je me souviens également de ce petit gars, Juan, qui devait pas avoir plus de 14 ans, même si c'est difficile d'en juger dans ce pays, avec les conditions de vie qu'ils ont. Il lui manquait déjà au moins trois dents, et il se tenait tout plié, le dos toujours voûté, mais je sais pas si c'était à cause du boulot, ou plutôt que ça symbolisait l'oppression constante qu'il subissait des autres. Une sorte de posture de soumission. Les mecs se foutaient de lui tout le temps, allègrement, il avait un peu le rôle du bouc émissaire et du larbin de service, d'autant plus qu'il était bien plus jeune que la moyenne du groupe, mais il préférait sans doute ça que d'être seul, alors il la ramenait pas, faisait semblant de rire quand il était pris pour cible, et obéissait à tout ce qu'on lui demandait. En plus, le pauvre, il cultivait un look vraiment surprenant vu le bled, les ongles peints en noir, les cheveux mi-punk mi-gothique, habillé tout en noir. Je me serais jamais attendu à trouver une mini réplique mansonnienne ici, je dois reconnaître. J'ignore ce que ça signifiait pour lui, mais il devait sans doute y tenir, vu les remarques incessantes que son style provoquait. Il avait sans doute plus de force de conviction qu'il voulait bien le laisser paraître à travers son comportement servile.

Il était très curieux, comme gars, et aussi très sensible, mais ça c'est deux qualités qu'ils avaient tous en commun, en fait. Ils m'ont posé plein de questions sur le pays d'où je venais, et avec un réel intérêt, pas juste pour être polis sans écouter la réponse, comme c'est le cas chez nous. Ils semblaient vraiment intéressés par la raison qui pouvait bien amener un gars comme moi chez eux. Et ça les rendait attendrissants, quand leurs réflexions témoignaient d'un véritable émerveillement pour la vie différente qu'y avait loin de chez eux. Ils passaient leur temps à s'esclaffer devant les bizarreries des américains, et leur façon de vivre qu'ils jugeaient comme pure folie. Ils se demandaient naïvement ce qu'ils pourraient bien foutre avec autant de pognon, des baraques énormes, deux voitures par foyer, en vivant dans ces villes tentaculaires où on connaissait même pas ses voisins. Ici, ils étaient tous voisins, et j'avais remarqué que quand ils s'interpellaient dans la rue ils se disaient toujours : *Holà vecino !*

C'était rafraîchissant, et le mot est faible.

Ça m'a fait du bien de passer du temps avec eux. Ça mettait vraiment en perspective la vie de fou qu'on avait, nous, les yankees. Bien que moi-même je fasse déjà pas partie de la moyenne.

Je commençais à me plaire vraiment dans ce bled. Mais la semaine est passée, la voiture était prête, il était temps d'y aller.

* * *

Cette réalité parallèle est de plus en plus aberrante. Même sans chercher à me référer à la vie "normale", ce qui se passe ici ne cesse de m'estomaquer.

Pourtant c'est devenu ma réalité, quelque chose qui devrait même plus me faire sourciller. J'ai dépassé le stade des scandales en tout cas. Faut bien avouer que Fletcher me tient par les couilles. Hors de question que Tyler subisse mes crises de nerfs. Bon après, c'est pas pour autant que je fais le chien-chien non plus, mais au stade où on en est, c'est presque devenu un jeu entre Fletcher et moi : je renâcle mollement, il me houspille nonchalamment, on se cherche vaguement. Mais c'est plus pour tromper l'ennui qu'autre chose. Ou bien une sorte de mode de communication par défaut, je sais pas.

Cette relation particulière qu'on a tous les deux me dispense quand même de certains trucs auxquels je pourrais jamais m'abaisser. Je comprends pas bien pourquoi d'ailleurs, mais il m'autorise à ne pas participer aux choses les plus viles qui se passent ici, comme quand les soldats nous encouragent, qu'est-ce que je dis, qu'ils nous forcent à coup de taloches à nous moquer de ceux qui galèrent durant les exercices. On est carrément *censés* se foutre de la gueule des mous, des faibles, des gros, des fatigués et des traumatisés. De ceux qui tirent la langue comme des malades pour accomplir les efforts physiques incessants qu'on nous demande. Va savoir pourquoi, quand un soldat s'approche de moi pour me foutre une torgnole et me gueuler dessus parce que je me moque pas assez fort (pas du tout, en fait), Fletcher l'écarte de moi d'un seul regard, et le soldat repart la queue entre les jambes, comme un chien fautif qui ignore de quoi.

Il doit avoir ses raisons, et j'ai plus l'énergie de chercher à les comprendre.

Il m'arrive d'ailleurs de plus en plus souvent d'être la cible de ces moqueries. Je passe trop de temps au mitard. Et le pire, c'est que j'ai même pas l'impression que c'est parce que Tyler fait des conneries de son côté. Il me semble que la raison se situe autre part.

Je sais pas si c'est réel ou si c'est juste dans ma tête, mais j'ai la sensation que mon corps s'atrophie. Il est maigre, rabougri, c'est vraiment pas beau à voir. Les exercices sont de plus en plus difficiles pour moi. Mais ceci dit ça me fait ni chaud ni froid quand les autres se foutent de ma gueule. J'attends que ça passe, c'est tout. Je chantonne dans ma tête. Cette fatigue qui me poursuit et me vide depuis mon arrivée a au moins le mérite d'arrondir les angles, et même, d'atténuer le monde. Je sais que ce qu'ils nous font subir, c'est un truc typique chez les Marines, et probablement dans tout entraînement militaire, mais putain on peut pas imaginer ce que c'est avant d'y être.

La privation de sommeil, quand ces connards décident soudain que ce serait sympa de te faire courir dehors jusqu'à minuit. Le réveil brutal à trois heures du mat' avec l'alarme qui gueule tellement fort que ça te donne envie de vomir, et te file une migraine carabinée pour le reste de la journée. Ces atrocités débiles qu'on doit chanter deux fois par jour à la levée et à la descente de ce bâtard de drapeau, tels les mantras lancinants et répétitifs d'une secte. Ces ordres absurdes qu'on nous inflige sans discontinuer et qui te font perdre tout sens commun, du genre, récurer les chiottes, et puis les resalir nous-mêmes, intentionnellement, en balançant de l'eau partout, pour les laver à nouveau. Ou nettoyer le parquet avec une saloperie de brosse à dents.

Avec cette putain de Ritaline pour parfaire le tableau, y a pas à dire, on est frais tous autant qu'on est. Une putain d'armée de zombies, c'est vraiment à ça qu'on ressemble avec nos gueules ratatinées de fatigue et nos pas aussi rigoureusement identiques que mollassons. Sans compter cet air perpétuellement effrayé qu'on revêt tous sans s'en rendre compte, telles ces victimes de l'abduction, qui pourront plus jamais paraître relax. Mais c'est arrivé à chacun d'entre nous, au moins une fois, d'être tiré du lit en plein milieu de la nuit pour être traîné au Bloc E sans le moindre avertissement.

Ils viennent toujours dans la nuit pour nous chercher. On sait jamais quand. Ce qui fait qu'on passe plus ou moins notre temps terrorisés. Et c'est franchement dur de trouver le sommeil quand tu sais pas si la nuit qui vient y vont pas venir pour aller t'emmerder un petit coup là-bas au E.

L'autre truc horrible, aussi, c'est le minutage. Tout, absolument tout, même les choses les plus insignifiantes, est chronométré. Tout est strict et réglementé à un point inimaginable, depuis le moment où ils te tirent du lit jusqu'au moment où tu te couches. C'est complètement obsessionnel à ce stade. Même pour chier et te brosser les dents t'as un temps imparti, et si tu le dépasses, bah franchement, tant pis pour toi. Pour peu que t'aies bouffé un truc un peu glauque et qu'y te faille plus de temps que d'habitude pour te torcher, c'est mort pour toi. Et tes congénères seront bien évidemment encouragés à se foutre de toi quand on te sortira des chiottes avec la merde au cul.

Cette discipline, cette espèce de code totalitaire instauré par eux, qui partage le monde en deux, entre ceux qui donnent les ordres et ceux qui obéissent, ceux qui se marrent et ceux qu'en chient. Ceux qui marchent... et ceux qui rampent. Cette absence totale d'intimité, voire même cette intrusion *dans* l'intimité, cette impossibilité de leur échapper, cet accès sans limite qu'ils ont à toi, tout ça fait que tu finis par te surveiller toi-même. Tu comptes dans ta tête, pour respecter scrupuleusement le temps dévolu à chaque tâche. Tu t'observes agir, persuadé que les autres sont en train d'évaluer le moindre de tes pas. Tu dors plus que d'un œil, de peur d'être surpris en plein rêve, en position de faiblesse. Tu parles plus. Tu regardes plus personne en face. Que tu le veuilles ou non, tu te transformes petit à petit en robot.

Mais une sorte particulière de robot. Une machine hantée par la paranoïa, qui tremble de peur d'être brutalement déconnectée parce qu'elle aurait sans le vouloir offert un motif à ses créateurs pour l'envoyer en révision au Bloc D ou E. Et la vérité, c'est qu'il est bien plus simple de se penser comme une machine que comme un Homme. De se défaire de cette personnalité qu'ils cherchent à anéantir par tous les moyens, plutôt que de s'y accrocher. Devenir cette sorte d'être humain générique, se laisser réduire à ce tronc commun universel, sans singularité, sans différenciation, et surtout sans espoir. Parce que sans ça, tu sais que le moindre résidu de volonté personnelle se fera dévorer.

Je crois que j'ai compris comment ils s'y prennent. Et c'est particulièrement vicelard. C'est sur le comportement qu'ils opèrent. C'est sur ça qu'ils concentrent tout leur pouvoir. En nous contraignant à fonctionner selon leur bon vouloir, leur volonté remonte jusqu'à notre cerveau, s'y incruste, et induit de nouvelles idées. Se voir soi-même *agir* d'une certaine façon, même lorsqu'il s'agit juste d'exécuter un ordre, semble posséder un impact profond sur la conscience, quelque chose qui laisse une empreinte, et qui continue à se répandre longtemps après que l'action en elle-même ait été oubliée.

Ça se métastase. Ça contamine. Ça ronge. Et à la longue, je crois bien que c'est tout le processus de pensée qui s'en trouve affecté.

C'est un truc nouveau pour moi. J'étais persuadé que chez l'Homme, tout venait de la tête. En réalité, pas du tout. Les idées ne sont pas aussi puissantes que je le pensais. Et on peut les atteindre et les modifier en passant par le canal du corps.

Je m'en rends bien compte, et s'il me restait assez d'esprit pour m'en faire, j'en serais même traumatisé, mais la vérité, c'est que ta raison se déforme. Ta tête se détraque. Tes pensées commencent à se mordre entre elles. Ce qu'ils appellent le bon, le sain, le propre, cette norme fabriquée de toute pièce, entre en toi. La peur et le piétinement permanent de ta personnalité, les privations de bouffe, de sommeil, l'exercice au-delà de ce que dans la vie ordinaire on nomme épuisement… Ouais, tout ça pervertit ton jugement, c'est le mécanisme même de la pensée qui est atteint, et leur logique tordue finit par s'infiltrer jusqu'aux tréfonds de ce que dans le temps tu appelais ta *personne*.

Dans le livre *Green River*, il y a cette phrase qui m'est restée : *Si la punition devait être proportionnée à l'offense, c'est dans ce cas que le pouvoir s'abâtardirait. Seul un pouvoir immense et disproportionné est susceptible de créer un climat de terreur et d'obéissance adéquat.*

Leur devise, *Scare Kids Straight*, redresser les gamins par la terreur, on peut dire qu'ils savent la mettre en application. Bien que parler de redressement me semble un peu exagéré. Ils nous écrasent, plutôt. On se fond même carrément dans le sol à force. Mais sans doute que pour eux, il s'agit d'une sorte d'élévation, depuis le délinquant jusqu'au membre intégré et productif de la société. Fletcher nous l'avait clairement dit à notre arrivée : le but de tout ça, c'est de rendre à cette putain de société des êtres qui lui sont *utiles*. C'est-à-dire des êtres qui ne portent plus en eux la moindre ambivalence, la moindre conflictualité face à ses injonctions et ses soi-disant "bonnes valeurs", et qui se contentent de se soumettre aveuglément à ses putains de normes de comportement et de consommation.

Une lobotomie consentie, oui. Un renoncement.

Et n'est-ce pas ce que Spade et Fletcher s'évertuent à nous demander depuis le commencement ?

* * *

On a eu aucun mal à le retrouver. Il habitait toujours au même endroit.

Il a mis du temps à venir ouvrir, on a dû frapper plein de fois avant que ça se remue dans l'appart. Il a eu comme un raté en captant que c'était nous, mais faut reconnaître qu'il était complètement défoncé, et ça se voyait qu'il avait du mal à garder les yeux en face des trous. Quand il a fini par réaliser qui on était, un grand sourire s'est peint sur son visage, et il a fait :

— Oh putain.

En même temps, il avait pas l'air plus surpris que ça.

— Vous vous êtes tirés ?

— Même pas.

— C'est pas croyable.

Il a secoué la tête comme s'il en revenait pas et il a dit :

— Alors, vous rentrez pas ?

La pièce était plongée dans l'obscurité et on a trébuché sur toutes les saletés qui traînaient partout avant de réussir à atteindre le canapé. Aucune trace de sa mère. Elle qui restait tout le temps scotchée devant la télé, ça m'a paru bizarre et j'étais sur le point de demander où elle était quand Tyler est venue près de moi et m'a serré la main avec insistance.

— Elle est morte, a déclaré Eliot.

On a pas su quoi dire. On savait pas ce que ça voulait dire d'aimer sa mère et de la perdre. Même si en l'occurrence la sienne n'était qu'une garce égoïste.

— Je préfère la savoir morte que dans l'état où elle était, toute façon.

— Ça a été chaud ? j'ai demandé.

— La fin a été plutôt rude, ouais.

— Désolée de pas avoir été là, a murmuré Tyler.

— Tu déconnes ou quoi ? Vous avez dû en chier assez de votre côté.

D'un geste, il a dégagé le canapé en envoyant valser tout ce qui traînait dessus, cartons de pizza, fringues douteuses, emballages de fast food et papiers poisseux de barres au chocolat. L'appart était un vrai foutoir et la table basse devant le canap échappait pas non plus au désastre. Toute sa surface était remplie de cendriers débordant de mégots, de boites de CD, de pochons en plastique soigneusement récurés de ce qu'ils avaient contenu, de cuillères pleines de suie et de tout ce qui constitue l'attirail du parfait junkie. Mais Eliot en avait visiblement rien à carrer.

— J'aurais jamais cru vous revoir de sitôt. Pour être honnête j'avais même déjà fait une croix sur vous. Comment ils ont pu vous laisser sortir ? Je peux pas croire que vous ayez joué les lèche-bottes, si ?

On a tous les trois explosé de rire. Je sais pas trop pourquoi. Sans doute qu'on était juste ravis de se retrouver.

— On peut pas vraiment dire ça, nan.

* * *

J'ai été bien obligé de nettoyer un peu l'intérieur de la caisse avant qu'on décolle. Déjà que les types s'étaient foutus de moi au vu du bordel qu'y avait là-dedans. Ça m'a arraché le cœur, mais je suppose que c'était une étape. J'ai tout regroupé dans des cartons que j'ai laissés dans le coffre. J'avais l'impression de me débarrasser d'elle. J'ai dû faire un sacré effort pour me raisonner.

Wish m'avait prévenu qu'on était bons pour trois jours de voyage, et encore, si on avait de la chance. Y avait eu de grosses inondations peu de temps avant que j'arrive, et la route pouvait aussi bien s'être écroulée, pour ce qu'il en savait. Moi ça m'était égal, j'étais ravi de reprendre la route. D'ailleurs si y a bien un truc qui changera jamais chez moi, c'est cette soif de rouler et de voir défiler le paysage. Ça aurait pu durer trois semaines que je m'en serais pas plaint. À part que j'étais impatient de mettre les pieds dans son village. Dans ma tête, je me voyais déjà au milieu des indigènes, en pleine nature, à moitié nu, nouant des liens de plus en plus étroits avec la plante. Tyler aurait été verte de jalousie. Elle qui rêvait de vivre comme les Indiens. Ça m'a fait sourire de l'imaginer toute vénère et tapant du pied comme une gamine.

Depuis quelque temps j'avais beaucoup de visions d'elle comme ça qui me venaient spontanément. Je revoyais ses expressions, ses différents sourires, ses regards. Le soir, par contre, c'était surtout des vues sur son corps, des flashs qui m'avaient marqué. C'est bizarre, mais la mémoire enregistre parfois des instantanés, sans que tu saches pourquoi, et tu les gardes en toi pour le reste de ta vie. Ils resurgissent quand ça leur chante, sans lien apparent avec ce que t'es en train de vivre. Ça le fait pour certaines scènes de rêve aussi. J'ai jamais compris pourquoi ça te sautait à la gueule comme ça. J'ai jamais trouvé la raison qui faisait surgir ces images dans ta tête. Mais j'en avais enregistré un paquet. Une certaine façon de rejeter ses cheveux derrière ses épaules. Une flexion du cou très sensuelle. Sa croupe luisante de sueur, ses jambes délicatement musclées. Y en avait tout un album. C'était pas forcément le truc le plus évident à gérer avant de dormir, mais je laissais ces images se déployer, sans les repousser, sans non plus les saisir comme un perdu, et j'avais découvert que cette façon de faire m'immergeait dans un état d'apesanteur, où j'avais qu'à laisser les visions défiler, comme si je visitais un pays magnifique, sans chercher à stopper le train, en lui faisant confiance pour qu'il m'emmène vers toujours plus de merveilles.

Qu'est-ce qu'elle était belle ! Quelle chance j'avais eue de serrer une fille pareille entre mes bras !

Par moment, j'arrivais à rester concentré là-dessus. À me dire que j'avais déjà eu beaucoup de chance.

* * *

Ça nous a pris une bonne partie de la nuit pour tout lui raconter, et c'était plus dur que ça en a l'air, parce que ça revenait à décrypter pour nous-mêmes tous ces mois qu'on venait de vivre. Ce matin-là, j'avais retrouvé Tyler à l'endroit convenu, mais ni elle ni moi on avait eu le désir d'en parler, on s'était juste baisés direct, sauvagement, entre deux poubelles, et on avait passé le reste du temps planqués sous un pont pour attendre la nuit, en se répétant inlassablement à quel point on s'était manqués. Du coup c'est seulement en parlant avec Eliot qu'elle et moi on a fait le point sur ce qu'on avait traversé chacun dans son coin.

Mais j'ai pas l'impression qu'on soit vraiment parvenus à mettre des mots dessus, parce que c'était comme un rêve. Quelque chose qui possède une écrasante réalité tant qu'on est dedans, mais qui perd tout sens et se dilapide dès lors qu'on en est sorti.

Et au final, c'était sans doute mieux comme ça.

* * *

C'est vrai que la route était plutôt merdique, enfin, si on peut appeler ça une route. La plupart du temps, c'était plutôt un pauvre chemin cahotant et boueux où deux bagnoles se croisaient difficilement. Mais y avait bien que moi que ça faisait flipper. Les mecs roulaient comme des timbrés ici, et plus d'une fois j'ai pressenti le moment où l'un d'entre nous allait se précipiter en bas, vu que c'était une route à flanc de montagne, mais bon, c'est pas arrivé.

Le premier jour, on a parcouru un nombre incalculable de vallées d'un vert électrique, sillonnées par des myriades de rivières étincelant sous le soleil. La terre gorgée d'eau, comme gonflée de vie, était l'image même de la fertilité. Et les montagnes environnantes, majestueuses, coiffées de leurs éternels chapelets de nuages, faisaient plus que jamais songer à des dieux. Je comprenais sans mal pourquoi les gens d'ici leur vouaient un véritable culte, et leur faisaient des prières et des offrandes. Elles semblaient surveiller d'un œil bienveillant le berceau de la vie qu'étaient ces vallées, et leur présence constante, leur omniscience, te ramenaient sans même y penser au microbe que t'étais, et t'incitaient à une certaine introspection, un esprit méditatif. Elles avaient quelque chose de réellement intimidant. On était comme encerclés par elles. Et j'aurais donné cher pour lire en elle, pour voir tout ce qu'elles avaient vu.

Elles étaient là depuis bien plus longtemps que nous, et elles survivraient des siècles après nous. Encore une fois, ça donnait une importance toute relative à la vie humaine.

J'ai demandé à Wish de prendre un peu le volant, que je puisse contempler le paysage. Le sommet des montagnes, en particulier, exerçait une étrange fascination sur moi. Je portais encore, bien enracinée, la sensation que j'avais éprouvée durant notre voyage tout en haut du monde. Et je savais que tout ce que j'étais en train de vivre constituait autant de coups de marteau sur la pierre sans forme que j'étais.

Je me demandais quelle figure allait en émerger.

* * *

Ça s'est fait sans qu'on ait besoin d'en parler. Il nous a laissé la chambre en disant qu'il y allait jamais de toute façon, qu'il comatait toujours sur le canapé.

— Tout juste comme ma mère, il a lâché avec une sorte d'amertume ironique.

Puis il s'est tiré histoire de se ravitailler en came. À ce moment-là je savais pas encore de quoi il vivait exactement.

Tyler me regardait avec insistance. Je savais à quoi elle pensait, parce que j'y pensais de la même façon. Quelque chose de lourd se tramait dans l'air. L'un ou l'autre on allait pas tarder à mettre un mot dessus. Je me rappelais les paroles de Spade. Elles tournaient en boucle dans ma tête, mais tout ce qu'il avait fait se résumait à me mettre en garde contre l'inévitable. Merci du cadeau. J'en avais autant envie qu'elle. J'avais toujours su qu'on finirait par y venir. À l'héro.

Je l'ai regardée droit dans les yeux. La vérité était là. Y a des moments comme ça où on sait qu'on s'embarque pour un nouveau monde, quand on est encore à la frontière, et qu'on regarde au loin. On sait qu'on va y aller, mais on a encore un pied dans le passé. On a conscience qu'on sera plus jamais le même après, qu'on s'apprête à faire quelque chose qui va transformer le reste de notre vie.

J'ai toujours eu l'impression qu'on devrait faire un truc particulier de cet instant-là, de cette drôle de conscience qui ouvre vers l'avenir, alors qu'on est encore dans le passé.

Mais j'ai jamais trouvé quoi.

* * *

La nuit dernière je pouvais pas dormir. Mon esprit refusait de se déconnecter, et je sentais que le flux de mes pensées m'entraînait beaucoup trop loin, beaucoup trop loin vers nulle part.

Quand j'en ai eu marre de me poser des questions qui resteraient sans réponse, je me suis levé et j'ai commencé à marcher, sans penser que ça durerait toute la nuit. Ça faisait longtemps que ça m'était pas arrivé, et j'avais oublié qu'à l'époque où avec Tyler on ne dormait qu'occasionnellement, quand on avait rien d'autre de prévu, nos déambulations nocturnes nous avaient toujours conduits jusqu'au petit matin.

La ville de nuit a toujours possédé un impact particulier sur moi, comme si j'étais constitué d'électricité. Ma haine est alors à son paroxysme et j'ai cette impression d'être seul face au reste du monde, de devoir me frayer un passage jusqu'à l'aube à la force du poing, et il me vient l'envie d'être agressif comme une bête traquée.

J'ai beaucoup marché, vers aucun endroit précis. J'ai erré à travers les rues, la tête vide, le corps en émoi. J'avais l'impression d'être un fantôme.

J'ai croisé quelques personnes qui m'ont pas remarqué, ou alors qu'ont pris soin de m'éviter, en se comportant comme si j'étais invisible. C'est un truc que je connais bien. Peut-être qu'on existe que pour les gens à qui on ressemble. Peut-être que, dès lors qu'on est plus tout à fait comme eux, les autres ne nous voient plus.

C'est étrange, la façon dont ils vous rayent instinctivement de leur champ perceptuel quand vous êtes condamné. Un peu comme si vous étiez déjà mort. Au lieu de rapprocher les gens, le malheur crée un fossé entre eux. Entre ceux qui vont vivre et ceux qui vont mourir. Ceux qui sont encore là pour quelque temps et ceux qui vont bientôt partir.

Est-ce que vous avez peur que je vous contamine ?

Cette tumeur que je porte, est-ce que vous la sentez ?

Y a pourtant pas une si grande différence entre vous et moi. Être conscient ou pas qu'on va mourir ne change rien au fait qu'on va effectivement mourir. Si ça vous rassure, vous pouvez toujours vous dire que ça n'arrivera que dans très très longtemps, et que le mieux est encore de ne pas y penser. C'est ce qu'on raconte aux gosses, et ma foi, ça a tout l'air de fonctionner.

Mais la vérité, c'est que je préfère encore être à ma place qu'à la vôtre.

***

— Hey, tête de nœud ! Faut que t'ailles au parloir, y a ton oncle au téléphone.

Devant mon air buté et suspicieux, le débile de soldat insiste :

— Ton oncle Richard. Tu sais, le gentil tonton qui te tripotait la nouille quand t'étais gamin, il ajoute en donnant un coup de coude à son acolyte, et ils sont là ces deux connards, à se marrer en faisant des bruits de phoque.

Mais j'en ai pas grand-chose à branler parce qu'une étincelle vient enfin d'exploser sous mon crâne mou de trépané.

Ricardo ?...

Les deux chacals m'accompagnent dans le couloir du Bloc A où se trouve la rangée de téléphones, et c'est bien la première fois que j'y fous les pieds depuis mon arrivée, n'ayant eu aucun coup de fil à honorer jusqu'ici. Ils me désignent un appareil que je soulève en tremblant, en les matant du coin de l'œil, m'attendant plus ou moins à ce qu'y ait personne au bout de la ligne, que tout ça ne soit qu'une blague visant encore et toujours à m'humilier, et à me faire nourrir de faux espoirs. Mais ils se tirent et j'entends une voix qui dit mon nom dans le téléphone.

— Ricardo ? je demande, toujours sans pouvoir y croire pleinement.

— Putain c'est Guantanamo ton truc.

— Est-ce que c'est vraiment… toi ? je me rattrape au dernier moment, parce que je suis sûr et certain que ce putain de truc est sur écoute.

— T'en as beaucoup d'autres, des oncles qui s'appellent Richard ? il rétorque avec une pointe d'humour.

J'ai bien envie d'exploser de joie mais je me force à me contenir de peur d'alerter les trouducs qui rôdent autour et ceux qui sont là avec nous au téléphone.

— J'arrive pas à croire que t'aies appelé pour finir ! Putain, j'en reviens pas !

— Je voulais faire plus qu'appeler, mais ces connards me refusent l'accès depuis des semaines, ils arrêtent pas de me faire tourner en bourrique. Impossible de venir vous voir.

— Rien à battre, c'est déjà terrible de t'avoir au bout du fil. Comment ça va ?

— C'est à toi qu'il faut demander ça, Travis. Comment tu t'en sors ? Et comment va Tyler ?

— Je la vois quasiment pas, tu sais. Les meufs et les mecs sont complètement séparés, y a que pour les repas qu'on se croise, et encore, c'est très limité. Mais elle tient le coup, je crois.

— Et toi ?

Comment lui expliquer clairement les choses en m'autocensurant ? Impossible. Y a rien qui va ici, rien de ce qu'ils font, tous les traitements qu'on reçoit sont plus infects les uns que les autres, et je vois vraiment pas comment édulcorer ça pour que ça passe. Alors je décide de me lancer, et on verra bien.

— C'est la merde, Ricardo. Une foutue putain de grosse merde.

— Putain.

— Ouais. Fallait s'y attendre, mais je crois que ni toi ni moi on pouvait avoir une idée de l'ampleur du truc avant d'y être.

Je regarde à droite et à gauche et vu qu'y a personne qui regarde dans ma direction je plaque ma main en cornet contre l'engin et je chuchote :

— Ces types sont des putains de psychopathes !

Il retient sa respiration et je crois entendre sa mâchoire se contracter.

— Putain, tu te rends compte que l'autre jour avec Tyler ils nous ont foutus dans des putains de cage à chien ?!

Il commence à dire quelque chose mais le téléphone coupe durant cinq secondes.

— … jamais cru que ça irait jusque-là, il termine.

— J'ai rien entendu, Ricardo. Le téléphone a coupé au milieu.

— Sur écoute ?

— J'en ai bien peur.

— Merde.

On reste silencieux l'un comme l'autre, convaincus que tout ce qu'on pourrait dire serait immédiatement considéré comme subversif. Sa race, putain.

— J'ai parlé de toi avec le psychiatre, je lâche misérablement.

— Y a un psychiatre ici ?

— Ouais, et dans un sens heureusement qu'il est là. Avec lui on peut au moins avoir une vraie conversation.

— Comment il s'appelle ?

— Spade.

J'ai comme l'impression qu'il note quelque chose, mais

bien sûr j'évite de le relever. On sait jamais, s'il essaye de tenter un truc contre eux…

— Le seul problème c'est qu'il est carrément balèze pour te retourner le cerveau. Mais il a au moins le mérite de connaître Nietzsche.

— Je parie qu'il s'éclate à te faire danser d'un pied sur l'autre.

— On peut dire ça, ouais. Et ce qui m'emmerde c'est que même après tout ce temps, j'arrive toujours pas à me fixer une ligne de conduite et m'y tenir.

— Qu'est-ce que je t'ai dit, juste avant qu'ils vous embarquent ?

Je réponds rien.

— Ho Travis, je te parle ! Qu'est-ce que je vous ai dit, bordel ? Tu t'en branles de ce qui se passe ici, t'as rien à leur prouver à ces connards. Tu piges toujours pas que dans certaines circonstances, y a rien d'autre à faire que de fermer sa gueule et attendre que ça passe ? Tu peux rien faire contre eux, putain, et t'as strictement rien à leur prouver !

— Mais y s'agit pas d'eux, bordel ! J'en ai rien à secouer, d'eux ! C'est de moi qu'y s'agit, de moi et de ma sœur !

— Mais faut arrêter avec ça ! Tu sais parfaitement ce que tu vaux, et Tyler aussi, mais là c'est plus les mêmes règles qui s'appliquent, tu peux pas continuer à fonctionner comme dans le monde extérieur, sinon tu le reverras jamais, tu m'entends ? Tu le reverras jamais, bon Dieu ! Et c'est quoi qui compte le plus, à la fin ? Te prouver à toi-même que t'es un insoumis, avec tout l'orgueil que ça suppose, ou avoir la chance d'en finir le plus vite possible avec ces conneries et recommencer à vivre une vraie vie et être libre, bordel, *libre*, tu sais ce que ça veut dire ? Tu t'en souviens au moins, de ce que ça veut dire, ou est-ce que ces gros tarés t'ont plombé le cerveau au point que tu t'en souviennes même plus et que tu crois que la seule réalité qui soit c'est ce qui se passe ici ?

Je respire vite et fort dans le combiné, plus ou moins surpris que le putain de truc ait pas coupé au milieu, vu la brillante tirade qu'il vient de me sortir, mais apparemment tout ça rentre dans leurs cases... On prend tous les deux une grande inspiration pour tenter de calmer nos esprits échauffés et on y retourne.

— Tu comprends pas...

— Nan c'est toi qui comprends pas, Travis.

— C'est pas une question d'orgueil, mais de dignité, je réplique. C'est facile de se prétendre libre quand tout va bien. Et c'est facile aussi de s'empresser de tout renier quand ça va mal. Tyler et moi on veut pas être comme ça, on veut pas faire partie de ces gens qui déblatèrent à tort et à travers mais qu'y a rien derrière. Que des paroles, pas en accord avec les actes. On veut pas de ça, c'est tout.

— Hum hum. Oui, c'est très noble. Mais garde à l'esprit que même les grands penseurs qui dénoncent les pratiques odieuses de leur pays et qu'ont des tueurs à gages au cul, ou même l'équivalent de la CIA, ben même ceux-là ont plutôt tendance à s'exiler et à se planquer quand les choses tournent mal. Est-ce que tu dirais qu'ils sont lâches, parce qu'ils refusent de se faire tuer pour défendre leur cause, ou au contraire qu'ils sont malins, parce que de là où ils sont, en sécurité, ils peuvent continuer à prôner ce que bon leur semble et à dénoncer les horreurs qu'ils ont fuies et qui continuent à exister, en ouvrant les yeux au monde sur ce qu'il se passe ? Au final, quel est le moyen le plus efficace ? Et lequel est le plus dénué d'ego ?

— Les moines tibétains se sont laissés cramer les mains en prière face aux chinois...

— ... et de là où ils sont, c'est vrai que leur utilité ne fait de doute pour personne.

Sa respiration est saccadée, je le sens peiné et furieux en même temps. Je vois bien que je l'irrite, mais c'est rien comparé à l'irritation constante que *moi* je ressens ici, taraudé, rongé, dévasté par le doute chaque putain de jour que Dieu fait... J'y peux rien. Tant que j'aurais pas choisi une bonne fois pour toutes ma ligne de conduite, je serai pas en paix.

— Alors c'est vraiment ça que tu veux ? Rester ici indéfiniment avec ta pauvre sœur pour te prouver à toi-même que t'es pas un lâche... Quitte à gâcher ta jeunesse à lutter contre des moulins à vent...

— Nan. Nan, c'est pas ça que je veux.

— Alors c'est quoi, bordel ?

— Trouver un moyen de les prendre à leur propre jeu.

— Retourner la situation à ton avantage, en leur en mettant plein les dents ?

— Un truc du genre.

— Et comment tu comptes t'y prendre ?

— J'en sais rien. Et même si je le savais je le dirais pas ici.

— En devenant masochiste, par exemple ? En

appréciant et en devançant les tortures, en les provoquant et en les chérissant quand elles arrivent, et en en redemandant ?

— Peut-être, oui… En parvenant à presque aimer la douleur. L'amplifier, la transformer en quelque chose de plus beau, de plus grand, de plus… significatif, au point même de tuer à sa naissance la sensibilité elle-même…

— T'es en train de te foutre de moi, là…

— Non, je me contente de réfléchir à voix haute.

— Devenir insensible en passant par le masochisme. C'est tout ce que t'as trouvé ?

— Dit comme ça, ça donne pas vraiment envie…

— Tu parles.

— OK alors qu'est-ce que tu me conseilles, si t'es si malin, hein ?

— Je te l'ai déjà dit, ce que moi je ferais à ta place.

— Et Socrate alors ? C'est pourtant bien toi qui m'en as causé, de ce gus !

— Oui et Dieu sait que je le regrette amèrement. Et d'ailleurs j'ai jamais dit que j'étais en admiration totale devant lui. De plus toi t'as 15 ans, t'es pas un vieux plouc avec des années de vie derrière lui.

— Alors maintenant tu dis que c'était qu'un vieux con égocentrique qui méritait de crever ?

— Mais on s'en branle de Socrate à la fin ! Pourquoi tu te fixes sur des conneries comme ça ? Est-ce que ça t'empêche de devenir marteau de te convaincre que ce qui t'arrive c'est arrivé à d'autres plus malins que toi, et que leur solution à eux c'était la mort plutôt que de se rendre ? Est-ce que ça te réconforte de te mobiliser sur des conneries pareilles ? T'as 15 ans, Travis, et Tyler aussi, et vous vous êtes fait jeter ici parce que ce pays est un pays d'arriérés ! Et maintenant vous êtes carrément au royaume des fous, vous pouvez plus faire un geste ou dire une parole sans que ce soit d'abord étudié et approuvé par les hautes sphères de la connerie humaine, et toi t'es en train de me dire que tu veux faire entendre raison à ça ? Mais t'as pas encore capté qu'au pays des cons, le plus intelligent c'est l'idiot du village ? Que dans ce piège, plus tu cherches à être intelligent, plus tu t'enfonces dans la connerie ? (et là des paroles que j'ai entendues je ne sais où remontent dans ma mémoire). Vous êtes pleins de rêves, Tyler et toi, vous débordez de vie, de désir et de curiosité pour le monde, celui qu'est *à l'extérieur* de cet endroit, et je... j'arrive pas à comprendre que votre plus cher désir soit pas de sortir de là au plus vite en vous foutant royalement du triste et pitoyable jeu qui s'y déroule... J'arrive pas à comprendre que ça ait tant d'importance, tant de *valeur* à vos yeux, de vous prouver que vous êtes plus forts que ces cons... Bien sûr, que vous l'êtes, et c'est même pour ça que c'est si horrible pour vous ici... J'arrive pas à comprendre...

J'ai de la peine pour lui, de le sentir si affligé. Et je me demande pourquoi en effet est-ce que ces conneries me tiennent tant à cœur, et comment des idées aussi mortifères ont pu s'incruster à ce point en moi, de telle sorte que le monde qui m'attend à l'extérieur perde de sa réalité au point que je sois plus disposé à faire tout ce qu'est en mon pouvoir pour le retrouver.

Qu'est-ce qui peut avoir plus d'importance que de

retrouver Tyler dans le monde libre ? Est-ce que de simples idées peuvent avoir plus de force, plus de valeur que ça ? Est-ce que c'est Ricardo qu'a raison ? Est-ce qu'on est juste en train de s'enfoncer dans l'illusion au point de même plus être capables d'identifier la vraie nature des choses ? Et croyant s'approcher de plus en plus de la vérité finale, être en train de se perdre irrémédiablement dans la complexité infinie des voies de plus en plus subtiles du mensonge ?

Je peux pas nier que mon esprit chemine, terrifié, sur la corde raide du doute, ne faisant un pas en avant qu'au prix d'un effort exténuant et démesuré.

Mais là est la santé. Là est la vie, chante la voix du samouraï. *Se maintenir en équilibre malgré le risque constant de la chute. La vie est mouvement, danse au bord du gouffre, rétablissement permanent. Sans mouvement, il n'y a pas de vie.*

Mais j'en ai plus que marre de penser à tout ça, et soudain une idée nouvelle, en rapport avec le monde réel, pour une fois, jaillit en moi et je demande à Ricardo :

— Comment va Eliot ?

Il sait pas s'il doit être soulagé de changer de sujet, ou emmerdé qu'on en reste là, mais il me répond :

— J'en sais rien. Il a quitté le lycée.

Je trouve rien à répondre à ça, alors j'enchaîne :

— Tu vas pouvoir parler à Tyler ?

— Ils m'ont dit qu'elle était au trou.

— C'est pas vrai, je l'ai vue à midi. Et avec le nouveau système de Fletcher normalement vu que je me tiens à carreau y a aucune raison qu'elle ait des problèmes.

— J'ai pas entendu ce que t'as dit. Ça a encore coupé.

— Pfff, laisse tomber.

Un silence pesant tombe entre nous, aussi épais et glauque que cette surveillance qu'ils nous infligent.

— Y a des gosses vraiment chtarbés, dans le coin ? il finit par demander.

— Personne à part nous, je fais en rigolant à moitié. C'est des vraies lopettes. Mais on est quand même tous plus ou moins suivis psychologiquement. Spade à l'air de s'intéresser pas mal à Tyler et moi.

— Il veut vous faire un lavage de cerveau en bonne et due forme.

— Ouais, sans doute.

— Logique. Pour des gosses comme vous, le seul moyen d'obtenir une soumission totale, c'est de vous ravager l'esprit au point d'arriver à vous faire suffisamment douter de vous-même pour pouvoir ensuite y fourrer n'importe quoi. Je me demande d'ailleurs si ce Spade n'est pas responsable de l'acharnement que tu mets à défendre tes principes contre tes propres intérêts.

— Au contraire, quand je l'ai vu à mon arrivée il s'est efforcé par tous les moyens de me prouver que je faisais fausse route.

— C'est ce que tu crois. Mais il pourrait aussi bien être un as de la manipulation, qui t'incite de façon subliminale à continuer à te foutre dans la merde tout seul. Je sais pas, mais franchement, foutre un psychiatre dans un endroit pareil, à quoi ça peut servir sinon à rendre les gosses encore plus fous que ce qu'ils sont déjà ?

— Mais dans quel but ?

— Continuer à amuser les soldats. Satisfaire le

directeur. Donner du grain à moudre à ces malades de l'autorité. Qu'est-ce que tu crois ? Ce qu'ils préfèrent, eux, ce qui les fait vraiment jouir, c'est pas les gamins super obéissants qu'on a plus de raison valable de matraquer. Ça non. Dis-toi bien qu'ils s'amusent bien plus avec des gars dans ton genre, qui passent leur temps à leur donner des bonnes raisons...

Ça coupe de nouveau, mais cette fois-ci on entend carrément une voix qui nous gueule :

— Attention, dernière sommation !

Le soldat qui se balade depuis tout à l'heure en me guettant ostensiblement me fait un signe avec sa main en ouvrant tous ses doigts.

— Nous reste plus que cinq minutes, Ricardo, je lui dis avec une voix étouffée, parce que j'ai soudain les boules qui me sont montées dans la gorge. Je vais essayer de dire à Tyler que t'as appelé, elle va pas y croire, ça va la faire sauter au plafond !

— C'était bien le moins que je puisse faire, il réplique d'un ton désespéré.

Je le sens même complètement dévasté en fait, et je voudrais trouver un truc à dire qui lui remonte le moral.

— Et toi au fait, ça va ? je lui demande piteusement.

Il pousse un long soupir.

— On fait aller, oui. Je me prépare à d'assez grands changements.

— Des changements ? Quoi comme changements ?

— Arrêter d'enseigner. Quitter ma femme. Bref, la crise de la quarantaine, quoi.

— Mais t'as tout juste 30 ans !

— Justement, je me dis que si je passe toutes ces étapes en accéléré, j'aurais plus de chance de vivre une *vraie vie*.

J'ai l'impression de m'entendre parler moi-même, et le sourire que je perçois à travers le combiné me confirme qu'il l'a fait exprès.

— Bon programme, je dis en me marrant. Comment on te retrouvera quand on sortira d'ici ?

— Si je suis encore dans le coin le jour de votre libération, j'aimerais beaucoup venir vous chercher en bagnole.

— Ce serait super cool, ça, je réponds en essayant d'avoir l'air joyeux, mais je sais pas, une partie de moi ne peut tout simplement pas imaginer une telle chose, et d'ailleurs lui non plus n'a pas l'air d'y croire vraiment.

— J'aurais voulu… je sais pas, te soutenir davantage. T'être d'un plus grand secours. En fait je suis carrément frustré, là...

— Faut pas, Ricardo, ça m'a fait franchement plaisir de te parler. T'es le seul, tu sais, à avoir un peu… un peu de considération pour nous et… enfin je veux dire, à part rappliquer ici avec un fusil à pompe et buter tous ces enculés les uns après les autres, y a rien que tu puisses vraiment faire pour nous. Mais savoir que t'es là et que tu nous as pas oubliés, ben… ça me rappelle, comme tu dis, qu'y a un monde en dehors du centre. Et ça me donne envie d'y retourner.

Le soldat rapplique et se poste près de moi en me fixant.

— Je vais devoir raccrocher, Ricardo.

— Travis ?

— Ouais ?

— Oublie pas, d'accord ? Oublie pas ce que je t'ai dit, cette fois-ci.

— D'accord.

— Courage, mon grand.

Et ça y est il a raccroché.

Je me sens affreusement seul tout à coup. Pire, abandonné.

J'ai l'impression d'être au fond d'un cachot, dans le noir le plus total, et tout ce que je peux voir, c'est la lumière derrière une porte qui s'ouvre, une lumière qui signifie vie, liberté, espoir, et la silhouette de Ricardo qui se découpe dedans. Et même comme ça, en contre-jour, sa posture est si éloquente. On dirait un homme brisé, vaincu. Condamné. Il se tourne vers moi une dernière fois et mes mains lâchent les barreaux pour se porter à mon visage qui ruisselle de larmes.

Je t'en prie, non. Ne m'abandonne pas.

Mais c'est comme ça ici, personne peut rien pour personne, on est tous foutus, perdus, à tirer notre peine.

Je peux pas voir ses yeux. Et lui non plus ne peut pas me voir. Alors il détourne la tête et passe la porte, et la porte se referme sur lui, la lumière, l'espoir, la porte se referme sur le monde dehors, ce monde qui m'est interdit, et je suis enseveli par les ténèbres.

Je pousse un cri qui me charcute en entier, qui écorche même les murs de cette prison, mais plus rien n'existe ici, plus rien n'a de réalité, et même ce cri n'existe pas, puisqu'il n'y a personne pour l'entendre. Moi-même j'ai disparu dans ce dernier rayon de lumière. Mon corps n'existe plus. Je ne suis plus qu'une pensée évanescente, qui s'agite en tous sens comme un insecte affolé, mais qui va bientôt disparaître à son tour.

Et si un jour la porte s'ouvre à nouveau, y aura même plus un vague squelette à récupérer.

* * *

Je suis ce qu'il y a de pire en vous.

Je suis vos instincts refoulés.

Je suis votre haine accumulée.

Je suis vos rêves impossibles.

Je suis l'échec cuisant de votre vie.

Mon nom est Travis Montiano. Et ceci est le récit du *pourquoi*.

* * *

Depuis ce bloc de béton où ils m'ont enfermé, maintenant je vois les choses de plus haut. J'ai délaissé ce corps et cet esprit étriqués qui ne constituaient rien de plus qu'une incapacité. En les abandonnant, j'ai dépassé les restrictions qu'ils m'imposaient.

Y avait autre chose au-delà de tout ça, un autre endroit où je pouvais me tenir, un autre espace-temps. J'ai découvert qu'on était pas condamnés à vivre comme des prisonniers. Quelque chose d'autre était possible. Pour peu que les conditions soient réunies, on pouvait tous accéder à cette autre position.

C'est ni un lieu physique, ni un état psychique. C'est quelque chose qui, pour une fois, ne rentre plus dans ces catégories. On peut cependant y demeurer et de là, avoir un regard sur les choses. Simplement cette vision ne provient pas de nos yeux habituels, et son interprétation n'est pas élaborée par l'esprit ordinaire. D'ailleurs on ne peut plus parler d'interprétation parce que ça ne fonctionne tout bonnement pas pareil. L'appréhension des choses elles-mêmes ici est complètement différente, comme si son mécanisme n'avait pas été seulement modifié, mais remplacé pièce par pièce, du tout au tout, d'une manière soudaine et implacable.

Je peux voir avec d'autres yeux. L'horizon n'est plus celui que je connais. Les frontières de mon champ sensoriel et psychique ont été dépassées.

Et tous les problèmes relatifs au fait de vouloir sortir du piège pour au final ne faire que le renforcer, de ne pouvoir concevoir les choses que justement parce qu'elles sont concevables, de ne pouvoir s'échapper de la prison de son être dans la lutte qui ne fait que donner plus de force à ce qu'on cherche à fuir, que maintenir plus longtemps en soi ce dont on cherche à se débarrasser…

Tout ça a soudainement reculé, diminué, puis disparu.

L'équivalent psychologique, voire même spirituel, d'un voyage en hélico.

Tu me demandais quelle était la prochaine étape, fait la voix. *Pas mal, hein ?*

* * *

On a pioncé dans un hôtel à deux ronds dans un tout petit village, et le lendemain aux aurores on était déjà repartis.

Le thème du jour était le mot désolation, un truc qu'avait toujours trouvé une profonde résonance en moi. Je me demandais pourquoi certains endroits étaient porteurs d'une charge émotionnelle plus forte que d'autres. Est-ce que c'était en rapport avec une vie antérieure, ou avec le fait de trouver sa place dans l'univers, comme un lieu de pouvoir, dont les énergies sont similaires aux tiennes ? Pourquoi est-ce que je sentais une telle affinité avec l'aridité, l'horizon sans fin, les cactus et les lézards ? J'aurais voulu demander à Wish, mais il dormait à ce moment-là, et au fond ça m'allait bien d'être seul avec moi-même.

Une émotion que je connaissais était sur le point de s'emparer de moi. J'étais en train de quitter la Terre. Je marchais sur la lune. En roulant au milieu de nulle part, c'est vers moi-même que je me dirigeais. C'était ici que tout avait commencé. Et c'était là que tout finirait. Le désert était toujours le même désert, n'importe où sur la planète. En Afrique, en Amérique, en Australie. Le désert possédait la même âme. Et il m'appelait.

La salive a commencé à affluer dans ma bouche, je respirais vite et mon cœur battait fort. Les vibrations d'un désir insoutenable parcouraient mon corps de fourmillements. Une étrange extase était en train de monter. Quelque chose en moi allait bientôt céder, et l'imminence du séisme plongeait mon âme dans un état d'urgence inconfortable.

Quelque chose approchait. Ça progressait à ma rencontre. Quelque chose allait frapper, et le fait de ne pas savoir de quoi il s'agissait, ni d'où allait venir le choc, étranglait mon esprit d'une terreur religieuse.

J'avais une boule dans la gorge, et la cage thoracique nouée. Une tension sans fondement, naissant d'une menace que je sentais, mais que je parvenais pas à identifier, me maintenait au bord de l'implosion.

Une petite maison en adobe est soudain apparue au bord de la route. Elle est apparue. Je jurerais qu'elle était pas là la seconde d'avant. Instinctivement, j'ai freiné. J'aurais dû accélérer. Parce que je savais désormais de quoi il était question.

Elle a surgi de derrière la maison, et a marché tranquillement jusqu'au milieu de la route. De là où j'étais, je pouvais pas distinguer les traits de son visage, mais je savais qu'elle me quittait pas des yeux. Elle portait une longue robe noire que je lui avais jamais connue, et ses cheveux avaient poussé depuis la dernière fois. Ils lui arrivaient désormais jusqu'à la taille. Elle ressemblait trait pour trait à ma sœur, mais ce qui se dégageait d'elle n'avait rien à voir avec elle. Jamais Tyler ne m'avait inspiré ça. Quelque chose en elle était infiniment menaçant.

Ma bouche s'est asséchée d'un coup, mon cœur a cessé de battre, et j'ai eu l'impression de tomber. Mes cheveux se sont hérissés sur mon crâne. Mes dents claquaient toutes seules d'une façon incontrôlable. Une sueur glacée a recouvert tout mon corps en un instant. Mes mains étaient contractées sur le volant, comme agrippées à la dernière chose qui pouvait m'empêcher de sombrer à jamais dans la démence.

Je pouvais pas détacher mes yeux d'elle, et elle me lâchait pas elle non plus. Mais y avait aucune trace d'amour là-dedans. Ni de son côté, ni du mien. Y avait plus rien de ma sœur en elle.

L'espace d'une seconde, je me suis dit que cette apparition était ce qu'elle avait laissé d'elle sur Terre. Sa colère. Sa fureur. Sa haine. La présence qui me faisait face n'était constituée que de ça, comme si elle avait créé un double de ma sœur pour hanter le désert à jamais, et s'emparer des âmes qui passeraient à sa portée. Cette chose n'était à l'évidence qu'une copie, un pauvre ersatz à forme pseudo humaine, abandonné à la rage dont il était né. Tout ce qu'il y avait de pur en Tyler était parti, et cette triste entité était tout ce qu'elle avait laissé derrière elle.

Elle m'inspirait pourtant une terreur innommable. Tout son être n'était que colère, et le monde tout autour d'elle se teintait des mêmes couleurs, et reflétait son errance, sa désolation, la sécheresse de son cœur.

Elle n'esquissait pas un mouvement, ne bougeait pas un muscle. Et c'était encore pire. Même comme ça, à l'abri dans la bagnole, la nocivité de la tension qui se dégageait d'elle me touchait de plein fouet, et je recevais à flots continus les décharges de haine dont elle m'accablait.

C'était après moi qu'elle en avait. Le seul fait que cette entité existe était un reproche qu'elle m'adressait. Il lui suffisait de se tenir là, à me regarder, pour je sente sur moi tout le poids de la honte qu'elle déversait avec une rage sans cesse renouvelée, et que se réveillent les océans de culpabilité dans lesquels je me noyais.

Alors, elle s'est mise à parler dans ma tête. Jamais

encore Tyler ne s'était adressée à moi comme ça. La haine qui suintait de cette voix, folle, enragée, me pénétrait par tous les pores de la peau. Elle perlait et dégouttait d'une colère rentrée, qui a moisi en elle-même pendant longtemps, et ce pus nauséabond s'infiltrait dans mon cerveau, coulant dans chacun de mes neurones.

Elle a hurlé :

Comment t'as pu m'abandonner comme ça, Travis ?

J'ai serré les paupières et pressé les mains sur mes oreilles, du plus fort que j'ai pu.

Tu m'as laissée toute seule ! Tu étais mon frère !

Je la voyais toujours au milieu de la route.

T'as pas le droit de m'oublier, Travis ! Je t'en empêcherai !

J'ai crié à mon tour :

— Je suis pas en train de t'oublier !

Et sans savoir comment j'étais sorti de la voiture et je marchais vers elle. Je savais plus ce que je ressentais. Je savais pas si j'allais lui foutre sur la gueule ou la serrer dans mes bras. Des sentiments totalement discordants s'agitaient sous ma peau. Une partie de moi avait d'envie d'attraper cette chose qui se faisait passer pour ma sœur, cette entité abjecte que ma culpabilité avait engendrée, pour la renvoyer à l'enfer dont elle provenait, tandis qu'une autre ne songeait qu'à se mettre à genoux devant elle et la laisser l'emmener là où elle voudrait. Le seul truc de sûr, c'est que je voulais pas l'abandonner comme je l'avais fait la première fois à la sortie de l'H.P.

Elle s'est enfuie vers la maison. Ça a direct réveillé mon instinct de chasseur, et la haine a pris le dessus. Quand j'ai réussi à saisir un bout de sa robe au moment où elle tournait au coin de la baraque, je l'ai violemment attirée vers moi et on est tous les deux tombés par terre. Je me suis jeté sur elle, mes mains ont enserré sa gorge si gracile.

Elle riait, elle se moquait de moi.

Ce n'était pas sa voix. Ce n'était pas ses yeux.

J'ai senti qu'on me tapait dans le dos, à plusieurs reprises. J'ai tourné la tête et j'ai vu un petit garçon en haillons, tremblant de peur. Il tenait un bâton au-dessus de sa tête, prêt à frapper à nouveau. Il en bavait de trouille. Mais le choc que ça m'a causé n'est rien comparé au deuxième. J'ai reporté mon regard vers Tyler, mais c'était pas elle que j'étais en train d'étrangler. C'était un autre petit garçon, tout pareil que l'autre, mis à part qu'il avait les yeux tout blancs.

J'ai immédiatement retiré mes mains de lui et un glapissement d'horreur s'est échappé de moi. Il s'est redressé et a couru vers son frère qui hurlait des mots que je comprenais pas. J'ai eu l'impression d'atterrir très violemment. J'ai regardé autour de moi. Y avait des chèvres. J'avais failli tuer un petit berger. Un pauvre gosse aveugle qu'avait rien demandé à personne.

J'allais le tuer. J'allais le tuer, putain.

J'ai voulu m'excuser auprès des gamins, leur dire que c'était une erreur, mais ils continuaient à crier tous les deux, de peur et de rage, et de toute manière j'étais même plus fichu d'articuler un son.

J'ai couru jusqu'à la voiture et j'ai démarré en trombe.

* * *

Il avait pourtant fallu des jours. Des jours, putain, à maintenir ma concentration dans son effort à transcender les pensées, pour parvenir à ça. Mais ça en valait la peine.

J'adresse une pensée de gratitude à Tyler qui m'a envoyé ici, sans bien sûr que je sache pourquoi. Je remercie dans mon cœur ce petit bout de fille insoumise, incapable d'être obéissante.

Et je me tiens là, en équilibre, inhalant un air d'une pureté inconnue, décrassant mon corps et mon esprit des émanations viciées et toxiques qui ont été leur seule nourriture depuis leur naissance, l'essence fermentée et épaisse dont j'ai farci leur moteur, encrassant les pompes et les circuits, bouchant les tuyaux, rongeant leur système jusqu'à transformer cette brillante machine en une mécanique tordue, rouillée, grinçante, et prête à rendre l'âme d'une minute à l'autre. Putain, si ç'avait été que moi, j'aurais foutu ce vieux tacot à la casse, sans même chercher à sauver les pièces, et qu'on en parle plus. Tout, plutôt que de se retrouver en rade au milieu de nulle part, le moteur complètement mort, à tendre le pouce à la merci du premier chtarbé venu.

C'est pas passé loin. Mais le destin est intervenu avant que la machine rende son dernier souffle.

À chacun son heure, voilà tout.

La mienne n'est pas encore venue.

* * *

J'étais en train de devenir fou. Des sanglots frénétiques s'étouffaient dans ma gorge, et je devais lutter pour chaque goulée d'air. Je tremblais en continu, j'avais plus aucun contrôle sur mes nerfs, aucun. Et regarder mon corps en état de choc qui ne m'obéissait plus ne faisait qu'accentuer l'épouvante qu'avait saisi mon esprit.

Tout était en train de m'échapper. Tout sens s'enfuyait loin de moi. Plus rien ne m'appartenait. Ni mon esprit, ni mon corps. Ni la signification du monde.

Dans ma tête, c'était la fin du jeu. On allait me révéler que mon corps n'était pas mon corps, que mon esprit n'était pas le mien, et que le monde que je connaissais n'avait jamais existé.

Qu'est-ce qui était réel, et qu'est-ce qui ne l'était pas ?

Je devais être en train de devenir fou ! Qu'est-ce qui me prouvait que le désert que je parcourais existait pour quelqu'un d'autre que pour moi ? Si je fermais les yeux, il n'y avait plus de désert. Comment savoir si la personne qui dormait à la place du mort n'était pas qu'un sous-produit de mon imagination ? Toute cette histoire avait un goût étrange depuis son commencement. Je me serais réveillé à l'hôpital que ça m'aurait même pas surpris. Peut-être que j'aurais dû finir d'étrangler ce gamin pour en avoir le cœur net.

Je scrutais attentivement tout ce qui m'entourait, prêt à voir s'élever d'autres apparitions démoniaques. J'étais la proie d'une fébrilité insoutenable, y avait plus rien de fixe en moi. L'agitation fiévreuse qui me tenait lieu d'âme faisait tellement trembler mes fondations que les écrous se dévissaient. Les boulons allaient sauter d'un instant à l'autre.

Qu'elle revienne. Qu'elle ose juste revenir.

On verrait bien lequel de nous deux était le plus réel. J'allais lui faire éprouver l'étendue de ma réalité, lui faire tâter l'implacable et écrasante vérité de mon existence.

Il n'y avait que le désert. J'avais beau fermer les yeux, quand je les rouvrais, il était toujours là.

* * *

Y avait pourtant de quoi prendre peur, si seulement l'esprit avait encore été en mesure d'avoir peur. Mais tout se jouait à un autre niveau, un niveau si éloigné du précédent qu'il ne changeait pas seulement d'intensité, mais de nature. Car au bout d'un certain stade, oui, le changement devient qualitatif. Quand deux quantités sont si espacées l'une de l'autre, les choses ne sont tout simplement plus les mêmes.

Quand on s'enfonce dans les abysses de l'océan du monde, ou quand on s'élève dans l'infinité de l'espace, il ne peut plus s'agir de l'océan ou du ciel. Les monstres aveugles qui peuplent le fond ne sont plus des poissons dans leur acception commune. Le ciel, les étoiles et le soleil ne sont plus ces jolies choses lointaines qu'on contemple en levant les yeux, et auxquelles on prête tant de qualités romantiques. Même s'il s'agit de la même chose qu'on regarde de plus près, tout est différent.

Une chose n'est rien d'autre que la vision qu'on en a, que l'habitude qu'on en a, que les qualités qu'on lui accorde. Quand tout ça est modifié, étudié d'un endroit différent, par un œil neuf, elle change de nature. Et le voyage qui nous a emmené jusqu'à ses racines, il compte, lui aussi.

Ce qu'on a toujours eu sous les yeux et ce vers quoi on a cheminé n'ont absolument pas le même sens.

Et tu as fait un long chemin pour parvenir jusqu'ici.

* * *

Est-ce que j'étais en train de devenir fou ? J'aurais tué ce pauvre gosse si l'autre m'avait pas tapé dessus. Comment c'était possible d'halluciner à ce point-là ? C'était même pas la première fois que ça m'arrivait en plus. Je pouvais même pas me raccrocher à ça. La fois d'avant j'étais complètement en vrac, je sortais de l'H.P. C'était plus ou moins normal. Mais là, putain ? Des mois après ? Et c'était encore pire. J'avais confondu ce gamin avec elle, et je l'avais étranglé, bordel de Dieu. Et moi qui croyais que j'allais mieux, que j'étais sur la bonne voie. J'en revenais pas. Je la revoyais encore, qui me regardait. Elle m'avait parlé. Je l'avais *touchée*. Comment mon cerveau avait pu produire quelque chose d'aussi réel, au point de tromper tous mes sens ? Est-ce que c'était ça, la folie ? Est-ce qu'un fou pouvait seulement raisonner comme j'essayais de le faire ?

Faut croire, ouais, puisque certains allaient se faire enfermer volontairement.

Comment j'avais pu en arriver là ?

* * *

— Qu'est-ce qui sent comme ça ?

Elle se poste juste devant moi, debout, les mains sur les hanches, dans sa vieille robe sans couleur, et elle renifle l'air plusieurs fois de suite.

— Probable que c'est ta propre chatte pas lavée que tu renifles.

Elle me jette un regard vague, légèrement agacé, mais c'est plus parce que je la déconcentre qu'à cause de ma remarque. Faut dire que la Anita, en tant que vieille pute, elle a dû en entendre des sacrément pires.

— C'est de toi que ça vient ! elle s'écrie en me pointant du doigt.

— Mais de quoi tu parles, bordel ?

Je me renifle les dessous de bras histoire de. C'est ni pire ni mieux que d'habitude.

— Tu la sens pas, hein ?

Je secoue la tête en attendant la suite.

— L'odeur du danger.

* * *

Et elle, qu'est-ce qu'elle était devenue ? Qu'est-ce que mon cerveau malade en avait fait ? Quelle partie de mon âme avait pu rêver cet être effroyable qui hantait le désert ? J'avais inventé un épouvantail. J'avais maintenant en face des yeux la façon dont la rage avait transformé Tyler. Sa rage et la mienne. Mon épouvantail était l'incarnation vivante de ce que notre amour était devenu, de ce qu'il en restait après le passage de nos egos bafoués. Elle me maudissait. Je voulais la tuer une seconde fois.

Où était ma sœur, ma *vraie* sœur, dans tout ça ? Est-ce

qu'elle assistait à ce cauchemar depuis l'endroit où elle se cachait ? Je venais juste de découvrir la voie vers elle. J'étais en train de la retrouver. Et cette ignoble créature qu'apparaissait juste à ce moment-là...

Est-ce qu'on voulait me tester ? Était-ce moi ou elle qui exigeait des preuves de la solidité de ma transformation ? Est-ce que j'y croyais pas assez fort moi-même, encore une fois ? Est-ce que c'était mon esprit qui faisait lever sur ma route des fantômes psychologiques afin d'éprouver la robustesse de mon ancrage ?

Qu'est-ce que j'aurais dû faire ? L'aimer, aimer cette apparition déformée de Tyler, au lieu de la redouter, et marquer d'une croix blanche ce jour comme celui où j'aurais définitivement scellé mon destin dans la voie de l'amour ? Ou alors lui crier que je croyais pas en elle ?

Si ton esprit a enfanté cette créature, lui seul peut alors l'anéantir.

Mais peut-être que c'était une chance de pouvoir faire face physiquement au monstre qui hantait ma tête. Que ce soit pas juste un sentiment diffus, souterrain, qui tire les ficelles en sourdine, mais quelque chose d'affreusement réel. Mon esprit était peut-être en train de me dire que la partie n'était pas finie, loin de là, et qu'il fallait maintenant que je l'affronte, ma culpabilité, que je l'affronte et peut-être même que je la tue, ou alors que je l'accepte une bonne fois pour toutes et que je l'incorpore, que je l'embrasse, que je sombre avec elle.

Cet épouvantail qui nichait en permanence dans ma tête.

Ce fantôme qui secouait ses chaînes dès qu'il en avait

l'occasion.

Je pouvais pas le laisser là, je devais faire quelque chose de lui. J'ignorais ce qu'il était véritablement.

Mais ce fantôme n'était pas Tyler.

* * *

Spade.

Il gravit une montagne. Il fait nuit.

Ombre parmi les ombres, sans effort, son long corps de spectre évolue avec l'aisance d'un fauve. Il arrive tout en haut et s'accroupit. Son regard calme et attentif rappelle celui d'un cerf, sûr de sa place dans l'univers. Il frotte ses deux mains contre la terre et, du bout de ses doigts, s'en applique sur le visage, du front jusqu'au menton, et sur ses joues à l'horizontale. Puis il retire sa chemise et fait pareil sur son torse.

Dressé à deux pas du précipice, se tenant en équilibre à l'extrême bord de toute chose, à la jonction instable où quelque chose finit et où une autre commence, à cheval entre deux réalités, c'est là qu'il se tient, et il étend les bras.

Un éclair d'une taille stupéfiante déchire soudain le ciel et instantanément la foudre fait trembler la terre pendant de longues secondes, dans un accouplement violent et fertile. Une larme scintillante roule sur sa joue, lui grâce à qui l'union des deux mondes a été possible. Il va maintenant accéder au stade supérieur.

Il sourit les yeux fermés, l'air extatique, tandis que la pluie fouette son visage illuminé par la lune.

C'est alors que de fantastiques oiseaux noirs fondent sur lui. Ils sont immenses, et leurs ailes déchiquetées battent furieusement l'air alors qu'ils s'attaquent à lui. Je ne saurais dire combien ils sont. Assez pour le recouvrir entièrement. Mais il n'a pas un mouvement de recul. Il les accueille comme s'il les attendait, s'offrant tout entier à eux, maintenant ses bras écartés alors qu'il tombe à genoux.

Il continue à sourire alors qu'ils le recouvrent, lacèrent sa chair de leurs serres, introduisent leurs becs dans ses yeux et le dépècent, morceau par morceau.

Tout est très rapide. Quand ils reprennent leur envol, il ne reste plus rien de lui.

Il s'est laissé dévorer cruellement par les vautours de sa passion. Il s'est envolé avec eux.

Et le pire, c'est que je comprends le sens de tout ça.

* * *

Je remontais doucement la pente. Wish pionçait toujours, aussi fou que ça puisse paraître, mais il était pas encore temps qu'il se réveille. Son sommeil m'apparaissait comme un sortilège qui prendrait fin le moment venu. J'avais encore du chemin devant moi.

Je regardais le désert, désormais délivré de toute menace. Sa nature brute m'avait toujours incité à regarder en moi avec lucidité, pour le meilleur ou pour le pire. Sans le vouloir, quand j'entrais en contact avec lui, j'entreprenais d'interroger ce que ma vie était devenue, de mettre au clair ce que je désirais pour l'avenir. Toujours, le désert avait eu cet effet sur moi. C'était sans doute mon lieu de pouvoir, ouais. Carrément que ça devait être ça. Dommage que ce soit aussi la dernière demeure du fantôme de Tyler. Mais j'imagine que ça allait plus ou moins ensemble. Si je devais mener mon dernier combat quelque part, valait sans doute mieux que ce soit ici, dans un endroit qui me parlait. À bien y regarder, y avait qu'ici que ça pouvait se passer, en fait. Ma sœur était une enfant du désert elle aussi.

Je savais que je devais prendre une décision. Le truc emmerdant, c'est que je pensais l'avoir déjà prise, depuis ce jour où j'avais gueulé comme un perdu vers le ciel. Force était de constater que la mise en garde de mon hôte parasite avait accompli ses promesses. Et dans sa renaissance, il était plus toxique que jamais.

Si seulement j'arrivais à être persuadé, dans ma chair, que ce fantôme n'avait pas le droit de vivre...

Alors que moi, si.

* * *

Allongé sur le sol de ma cellule, je me demande si je suis pas en train de devenir fou. Les frontières du réel s'émoussent jour après jour. J'ai même plus la volonté de parvenir à différencier mes rêves du vécu.

Cette distinction n'a plus aucune pertinence au stade où tu es parvenu, Travis. Il te fallait l'abandonner tôt ou tard, et tu peux remercier ta sœur de t'avoir placé dans ce trou. L'isolement mental et sensoriel est une condition sine qua non pour atteindre ce niveau de conscience.

Quel niveau de conscience ? Est-ce que le fait de plus être foutu de savoir ce qu'est réel ou pas fait de moi quelqu'un de plus malin ?

Tout est réel.

Qu'est-ce que tu me chantes, bordel ?

Tout est réel. Simplement, ça ne se passe pas dans le même plan.

Maintenant tu vas me dire que je suis passé dans une autre dimension, c'est ça ?

Pas dans le sens où tu l'entends, avec ta tête farcie de science-fiction. Mais c'est à peu près de ça qu'il s'agit, oui.

Va savoir pourquoi, j'ai soudain des trucs que j'ai lus dans les bouquins de Castaneda qui me reviennent en mémoire. L'acharnement qu'il met à savoir s'il s'est réellement transformé en corbeau ou si c'était qu'une hallucination. À savoir s'il a vraiment joué avec l'esprit du peyotl, le Mescalito, ou s'il s'est juste contenté de pisser sur le chien. Et Don Juan qui s'escrime à lui répéter que c'est vraiment arrivé. Tout ça est assez loin pour moi, mais je capte le principe.

C'est exactement ça. Tu vois, quand tu veux…

Ouais mais on peut pas dire que je sois à fond de peyotl, là…

C'est pour les débutants la dope.

C'est ça et moi je suis un pro.

Notre conversation est interrompue par un soldat qui ouvre la trappe et fait glisser un plateau de bouffe vers moi en grognant :

— Magne-toi le cul d'enfourner ça, le Docteur Spade veut te voir.

Eh ben ça promet…

* * *

Les atroces vagues de l'indécision déferlaient sous mon crâne, dans un va-et-vient sans relâche. Je tanguais en tout sens, tentant malgré tout de me raccrocher aux paroles de Wish… *Interroge ton cœur...* C'est bien ce que j'essayais de faire, putain de merde, mais soit il était devenu muet, soit c'est moi qu'entendais que dalle à ce qu'il disait, je sais pas.

Est-ce que l'ayahuasca allait m'aider ? Est-ce que c'était elle qu'avait réveillé ce monstre surgi sur ma route ? Est-ce que c'était de ça dont Wish parlait, quand il m'avait demandé si j'étais certain de vouloir continuer ?

J'avais de sérieux doutes quant au fait que l'*abuelita* puisse inciter mon esprit à provoquer des hallucinations de ce genre en plein jour, d'autant plus que j'avais pas eu de mal à le faire tout seul, avant même qu'elle croise ma route, mais on pouvait envisager que ça faisait partie du travail. Le truc, c'est que j'étais loin de me sentir aussi fort face à mes visions quand elle était pas dans mon système, en train de me saturer d'amour. Mais je comprenais aussi qu'elle ne pouvait pas, et ne devait pas être toujours là à me tenir la main. L'intégration, c'est comme la liberté de Socrate. Apprendre à l'autre à se débrouiller tout seul, lui donner en main les armes pour qu'il se défende lui-même, et non pas passer son temps à le sauver, presque malgré lui.

Est-ce que j'étais assez fort pour me sauver de moi-même ?

* * *

— Regarde tout ce fric. Je sais même pas quoi en faire.

Mon jaguar ouvre les yeux, et il me regarde. Mais il a pas l'air spécialement impressionné par les liasses que je lui montre.

J'ai mal partout. Ce combat a pas été facile. L'autre était vraiment déchaîné ce soir. Il a fallu que je m'escrime sur sa gueule pendant des minutes et des minutes entières pour finir par le rétamer. Dommage que ce soit pas pour le pognon que je fais ça. Plus maintenant en tout cas. Autrement, j'éprouverais un sentiment de victoire qui en l'occurrence est totalement absent de mon organisme.

Je m'affaisse contre le mur, au ralenti, et pose une main sur son pelage tout terne. Un si bel animal. Chaque fois que je le regarde, je me demande encore comment c'est possible que lui et moi, on en soit arrivés là.

Si ça te fait rien, je me réjouirai et te féliciterai le jour de ta vraie victoire.

— Plus ça va, et plus je me dis que ça arrivera jamais…

Ça, c'est sûr, vu la manière dont tu t'y prends.

— Qu'est-ce que ça veut dire ?

Ça veut dire que boxer ce mec nuit après nuit comme tu le fais depuis des mois revient à essayer de tuer du feu en tapant dessus à coup de bâton.

Devant mon air hébété, il ajoute :

Je n'ai rien dit au début, parce qu'il me semblait évident que tu finirais par le comprendre tout seul. Mais selon tout état de cause, il n'en est rien.

— Mais j'ai pas la moindre idée de la manière de le tuer… définitivement.

Forcément, puisqu'il est déjà mort. La question serait peut-être d'arrêter de le faire renaître, tout bonnement.

— Il revient tout seul...

Oui et non, Travis. Oui et non.

* * *

Plus je regardais le désert, et plus j'avais l'impression qu'il me parlait. J'avais envie de m'arrêter et d'aller écouter ce qu'il avait à dire, mais je trouvais ça vaguement ridicule. J'ai continué à rouler un peu, mais y avait rien à faire, l'injonction était trop forte, j'ai fini par lui obéir.

J'ai marché droit devant moi. J'ai avancé vers l'horizon.

Un léger vent chaud balayait le sable et s'enroulait autour de mes chevilles. D'étranges pierres rondes reposaient sur le sol, et chacune d'elles semblait vivante. Quelques buissons tout secs poussaient à droite à gauche. Ils avaient une couleur argenté. Et leur vie, leur surprenante énergie vitale me sautait à la gueule. J'admirais leur existence épurée, aride, austère. Le fait qu'une goutte d'eau de temps à autre leur suffise. Alors que moi, la soif me talonnait depuis ma naissance.

Je me sentais presque bien, maintenant. J'aurais pu marcher comme ça tout le reste de ma vie, jusqu'au bout du monde, hypnotisé par l'horizon qui reculait toujours, et ça m'aurait suffi. Le désert éveillait toujours en moi ce même désir. Lancinant, torturé. Qu'est-ce qu'y me retenait de tout planter une bonne fois pour toutes et de suivre enfin mon abîme ? Pourquoi est-ce que je refusais encore de plier ? J'étais pourtant convaincu que de m'abandonner définitivement serait le seul moyen de comprendre... cette chose qui vivait en moi depuis toujours.

Quelque chose m'appelait, loin là-bas, vers ce lieu qui n'était pas physique, vers cet endroit qui n'était pas un endroit mais une position philosophique où un Homme n'était plus un Homme, où le temps n'existait plus, et où le désir se fondait dans l'être. Plus je marchais, et plus le désert gagnait en force et en clarté. Plus je m'enfonçais en lui, et plus il m'appelait.

J'ai distingué une forme au loin. J'ai tout de suite pensé à un mirage. J'avais la vue brouillée, des nappes de chaleur ondulaient sans relâche, c'était très flou, et au stade où j'en étais, j'étais de toute façon plus capable de faire la différence entre le monde tangible et l'autre monde. Et cette différence n'était plus pertinente, si tant est qu'elle l'ait été un jour.

La forme apparaissait et disparaissait. Mais j'avais pas peur. Quoi que ça puisse être, je savais que c'était pas Tyler.

J'ai marché longtemps, sans avoir l'impression d'avancer. La forme semblait reculer encore et encore, et je doutais de plus en plus de parvenir à l'atteindre. Sans savoir pourquoi, j'ai baissé les yeux sur ma droite et j'ai croisé ceux d'un lézard. Il me regardait, immobile. Il était plutôt balèze. On s'est regardés comme ça un moment, sans bouger ni l'un ni l'autre, puis il a détalé sur le sable pour aller se planquer sous une pierre. C'était pas la première fois que ça m'arrivait, de tourner la tête sans raison et de tomber sur un lézard qui me matait. Ça m'est même arrivé un nombre incalculable de fois. J'ai jamais su ce que ça signifiait.

J'ai alors reporté mon regard vers le lointain et j'ai aperçu un buisson à quelques mètres. Je me suis dirigé vers lui. C'était un buisson semblable à mille autres, sec, tortueux, gris. Mais il se détachait d'une façon particulière, comme s'il était plus vivant que les autres, qu'il possédait une âme, peut-être. Il était très beau à mes yeux. J'avais lu quelque part qu'il fallait prêter attention à ce genre d'impression. Sans plus songer à mon évasion, je me suis assis devant lui, et je l'ai contemplé longuement.

J'ai suivi des yeux les circonvolutions des ses branches noueuses, admiré la teinte d'argent de son écorce, éprouvé la rigidité de ses minuscules feuilles, senti sous moi la profondeur de ses racines. J'étais en plein remake de la *Prophétie Des Andes* mixé avec du Castaneda, et la scène du Buisson Ardent devait pas être loin, mais j'ai évacué ces pensées aussi vite que j'ai pu. Le fait que je sois pas le premier à faire ce genre de truc diminuait en rien l'expérience que je vivais. Plus je le regardais, et mieux je me sentais, parce que je me sentais plus. Le contempler était tout ce que je désirais, tout ce dont j'avais besoin.

Le silence s'était fait dans ma tête, même l'appel qui m'avait attiré jusqu'ici avait cessé de retentir. Mais je vivais ce grand silence comme un écartèlement de ma conscience. Elle entrouvrait ses parois pour s'offrir en accueillant la semence fertile du désert. Elle reposait, lascive, rendant les armes, prête à se faire engrosser par l'étranger. Sans doute pour porter en elle, puis mettre au monde un être inconnu, un hybride fragile et unique, une révolution. Elle et moi, on avait désespérément besoin de prendre soin d'un nouveau rejeton, qui nous pousserait à reconsidérer tous nos principes. Qui, par ses questions inattendues, nous contraindrait à être plus inventifs, à voir plus loin, à interroger nos vérités. De la même manière qu'un enfant rend ses parents adultes, les pousse à évoluer, à dépasser leurs propres limites.

J'étais prêt. L'étrange et enveloppante concentration était descendue sur moi, comme chaque fois avant les cérémonies. J'identifiais maintenant cet état comme celui de ma réceptivité, prête à engranger les informations. C'était la manifestation de ma mise à disposition, de mon ouverture à ce qu'il y avait au-dessus de moi. Ma façon à moi de me relier à l'énergie, quoi.

Une voix a émané du buisson. Elle était désincarnée, sans âge, sans genre. Elle était transmission pure. Et elle m'a traité de menteur.

Le noir a fondu sur moi, aussi profond qu'une nuit sans lune, et j'ai entendu les lézards lever la tête, prêtant l'oreille à cette voix, et eux aussi se sont mis à chuchoter de partout, de leurs petites voix grinçantes : *Hypocrite ! Hypocrite ! Menteur !*

Ça m'a fait mal, ces injures m'accablant de partout à la fois, mais j'ai tenu bon, attendant la suite.

Ta démarche est fallacieuse, a repris la voix, et les lézards ont répété, comme des petits perroquets ne sachant pas ce qu'ils disent : *Fallacieuse, fallacieuse...*

Tu trompes le monde entier, et, plus grave encore, c'est toi-même que tu trompes, a chuchoté la voix en tourbillonnant comme le vent des dunes. *Quelle réponse peux-tu espérer, quand tu n'oses même pas poser les vraies questions ?* elle a continué, frémissante, liquide, outragée. *Si tu étais sincère, il n'y aurait plus de questions.*

Plus de questions, plus de questions, ont chantonné en chœur les lézards.

Ta requête reflète ta traîtrise, et il ne te sera pas répondu. Fais ton choix, et fais-le en conscience.

J'étais scindé en deux.

Une partie de moi voulait mourir. Et l'autre voulait vivre.

Ça avait toujours été comme ça. C'est étrange comme l'instinct de vie et l'instinct de mort peuvent être autant développés l'un que l'autre chez une même personne. Quoi que. Pour ce que j'en savais, la proximité de la mort aiguisait le sens, et la sensation de la vie. J'imagine qu'au fond, tout le monde bataillait avec le même problème. C'est juste que chez moi, le dilemme était parvenu jusqu'à la pleine conscience. Ce qui, comme d'habitude, était paralysant. Être tiraillé entre les deux pôles les plus opposés de l'univers, avec une force égale... Physiquement parlant, bah tu bougeais pas d'un pouce. T'étais juste écartelé. Et ça faisait putain de mal.

Fantastique.

Je commençais sérieusement à être fatigué de toutes ces conneries. Fallait que ça cesse, et vite. Je priais pour que ce séjour dans la jungle m'aide à y voir plus clair, et m'offre l'assise suffisante pour faire mon choix définitif. Il en allait de ma santé mentale, ou de ce qu'il en restait. Un Homme ne pouvait décemment pas être bringuebalé indéfiniment par des courants contraires, sans jamais trouver rien de stable à quoi se raccrocher. À une époque, je pensais que c'était ça, la liberté. Être capable de vivre sans filet de sécurité. Refuser tout appui. Et apprécier la chute mortelle autant que les exercices d'équilibriste.

Si j'avais dû continuer à suivre ces mêmes préceptes, j'aurais embrassé la folie galopante qu'était en train de s'emparer de moi. Je l'aurais vécue sans jugement, sans même la considérer comme de la folie, mais comme une nouvelle expérience qu'en valait bien une autre.

À quel moment est-ce que ma vision de la vie avait changé ?

* * *

— Alors comme ça, ta sœur t'a envoyé au cachot, hein ?

Je suis heureux de le revoir. Autant l'avouer direct, depuis cette première fois où il m'a convoqué dans son bureau, j'ai pas cessé de penser à lui. J'en étais arrivé à me persuader que mon cas l'intéressait plus des masses, tout compte fait. C'était la seule façon que j'avais trouvée d'expliquer son retrait. C'est donc avec un sourire à peine dissimulé que je lui réponds :

— Et je ne saurais dire combien je lui en suis reconnaissant.

— Tu as fait des expériences intéressantes, cette fois-ci ?

— Le mot est faible.

— Je peux savoir ?

— Et en quel honneur ?

— Disons que ça fait partie du contrat qu'on a signé.

— Je croyais que vous aviez lâché l'affaire avec ça.

— Absolument pas. Qu'est-ce qui te fait croire ça ?

— Ben, vous nous avez pas convoqués, au final… Et on a répondu à aucun test psychologique ou des trucs de ce genre…

— C'est à ça que tu t'attendais ?

— Un peu…

— Je n'ai pas besoin de vous faire cocher les cases d'un test élaboré par d'autres pour parvenir à ce que je veux.

— Et qu'est-ce que vous voulez ?

— Je t'ai déjà dit que je ne pouvais pas te le révéler. Mais sache que l'expérience a déjà commencé.

— Vraiment ?

Soudain je pense à cette nuit dans la forêt. À Tyler qu'a failli mourir étranglée. Au combat avorté. À ces horribles cages à chien. Putain. Mais oui. Bien sûr que oui. Comment j'ai fait pour pas deviner que cet enfoiré de Spade était derrière tout ça ? Le fait même de faire payer à l'un les fautes de l'autre… Il a commencé. Le test. Tyler et moi, on est déjà en plein dedans.

— Maintenant réponds à ma question.

— Ça va pas être facile. J'ai fait des rêves qui ressemblaient pas du tout à des rêves.

— Est-ce que ça s'est produit pendant que tu méditais ?

— Donc vous êtes au courant de ça aussi.

— Fletcher m'a raconté.

— Bâtard…

— C'est mon boulot d'être au courant. Je dois savoir

comment vous réagissez à l'isolement. Et je dois dire qu'encore une fois, tu ne m'as pas déçu.

— C'est tout ce que j'ai pu trouver pour rendre le truc tolérable.

— C'est parfait. Tu es mûr pour la camisole de force alors.

— …

— Je plaisante. J'avais envie que tu me parles de Jack London.

— Navré mais je suis pas un putain de vagabond des étoiles. Et je suis pas non plus spécialement pressé de revivre mes vies antérieures, si ça vous fait rien.

— Je plaisantais. On a pas de camisole ici.

— Nan, vous, vous avez l'immobilisation au sol. C'est mieux. Et vous avez un humour particulier aussi, Mr. Spade.

— Il n'empêche que ça m'y fait drôlement songer. C'est ton truc, la méditation ? Tu faisais ça souvent avant ?

Hors de question que je lui parle de la voix, alors on va broder autour.

— Pas vraiment. Mais vu que j'avais rien de mieux à faire, je me suis dit que c'était le moment ou jamais.

— Ça n'a pas dû être facile, au début.

— En effet, mais je me suis accroché.

— Et ça valait le coup ?

— Oui.

— Et alors tu as eu… ces rêves ?

— Je suis parti assez loin, on dirait…

— Tu n'y couperas pas, Travis.

Tu peux y aller, fait la voix du samouraï. *Ça m'intéresse d'avoir son avis sur la question.*

Super. Et moi je me retrouve coincé entre deux feux.

Parle.

Alors c'est ce que je fais, du mieux que je peux, bien que ce soit pas chose facile de mettre des mots là-dessus. Je lui raconte tout, jusqu'à la vision qui le concerne de plein fouet. Ça lui coupe la chique, à Spade. Il prend bien le temps de tout retourner dans sa tête avant de se remettre à parler.

— Cela faisait longtemps que je n'avais pas entendu quelque chose d'aussi fascinant.

— Moi j'avais jamais rien vécu d'aussi fascinant tout court.

— Donc pour toi, il s'agit d'une expérience vécue ?

— Je vous l'ai dit, je sais pas exactement à quel moment ça a commencé, si j'étais en train de méditer ou si je m'étais endormi, ou alors si j'étais tout simplement tombé d'inanition. Mais ça a rien à voir avec un rêve courant. Merde, vous aussi vous devez quand même bien rêver, alors vous voyez forcément ce que je veux dire.

— Oui. Mais je distingue deux stades dans ce dont tu me parles. L'accès à un nouvel état de conscience et la vision. S'agit-il de deux choses bien différenciées ?

— Pas exactement. C'est juste qu'à un moment, je crois que j'ai dirigé mon attention vers autre chose.

— Et c'est là que tu m'as vu.

— Ouais.

— Hum. Pourrais-tu m'expliquer un peu plus l'état de conscience où tu t'es trouvé, avant de te focaliser sur moi ? Notamment quand tu dis avoir été au-delà de la problématique du piège, du jeu, de la machine, bref de cette problématique qui te tient tant à cœur. Si ce que tu me dis est vrai et réel pour toi, et non plus, comme à l'accoutumée, une simple pensée intellectuelle, tu dois être ravi, transporté et soulagé d'un poids énorme de t'être enfin extrait d'elle.

— Manque de bol, c'est pas vraiment comme ça que ça marche. Je peux pas dire que le problème a été résolu ou réglé pour toujours et que j'aurais plus jamais à me prendre la tête dessus. C'est juste que sur le moment, je l'ai dépassé, sans avoir besoin de le régler, puisque plus on cherche de moyens de s'échapper, plus on consolide ses chaînes. Pour la première fois de ma vie, c'est quelque chose que j'ai vécu. J'ai *vécu* cette compréhension, sans avoir besoin d'y réfléchir, puisque la réflexion n'avait rien à foutre là-dedans. Comprendre ça, c'était déjà changer. Comprendre ça, c'était le *vivre* instantanément. C'était pas comme réfléchir. C'était pas comme rêver. C'était comme de se retrouver au même niveau que la naissance des concepts eux-mêmes, à la source des choses et des idées, avant qu'elles ne soient réduites à de simples mots qui ne font que les dénaturer et les étiqueter en leur faisant perdre leur essence. Et du coup, plus rien ne pouvait être appréhendé de la même façon. Est-ce que vous comprenez ?

— Je pense que oui. J'ai moi-même vécu une expérience très similaire il y a des années, lors d'un voyage en Amazonie. Mais il est vrai que j'avais eu recours à quelques drogues…

— Ça m'étonne pas de vous.

— Penses-tu que cette expérience te sera d'une quelconque utilité pour l'avenir ?

— J'en sais rien. Même maintenant que je vous en parle, ça semble déjà assez loin. C'est le genre de truc qui se ressent sur le moment mais qu'on peut pas vraiment classer dans sa tête comme un souvenir auquel on peut faire appel pour se diriger dans la vie. Enfin il me semble… Mais je suis sûr que ça passera pas à l'as non plus. J'ai vu quelque chose de nouveau, d'entièrement nouveau, et d'une façon ou d'une autre, je sais que mon cerveau s'en servira quand ce sera nécessaire.

— Tu te sens différent ?

— Je peux pas dire ça, nan.

— Et qu'en est-il de la vision ?

— Eh ben quoi, la vision ?

— Considères-tu que tu aies vu des choses qui existent réellement ?

— Ben pour commencer, à part si je suis en train d'halluciner sévère, tout porte à croire que vous avez gravi aucune montagne cette nuit et que vous vous êtes pas fait dévorer vivant par de gros oiseaux noirs, pas vrai ?

— Je crois qu'au moins sur ce point-là, nous pouvons avoir une quasi certitude.

— Vous foutez pas de ma gueule.

— Ça va, je fais un peu d'humour, ça va pas te tuer.

— Vous croyez que j'ai tout inventé, c'est ça ?

— Non. Penses-tu cependant que tu sois sorti de ton corps pour aller voir ça ?

— Apparemment pas, puisque ce que j'ai vu correspond pas à la réalité.

— Et s'il s'agissait d'une autre réalité ?

— Qu'est-ce que vous voulez dire ?

— Je ne sais pas, mais puisque qu'apparemment on navigue depuis le début dans une autre dimension, avec ton histoire, n'est-il pas envisageable que cette vision corresponde à un autre espace-temps, passé, futur, ou même présent, mais autre que celui dans lequel nous nous tenons en ce moment ?

— Allez pas me dire que vous croyez en ces trucs-là.

— Je m'interroge, c'est tout. Vu que ton expérience traite avant tout de l'essence vraie des choses, je me demande si d'une façon ou d'une autre, tu n'aurais pas été à même de percevoir la mienne, à travers une représentation archétypale, si tu vois de quoi je veux parler.

— Est-ce que vous vous reconnaissez là-dedans ?

— C'est une très belle vision.

— Et ?

— Et il serait très flatteur pour moi de croire qu'il s'agit bel et bien de moi.

— Vous auriez pas été un Indien dans une vie antérieure, par hasard ?

— Je n'en sais rien, mais même si on voulait le croire, je ne pense pas que les Indiens portaient des chemises et des jeans, et je ne pense pas non plus que les oiseaux que tu décris aient jamais existé.

— Ouais, ça tient pas debout. Mais de quoi y peut s'agir, alors ? Est-ce que ça vous parle, au moins, cette histoire ?

— Oui, ça me parle, mais je pense qu'il en serait de

même pour tout le monde.

— Ouais ben allez dire ça à Fletcher. Je suis pas du tout persuadé que ça le mettrait en joie, de s'imaginer s'offrir en pâture à des vautours.

— Ça ne lui plairait pas, c'est vrai, et pourtant je t'assure que ça pourrait tout à fait lui correspondre.

— Ça nous avance pas des masses. En quoi ça vous parle, à vous ?

— J'aimerais beaucoup te le dire, mais je ne peux pas. Le transfert que tu fais sur moi n'en serait que plus total, et nous devons à tout prix éviter ça.

— Un transfert ? Moi ?

— Que ça te plaise ou non, c'est ainsi, oui. Libre à toi de ne pas le croire, en attendant c'est mon rôle de psychiatre d'éviter que ça prenne des proportions nocives. Et en l'occurrence, si je te racontais ce que ta vision évoque pour moi, c'est exactement ce qui arriverait.

— Ça répond à ma question. Ça vous parle méchamment, cette histoire, vous vous reconnaissez carrément dans ce type qui parvient à rallier les deux mondes et sacrifie une partie de lui, son moi terrestre, pour passer de l'autre côté.

— C'est ton interprétation ?

— C'est comme ça que l'ai vécu, moi, ce truc. C'est comme ça et pas autrement.

— Comment peux-tu être sûr que c'était bien de ça dont il était question ?

— Il était question de ça, et de quelque chose d'autre aussi. Comme… accepter de se laisser bouffer sur pied par sa propre folie…

— Ça me rappelle étrangement quelqu'un…

— Qui ça ? Moi ?

— Parfaitement. En fait je me demande si toute cette histoire n'est pas simplement une sorte d'incarnation projetée des différentes parties de toi, comme c'est le cas dans les rêves. Et j'irai même plus loin : cela pourrait n'être rien de plus que la personnification visionnaire des illusions que tu te fais sur ton propre compte.

— Vous avez peur de ce que j'ai découvert, c'est pour ça que vous me dites ça !

— Absolument pas, mais réfléchis cinq minutes. Tu ne vois donc pas à quel point tous les éléments de ta vision constituent de parfaits clichés ?

— Quels clichés ?

— Le jeune héros tout droit sorti d'une tragédie grecque, qui s'en va courageusement se faire dévorer par les vautours de la folie. Peut-on sérieusement imaginer cliché plus répandu que celui-là ?

— C'est pas ma faute si on est tous de tels clichés, et je suis vraiment navré si ce que j'ai vu vous défrise, mais moi je sais à quoi m'en tenir. À moins que vous ne vous défendiez d'être vous aussi touché par eux. Peut-être bien que vous haïssez cette partie de vous-même que j'ai déterrée là-haut sur la montagne…

— Tu ne sais pas de quoi tu parles…

— Peut-être bien qu'à un moment dans votre vie, vous avez choisi de sacrifier une partie de vous pour continuer à avancer et aller plus loin dans la réflexion, ce qui expliquerait comment vous êtes passé du jeune idéaliste qui part se défoncer en Amazonie au psy pour délinquants. En tout cas vous me ferez pas démordre de ça. La façon dont tout ça m'est apparu... Cliché ou pas, c'était ni un rêve, ni un truc de l'imagination, et le ressenti que j'en ai... Seul un truc réel peut avoir cet impact sur quelqu'un. De toute façon ça m'intéresse plus de maintenir une délimitation nette entre ce qui est soi-disant réel ou pas.

— Qu'est-ce que tu veux dire ?

— Qu'on s'en branle de ces conneries. À partir du moment que ça a une importance et un sens pour moi, qu'il s'agisse d'un rêve ou d'autre chose, alors c'est réel, point barre. Et maintenant que j'y pense, c'est pas la première fois qu'un rêve me bouleverse à ce point.

— Est-ce que le fait d'être ici a influencé ta nouvelle vision des choses ?

— Quoi, vous me demandez si avant, la démarcation entre réel ou pas réel avait plus d'importance pour moi ?

— En fait je me demande si ce ne serait pas une tactique mentale pour t'échapper d'ici.

Et voilà, fait le samouraï. *Ce mec est tristement prévisible. C'est parfaitement logique qu'il te sorte ça. Il cherche à te casser quand tu trouves enfin le moyen de vivre l'horreur autrement.*

— Je vois. Ce serait plus sécurisant pour moi de me dire que ce qu'on me fait subir ici n'a pas plus de réalité que ces visions étranges.

— Et que ces visions étranges ont autant de réalité que ce qu'on te fait subir.

— Quoi, vous pensez que je suis en train de virer schizo ?

— Ça n'a rien à voir avec la schizophrénie, mais ce

serait un moyen trouvé par ton esprit pour relativiser, en un sens, et rendre les choses plus supportables. Comme une sorte… de déréalisation. Ce qui revient à expérimenter le doute métaphysique d'une manière concrète. Remettre en question la notion même d'existence, si tu préfères.

Je me tais.

— J'ai touché un point sensible, on dirait.

— Je me suis déjà interrogé là-dessus, figurez-vous. Pas exactement en ces termes.

— Et quelles sont tes conclusions ?

— J'ai rien conclu. Vous, vous pensez que c'est la même chose ? Cette question et la vision ? Est-ce que la vision serait une réponse à cette question ?

— Pas la vision en elle-même, mais le fait que tu lui accordes tant de réalité, oui. Puis-je te poser quelques questions, pour t'aider à y voir plus clair ?

— Allez-y.

— Dois-tu te soumettre ?

— Nan, je dois pas.

— Te soumets-tu ?

— Parfois.

— Pourquoi ne dois-tu pas te soumettre ?

— Parce que ça ferait de moi un lâche.

— Pourquoi t'arrive t-il de te soumettre ?

— Parce que je peux pas faire autrement. Pour protéger Tyler.

— Dans ce cas, quelle est la valeur de ta résistance, si parfois tu te soumets et parfois non ?

— *Si je respecte vos règles, ça signifie que je vous reconnais le droit de me donner des ordres.*

— Tu as lu ça dans le livre de Primo Levi, non ? *Si C'est Un Homme* ?

— Ouais, ou alors dans *Green River*, je sais plus.

— Essaye de répondre à ma question.

— J'imagine que l'effort en lui-même, la résistance, même si elle finit par échouer, vaut quelque chose quand même. Qu'ils n'obtiennent rien facilement.

— Comme le sacrifice de milliers de personnes pour une guerre perdue d'avance ? Par orgueil patriotique ?

Je soupire.

— Il s'agit que de moi, ici, alors putain, je ferai bien ce que bon me semble, sans culpabiliser !

— Et Tyler ?

— Elle est encore plus déterminée que moi, vous le savez. Et la résistance en elle-même, je persiste, a une valeur. L'issue finale n'a sans doute pas d'intérêt.

— Pourquoi lutter, alors ?

— Pour lutter. Pour maintenir une part de soi-même non soumise.

— Être libre dans sa tête tout en étant prisonnier ?

— Ouais.

— Être tellement libre qu'on peut dépasser la problématique du piège en la reléguant à un simple labyrinthe conceptuel ?

— Ouais.

— Et sortir de sa cellule pour aller se balader dans les airs et rendre une petite visite aux gens qu'on aime ?

— Je vous aime pas, mais ouais.

— Et s'imaginer que ceci est aussi réel, voire plus, que les murs de sa prison ?

— Nous y voilà, je fais, sarcastique.

— Et que plus rien n'importe si on peut se projeter en pensée jusque dans l'esprit de son adversaire ?

— Vous avez tout compris.

— Et que désormais on peut se soumettre sans culpabilité, puisque ce qui se joue dans la première réalité compte bien moins que les territoires inexplorés de l'esprit libre ?

— On en est pas encore là...

— Mais c'est la prochaine étape.

— Qu'est-ce que vous en savez ?

— C'est tellement pratique, n'est-ce pas ? L'esprit est si fort pour inventer des façons de se dédouaner.

— Vous partez trop loin. J'ai jamais dit que plus rien ne m'importe maintenant que je peux m'évader. Et d'ailleurs je sais même pas si ça se reproduira.

— Il devient alors préférable d'être au trou. Comme ce type accro à sa camisole.

— Arrêtez de parler tout seul !

— Mais qu'attendre de plus d'un jeune homme qui place l'esprit et la liberté au-dessus de tout, sinon qu'il trouve encore un moyen de se croire libre, jusqu'au plus profond de son esclavage ?

— Arrêtez, putain de merde, ou je me tire !

— Travis... Est-ce que tu comprends ce que j'essaie de te dire ?

— Ouais. Ouais, je comprends.

— Et en restant sincère, est-ce que tu n'y trouves pas un semblant de vérité ?

— J'en sais rien, bordel ! Vous extrapolez, en plus.

Qu'est-ce que j'en sais, de comment je vais prendre les choses après ça ? Avant de parler avec vous j'étais même pas sûr que ça aurait une influence quelconque sur moi. Et je sais très bien pourquoi vous cherchez toujours à détruire les efforts que je fais en travestissant mes expériences personnelles. J'aurais jamais dû vous en parler ! Vous avez déjà vos idées préconçues sur tout, et sur moi en particulier, et tout ce qui vous intéresse, c'est de me casser. Vous avez votre putain de credo et vous vous y agrippez comme un connard, c'est tout.

Il se tait un moment.

— L'esprit est plus simple qu'il n'y paraît quand on commence tout juste à l'explorer, Travis. Toi tu es au tout début du chemin, et il se trouve que *toi, particulièrement,* tu as envie, et besoin, de croire en sa suprématie, spécialement dans l'environnement où tu te trouves en ce moment. Tu te raccroches à la seule chose qu'il te reste. Et tu penses que c'est justement cet esprit qui peut te donner la clé vers la liberté. Mais tu es en train de te perdre dans une folie galopante. Tu ne sauras jamais ce que tu es, car chaque découverte révèle une autre dimension à conquérir. C'est comme si tu découvrais ton esprit à mesure qu'il s'autodétruit. C'est une course contre la montre. Tes fonctions cérébrales diminuent, et tu dois te servir de ce qu'il te reste pour comprendre quand même. En l'état actuel des choses, tu t'en remets tout entier à lui, tu lui livres les derniers grains de ton intelligence, et il te mène dans des chimères qui sont comme les dernières visions d'un Homme sur le point de mourir. Les soubresauts de conscience de l'Homme qui trépasse. Je te l'ai déjà dit, et plus que jamais je me dois de te le répéter : ne va pas par là, Travis. Ou tu vas t'en mordre les doigts.

— Et où est-ce que je suis censé aller, alors, bordel de merde ? je crie.

— Maintiens-toi de toutes tes forces dans ce que tu sais être la vraie réalité.

— C'est vous qu'essayez de me rendre fou !

— La seule façon de rester sain d'esprit, au contraire, c'est de claquer la porte sur toutes ces tentations de fuite en avant que ton esprit produit, toutes ces propositions alléchantes qui ne sont que des pièges qui ne te laisseront plus t'échapper quand ils se seront entièrement refermés sur toi. Comme ces magnifiques fleurs carnivores, colorées et trompeuses, qui t'engluent dans leur beauté avant de te dévorer tout cru. Il en est de même pour cette vision que tu as eue. Ce ne sont que des leurres, des mirages dans l'aridité, les lueurs de la folie qui t'appellent comme un chant de sirène et qui finiront par avoir raison de toi. Qui finiront par avoir ta raison.

— Vous êtes en train de tout démolir…

— Mais je me dois de le faire, Travis. Qui d'autre que moi pourrait t'enlever des griffes de la folie, sinon ?

— Mais vous-même vous me disiez que vous avez été confronté aux mêmes choses...

— Oui, et il m'a fallu accomplir un énorme travail sur moi-même pour faire machine arrière.

— Ouais, et moi je vous ai vu vous faire bouffer vivant par vos démons ! Vous allez me dire maintenant que c'était que des conneries ?

— Non, c'était vrai, en effet, et la seule manière

raisonnable d'expliquer ça, c'est que tu as perçu ça en moi, tout simplement, alors qu'on parlait. Je t'ai sans doute sous-estimé. J'ai marché à découvert et tu as capté des choses que tu n'aurais pas dû savoir. Mais ce que je cherche à te dire, c'est que c'est ton inconscient qui a compris ça, et non je ne sais quelle faculté supra-sensorielle…

— Alors ça tombe à l'eau, votre histoire de cliché.

— Je parlais du choix de la représentation, et non de ce qui était exprimé.

— Mais pourquoi vous parlez de folie, alors, si j'ai fait que voir des choses qu'existent réellement ?

— Parce que ton cerveau te fait croire que ces choses que tu as vues t'ont été accessibles via un autre niveau de conscience, alors qu'il s'agit juste de choses que tu sais inconsciemment.

— Donc j'ai quand même visité mon inconscient ?

— Oui, plus ou moins, mais il n'y a pas à en faire toute une histoire. Le rêve fait exactement la même chose, et personne n'a idée de parler de perception extra-sensorielle.

— Moi, si. Et si les rêves et les visions sont à même de me dévoiler des choses que je sais sans savoir, je crache pas dessus.

— Très bien. Mais prends-les pour ce qu'ils sont et rien de plus.

— Mais vous en savez rien vous-mêmes, de ce qu'ils sont…

— Si. C'est l'esprit qui s'amuse.

— Et si je vous dis que moi j'ai envie de le suivre dans

ses jeux ?

— Du moment que tu ne prends pas pour argent comptant ce qu'il te montrera…

— Et pourquoi pas, hein ? Qui a décrété que ça valait moins que cette soi-disant réalité matérielle ?

— Une chose est sûre : ceux qui ont suivi le chemin que tu t'apprêtes à prendre n'en sont jamais revenus pour témoigner.

— Peut-être bien que ce qu'ils ont découvert valait bien plus que ce qu'on peut trouver ici-bas, et qu'ils ont pas eu envie de revenir.

— Oui. Ou alors quand ils ont fini par comprendre leur erreur, il était déjà trop tard pour faire demi-tour.

— C'est 50/50, alors. Une chance sur deux.

— Je ne prendrai pas les paris.

— Froussard.

— Pauvre fou.

* * *

Le petit est près de moi depuis tout à l'heure, à m'agripper de sa façon collante que je déteste, mais que j'ai définitivement pas le cœur de rejeter, quand soudain il s'écarte de moi, comme réveillé en sursaut d'un mauvais rêve, en se jetant vers les poubelles contre lesquelles il se plaque, l'air épouvanté, ses petits yeux braqués sur moi.

— Qu'est-ce qui t'arrive ? je fais en rigolant, en le désignant du menton. Est-ce que ce bruit dans ma tête te dérange ?

* * *

Quand Eliot est rentré, il a tout de suite capté de quoi il était question. Sans doute qu'on l'observait avec un drôle de regard. Il a secoué la tête en inspirant fortement. Et il a fait :

— Putain je *savais* que vous alliez me faire ce coup-là !

Tyler et moi on s'est contentés de continuer à le regarder. Il était sur le point de se lancer dans une longue et fastidieuse argumentation quand je l'ai coupé net :

— Te fatigue pas, Eliot. Ça sert à rien.

On aurait dit que ça l'avait blessé. Il a eu l'air franchement désœuvré. Puis il a à nouveau secoué la tête.

— Est-ce que j'ai au moins le droit de dire que vous êtes complètement cons ?

— Tu peux dire ce que tu veux. Ça changera rien.

— J'ai beau chercher, je vois pas une seule putain de bonne raison de se foutre là-dedans.

— On veut pas d'une vie normale, a murmuré Tyler.

— Arrête tes conneries, il a répliqué, presque avec rage. Y a un million de façons de mener une vie en dehors des rails autres que celle-là.

— Mais nous c'est ça qui nous attire, et on a pas pour habitude de pas faire ce qu'on a envie de faire.

— C'est des conneries... Tu vois ça de ta fenêtre, toi. Tu crois que tu vas t'offrir du rêve gratos. T'oublies qu'y a qu'au début que c'est un putain de rêve. Mais je vais te dire, au moment où le piège va se refermer sur toi, faudra pas compter sur moi pour venir chialer.

Il s'était jamais permis de nous causer comme ça, et je

dois reconnaître que ça nous a un peu choqués. C'est à ce moment-là que j'ai réalisé qu'au fond, Eliot m'avait jamais vraiment ouvert son cœur. Qu'il avait toujours tout gardé pour lui. Je me suis senti coupable de jamais avoir été foutu de l'écouter. Mais Tyler était déjà en train d'enchaîner :

— On sait ce qu'on veut Eliot et t'inquiète qu'on viendra pas chialer derrière.

— Y a rien que je puisse dire qui vous fera changer d'avis, hein ?

— Nan, j'ai répondu. C'est comme ça qu'on est faits. Ça nous attire depuis toujours, et si c'est pas avec toi qu'on le fait dis-toi bien qu'on le fera de toute façon. C'est un test qu'on doit faire, c'est comme ça.

— Encore un de tes putains de tests... Tu t'es jamais dit que la vie pouvait être autre chose qu'une de tes saletés d'expériences de labo ?

— On fait de mal à personne. J'ai jamais demandé à quelqu'un d'autre de jouer les cobayes.

— Et ta sœur alors ?

Tyler a gueulé d'un ton vénère :

— Oh, ça va, j'ai un cerveau moi aussi ! Faudrait peut-être que tout le monde arrête de croire que je fais que suivre Travis et qu'il est responsable de moi, bordel !

— On est responsable des gens auxquels on tient, Tyler, que ça te plaise ou non. Travis est responsable de toi autant que *moi*, je suis responsable de vous.

J'ai soudain compris qu'Eliot essayait de faire pour nous ce que sa putain de mère avait jamais été foutue de faire pour lui. Nous protéger de nous-mêmes. Je sentais confusément qu'il était terrorisé à l'idée de faire les mêmes erreurs qu'elle. Déjà qu'il était persuadé de lui ressembler. Comme s'il pouvait rompre le lien qui l'enchaînait à elle en reproduisant pas les mêmes schémas. Je me suis fait l'effet d'être profondément malhonnête quand j'ai fini par dire :

— Personne n'est responsable de personne. On est responsable que de soi-même.

Vu qu'aucun d'eux ne réagissait, j'ai continué :

— Tyler a pas besoin de moi pour savoir ce qu'elle veut, et on a pas besoin de toi pour nous protéger. Je comprends que tu veuilles pas voir tes potes se foutre dans la merde, mais c'est pas comme si on avait pas conscience des choses. T'as peut-être du mal à comprendre qu'on puisse désirer quelque chose qui paraît inhumain à tout le monde, mais nous c'est vers ça qu'on tend, justement, et c'est ça qu'on veut. On veut ce qui fait peur aux autres. On veut aller dans le sens inverse de la marche. On veut pas être beaux et en pleine santé et pleins de fric et vivre le plus longtemps possible. On veut pas du confort et de la sécurité. On veut pas de l'avenir. Et on veut pas de l'espoir. Et si tu vois autre chose que l'héro pour remplir tous ces critères, alors vas-y, je t'écoute.

Il m'a regardé et j'ai vu qu'il faisait vraiment l'effort de comprendre, pas juste comme les gens qui t'écoutent à moitié en restant cramponnés comme des connards sur leur position, et qu'attendent seulement le prochain blanc dans la conversation pour tenter de te faire ingurgiter leurs putains d'arguments. Il m'a scruté un long moment, pour jauger ma sincérité. Histoire de savoir si je pensais vraiment ce que je disais, ou si c'était juste un beau discours d'ado rebelle et complètement con. Quand il a réalisé que j'étais honnête, il a fini par baisser les yeux.

— C'est de vous farcir tous ces bâtards de soldats et de devoir faire vos lits au carré qui vous a dégoûtés, ou quoi ?

— On pensait déjà comme ça avant, a rétorqué Tyler, mais on peut pas dire que ça ait aidé, c'est clair.

Il nous a regardés longuement l'un et l'autre, mais y avait plus grand-chose à dire.

— Quand on aime les expériences, moi je trouve ça dommage d'aller direct vers celle qui sera la dernière et qui ferme toutes les portes aux autres, mais peut-être que pour vous ce sera différent. Je connais personne pour qui c'est le cas, mais c'est vrai que je connais personne non plus qui y est allé pour les mêmes raisons que vous. J'aurais aimé être convaincu que vous savez vraiment dans quoi vous vous engagez... Mais ça, personne peut l'imaginer avant d'y être vraiment.

* * *

Assis dans ce désert devant cet imbécile de buisson, je me sentais pas libre. Quelque chose luttait en moi, livrant une bataille acharnée, repoussant les attaques de l'abîme. Quelque chose refusait de se laisser entraîner vers le fond. Cette chose ne voulait pas être ensevelie à jamais. Elle avait peur du néant, peur de l'oubli, peur de la mort. Elle avait une frousse épouvantable de l'anéantissement. Le contact de ces doigts glacés enserrant sa gorge la rendait folle d'angoisse, et très agressive. Elle était là, tous crocs dehors, rendant coup pour coup, tournant sur elle-même pour parer les attaques venant de partout. Elle avait un côté pathétique, devant son refus de l'inévitable, dans son combat perdu d'avance. Mais elle était aussi très belle dans sa noblesse, dans son acharnement à défendre son intégrité, son droit de vivre. Sa croyance en la légitimité de son existence. Pourquoi est-ce que les ténèbres devraient la dévorer ? Pourquoi est-ce qu'elle devrait accepter de disparaître ? De quel droit est-ce que le néant écrasait tout sur son passage ?

Elle voulait juste vivre. Sans en demander le droit à personne, et sans blesser quoi que ce soit. Juste *vivre*.

Je la trouvais attendrissante. J'avais envie de lui dire que je lui ferais pas de mal. Elle me rappelait Tyler. Elle avait la même candeur.

Mais la force antagoniste contre laquelle elle faisait la guerre progressait comme un rouleau compresseur, répandant son nuage de mort, s'enflant des derniers râles d'agonie de ce qu'elle étouffait de ses vapeurs toxiques, progressant, progressant toujours. Elle ressemblait au napalm, à la pollution et à une marée noire. Elle était aussi collante et opaque que le pétrole. Elle était diffuse comme un air vicié. Elle était aussi vorace, féroce et définitive qu'un feu de forêt. Elle avait le pouvoir de métamorphose. Elle pouvait être aussi vive qu'un colibri, et aussi lente que la lave en fusion. Qui pouvait lutter contre elle ? Elle était l'asticot dans la pomme. Le virus sur la poignée de porte. Elle était partout, éternelle, invincible. Elle était aussi belle qu'une fille en robe noire. Aussi laide que le démon qui fomente ses plans. Une véritable toxicose.

J'étais en pleine tragédie grecque, avec Éros et Thanatos qui luttaient pour ma possession. Est-ce que cette putain d'ayahuasca était mon fil d'Ariane ?

Quelle voie devais-je suivre pour sortir enfin du puissant labyrinthe ?

* * *

Toute cette histoire m'a méchamment retourné, et j'en veux à Spade d'avoir si bien dévasté mes fondations. Pendant les nuits qui suivent, de retour au dortoir au milieu des autres, mon cerveau s'en donne à cœur joie pour m'embrouiller encore un peu plus. Je fais un rêve où il est question de se mettre un sac en plastique sur la tête et de se livrer à l'écriture automatique pour se suicider sans s'en apercevoir. Un autre où trois personnages indéfinis se tiennent devant moi, qui parlent. Mais j'entends presque pas ce qu'ils disent, et je crie : *Vous n'existez plus !* Avant de songer : *À moins que ce soit moi qui existe de moins en moins.*

C'était déjà pas facile avant, et là c'est encore pire. La machine dans ma tête semble posséder une volonté indépendante, et j'ai beau me dire et me répéter : *Basta, plein le cul de ces conneries*, ça travaille tout seul là-dedans et je suis carrément exténué de cogiter sans cesse sans parvenir nulle part. La machine tâte, soupèse, évalue chaque argument sans jamais parvenir à le classer définitivement. Moi qu'aime pas les étiquettes, pour une fois j'aimerais qu'elle en colle des grosses sur tout ça et que je sache à quoi m'en tenir, mais ça mène à rien, le puzzle n'est jamais complet, les pièces ne semblent pas vraiment correspondre les unes par rapport aux autres, et y faut sans cesse tout reconsidérer sans qu'aucune image cohérente se fasse jour, émergeant du bordel et clarifiant une bonne fois pour toutes ce putain de foutoir dans ma tête.

Spade, le samouraï, Fletcher, Ricardo, Tyler…

Les mille facettes du diamant se livrent une bataille acharnée, c'est à qui brillera le plus fort, et moi je suis là au milieu, à faire le derviche comme un pauvre con…

Où est-ce que je suis moi dans tout ça, d'ailleurs ? Je suis même plus foutu d'identifier ma propre voix. C'est pourtant la seule que je devrais suivre, mais ma pauvre cervelle mortifiée est comme tétanisée par le grondement de celle des autres. C'est bien beau d'avoir l'esprit ouvert, mais ce genre de saloperie ça marche comme l'empathie, ça peut devenir franchement handicapant quand on le pousse trop loin.

* * *

C'est lui qui nous a fait l'injection.

Il a tenu le poignet de Tyler pendant qu'il remontait sa manche, puis a entouré son bras d'un gros élastique en caoutchouc, juste au-dessus du coude. Elle l'a pas quitté des yeux tandis qu'il diluait la poudre dans la cuillère, la chauffait et en remplissait la seringue. Il accomplissait un rituel tout ce qu'y a d'habituel, presque sans y penser, alors que nous on était au bord de l'implosion. Parce que c'est à ça qu'on était vraiment accros. À cette sensation de pleine présence et d'excitation qui te possède quand tu testes un truc pour la première fois.

L'Inconnu.

Rien, absolument rien dans la vie, n'égale ce moment-là.

Et Tyler en frémissait d'impatience.

Juste avant le point de non-retour, Eliot m'a regardé dans les yeux, franchement, sans détour. Sans rien dire. J'ai soutenu son regard parce que j'étais sûr de moi. J'ai regardé Tyler et j'ai vu dans ses yeux la même chose que ce qui se trouvait dans ma tête. Je l'ai embrassée. Et il a enfoncé le piston.

Presque instantanément, ses yeux se sont fermés et sa bouche s'est entrouverte. Elle a poussé un long, un très long soupir, assez dérangeant, parce que c'était le même que celui qu'elle avait quand j'étais sur le point de la faire jouir. Pour être honnête, son extase semblait même carrément plus intense que quand c'était moi qui la provoquais. Elle s'est affaissée dans le canapé et s'est mise à se contorsionner, une main agrippée à ses cheveux, l'autre en train de descendre entre ses cuisses. Et elle s'est mise à gémir. Puis elle est restée comme ça, sur le dos, respirant profondément, l'esprit caressé par une chose invisible, le corps étreint par les ondes du plaisir.

— Comme j'aimerais pouvoir revenir à ça, a murmuré Eliot en regardant Tyler, avec un curieux mélange d'attendrissement et d'envie. La première fois, c'est vraiment quelque chose...

— C'est plus jamais pareil après ?

— Les toutes premières prises, si. Mais ensuite, plus jamais avec cette force-là.

— Je vais tâcher d'en profiter à fond.

— T'auras pas besoin de te forcer.

Tandis qu'il s'occupait de moi, je me délectais de la délicieuse anticipation du truc. J'avais l'impression d'en ressentir les prémices, comme si les premières vagues venaient déjà me lécher les pieds. J'en salivais d'impatience. On aurait dit que mon corps savait ce qui l'attendait. J'avais le cœur à balle, je tremblais. Je pouvais pas attendre d'avoir ce truc-là dans les veines.

— T'es prêt ? m'a demandé Eliot en approchant l'aiguille de mon bras.

— Vas-y.

— Profite du voyage… Parce que ce moment-là, tu vas chercher à le revivre et courir derrière lui tout le reste de ta putain de vie.

Et alors…

* * *

— Hey, Travis ! Qu'est-ce que tu fous, bon sang, on a encore de la route ! J'ai pas envie de dormir dans le désert, moi !

Je me suis même pas retourné et j'ai lancé par-dessus mon épaule :

— Tu crois pas que t'as déjà assez dormi ?

— J'ai pioncé longtemps ?

— Une vie entière, mec, que t'as pioncé.

— Qu'est-ce que tu branles devant ce buisson ?

— Je suis pas sûr de le savoir moi-même.

— On doit partir d'ici, il a fait avec une drôle de nuance d'inquiétude dans la voix.

— T'en fais pas, mes démons c'est pas à toi qu'ils en veulent.

— C'est pas le problème. Lève-toi maintenant et reprenons la route.

J'ai obtempéré.

— D'accord mais c'est toi qui conduis.

— Tout ce que tu veux du moment qu'on se casse de là.

En remontant dans la caisse, j'ai eu une dernière pensée pour le fantôme de Tyler, au milieu de la route.

— Pense plus à rien, m'a dit Wish avec sa clairvoyance habituelle. Détends-toi. Tu poseras tes questions à l'ayahuasca le moment venu. Pour l'heure, tout ce que t'as à faire, c'est de piquer un petit somme pendant que je nous tire loin de cet endroit. D'accord ?

— OK, Wish. C'est toi le patron, de toute façon.

— J'espère bien, ouais. Alors obéis et dors maintenant.

— Comme tu voudras.

J'ai dû dormir une heure, pas plus, mais quand j'ai ouvert les yeux on avait quitté le désert des hauts plateaux. On roulait maintenant en descente. La végétation était revenue. C'était pas encore de la vraie jungle, mais l'air était déjà plus humide.

J'étais soulagé. La vie avait pour un temps repris le dessus sur la mort, et ça réconfortait mes nerfs soumis à rude épreuve. C'est idiot, mais quand ça allait mieux, je me demandais toujours comment ça avait pu aller aussi mal. Je voyais mes accès de détresse comme un truc fondamentalement ridicule, et j'avais peine à croire que j'avais pu aller si loin dans le désespoir. Pourtant quand j'étais en plein dedans, tout le reste me semblait faux, frappé du sceau du mensonge. Je savais pas où se situait la réalité, si tant est qu'elle existe quelque part, en dehors de ma conscience volatile.

J'ai pas pu m'en empêcher. J'ai demandé à Wish :

— Tu sais ce qu'y s'est passé pendant que tu dormais ?

Il m'a jeté un coup d'œil équivoque. Il semblait hésiter entre le rire et la gravité.

— Je préférerais qu'on parle pas de ça tous les deux. Ce serait mieux que tu règles cette affaire avec l'*abuelita* directement.

— Pourquoi ?

— Parce que mon opinion importe peu, que ce soit en tant qu'ami ou en tant que chaman. Je veux pas t'influencer, et je veux pas dépasser mon rôle. Si t'as besoin d'éclaircissement sur un truc, adresse-toi à la plante. Moi je peux rien faire pour toi. Désolé.

Ça m'a coupé la chique, mais il avait pas tort. J'allais décidément avoir beaucoup de taff durant les cérémonies, et c'est ce que je lui ai dit. Il a rétorqué :

— Ouais, et c'est bien pour ça qu'on va là-bas justement. T'as dit que t'étais prêt à aller plus loin, et le boulot a déjà commencé. En disant ça, t'as scellé le pacte. T'as autorisé les choses à poursuivre leur route. Me dis pas que tu regrettes, je risque de le prendre mal. Et si c'est ça on fait demi-tour tout de suite.

Il a vu mon regard surpris et il s'est radouci :

— Désolé, c'est pas ce que je voulais dire. Si c'est trop pour toi, il est encore temps de reculer. Je t'en voudrai pas.

J'ai pas envie que tu deviennes fou parce que je t'aurais forcé à faire un truc que tu sentais pas.

Je réfléchissais. Il avait mis le doigt sur quelque chose. Par ma parole, j'avais autorisé mes démons à se montrer. Parfait. Je voulais plus me cacher, et je voulais plus qu'ils se cachent en moi. Je voulais régler les choses, définitivement, et peu importe l'issue que ça devait prendre. Je voulais plus vivre comme ça. La situation était intolérable et j'avais laissé les choses s'envenimer bien trop longtemps déjà.

Qu'ils se lèvent, tous ces démons ! Qu'ils se présentent à la chaîne devant moi ! Je voulais les regarder en face. Je voulais plus fuir des ombres sans visage.

Mes yeux ont croisé ceux de Wish, longuement. Puis j'ai reporté mon regard sur la route, droit devant moi.

— Nan, Wish. On va continuer. Et qu'on en finisse.

* * *

Le mot qui vient à l'esprit pour décrire la sensation de la première prise, c'est Orgasme. Mais c'est le corps entier qui jouit, et l'esprit avec. Cet orgasme-là a très nettement une composante sexuelle, mais ça va bien plus loin que ça... C'est comme si tout ton être voyait soudain tous ses désirs et tous ses besoins assouvis. D'un coup. Comme si cet état était tout ce qu'il avait jamais désiré au plus profond de lui, sans le savoir. La satisfaction pleine et entière, absolue. La plénitude.

D'après mes souvenirs, je me suis affaissé dans le canapé moi aussi, et j'ai disparu. Je suis parti à la dérive sur un océan de bonheur. Jamais de ma vie j'avais connu une telle extase. Toutes mes tensions, toutes mes frustrations, toute ma tristesse, tout ça a fui quelque part, tout s'est envolé, en me laissant soulagé, *enfin*, apaisé, sans plus aucun désir au monde, si ce n'est peut-être de perdurer à jamais dans cet état-là.

Il me semble que c'est lors de cette première prise que j'ai compris que le bonheur ne nécessite aucune pensée, et que tant qu'il y a de la pensée, il ne peut y avoir de véritable bonheur. Quand le plaisir est suffisamment intense pour surpasser toutes les autres émotions, alors y a plus que le présent. Ça peut paraître contradictoire, mais je crois que c'est ça qui, au fond, a sous-tendu tout le reste. Toute ma quête spirituelle. Et y a que maintenant que je réalise l'erreur fondamentale que j'ai faite depuis le début. Confondre plaisir chimique et bonheur. Lier à jamais dans mes neurones la satisfaction totale des sens à la véritable plénitude. Alors que le plaisir ne peut être qu'éphémère.

Mais ce moment unique que seul le junkie connaît, ce moment merveilleux et terrible où le poison pénètre dans tes veines, dans ton sang... Rien à faire. Quand ça arrive, tu ne doutes pas une seule seconde que cette sensation mérite que tu lui sacrifies ta vie.

J'imagine que j'ai plané pendant des heures et des heures. Parfois j'avais conscience de Tyler et d'Eliot, et parfois non. Il a quand même fallu que je rejoigne le monde de temps à autre, histoire de me traîner aux chiottes pour gerber, mais même en faisant ça, j'étais encore dans l'extase. Mon état de semi-conscience alternait entre vague de chaleur sensuelle et abandon total. L'héro était la meilleure maîtresse de tous les temps. Elle plongeait dans mon corps avec une faim charnelle, parcourait mes nerfs jusqu'au cerveau, les inondait sous des ondes de plaisir, un plaisir comme ils en avaient jamais connu. Qui aurait voulu revenir d'un tel voyage ? Qu'est-ce que la réalité pouvait offrir de comparable à ça ?

Je me suis accroché tant que j'ai pu, mais à un moment j'ai dû finir par admettre qu'elle était partie, et que je devais rejoindre le vrai monde. J'avais un mal de tronche légendaire, associé à un état général vaseux. En voulant aller me vider j'ai trouvé Tyler la tête dans les chiottes en train de le faire. J'ai vomi dans l'évier.

La voir en train de dégueuler m'a fait mal sans que je sache vraiment pourquoi. Je me sentais un peu comme on se sent face à un truc inévitable, qu'on peut rien faire pour empêcher. Quelque chose de tragique, en gros. Mais cette impression s'est dissipée quand elle a sorti la tête de la cuvette et qu'elle m'a lancé :

— Et les gens se demandent pourquoi on devient accro ?

* * *

Le troisième jour on a décollé très tôt de l'hôtel. Wish, qui semblait avoir plus la patate que moi, a pris le volant pour que je puisse finir ma nuit.

C'est la jungle qui m'a réveillé. J'étais en train de rêver. Tout ce que je me rappelle, c'est que dans mon rêve tout devenait poisseux et gluant. J'avais atrocement chaud. Quand j'ai ouvert les yeux, j'ai compris que c'était pas qu'une impression. On entrait véritablement dans le vif du sujet. L'air avait une odeur très particulière, terreuse, primitive. J'adorais ça. Tout autour de nous, la végétation était saturée d'humidité, et des chapes de brume s'accrochaient aux arbres immenses. C'était stupéfiant. On était encore assez haut, pas complètement immergés, ce qui fait qu'on jouissait d'une vue phénoménale sur les forêts qui dévoraient les montagnes. La route descendait tranquillement, et j'étais à moitié sorti de la vitre, à me repaître de cette vision, de cette odeur, de ces chants d'oiseaux jacassants. Le mystère que recelait cet endroit était insondable, et pourtant étrangement palpable. J'avais l'impression d'être à l'aube des temps, à l'époque du crétacé. J'aurais vu un raptor surgir des broussailles que ça m'aurait pas étonné. On retournait aux racines, profondément dans la matrice, et c'est pas juste une façon de parler. Ce sentiment vivait en moi, d'une vie propre. Ce que je contemplais réveillait la mémoire, assoupie d'un sommeil de pierre, de mes cellules, de ma conscience, de la partie souterraine de mon âme. Je me sentais comme à l'affût, sans savoir exactement ce que je guettais. L'animal en moi avait envie de passer aux commandes. Le jaguar revenait à la vie. C'était un sentiment qui valait tout l'or du monde.

Je comprenais pourquoi Wish m'avait emmené ici. C'était là qu'il fallait être pour remonter à la source de soi-même. Si j'avais une chance de désenchevêtrer tous les fils de ma personnalité, alors c'était ici que ça se produirait. Je pourrais peut-être enfin retrouver mon moi primal, étranglé par les multitudes de couches du conditionnement et de la rationalité, bien que toujours en vie. J'avançais vers moi-même, j'en étais sûr. Je me rapprochais de ce que j'avais été, au commencement de tout. La source était ici, je le sentais comme un animal peut détecter l'eau à des centaines de kilomètres. Je reprenais espoir.

Ça allait marcher, oui. Tout allait s'éclaircir.

* * *

Il doit y avoir une raison.

Il y a forcément une raison pour faire ce qu'ils sont en train de faire. C'est comme ça, c'est une loi.

Et s'il y a une raison, alors c'est un truc que je dois pouvoir supporter.

* * *

Quand on est arrivés en ville, j'ai frôlé le bad trip. Je sais pas, ça faisait peut-être trop longtemps que j'étais en dehors du vortex. Tout m'était odieux, pour pas dire abominable. Un sale choc dont je me serais bien passé. C'est dingue comment les choses peuvent t'apparaître différemment quand tu les as pas côtoyées pendant un moment. J'ai jamais aimé la ville, mais ça m'avait jamais non plus semblé à ce point révoltant et nauséabond. Carrément repoussant.

Heureusement, on y est pas restés longtemps. Wish a juste acheté quelques trucs qu'il voulait ramener à sa famille, et moi je me suis pris un hamac, parce qu'il disait qu'il m'en fallait un. Après ça on a été sur les rives du fleuve, qui s'étendait en une sorte de baie où un tas de pirogues colorées étaient amarrées, et là Wish m'a dit qu'il fallait qu'on abandonne la voiture. Je lui ai demandé de me répéter ça encore une fois.

— Pas vraiment l'abandonner. On va la confier à un cousin à moi.

C'est débile, et maintenant que j'y repense, je vois pas comment je me représentais la chose, sachant que le village de Wish était perdu en pleine jungle le long du fleuve, et certainement pas accessible en voiture ou en cargo, mais pour moi, la voiture allait là où j'allais, point barre. J'ai soudain pensé à toutes les affaires de Tyler, dans le coffre.

Nan, putain. Pas ça.

Je regardais Wish en attendant qu'il me rassure d'une manière ou d'une autre, mais il était curieusement distant, comme si cette affaire le concernait pas du tout, et que me voir me débattre contre la sensation d'être en train de me faire déposséder de moi-même le laissait parfaitement indifférent, ou pire, avec un mépris croissant.

J'avais toujours pas sorti un mot. À quoi bon, de toute façon ? J'avais l'horrible impression qu'il s'était bien foutu de ma gueule, mais je comprenais aussi qu'y avait pas d'autre possibilité. Et putain j'avais sûrement pas fait tout ce chemin pour rester planté là comme un connard avec ma saleté de bagnole.

— OK. Accorde-moi deux minutes.

— Fais ce que t'as à faire. Je vais le chercher.

J'ai fait ni une ni deux. J'ai attrapé le sac à dos et j'ai

sorti des cartons quelques morceaux choisis que je tenais pas à voir disparaître entre les bonnes mains du cousin de mes couilles et de ses putains de collègues. Quelques fringues à moi. Deux ou trois de ses lingeries. Son jean, son rouge à lèvre préféré. Un débardeur noir déchiré qu'on portait tous les deux. Une bonne dizaine de livres. Ça revenait à décider de ce que tu sauverais des flammes, ou de ce que t'emporterais sur une île déserte. Je sais pas pourquoi, mais à ce moment-là dans ma tête, j'avais déjà fait une croix sur ma caisse et sur tout le reste.

Wish s'est ramené avec le fameux cousin qui m'a pas du tout inspiré confiance. Un gros lard gras du bide et suant comme un porc, attifé d'un débardeur qu'avait dû être blanc en des temps immémoriaux, avec un sale sourire sur le coin de la face. Le parfait cliché de l'escroc à cigare, quoi.

Je lui ai même pas adressé un mot en lui tendant les clés.

* * *

J'ai longtemps cherché quelque chose à quoi me raccrocher. Ils m'ont fourni aucune explication. Rien de concret, rien de palpable, et ça, bon Dieu de merde, ça, au-dessus de tout, m'est intolérable. Mon esprit semble avoir désespérément besoin de comprendre pour accepter. La mécanique vengeresse du monde, tout le monde sait ce que c'est, et on peut y faire face.

Mais la souffrance sans justification.

La cruauté pure.

C'est une chose qu'aucun Homme ne peut supporter.

* * *

On a embarqué sur une pirogue à moteur, juste nous deux et une femme d'un âge indéfinissable, chargée d'un tas de paquets ficelés de plastique, avec un cul qui devait déborder des deux côtés du chiotte quand elle allait chier. Elle avait pourtant l'air aimable. Pas sûr que ça aurait été mon cas si je m'étais trimballé un cul pareil. Y avait aussi le pilote, un jeune gars tout musclé comme le sont les gars de la jungle, noueux comme une putain de liane. Les mecs étaient différents de ceux des montagnes, ici. Plus fins, moins râblés. Plus serpent que bœuf, quoi. Ils inspiraient nettement moins confiance, aussi.

Wish m'ignorait tandis que je m'efforçais d'oublier cette idiote de voiture. Mais je pouvais pas me défaire de l'impression d'avoir abandonné mes dernières possessions terrestres avant d'entamer l'ultime grand voyage sur le Styx.

J'avais les images de la fin de *Dead Man* dans la tronche.

Tant qu'à faire, j'aurais voulu pouvoir entendre la guitare.

* * *

Je dis que je veux me réveiller, mais la vérité, c'est que je dors pas encore assez profondément.

* * *

Je me suis réveillé en me redressant d'un coup tout droit dans le lit. Ce genre de truc m'arrivait jamais. Je pensais que ça arrivait que dans les films. Bref, je me suis redressé et j'étais en sueur, le corps parcouru de tremblements. Étrange, comme réveil.

Impossible que je sois déjà en manque, je m'étais piqué juste avant de dormir, et il faisait encore nuit noire. J'arrivais pas à me souvenir de quoi j'étais en train de rêver pour être dans un état pareil, en transe quasiment.

Je me suis levé pour aller chercher un truc à boire dans le frigo. Y restait qu'une bière, toute seule, alors je l'ai prise et je suis retourné dans la chambre. Je me suis rassis, hébété. J'avais du mal à fixer mon attention sur quoi que ce soit.

Tyler dormait profondément. J'étais bien tenté de la réveiller, dans le style : *Merde ! Je t'ai réveillée ? J'ai fait attention à pas faire de bruit pourtant...* Mais j'avais pas trop envie qu'elle pique une crise (elle était toujours de mauvais poil en se réveillant), alors j'ai été voir Eliot. Il était sur le canapé, qu'il prenait jamais la peine de déplier, sur le ventre, un bras dans le vide, et il ronflait doucement. Je me suis accroupi à ses côtés et je l'ai secoué jusqu'à ce qu'il émerge (c'est-à-dire environ une minute entière). J'adorais voir sa gueule au réveil, les yeux qui partaient chacun d'un côté, les cernes violets, l'air ahuri.

Il m'a regardé sans rien dire et s'est contenté de prendre la bière que je lui tendais. Après avoir sifflé la moitié de la canette, il m'a demandé ce qu'y m'amenait. Je lui ai répondu que j'avais juste envie de le faire chier.

— Espèce de connard, il a lâché avant de s'écrouler à nouveau, et puis il s'est marré tout seul, la gueule dans le coussin.

— Ça te dit qu'on aille se fumer une clope sur le balcon ? je lui ai demandé. Y fait trop chaud dans cette putain de turne.

— Ouais, OK. J'étais en train de faire un rêve tout pourri de toute façon.

— Ah ouais, toi aussi ?

— C'est pour ça que tu m'as réveillé, enculé ?

— Bah ouais.

On s'est posés sur le balcon, à la lumière blafarde des réverbères. C'était l'été, donc. La nuit était claire.

Pendant que j'allumais ma clope, Eliot s'est mis à fredonner doucement la chanson de Bowie, *The Man Who Sold The World*, mais il la chantait plus à la façon de Kurt Cobain, évidemment. Il avait une jolie voix, un peu cassée. Il chantait juste. Et même sans qu'il s'applique vraiment, on sentait ses tripes derrière. Eliot, on sentait ses tripes derrière tout ce qu'il faisait.

Il y pouvait rien, et c'est sans doute pour ça qu'il paraissait si faible. Il pouvait rien cacher, tout son être trahissait ce qu'il portait au fond, et les gens la sentaient, cette fêlure, et beaucoup en abusaient d'ailleurs. C'était pas le genre de mec à riposter, et ça aussi ça crevait les yeux. Il avait rien à prouver. Je crois que c'est le type le plus dénué d'ego que j'aie jamais vu, et pas par manque de confiance en lui ou à cause d'une estime de soi défaillante, en plus. Au contraire, il savait pertinemment ce qu'il était et il savait aussi qu'il avait pas besoin de le porter en étendard, contrairement à Tyler et moi. Ça le rendait humble. Pas besoin d'en faire des tonnes, de conquérir le respect des autres, de défendre sa fierté. De contrer les préjugés qu'il manquait jamais de récolter avec son air de tox, depuis l'école déjà. C'est sans doute là que résidait sa force, même si au premier abord c'était loin d'être évident. Quoi que.

Dans son allure dégagée, nonchalante mais sans provocation, on pouvait identifier une sorte de sagesse. Et quand on l'entendait parler, malgré ses faux airs d'enfant apeuré, on devinait que son âme en était pas à sa première incarnation. Enfin, moi c'est comme ça que je l'interprète, mais l'enfance difficile et plutôt hors du commun qu'il avait eue l'avait certainement obligé à relativiser, et du coup, à grandir très vite. Dès le départ il avait été forcé d'apprendre à compter que sur lui-même, à se servir de toutes les ressources qu'il avait en lui. Il avait dû affronter très tôt des problèmes qui sont pas ceux d'un enfant, y faire face pour de bon, pour lui, et aussi pour sa mère. C'est comme s'il avait dû assumer pour elle le fait qu'elle ait eu un gosse trop jeune. Elle avait tout juste 15 ans quand il est né. Et alors qu'il avait même pas encore goûté à la douceur de la vie en tétant sa mère, il devait déjà faire face aux affres d'une crise de manque. Bienvenue dans la réalité, Eliot.

D'après ce qu'il m'avait raconté, au début sa grand-mère maternelle rendait fréquemment visite à sa fille pour remplir le frigo et changer le bébé, bien qu'elle ait jamais voulu que tous les deux reviennent vivre chez elle, alors qu'elle avait déjà plus de mari. Et elle tenait à ce que sa fille fasse adopter Eliot. Ça, c'était avant qu'elle apprenne que celle-ci avait le sida et qu'elle était toxico. Alors, du jour au lendemain, fini les ravitaillements et les changements de couches, sa fille n'était plus qu'une petite traînée stupide et son petit-fils un bâtard chétif.

Eliot avait alors 3 ans. Sa mère, qu'avait jamais travaillé de sa vie, avait que deux solutions : soit elle plaçait Eliot en institution le temps de se désintoxiquer et de trouver un taff quelconque qui lui permettrait de payer les frais d'une trithérapie, soit elle prenait un mec, de préférence riche (sachant que la richesse du type augmentait proportionnellement avec l'âge du type en question) et qui posait pas trop de questions. N'ayant jamais été ce qu'on pourrait appeler une battante, et n'ayant jamais non plus été pourvue d'une quelconque valeur morale, elle avait donc opté pour la deuxième solution, et trouvé sans trop de difficultés (faut dire que malgré la came et le sida elle était encore jeune et jolie) un mec d'une quarantaine d'années prêt à l'entretenir, elle et son gosse, moyennant une sorte d'esclavage sexuel.

Ce marché avait duré trois ans, sauf que le type se contentait plus de la baiser, il la battait aussi. Alors un jour elle avait pris Eliot sous le bras et elle s'était tirée avec le pognon qu'elle lui avait fauché. Elle l'aurait pas fait si elle avait pas eu la certitude de pouvoir se démerder sans lui, mais elle avait compris qu'elle pouvait faire le même boulot mais pas à temps plein, sans être obligée de vivre avec le mec et de supporter ses coups.

Elle était devenue pute à domicile. Et ça marchait plutôt bien, parce que ça rassurait les mecs de pas devoir longer le trottoir pour avoir un truc à se mettre sous la dent, et qu'ils avaient l'impression d'avoir une "régulière". Eliot grandissait, et sa mère dépérissait, c'est donc tout naturellement qu'il avait pris le relais. Maintenant c'était à lui de s'occuper d'elle, de faire le ménage, les courses, et d'aller lui chercher sa came. Et ça méritait bien une petite compensation.

Elle s'était jamais cachée pour se piquer, au début elle lui disait que c'était un médicament, mais il était loin d'être idiot et il avait compris sans que quiconque lui explique ce que c'était que l'héroïne, et que sa mère avait le sida.

Ce soir-là elle était affalée dans le canapé, raide comme d'habitude, et elle matait la téloche la bouche ouverte, les yeux dans le vague, en piquant du nez. Il avait 13 ans.

Peut-être pour la provoquer, lui arracher enfin une réaction, la faire culpabiliser ou lui prouver qu'il existait, peut-être aussi par curiosité et parce qu'il savait que c'était la seule chose capable d'apaiser la colère et la tristesse, il a été chercher une seringue neuve dans le tiroir et il a tout préparé lui-même en jetant des regards lourds de défi à sa mère qui le calculait absolument pas, et il a approché la shooteuse tout contre sa veine.

Sa mère a levé les yeux vers lui, sans rien dire. Et lui, sans rien dire, il s'est fait son premier shoot. Et la seule chose qu'elle ait dite, au moment où il partait à la renverse, c'est :

— Tu crois pas que c'est un peu tôt pour commencer une carrière de toxico ?

* * *

Qu'est-ce que c'est que ce délire ?...

Pas ça putain. Nan. Pas ça. Putain de bande d'enfoirés de merde...

Je me mets à me marrer. À me marrer fort. Ça atteint même la crise d'hilarité hystérique, pour être franc.

La bouffe et l'eau.

Tout est salé.

Tout est affreusement salé.

* * *

— Dis-leur de partir, putain, aide-moi, je t'en supplie...

Si c'était des vrais fantômes, je pourrais le faire, Travis, il murmure avec une lassitude peinée.

Je sais que je le fatigue. Je sais que je l'épuise alors qu'il m'a déjà donné tout ce qu'il avait. Mais je peux pas m'en empêcher. J'agrippe doucement son pelage et me fous à chialer la tête contre le mur.

Ce ne sont pas des fantômes. Juste quelques échos qui gémissent encore au fond de toi, et que tu projettes à l'extérieur.

— C'est pas possible. Ils sont trop réels !

Ce ne sont que des réminiscences, qui bloquent l'écoulement normal du temps. C'est le traumatisme qui fait ça. C'est à cause de lui que tout te semble hyper présent.

— Ce sont des intrus !

Pas exactement. Elles ont un aspect intrusif parce que tu es trop faible pour les remettre à leur place.

— Tu vois pas que tout est distordu, bordel ? Tu réalises

pas que l'axe temporel a subi une putain de déformation ?

C'est ta tête qu'est déformée, il rétorque pour essayer de me faire rire.

Mais ça marche pas. Pas aujourd'hui.

— Cette vie est une saleté d'abomination !

Tu confonds encore la vie et le monde, Travis. Le monde peut être dégueulasse, ça oui, j'en sais quelque chose, mais pas la vie. Jamais la vie, Travis.

— J'en ai tellement marre d'être toujours et désespérément égal à moi-même… Nan mais regarde-moi, sans déconner ! Je suis tout sauf ce putain de Surhomme que j'espérais être ! Je suis bon qu'à me répéter "À quoi bon ?" toute la sainte putain de journée, comme un enfoiré de chialeur de merde...

Ce nihilisme n'a rien de surprenant, tu sais. Quand on souffre en continu, comme un animal avec une balle dans le corps, c'est très dur de croire encore en quoi que ce soit. Mais si ça peut te rassurer, moi j'ai encore suffisamment de foi pour nous deux. Même avec ma gueule de déterré.

* * *

Des fois, pendant des jours et des nuits entières, ils me laissent seul. Et j'ai beau savoir que c'est parfaitement idiot, je commence à me dire que j'ai peut-être une chance de parvenir à me libérer, et à m'enfuir. Alors je gratte les murs avec mes ongles, j'essaye de faire bouger les pierres, je tâtonne dans tous les sens, animé par l'espoir impossible de trouver une faille.

Mais ils reviennent toujours à temps, au moment même

où je suis arrivé à me persuader que ça marchera, pour railler ma naïveté et me faire rechuter dans l'ombre de leur toute-puissance.

* * *

J'ai fini par me laisser porter par le cours des choses. Tout était nouveau pour moi, alors c'était pas si difficile. Au bout d'un moment, j'ai même senti l'évidence et la nécessité du vol consenti de ma voiture. À présent, je voyais pas comment ça aurait pu se dérouler autrement.

On filait sur l'eau presque sans bruit. Le moteur du bateau était curieusement silencieux. On a très vite quitté la rive des Hommes pour s'enfoncer dans la jungle. Elle semblait impénétrable, d'un côté comme de l'autre. J'avais du mal à croire que j'étais bien là où j'étais. Je devais me le répéter pour parvenir à m'en persuader.

T'es en Amazonie, mec. En Amazonie, putain.

Les arbres étaient immenses sur les rives, et l'eau noire sous la pirogue. C'était comme d'entrer en immersion dans l'Inconnu. Quelque chose de biblique. La sensation de vivre un symbole, de faire son entrée dans le royaume de la signification. L'ayahuasca trônait au bout de mon chemin, elle m'appelait à elle. Elle était venue jusqu'à moi. Et maintenant, c'était moi qui voguais vers elle. À travers Wish, elle m'y avait invité. Wish était notre interface. Le lien entre elle et moi avait toujours existé, elle m'avait attendu pendant vingt-cinq ans, et moi je l'avais cherchée pendant toutes ces années.

L'heure était finalement venue pour un vrai rendez-vous.

* * *

— On va jouer à un petit jeu, toi et moi.

Je soupire ouvertement.

— C'est quoi encore ces conneries ?

— Tu as vu le *Silence Des Agneaux* ?

— De mieux en mieux. Vous vous prenez pour Hannibal Lecter maintenant ?

— Tu l'as vu, oui ou non ?

— Évidemment.

— Alors tu comprends le principe ?

— Je vois pas quelles infos vous pourriez me donner en échange de mes confessions.

— À toi de voir. Chacun une question, tu es libre de me demander n'importe quoi.

— Vous tenez à ce point-là à savoir ce que j'ai dans le bide ? Je pensais que quelqu'un comme vous avait pas besoin qu'on se confie pour capter ce genre de chose.

— On est arrivés à un stade où je ne peux plus me contenter de deviner. Il faut que tu te confies (Confier. *Confession*. Ce mot me rappelle quelque chose).

— Et si je vous disais absolument n'importe quoi pour vous induire en erreur et vous mettre sur une fausse piste ?

— Ça en revanche, je le devinerais immédiatement.

— Parce que vous êtes expert en détection de mensonges, aussi ?

— Comme tout bon psychiatre.

— Vous me fatiguez.

— Allez, je te fais l'honneur de la première question.

Cet enfoiré est encore en train de me tirer les ficelles. Ce putain de Grand Marionnettiste à la manque. Comme je regrette d'avoir un cerveau aussi avide.

En même temps, ce cerveau avide est certainement l'ultime rempart contre la catatonie, tu ne crois pas ?

Sans doute que oui, mais s'il était pas comme ça, j'aurais aussi beaucoup moins de problèmes sur le dos.

Ne me fais pas croire que tu renies ta propre intelligence.

T'es sûr qu'on peut vraiment parler d'intelligence ? Je me sens comme le dernier des connards.

Il est logique que plus tu pousses loin ton courage intellectuel, plus les problèmes que tu soulèves soient complexes.

— Pourquoi ai-je la sensation que tu es en train de parler à quelqu'un, Travis ?

Oh putain. Non. Ça, il ne doit pas le savoir. Sous aucun prétexte.

— Permettez que je réfléchisse cinq minutes, ou y a un putain de sablier ?

Il m'observe sans rien dire et je baisse les yeux en essayant de me concentrer. Inutile de se mentir, mon esprit est de plus en plus lent. Entre leurs persécutions incessantes, les coups, l'épuisement général dû au sommeil foireux, les graines de démence qu'ils s'emploient à implanter en moi, et cette putain de Ritaline qu'ils me forcent à ingurgiter chaque jour que Dieu fait, et qui pourrait très bien avoir ce type d'effet dévastateur à la longue, fatalement, mon esprit n'est plus ce qu'il était. Tout ce que j'espère, c'est que ce ramollissement n'est que passager, et qu'il signifie pas quelque chose de pire, de plus définitif. Mes facultés cérébrales ont énormément diminué. Et ça me fait très peur. Mais j'ai pas la moindre envie de m'attarder sur la question.

— Vous nous convoquerez pas ici, ensemble, avec Tyler. Ça n'arrivera jamais. Le test, c'est ce qui se passe en ce moment même. Pas vrai ?

C'est une étape importante. S'il baisse les yeux, ne serait-ce qu'une seule seconde, il perdra pour toujours le peu de crédit que je lui accorde. Je suis prêt à tolérer ses sarcasmes, son vice, sa cruauté. Mais il est hors de question que j'accepte de lui la moindre lâcheté. Et la vérité, c'est que j'ai peur qu'il le fasse. J'ai peur qu'il se rabaisse et devienne pour moi rien de plus qu'un autre clown au milieu des clowns. Quand je vous dis que j'ai une faiblesse avec l'intelligence. J'ai honte de cette partie de moi qui veut à tout prix garder Spade dans son estime. Je suis vraiment qu'un pauvre crevard en manque d'amis.

Ses yeux ne dévient pas. Ils ne clignent même pas. Et je me mets soudain à le détester. À le détester plus fort que tout. Et à me détester moi-même, par la même occasion.

— Tu n'as pas cru un seul instant que j'allais vous faire venir ici toi et ta sœur pour cocher des cases sur un papier. N'est-ce pas ?

— J'ai envie de vous étrangler.

Et les larmes qui me montent aux yeux me donnent surtout envie de hurler de honte. Pourquoi est-ce que j'éprouve le besoin qu'il me tape dans le dos et me réconforte alors qu'il est en train de m'exposer sa cruauté en pleine gueule, sans aucune vergogne ? Nan, j'y ai jamais cru. Pourquoi est-ce que mon cerveau m'a fait penser le contraire ? C'est sans doute pour ça que je lui en veux à mort, à Spade, et d'un autre côté, pas plus que ça. Il a menti, j'ai fait semblant de croire à son mensonge. On est aussi coupables l'un que l'autre.

— Tu le sens, ça ?

Il devrait avoir l'air réjoui, de m'avoir niqué en beauté, ou de m'avoir laissé me baiser tout seul. Mais non.

— De quoi vous parlez, encore, putain ?

— Ce que tu éprouves, là, en ce moment.

— Allez vous faire mettre.

— On est au cœur de la chose, Travis.

— Je commence à fatiguer de vos conneries. Je commence vraiment à fatiguer, Spade.

— Tu veux lutter ? Alors lutte. Mais prends le problème à la racine.

— Ouais, ouais, j'ai saisi. Posez votre putain de question ou fermez-la une bonne fois pour toutes.

— Qui es-tu, Travis ?

Je soupire à nouveau en me frottant le visage. Vous savez ce que ça veut dire, d'être exténué, je veux dire, au-delà de tout ? Au point que même tenir assis sur une chaise vous donne envie d'aller vous pendre ? Ben multipliez votre idée par dix et vous serez encore en dessous de la vérité.

— Mais qu'est-ce que vous pouvez encore désirer de moi...?

— Tu veux savoir ce que c'est, la folie, n'est-ce pas, Travis ? Tu veux en avoir un vrai aperçu ?

Mes yeux doivent avoir l'aspect vide de ceux d'un

poisson mort. Je comprends même pas d'où il tire encore le plaisir de m'asticoter, comme un gamin avec son bâton.

— Selon toi, il n'y a pas de différence entre la réalité et le songe, et les "fous" possèdent une vision du monde propre à eux, qui n'a pas le caractère malsain qu'on veut de toute force lui attribuer. Pas vrai ? Dis-moi, est-ce que tu es prêt à tester cette hypothèse sur toi ?

— Vous avez pas les moyens de me rendre fou, Spade (une brutale réminiscence de quelque chose en rapport avec cette idée jaillit de ma mémoire. Est-ce qu'on en a déjà parlé, de ça, lui et moi ? Pas moyen de me souvenir…).

— Qu'est-ce qui fait de toi quelqu'un de si différent ? Puisque la folie n'a pas de signification réelle pour toi, comment peux-tu savoir que tu n'es pas déjà sur son chemin ?

— La folie dont vous parlez, celle que vous voulez provoquer chez moi, y a aucune chance qu'elle arrive.

— Ça ne t'intéresse pas de mettre cette certitude à l'épreuve ? Tu es si sûr de toi… Ce serait le moment de savoir si l'idée que tu te fais de toi-même est juste.

— Ça vous tient à cœur encore plus qu'à moi, ma parole. C'est pas croyable.

— Je déteste les gens qui tiennent des propos sans consistance. Je ne devrais pas te le dire, mais je serais déçu si c'était ton cas. C'est pourquoi je me permets d'insister lourdement.

Il veut m'avoir à l'usure. Il sent bien que j'ai plus la force de résister. Et il sait que ses arguments font mouche en plein dans le mille. C'est surprenant, au point d'écœurement où j'en suis, qu'il reste encore une infime parcelle de moi qui ne songe qu'à combattre cet homme, à se mesurer à lui, afin de prouver au monde entier qu'elle restera à jamais invaincue. Et surtout, étanche à la démence.

— Qui je suis ? C'est ça votre putain de question, hein, Spade ? Rien. Je ne suis rien.

— Tu n'es pas censé mentir, ni te moquer de moi.

— Mais c'est pas le cas. Ça fait longtemps que j'ai compris que ce que je suis vraiment, si une telle chose existe, n'a rien à voir avec la personne qui se tient assise sur cette chaise face à vous.

— Pourquoi passes-tu ton temps à lutter contre nous, alors, si l'annihilation ne te fait pas peur, étant donné que tu n'es rien ?

— Le problème, Spade, c'est que vous non plus vous n'êtes rien. Et la force du rien est tellement puissante qu'il est hors de question de vous permettre une seule seconde de l'oublier.

— Ta réponse n'est pas honnête.

— J'en sais rien. C'est vous l'expert. Moi j'ai le sentiment de dire la vérité, mais après tout, c'est déjà un miracle que le rien arrive à s'exprimer… Maintenant à mon tour. C'est quoi votre but final ?

— Le mien, ou celui du centre ?

— Le vôtre au sein de ce centre.

— Pousser tous ceux qui se trouvent ici dans leurs ultimes retranchements.

— Tous ? Y compris les soldats et Fletcher ?

— Tous. Les recrues, les instructeurs, le directeur, les

médecins. Et moi-même.

— Et c'est quoi le but de tout ça ?

— Atteindre le cœur. Découvrir la part universelle qui existe en tout Homme.

— J'ai peur que ce soit pas bien joli à regarder.

— Ce genre d'évaluation ne me concerne pas.

— Ouais, je suis au courant. Donc vos questions ont pour but de m'emmener au bout de moi-même. Et cet endroit coïnciderait avec la folie.

— Peu de gens sont en mesure de se regarder en face sans devenir totalement fous.

— Alors vous voulez rendre tout le monde fou ici ?

Il se contente d'un sourire. Il me fait presque peur.

— En même temps, je suis pas sûr que vous ayez beaucoup à forcer pour amener les autres au plus profond de leur cruauté. Et de leur démence.

— Tu as donc toi aussi remarqué que le cœur de l'Homme est ce que tu nommes "cruauté".

— C'est de plus en plus difficile de passer à côté. Mais perdez pas de vue non plus que tous ceux qui sont là avec nous sont pas forcément l'échantillon le plus représentatif de l'espèce humaine.

— Ils sont égaux à ceux qu'on trouve dehors. Et les méthodes que nous employons ici ne laissent de toute façon aucune porte de sortie. Ce qui est acquis s'efface. Ce qui est inné se révèle.

— C'est des conneries. Faut être un psychopathe total pour faire soldat ou médecin ici.

— Non. Pour commencer, sache que ces hommes ont reçu une initiation qui est très proche de celle que les recrues subissent chaque jour. Ils ont été soumis à des épreuves très rudes, et leur identité leur a été volée, de la même manière que pour vous. On les a pelés jusqu'au trognon, afin d'atteindre ce fameux cœur dont je te parlais. Le noyau ultime qui est la base universelle de tout Homme. Et j'ajouterai que ce genre de processus se rencontre dans tout rite initiatique, dans les sociétés traditionnelles notamment. Il s'agit d'une sorte particulière de désaffiliation. On retire tout ce qui a façonné l'individu, du personnel jusqu'au social. On lui ôte tous ses attributs identitaires. Il s'agit de provoquer une rupture totale. C'est, personnellement, la phase du processus qui m'intéresse le plus.

Il m'observe avec ces yeux émerveillés et tournés en eux-mêmes que je connais déjà. Ce regard vers l'intérieur que je m'imagine être le regard de Nietzsche.

— Ensuite, c'est juste une question de pouvoir, et d'autorisation. N'importe quel Homme se comporte de la même façon, si on lui offre l'ascendant sur d'autres Hommes, et le droit et les moyens de le faire respecter.

— Je peux pas vous donner tort... Mais pousser les jeunes dans leurs ultimes retranchements, ça donne quoi, niveau cœur ?

— La même chose.

— La cruauté.

— Oui. Il est remarquable qu'autant l'esclave que le tortionnaire parviennent à un fond identique quand on les dépouille progressivement de leur enveloppe morale. Et pour cause : ils naissent de la même source. En réalité, ce sont d'anciens esclaves qui deviennent tortionnaires. Et ceux qui ont été soumis aux pires traitements, ce sont ceux-là qui font les meilleurs tortionnaires. Les plus infects, et aussi, bien évidemment, les plus efficaces.

— C'est parce qu'ils cherchent à se préserver que les jeunes deviennent cruels les uns envers les autres, je plaide misérablement.

— Bien sûr. Mais on aurait pu assister à l'effet inverse, tout aussi bien. Du moins, si le cœur de l'Homme était fondamentalement différent. Quand je suis arrivé ici, je n'étais pas sûr de ce que j'allais découvrir. J'en avais une vague idée, certes, mais rien de définitif. Laisse-moi te dire que ça n'est pas arrivé. Les recrues ne se sont *jamais* alliées ensemble pour faire front contre l'ennemi commun. Elles se sont juste empressées de dénoncer leurs congénères, afin de s'épargner, chacune, individuellement. En allant aussi loin qu'on leur demandait d'aller. Chaque fois.

— Et vous espérez parvenir au même résultat avec Tyler et moi, pas vrai ?

— Je n'espère strictement rien. Je me borne à établir les conditions propices à la révélation.

Je hoche la tête en relevant les sourcils.

— Putain de programme que vous avez là. Dommage pour vous que cette fois, ça va tomber à l'eau. Vous risquez d'avoir du mal à vous en remettre. Je suppose que vous en avez conscience.

Son sourire sarcastique est la seule chose qu'il m'offre pour toute réponse. Remarque, j'en attendais pas plus de lui.

— À mon tour, Travis. Qui es-tu ?

— C'est pas vrai, putain…

Mais si. Bien sûr que si, c'est vrai. Il va me répéter cette question en boucle jusqu'à ce que je lui livre toute ma personne. Et il appellera pas les soldats pour qu'ils viennent me chercher tant qu'il aura pas obtenu ce qu'il veut. Je le sens capable de passer trois jours et trois nuits enfermé dans ce bureau avec moi.

— Je sais plus comment me définir. J'ai lu trop de bouquins de philo pour ça.

— Qu'est-ce qui a changé depuis que tu es ici ?

— Changé ? Rien de fondamental. Y a que des mises en évidence.

— C'est-à-dire ?

— Tout ce temps passé au trou, seul avec moi-même, ça met pas mal de trucs en perspective.

— Laisse-moi te dire que, pour le moment, tu t'en sors honorablement. Sans doute un peu trop, même. Au final, il est probable que ça te fasse plus de mal que de bien, de tenir comme ça indéfiniment.

Ça veut donc dire qu'ils vont encore me laisser croupir là-bas pendant je ne sais combien de temps. Et moi qu'avais l'espoir qu'après cet entretien, je pourrais enfin quitter mon trou. C'est mort. Et je dois faire un effort surhumain pour ravaler mes illusions et tenter de poursuivre cette absurde conversation.

— Les autres deviennent fous au bout de deux jours ?

— Pas exactement. Davantage faibles que fous, on va dire. Même si la faiblesse est une sorte de folie, ou du moins, son entrée principale.

— Faut croire que je me supporte moi-même, moi.

— Tu as surtout trouvé une méthode pour *t'échapper* de

toi-même.

— Vous savez très bien que non. Je suis moi sur un autre plan, c'est tout. Et c'est d'ailleurs ce qui rend la réponse à votre question si difficile.

— Tu y crois vraiment, au rien ?

— Ça fait longtemps que je sais que quelqu'un n'est pas juste l'ensemble de ses caractéristiques. Voire pas du tout. Et ce qui se passe au mitard ne fait que confirmer ce constat.

— Donc tu n'es pas Travis, jeune homme de 15 ans, rebelle et incestueux ?

— Je refuse de me définir par des étiquettes inventées par d'autres. Parce que ça voudrait dire que je partage vos valeurs. Et de toute façon, je suis bien plus que ça.

— Ne me dis pas que tu crois en la conscience universelle.

— Je sais pas de quoi y s'agit, mais c'est évident qu'il est question de conscience, oui.

— Je ne crois pas une seule seconde que tu sois disposé à renoncer à ton identité si chèrement acquise. Ton attitude est éloquente. Tu t'y agrippes au contraire désespérément. Tu la défends bec et ongle. Tu l'ériges en étendard pour te cacher derrière et guider ton comportement. Tu t'en sers comme refuge, comme bouclier et comme arme. Le fait que tu parviennes à un état de méditation profonde quand tu es désœuvré ne signifie en rien que tu t'es détaché de ta personne.

— C'est pas vous qui disiez que pour être libre, un Homme doit être complètement désintéressé de lui-même ? Peut-être bien que c'est ça que je vise.

— Jamais tu ne seras désintéressé de Tyler, en revanche. N'est-ce pas ?

— Bingo. Vous avez une nouvelle arme entre les mains. Ah mais non, je suis bête. Vous l'avez depuis toujours. Désolé, Spade. Ça se passe pas comme vous l'aviez prévu, on dirait.

— Oh, mais si. Bien au contraire. Tu ne t'en aperçois pas, c'est tout.

J'ai envie de l'étriper. Sa suffisance ignoble me donne envie de le charcuter comme un boucher psychopathe.

— Et vous, qui vous êtes, hein, Spade ?

— Un chercheur.

— Et à qui ça va servir, le résultat de vos petites expériences bidons ?

— La recherche n'a pas d'autre but que la recherche.

— Écoutez-le, le sadique désintéressé…

— Je ne suis pas sadique. Je ne les force pas à aller là où ils vont. Ils ont le choix à tout moment, et s'ils pensent ne pas l'avoir, c'est qu'ils se réfugient dans la lâcheté. Renoncer à son libre arbitre est une tentation très facile, mais en définitive, le libre arbitre est toujours là, même quand on décide de s'en passer, et de remettre le gouvernement de sa personne entre les mains d'une autorité qu'on juge plus grande que soi.

Je voudrais tellement ne pas être convaincu par ses paroles. Je voudrais tellement, putain. Mais me prendre la tête sur la connerie intrinsèque du genre humain, c'est pas précisément ce dont j'ai besoin, là maintenant. J'ai plus l'énergie de me mortifier.

— OK, admettons. J'ai quand même du mal à croire que

vous en retirez aucun avantage personnel, mais en fait, j'en ai pas grand-chose à foutre. Mais si vous vous définissez comme un chercheur, alors moi, j'ai le droit de le faire aussi.

— Et qu'est-ce que tu cherches, toi, Travis ?

— Je cherche. Ça devrait vous suffire.

— C'est toi que tu cherches.

— Tout comme vous.

— Ça ne se résume pas forcément à ça.

— Bien sûr que si.

— Absolument pas. Se voir soi-même au travers de tout n'est pas l'unique finalité.

— Qui a parlé de finalité ?

— Finalité inconsciente.

— Je crois pas une seule seconde que vous en soyez exclu, justement.

— C'est dommage que tu ne puisses pas comprendre. Une fois dans ma vie, j'aimerais pouvoir m'adresser à un Homme qui se situe sur la même ligne que moi.

— Vous jouez les Zarathoustra. Et ça m'agace. Vos motivations sont personnelles, j'en mettrais ma putain de main au feu.

— Tu ne crois donc pas au pont vers le Surhomme ?

— Vous êtes tout sauf ce putain de pont. Redescendez, merde.

— Comment appelles-tu le fait de mener les Hommes vers la mort de toutes les valeurs ?

— C'est pas du tout ce que vous faites, bordel. Vous leur inculquez des valeurs d'esclave, au contraire !

— Ça ne me concerne pas. Si je suis porteur d'un

message, ou d'une direction, l'interprétation que les gens en font n'est pas de ma responsabilité. Et puis, va savoir, peut-être même que certains d'entre eux en profiteront pour s'élever…

— Vous risqueriez de pas vous en remettre. Faut éviter de jouer avec le feu, votre mère vous l'a jamais dit ? Un retour de flamme, ça fait mal.

— Qui te dit que j'en serais déçu ?

— Pardon, j'oubliais que tout ça vous faisait ni chaud ni froid. Monsieur le chercheur.

— J'adore la façon dont tu t'accroches à ta foi…

— Et moi j'aime la façon dont je fais vaciller la vôtre.

— Ma foi va très bien.

— Ah ouais ? C'est pour ça que vous me laissez moisir au trou depuis des putains de semaines, et que vous me convoquez ici en espérant me retourner le cerveau ? Je sais pas, mais on dirait qu'y a un truc qui marche pas comme prévu dans votre plan, et que ça commence sérieusement à vous faire perdre patience, Fletcher et vous.

— Tu nous donnes du fil à retordre, je ne vais pas le nier, mais notre satisfaction n'en est que plus totale. On s'ennuyait un peu ici depuis quelque temps. Votre arrivée remet de l'essence dans la machine, et de la joie dans le jeu. C'est… rafraîchissant !

— Putains de charognards que vous êtes…

— Ne parle pas de toi comme ça, voyons. Tu n'es pas encore mort.

— En effet, et c'est pas près d'arriver. Mais je fatigue, là. C'est à quel moment que vous me rendez fou, déjà ?

— Patience, ça va venir. On va changer de tactique.

Il prend quelque chose dans le tiroir de son bureau. Un petit objet. Et encore une fois ce simple geste éveille en moi quelque chose d'infiniment perturbant, et surtout, de douloureux. Une onde glaciale me parcourt des pieds à la tête. Mon corps semble savoir ce qui se passe. Et ce qu'il éprouve, c'est de la panique. De la peur. Indiscutablement. Une peur viscérale, d'une profondeur sans fin. Une menace d'annihilation, ni plus ni moins.

— Qu'est-ce que vous faites...?

— Tu sais très bien ce que je fais.

— C'est quoi cet objet, putain ?

— Tu le connais. Tu l'as déjà vu.

— Nan. Nan, je sais pas. C'est quoi que vous tenez dans la main ?

— Tu l'as eu en face des yeux pendant un très long moment. Tu veux que je te le remontre ?

— Nan, je veux pas.

— Mais si. Tu n'attends que ça.

— Je veux surtout pas le revoir !

— Au contraire. Tu en meurs d'envie. Tu sais le pouvoir qu'il a, n'est-ce pas ?

— Oui. Nan. Je sais même pas de quoi on parle.

— Pourquoi est-ce que tu dis ça ?

— J'ai oublié.

— Alors regarde. Ça va te rafraîchir la mémoire.

— Laissez-moi tranquille !

— Mais je ne fais rien. Je suis assis là avec cet objet que tu connais dans la main.

Ferme les yeux ! Ne le laisse pas te montrer ce qu'il a dans sa putain de main !

— Regarde !

* * *

Un processus a été enclenché… Tout… est en train… de remonter… Tout ce qu'ils nous ont fait.

* * *

On a navigué plusieurs heures, chacun dans son silence. Wish fumait ses joints, la femme souriait pour elle-même les yeux fermés, le pilote regardait au loin. J'ai dû m'assoupir.

J'ai fait exprès de garder les yeux fermés quand je me suis réveillé. Wish et la femme parlaient ensemble, mais j'en captais pas un traître mot, alors j'ai ouvert les yeux. Ils se sont immédiatement tus. Wish me regardait d'un air intense, comme si j'étais autre chose que ce que j'étais, bien que je serais pas foutu de dire quoi. La femme continuait à me sourire, mais avec une nuance de peine dans le regard qu'elle avait pas avant, ce petit air désolé qu'on déteste voir, et que tous les handicapés de la Terre doivent exécrer jusqu'à la haine. Qu'est-ce qu'il avait bien pu lui raconter ?

Elle est venue s'asseoir près de moi et m'a pris la main. Ça m'a suffisamment surpris pour que je réagisse pas. Mais aucune femme ne m'avait pris la main depuis sa mort, et même si celle-ci était plus toute jeune et pourvue d'un cul pachydermique, ce contact m'a ému plus que ce que j'ai laissé paraître. Sa main potelée était douce, et jeune. Elle m'a regardé tout au fond des yeux, mais plutôt qu'un regard compatissant bidon, c'est ma propre douleur que j'ai vue s'y refléter. Et c'était pas beau à voir. J'ai senti monter le malaise. Je me suis dit que si c'était ça que les autres voyaient quand ils me regardaient, ben j'aurais pas aimé être à leur place. Puis la seconde pensée qui m'est venue, c'est que cette bonne femme était une sorcière, dont le don étrange consistait à se transformer en miroir. Elle renvoyait les gens à leur propre image. Et y avait sans doute pas grand-chose de pire en ce bas monde.

Mais la raison a repris le dessus, et j'ai compris que c'était juste sa douleur à elle qui faisait écho à la mienne. Elle avait dû perdre quelqu'un récemment. Un enfant. Sa fille, plus probablement. Mais je voyais pas quel réconfort on pourrait tirer l'un de l'autre.

Elle avait agrippé mon regard, j'arrivais plus à détourner mes yeux des siens. Je la suppliais en silence de me libérer. Qu'est-ce qu'elle attendait de moi ? En pensée, je lui ai dit que je pouvais rien pour elle.

J'avais le sentiment d'être en train de me noyer, une partie de moi se débattait furieusement, mais j'étais déjà en train de me liquéfier. J'ai cessé de la repousser. J'ai laissé nos peines s'enlacer. J'ai déversé en elle, sans retenue, toute cette douleur que je charriais, et elle a fait la même chose. Je pourrais pas dire exactement ce qu'y s'est passé, mais ça faisait du bien et ça faisait très mal en même temps. Je savais pas quel était le but de ce transfert, mais j'ai arrêté de me poser la question, me contentant de m'abandonner à ce surprenant et tragique échange.

Petit à petit, nos flots ont décru. Pour finir il restait plus rien à exprimer. Y avait plus qu'un jeune homme et une femme, vides, qui s'observaient bêtement. Alors on s'est quittés des yeux et elle est repartie s'asseoir à sa place.

J'ai jeté un coup d'œil à Wish, mais il papotait doucement avec le pilote sans faire attention à moi.

* * *

Ils sont trois, ce coup-ci.

Je suis allongé sur mon matelas, à même le sol, quand la porte se déverrouille et qu'ils font leur entrée. Je sais pas ce que j'ai, mais je suis épuisé aujourd'hui. Bien pire que d'habitude. C'est une faiblesse qui ressemble de près à celle de la maladie. Ce goût amer dans la bouche. Ce poids dans la tête. Ces courbatures dans les muscles.

Je me demande s'ils ont pas foutu un truc dans la bouffe. Une sorte de barbiturique. Du jour au lendemain, le sel avait disparu. Sur le moment j'étais tellement soulagé, heureux, même, que je me suis jeté dessus comme un misérable, avant de réaliser que c'était sûrement pas par pure bonté d'âme qu'ils l'avaient ôté. Depuis, je me méfie chaque fois que je porte une gorgée d'eau à mes lèvres. Chaque fois que j'ingurgite un truc. Je renifle, j'essaye de sentir. Mais je crève si fort la dalle que je finis toujours par tout avaler. Et le pire, c'est que bien qu'étant coutumier des drogues, je suis trop à côté de mes pompes tout le temps pour savoir s'ils me défoncent en cachette ou si je suis juste à bout.

Je me serais bien passé de leur petite visite, mais elle n'a rien d'étonnant. On dirait qu'ils savent toujours quand c'est précisément le bon moment pour venir me faire chier.

Je redresse vaguement la tête en les regardant. Pas le courage d'articuler une parole. Je vois pas ce que je pourrais trouver d'intéressant à leur dire, de toute façon.

— Tu te lèves, Montiano, ou c'est nous qui le faisons ?

Je pousse un long soupir et m'assois péniblement en tailleur, le dos au mur. Ce simple effort me fait voir tout blanc. Je dois être en chute de tension.

— Debout, putain, on a pas que ça à foutre !

— Baise-moi le cul, je grogne mollement en leur faisant un doigt d'honneur pas très fringant.

L'un d'entre eux traverse la pièce en deux enjambées, me balance une claque, et me tire pour me foutre sur les pieds.

— Merci. Maintenant je suis réveillé.

Il agrippe mes cheveux pour m'envoyer bouler vers les deux autres qui me réceptionnent comme une poupée de chiffon.

— T'es un vrai fils de pute, Montiano, tu le sais, ça ?

— Ouais, mon père me l'a toujours dit.

— T'as besoin d'une douche. Tu pues la mort.

— Celle avec du gaz qui sort ?

— Putain de mariole que t'es.

— Ça fait rire les petits enfants.

— Je t'en foutrais, des petits enfants.

— T'aimerais ça, hein ?

— Ouais. J'ai un penchant pour les brunettes tout juste pubères.

— Je te la souhaite bonne. J'espère que tu tiens pas trop à tes couilles.

— Tu parles. Elle adore me les lécher.

— Ça va pas durer.

À force de papoter entre gens de bon goût, on arrive dehors. Ça faisait longtemps que j'y avais pas foutu le nez. L'impression est surprenante, presque désagréable. Et je me demande enfin pourquoi ils m'ont traîné là.

— Désape-toi.

— Va te faire foutre.

— Désape-toi, putain !

— Va te faire foutre.

Deux d'entre eux m'arrachent donc mes vêtements. Ils m'épluchent tout entier, jusqu'au caleçon. Je devrais peut-être commencer à avoir l'habitude, mais la nudité me fout toujours mal à l'aise. Je repense à la saga de Stephen King, *La Tour Sombre*. Quand Eddie le junkie se bat tout nu, comme si de rien n'était, et que Roland lui dit que c'est pas tout le monde qu'en est capable. Je confirme. J'en suis très très loin. Et les injures dont ils m'accablent sont pas faites pour m'aider à accepter l'idée.

— Et c'est avec ça que tu la baises ?

— Sans déconner, tu m'étonnes qu'elle en redemande quand on s'y met à trois.

— Elle serait pas un peu tordue sur la droite, en plus ?

— Difficile à dire, je la vois à peine entre les poils de couilles.

— Ah parce qu'y a des couilles, en dessous ?

Et ils se marrent comme des malades. J'irais pas jusqu'à prétendre que ça m'atteint réellement, mais n'importe qui se sentirait con et mal dans sa peau en subissant ce genre de connerie.

— Allez, face contre le mur.

Qu'est-ce qu'ils vont me faire ?

L'un d'eux s'approche et m'attache un bandeau noir sur les yeux.

Qu'est-ce qu'ils vont me faire, putain de merde ?

Je me mets à réfléchir à toute vitesse. C'est pas chose facile avec mon cerveau rabougri, mais étant donné la rapidité avec laquelle il se jette dans les calculs, ça doit être une question de vie ou de mort. Les possibilités défilent : ils pourraient me fouetter, me livrer aux injures et aux rires des autres recrues, me laisser la journée entière tout nu contre le mur comme un connard. Ou alors, m'enculer jusqu'à ce que mort s'en suive.

Nan, nan, calme-toi, je m'intime. *Ils sont pas sur le point de t'enculer. Tu le sentirais.*

J'en suis là quand soudain j'entends un bruit. Quelque chose qui file. Vite. Quelque chose qui rapplique à toute vitesse avec une sorte de faim dévorante.

Et là, un truc me lacère le dos. Ça me coupe le souffle. Ça me brûle et ça me fouette. Ça me décape. Ça me troue la peau.

Il me faut un temps infini pour dépasser ma stupeur effarée et réaliser que c'est que de l'eau. De l'eau froide qui sort d'un tuyau, rien de plus. C'est fou que ça puisse faire aussi mal. Comment ils se sont démerdés pour obtenir autant de pression ?

Je les entends qui rigolent, qui rigolent à n'en plus finir… Et moi je continue à me faire charcuter le corps et cingler les vertèbres par de l'eau, rien de plus qu'un misérable, pathétique et incroyablement douloureux, jet d'eau.

* * *

Plus je l'observais, et plus je trouvais qu'y avait quelque chose de changé en lui. Mais j'avais conscience que c'était peut-être moi qui le voyais différemment. En approchant des choses sérieuses, sans doute que lui comme moi on sentait monter la tension.

La promiscuité du dénouement me rendait nerveux, et lui il avait égaré en chemin ce côté cool et rigolard que je lui avais toujours connu. Ses regards se maintenaient vers le lointain, droit devant lui, ou haut vers la cime des arbres. Il avait l'air pensif. J'avais pourtant du mal à croire que ma situation puisse le concerner à ce point-là. Il avait sans doute ses propres raisons d'être ailleurs. La perspective de retrouver les siens semblait pas l'enchanter des masses, mais je pouvais faire que des suppositions, j'avais en fait pas la moindre idée de ce qui se tramait à l'intérieur de lui.

Le truc, c'est que j'aurais pas craché sur un peu de soutien de sa part, mais la situation exigeait sans doute que je me retrouve seul avec moi-même. Je lui faisais confiance pour en juger, même s'il m'apparaissait de plus en plus comme un étranger, et non plus comme ce mec sympa que j'en étais venu à considérer comme un ami.

Son attitude distante rétablissait la frontière indépassable qu'existe entre chaque être humain.

J'avais l'impression qu'on m'abandonnait de nouveau.

Ils me maltraitent pas vraiment. Jamais ils dépassent le stade de la douleur fugace. Ils savent me maintenir sur le dangereux équilibre d'une tension permanente, mais jamais insupportable.

Le soldat me balance une méchante gifle qui me brûle la gueule pendant plusieurs secondes. Ensuite, ça passe, et celui qu'est assis en face de moi me fait :

— Faudrait savoir, Montiano. Ton discours manque de cohérence. Et bordel si y a bien un truc que je peux pas supporter, c'est les merdes qui sont pas logiques.

Il ne fait pas un geste et ses yeux ne dévient pas de moi, pourtant on dirait qu'un ordre a été donné, et l'autre soldat me chope l'oreille et tire dessus comme un putain d'acharné. Je me mets à gueuler comme un cochon, et tente de me soulever le plus possible pour accompagner son geste qui me tire vers le haut, mais ligoté comme je suis, autant dire que c'est pas ça qui va m'empêcher de me faire arracher l'oreille.

— Vous êtes tarés, putain ! je m'égosille d'une voix suraiguë. Lâchez-moi, j'ai rien dit d'autre que la vérité, merde !

— Parlons-en, de la vérité, espèce de saloperie de tête de nœud ! gronde l'enfoiré depuis sa putain de chaise. Moi quand on me dit qu'on est prêt à dire les choses telles qu'elles sont et qu'ensuite on cherche à me la foutre à l'envers, c'est marrant, tu vois, mais ça me contrarie un peu.

Il jette un coup d'œil à l'autre qui retire enfin ses doigts de ma misérable oreille. J'ai tellement mal que ça me sonne la tronche, et c'est super dur de me concentrer sur ce que l'autre enfoiré me raconte.

Depuis combien de temps est-ce que ça dure ? Quatre heures, cinq heures ?

Quand est-ce qu'ils vont enfin me libérer ?

Je ferme les yeux très fort et m'escrime à reprendre mon souffle. J'ai envie de pleurer, de honte, de fatigue, d'accablement. Je me contiens du mieux que je peux en tentant encore une fois de le ramener à la raison :

— Je vous ai rien caché. Je vous ai tout expliqué en long et en large. Oui, je dealais au lycée. Oui, je me défonçais dès que j'en avais l'occasion. Et ouais, c'est moi qu'ai foutu le feu au collège à l'époque. Personne a jamais pu le prouver mais c'était moi et Tyler. Je peux rien faire de plus que de vous répéter ça en boucle encore et encore, parce que c'est la vérité, la putain de vérité, merde, et rien d'autre !

Il me scrute comme s'il avait pas entendu le moindre mot de ce que je viens de dire. Il s'allume une cigarette sans me quitter des yeux et on dirait que c'est un signal pour l'autre qui se met enfin à me détacher.

Oh bon Dieu, enfin, enfin, j'ai réussi à le convaincre de ma franchise !

Ça y est, c'est terminé, ils vont me raccompagner en cellule pour que je puisse me reposer et y panser mes blessures...

Nan ! Nan, bordel, qu'est-ce qu'il fait ?!

Je suis debout et il me rattache les mains.

— À cloche-pied, Montiano !

— Quoi ?...

— Fous-toi sur un putain de pied, pauvre attardé de merde !

Je m'exécute en me foutant à chialer.

Je voudrais crever, là, immédiatement, plutôt que d'avoir à subir encore cette aberrante humiliation... Me voir moi-même dans une posture aussi... minable ! Aussi déshonorante !

— Tu vas rester comme ça jusqu'à ce que tu retrouves enfin la raison.

Je tremble de tout mon corps à présent, et je chiale à n'en plus finir. Je suis à deux doigts de supplier. À deux doigts de ramper. À deux doigts de m'évanouir pour enfin lâcher prise.

Oui, c'est ça la solution... Perdre conscience est l'unique moyen de les fuir...

Le soldat qui me raccompagne à ma cellule. Il est... gentil.

Qu'est-ce qui lui prend, bordel ? Si j'étais pas aussi exténué par la séance que je viens de me farcir, c'est moi qui l'insulterais, pour se foutre de ma gueule comme ça. Histoire de lui rappeler dans quel camp y se situe. Merde, on dirait que ce connard veut le beurre et l'argent du beurre. Faire partie des bâtards mais copiner quand même avec les victimes. Sale enfoiré, va.

— Tu devrais pas continuer à résister comme ça, il me sort. Sans déconner, tu devrais pas.

Je le regarde avec la sombre envie de l'étriper à mains

nues.

— Me mate pas comme ça. Moi je dis ça, c'est pour toi, tu sais.

Mais tu vas la fermer ?

— De toute façon, ils obtiennent toujours ce qu'ils veulent. S'obstiner comme tu fais, franchement, ça sert à rien, à part faire comme qui dirait durer ton supplice.

— Mais t'es qui, toi ? je lui crache avec hargne. T'as cru que t'étais mon ami, ou quoi ?

— Oh, calme-toi. J'essaye juste de te faire entendre raison.

— Ouais mais personne t'as sonné, putain.

— À toi de voir. Mais vu comment t'en as chié aujourd'hui, je me suis dit qu'un petit conseil te ferait pas de mal.

— Fous-toi le au cul, ton conseil !

Il me largue à ma cellule mais insiste une dernière fois avant de refermer la porte :

— Comme tu veux. Mais sache que plus tu vas loin dans la résistance, plus ça fait mal quand tu craques à la fin.

* * *

J'ai laissé mes yeux errer vers le ciel. Un banc de perroquets comme on en voit que dans des cages, les gros rouge et jaune, a traversé mon champ de vision. Y en avait un nombre incroyable, et ça m'a fait plaisir de les voir libres et heureux.

En sortant de mes pensées, je me suis aperçu qu'y avait

maintenant plein d'animaux autour de nous. Des petits singes très vifs dans les arbres, des espèces de trucs à mi-chemin du ragondin et de l'hippopotame, qui bouffaient de la vase, des loutres joueuses et bruyantes qui poussaient des cris surprenants, des dauphins d'eau douce. Un caïman.

Ça m'a émerveillé. C'était la première fois de ma vie que je voyais de tels animaux dans leur véritable environnement. Je me suis dit que moi aussi, finalement, j'étais à ma place ici, et que ça faisait juste très longtemps, plusieurs vies, sans doute, que j'étais pas revenu. Cette idée m'a empli d'une sorte de bonheur bourru.

Wish a tourné la tête vers moi et m'a souri.

* * *

À l'intérieur de ma tête, ça s'est mis à déconner petit à petit, jusqu'à ce que plus rien ne fonctionne correctement. Jamais j'aurais cru que ça puisse être aussi flagrant.

Y a comme une drôle de scission entre ce que je considère comme sa marche normale et la faiblesse, la mollesse, et surtout la bêtise dont ma raison fait preuve de plus en plus fréquemment.

Mon corps aussi commence lentement à m'échapper. Ça a commencé avec les tremblements. Je me suis mis à trembler comme une feuille, avec les dents qui jouaient des castagnettes frénétiques, dès que je les entendais arriver.

J'y peux rien. Et maintenant c'est mon être entier qui frémit de hantise quand le bruit de leurs bottes martèle le couloir. J'ai peur qu'ils viennent, et j'ai peur qu'ils ne viennent pas. S'ils viennent, je vais encore prendre cher, mais au moins l'attente sera fini. S'ils viennent pas, je vais passer mon temps à me demander quand le bruit des bottes s'arrêtera enfin devant la porte de ma cellule.

Mais depuis quelque temps j'ai même plus besoin de les savoir dans le coin, à rôder, pour trembler comme un petit vieux.

Ça doit venir des nerfs.

Une fois aussi, je me suis fait sur moi. C'était dans mon sommeil. Je sais pas de quoi j'ai rêvé.

Je me suis carrément pissé dessus.

* * *

Il était tard quand on a débarqué au village. Je pourrais pas dire exactement l'heure, parce que ma montre avait cessé de fonctionner, mais il faisait déjà nuit. J'étais un peu ramolli, mais faut dire que la chaleur torride qu'on s'était tapée toute la journée et cette moiteur constante incitaient plutôt à la léthargie. Avec la venue du soir, l'air s'était quand même rafraîchi, on respirait déjà mieux. Pour finir j'étais plutôt tendu quand on a accosté.

Je crois pas que Wish avait prévenu qui que ce soit de notre arrivée, mais j'imagine que vu ce dont il était capable en matière de précognition, ses collègues chamans devaient être au courant de notre venue depuis plusieurs lunes.

Y avait trois types sur la rive, qui semblaient nous attendre. Wish les a interpellés depuis le bateau et ils ont répondu par de grands signes amicaux. Ils ont tous les quatre échangé des accolades en parlant avec effusion dans cette langue que je comprenais pas. Moi je me tenais là maladroitement, sans savoir quoi faire de moi-même.

Wish m'a pris par l'épaule et a fait les présentations. Son père, son frère, son oncle. Tous des portraits crachés. Ça aurait fait marrer Tyler, cette situation. Elle aurait mis tout le monde à l'aise direct, elle. J'aurais tant voulu qu'elle soit avec moi.

Ils m'ont tous serré la pince avec énergie, le sourire jusqu'aux oreilles. Ils avaient tous l'air de bons gars. Dans ce tableau, c'était plutôt Wish, en fait, qu'écopait du rôle du fils vicieux, avec ses yeux pleins de dérision.

J'ai payé le petit gars du bateau et il est reparti dans la nuit avec la grosse toujours à son bord. Ça m'a fait une drôle d'impression.

J'ai suivi la bande jusqu'à la baraque des parents de Wish et on a mangé un morceau dans la cuisine extérieure, tout juste une vieille table en bois et quelques tabourets directement posés sur la terre, avec une grille placée au-dessus d'un feu où reposaient des marmites. Ils parlaient beaucoup entre eux. J'écoutais tout, mais je comprenais rien. Ils m'ont posé quelques questions en espagnol mais y avait pas grand-chose à dire sur mon compte, à part si on rentrait carrément dans les détails. Un pauvre spectre comme moi n'avait rien à raconter. Wish est venu à mon secours en leur disant juste que je venais faire une diète. Ils ont tous paru comprendre direct de quoi il était question et m'ont laissé tranquille.

On s'est pas trop attardés. Wish m'a emmené à la

cabane qu'il occupait quand il revenait au village, un truc en bois avec une moustiquaire tout autour, et il m'a aidé à accrocher mon hamac à l'intérieur.

Il m'a conseillé de dormir, parce que le lendemain serait une longue journée, et il est reparti voir les siens.

Ça m'a pris du temps. La jungle faisait un sacré boucan. C'était même un putain de concert de cris d'animaux, de grenouilles, d'insectes qui semblaient parfois très proches.

Je me suis réveillé plusieurs fois dans la nuit, avec le sentiment d'une présence qui rôdait autour de moi.

* * *

Il m'arrive d'éprouver une espèce d'hilarité devant tout ça. Je me vois d'en haut, en train de patauger dans mes propres ruines, et rire ou pleurer est le seul truc qui reste à faire. Et je ris tout seul, assis sur le sol, et je les sens qui m'observent. Et ça me fait rire encore plus fort.

C'est des crises qui me laissent complètement vide quand elles prennent fin. C'est comme si je m'appartenais plus.

* * *

Parfois j'ai l'impression d'être dévoré de l'intérieur par une monstrueuse blague cosmique. Une machine qui aspire la substance et détruit les os. Qui détient le sens de mon existence, le secret que je crève de comprendre, mais qu'elle ne me donnera jamais.

Jamais encore j'avais ressenti avec une telle violence le

fait d'être un pantin, et à quel point c'est monstrueux. Je voudrais avoir la preuve, *là, maintenant,* que ces atroces sentiments trouveront leur sens dans le futur. Mais il faudrait éprouver l'envie d'avoir un futur pour parvenir jusque-là.

Les évènements du passé se fondent en une course implacable, qui m'a conduit jusqu'à ce trottoir.

Alors tout ce qui me reste à faire, c'est de récapituler.

* * *

La colère qui, d'aussi loin que je me souvienne, a toujours été pour moi comme une seconde nature, tend de plus en plus à s'émousser, à me fuir, à se désagréger. Ça paraît con comme truc, mais quand t'es habitué à vivre avec elle, bah quand elle se casse, tu te sens plus que comme la moitié de toi-même. Et encore, la moitié la plus vile, la plus naze.

Ça arrive encore qu'elle déferle en moi comme une fumée sous ma boite crânienne, s'enroulant autour de mon cerveau en volutes de violence blanche, qui me traînent dans un monde crépusculaire où chaque chose est contaminée, rongée, intoxiquée par la vague de son infection. Mais c'est de plus en plus rare. Et chaque bouffée que j'en respire m'affaiblit et m'esquinte, au lieu de réanimer ma volonté, comme par le passé. Cette colère me fait mal, parce que je sais qu'elle sert à rien, mais j'ai pas l'énergie nécessaire pour la repousser ou la dominer. Ou alors vraiment l'incorporer.

Dans ces moments de plus en plus lointains, la rage et

l'agressivité brûlant dans ma poitrine me travaillent, me pétrissent et me charcutent. Les soldats, ça les fait rire autant que ça les excite, vu qu'ils en subissent aucune conséquence. C'est contre moi que ça se retourne, et ça fait qu'accroître mon humiliation.

J'imagine que c'est ce que doivent ressentir les fauves impuissants du zoo. À moins qu'on leur foute des cachets dans la pâtée. En ce qui me concerne, cette foutue Ritaline a un certain effet, mais je dirais pas que c'est le remède idéal pour apprendre à gérer ses émotions.

J'ai des envies de meurtre, encore.

Ces gros salopards savent parfaitement ce qu'ils font.

* * *

La fin aura raison de ta foi aveugle et bornée, de ton optimisme forcené.

On va te remettre les idées en place. Et tu seras bien forcé de tout abandonner, que tu le veuilles ou non.

Parce que c'est le sort de tout Homme. La solitude.

Parce qu'aussi fou, dément, insensé que ça puisse paraître, la mort est inhérente à la vie, tels les deux pôles d'une chose immense, tellement grande, tellement opposés que c'en est inconcevable. Et l'abîme impénétrable qui existe entre les deux, ce brouillard éternel qui ne permet pas de dire si tu es plus proche de l'un ou de l'autre, jusqu'à ce que ton pied rencontre le vide.

S'ensuit cette chute vertigineuse qui répond à l'énigme. Impossible de savoir avant de tomber, même s'il ne reste qu'un pas à franchir. Et la courte période où tout s'éclaire... avant de rencontrer le sol, qui amène brutalement les ténèbres absolues, à jamais.

C'est comme naître, sauf que c'est à l'envers. Tu cries à pleins poumons et tu retournes dans le noir. Tu redeviens la chair à tout faire de la matrice. Tu fais un tour complet, et retour au point de départ.

Comme un trou constitué de vide, la mort est une abstraction. Elle n'a pas d'existence propre, elle ne fait que déposséder sans rien mettre à la place. C'est là que réside toute sa puissance.

Tellement définitive qu'elle en est désincarnée...

* * *

Faut que je rassemble mes forces, que je me domine pour reprendre le contrôle sur mes nerfs déchiquetés et que... je sais pas, que je triomphe, que je triomphe de moi-même ! Après tout, c'est quand même pas aussi moche qu'une prison thaïlandaise, ce putain de truc. Et jusqu'à preuve du contraire, personne m'a encore enculé.

Faut que j'arrive à remettre les choses à leur place.

Une immense partie de moi m'implore pour que je la laisse sombrer dans l'oubli. Elle prie pour qu'on lui accorde le néant blanc du non-être.

Mais si j'abandonne ici, si je me livre tout entier à cette tentation, c'est sur *toute ma putain de vie* que je peux faire une croix. Parce qu'y a pas de moitié de renoncement.

Soit tu tiens, sois tu t'écroules.

Et ça, c'est la seule chose dont je sois encore certain.

Alors, je me cramponne.

* * *

Il y a cette inébranlable conscience qui assène toujours la même terrible litanie : *Tout espoir mène au-devant d'inévitables désillusions.*

* * *

Cette voix… Cette voix que j'entends encore aujourd'hui…

Montiano… Viens, il est temps…

Cette voix qui m'appelle, qui me rappelle au monde des vivants, alors que je n'aspire qu'à persister dans mon néant…

Cette voix qui signifie : *Torture.*

* * *

Rien ne peut les atteindre.

Si je pouvais découvrir ce qu'ils cherchent à obtenir de moi, ça me permettrait peut-être de marchander. C'est pas possible qu'ils me gardent au trou pendant si longtemps sans avoir une idée énorme derrière la tête. Mais plus les jours passent (*combien de jours ?*), plus j'en viens à croire qu'il n'y a rien au-delà de ça. Qu'ils ne veulent rien d'autre que ce qu'ils m'ont déjà pris.

Pourtant j'ai l'impression que quelque chose se joue au-delà de ma compréhension. Un truc gigantesque, monstrueux. Mon esprit traqué de pièce sur l'échiquier n'est pas en mesure d'appréhender ce que ça peut être. Ça me rend malade. Pareil que si j'avais la clé de ma cellule dans l'estomac, et que je savais devoir m'ouvrir moi-même les entrailles pour m'évader. Mais qui pourrait se résoudre à ça ?

Je suis en train de côtoyer mes propres limites.

Cette fois-ci, ça y est.

Je surnage comme je peux dans l'eau saumâtre et putride de ma terreur. Ici s'annonce le grand dévoilement final.

Ceci est mon dernier combat, et sur cette scène, plus aucun mensonge ne peut avoir cours.

* * *

Il faisait pas encore tout à fait jour quand j'ai ouvert un œil, mais le village semblait déjà bien réveillé, au vu de tout le boucan qu'y avait, les radios qui gueulaient, les gens qui bavassaient.

Wish était pas là, mais j'ai trouvé un mot, écrit dans un espagnol approximatif, me disant de le rejoindre à la rivière. Y avait une tasse de ce qui devait être de la tisane tiédasse posée dessus. Je me la suis enfilée direct et je suis sorti. J'ai pissé comme un âne dans les broussailles, puis me suis dirigé vers le fleuve. Y avait différentes sortes de baraques, disséminées à droite à gauche. Des en bois, des en ciment, des faites de bric et de broc. Je m'attendais à quelque chose de plus… Comment dire pour être poli ? De plus traditionnel, quoi. Mais ce temps-là devait être révolu depuis longtemps.

J'ai croisé quelques personnes qui m'ont suivi du

regard, certaines surprises, d'autres amusées, d'autres à la limite de l'hostilité. Un grand nombre aussi semblait s'en taper royalement le coquillard. Aucune d'entre elles n'était à moitié nue avec des plumes dans les cheveux, en tout cas.

Je me sentais très mal à l'aise, animé du sentiment que j'avais rien à foutre là. Plus je me rapprochais de la rivière, et plus y avait de monde. En fait ce village était loin d'être petit. J'étais en train de me demander quelle conduite adopter quand une dizaine de gosses a fondu sur moi en criant de joie, m'agrippant les mains, s'accrochant à mes jambes, tentant de monter sur mes épaules, me sollicitant à tout va dans leur langue pour que je les suive. Ça a fait marrer quelques adultes, mais j'en ai vu d'autres détourner le regard d'un air écœuré, mais je pouvais pas lutter et j'ai pris le parti de suivre les mômes jusqu'au bord de l'eau, à moitié tiré et poussé au cul. Wish était déjà à la baille et me regardait en se fendant la poire.

Quand les gosses l'ont aperçu, tous sauf un se sont jetés dans l'eau pour le rejoindre en poussant des hurlements de joie, et ils se sont mis à l'escalader, à l'éclabousser, à le cajoler comme des malades. Lui-même semblait prendre un grand plaisir à jouer avec eux. Sans doute qu'ils s'étaient pas vus depuis longtemps. J'ai voulu m'approcher de l'eau mais le dernier gamin me lâchait pas la main et refusait de me laisser avancer.

C'était une petite fille très bizarre. Elle avait les cheveux couleur paille, la peau claire et les yeux transparents, entre le vert et le bleu. Elle était toute chétive. Et même si ça m'emmerde de le reconnaître, elle sentait pas très bon.

J'ai pas pu m'empêcher de frissonner en la regardant. Elle avait rien de comparable aux autres gamins, qui étaient tous uniformément bruns de peau avec des cheveux noirs noirs. Je me suis dit qu'elle était peut-être albinos. Les traits de son visage étaient très beaux, en fait, mais ces yeux qu'elle avait n'avaient rien d'enfantin. Ni même d'humain. Elle me mettait affreusement mal à l'aise, et elle me quittait pas des yeux, en plus. Son regard exprimait rien de ce que je pourrais décrire. Elle ressemblait à un fantôme.

J'avais envie qu'elle me lâche, mais j'osais pas retirer brusquement ma main de son emprise, alors j'ai fait mine de marcher, mais elle restait obstinément plantée là, resserrant son étreinte. Wish lui a crié quelque chose, sans aménité, elle a tressailli, m'a lancé un dernier regard en serrant encore plus fort ma main, comme si elle hésitait, puis a décampé en courant. Je l'ai suivie des yeux avec le sentiment d'être passé à côté d'un message important. Puis je me suis foutu en calbut pour aller me laver à mon tour. J'ai demandé à Wish pourquoi la petite venait pas se baigner avec nous.

— Elle a très peur de l'eau, elle se lave jamais, il m'a répondu.

— Ah bon, j'ai fait comme si ça m'était égal.

— Les gens la tolèrent ici au village, mais personne sait vraiment ce qu'elle est exactement.

— Comment ça, c'est pas une gamine à vous ?

— Nan. On l'a trouvée un jour sur un canoë, seule et terrorisée, un peu plus bas sur le fleuve. Personne sait d'où elle vient, elle a jamais ouvert la bouche et on sait même pas si elle comprend notre langue. On a essayé de la renvoyer chez elle avec un canoë neuf et des vivres, mais elle a une peur panique de l'eau et on a jamais réussi à la foutre dedans. Elle devient folle quand tu la forces, elle griffe, elle mord, mais sans jamais émettre un son. Mais vu qu'elle fait de mal à personne, à part foutre les chocottes aux animaux, il a poursuivi en se marrant, on la chasse pas non plus, et on la nourrit tant bien que mal. Parfois les femmes s'énervent de la voir fureter autour des gamelles et elles la virent à coup de pompe dans le cul, alors on la voit plus pendant quelques jours. Elle se planque là-bas dans la forêt où elle doit avoir une espèce de tanière. Mais elle finit toujours par réapparaître quand elle a trop faim.

— Hum. Drôle d'histoire, la pauvre. Y a aucune communauté dans les environs où ils ont cette gueule-là ?

Il a secoué la tête en reprenant sa toilette.

— Pas que je sache. Mais si tu veux mon avis, elle est pas humaine.

— Pas humaine ?

J'ai dégluti en songeant que je m'étais fait la même réflexion.

— Nan. Je crois qu'elle vient des étoiles. C'est une extraterrestre.

— Tu crois vraiment à ces trucs-là ?

— Je le crois pas, mon pote, je sais qu'ils existent.

* * *

Ils me retrouveront jamais.

Je vais partir loin d'ici, et là où je serai, ils me

retrouveront jamais, putain.

Et celui-là qui se lancerait à mes trousses et s'embarquerait sur le fleuve derrière moi...

Celui-là est déjà mort.

* * *

— C'est ici que ça va se passer, il a fait en me désignant une cabane perdue au milieu des arbres.

Elle était légèrement surélevée du sol, avec des planches devant l'entrée qui faisaient comme une sorte de perron. Sa charpente était en bois, mais y avait pas de murs à proprement parler, juste une moustiquaire qui faisait tout le tour, et son toit était en feuilles de palme.

On avait tellement marché que j'avais fini par perdre tout repère. J'aurais pas été foutu de retrouver le chemin du village, même si ma vie en avait dépendu. Ça me ressemblait pas de me mettre comme ça à la merci d'un mec que je connaissais à peine, mais en même temps, crever dans cette jungle ou ailleurs, finalement, ça me posait pas plus de problèmes que ça. Et j'avais confiance en lui, même si j'ai pas pu m'empêcher de lui demander :

— Et tu vas te farcir la route tous les jours pour me ramener à becqueter ?

Il s'est mis à rire avant de rétorquer :

— Quand je te dis qu'être chaman c'est pas de tout repos, tu me crois maintenant ?

— J'espère juste que tu vas pas te faire bouffer en chemin par un anaconda, parce que je risquerais de pas m'en remettre.

Ça l'a bien fait marrer, une fois de plus. Il m'a assuré qu'y avait pas une chance sur mille pour que ça arrive, et que quand bien même, son esprit viendrait par-delà la mort pour me montrer le chemin du retour.

— T'en fais pas, Travis, je vais prendre bien soin de toi. Et pour être moi-même passé par là, je sais ce que ça peut être d'être dépendant d'un autre durant une diète, et j'ai pas dans l'idée de t'abandonner. De toute façon à partir de ce soir on va faire des cérémonies une nuit sur deux, alors tu me verras au moins à ce moment-là.

On est entrés dans le *tumbo* mais y a pas grand-chose à en dire. Une seule pièce, des crochets pour mettre le hamac, voilà. Il a touché un des côtés de la construction et m'a dit que le fleuve se trouvait par là, que j'avais qu'à marcher tout droit si je voulais aller me rafraîchir. Une fois là-bas, je devais prendre un point de repère pour retrouver ma direction. Devant mon air dubitatif, il m'a affirmé que si je me perdais, il finirait de toute façon par retrouver ma piste. On a ensuite marché encore un peu jusqu'à une hutte plus grande et circulaire, entourée pareil d'une moustiquaire, dont le toit conique était lui aussi fait de rameaux de feuilles habilement placés en écailles. C'était dans cette *maloca* qu'on ferait les cérémonies.

On est retournés à mon *tumbo*, j'y ai déposé mon sac, suspendu mon hamac. Ensuite Wish m'a montré les chiottes, des toilettes sèches avec un sac de sciure à disposition, tout ce qu'y a de basique, quoi, mais je reconnais que c'était plus que bienvenue. Il a laissé la bonbonne d'eau qu'il avait prise pour moi, et voilà.

— T'aurais peut-être apprécié de passer plus de temps

au village, mais certains d'entre eux aiment pas tellement que je ramène des étrangers.

— J'étais pas à l'aise moi non plus, et je veux déranger personne, alors…

— T'as le droit d'être ici, je te rassure.

— Wish, écoute… Pourquoi tu fais tout ça pour moi ?

— Je fais rien de spécial, et tout ce que je fais, c'est parce que l'*abuelita* me l'a demandé.

— Elle t'a vraiment demandé de m'amener dans ton village ?

— Tu m'as été envoyé. Elle nous a désignés tous les deux pour accomplir un travail.

— Mais qu'est-ce que ça t'apporte, à toi ? Qu'est-ce que t'en as à foutre de me sauver ?

— J'en sais rien, et ça a pas d'importance. Les choses sont comme elles doivent être.

— Bon. Est-ce que je peux quand même te remercier ?

— On verra ça plus tard, pour le moment t'es loin d'être guéri, et si on en arrive là, y sera toujours temps de le faire à ce moment-là.

Ça sonnait comme un mauvais présage. Il a enfoncé le clou :

— Je veux pas te faire peur, mais souviens-toi que je t'ai mis en garde. Les préliminaires sont terminées. Ici, c'est le lieu des choses sérieuses. Tu as fait le choix d'aller plus loin dans la pratique, ce qui fait de toi quelqu'un que l'ayahuasca va reconnaître comme un initié. Les plantes que tu vas diéter vont aller creuser très profondément en toi, et faire émerger des choses que tu préférerais certainement ignorer. L'ayahuasca va te les expliquer, mais personne ne sait si tu vas pouvoir comprendre, et si tu ne vas pas fuir en courant. Tu as pris ta décision en toute conscience, tu ne dois jamais l'oublier. Tu devras t'en souvenir quand tu feras face à toi-même, et surtout ne jamais te cacher derrière une fausse ignorance. Tout ce qui va se passer, c'est toi qui l'auras voulu et accepté. Et quoi qu'il advienne, rappelle-toi que c'était une bonne décision, que tu as prise quand tu désirais sincèrement aller mieux. D'accord ?

J'ai senti le poids définitif de ses paroles, et je les ai gravées dans ma mémoire.

— D'accord, Wish. J'oublierai pas.

— Bien. Maintenant repose-toi un peu, prends tes marques. Je retourne au village préparer ton traitement et la cérémonie de ce soir. T'as assez mangé ce matin, ça va aller ?

— T'en fais pas pour ça.

— C'est bien. On se voit ce soir, alors.

* * *

Ces fumiers. Ces espèces de fils de pute sont en train de faire de moi un animal. Ils m'obligent à réagir comme une bête qui se chie dessus à leur approche. Fletcher avec son sourire d'enculé. Ce sale petit enfoiré de Pickels, lui-même soumis et craintif à gerber. Et tous les autres, qui jusque-là n'avaient été pour moi rien de plus que des figures interchangeables de soldats de plomb, sans noms, sans visages, que j'en viens maintenant à connaître intimement. Leurs manies, leurs vices, ce qui les fait bander. Leur façon particulière de m'aborder et d'obtenir ce qu'ils veulent, quoi que ce fût. Ce qui va énerver l'un, exciter l'autre, ce qui va leur faire prendre leur pied. Entre leurs mains, je sais même plus ce que je suis, sinon une entité indéchiffrable qui change de forme et d'apparence en fonction de celui qui s'amuse avec elle. Ce qu'il veut qu'elle soit. Le rôle qu'il aura inventé pour elle. Je suis devenu leur pute.

Qu'est-ce qu'elle a pu faire pour que j'en sois arrivé là ?

* * *

Je me suis assis sur le plancher en bois du perron, les jambes dans le vide, en m'allumant une cigarette. Je savais pas trop quoi faire de moi-même. Ça allait pas être facile de rester comme ça des jours et des jours durant. J'avais mes livres, bien sûr, mais ça me semblait pas coller vraiment à la situation de juste me foutre à bouquiner comme si de rien n'était. Je tenais à rester dans le présent.

Ça m'a fait repenser à ce putain de centre. J'avais réussi à tenir là-bas, avec juste la voix dans ma tête, sans stimulation sensorielle. Ici au moins, j'avais la *selva* à explorer. Je me suis dit qu'avec un peu de chance, mes plantes de diète me défonceraient suffisamment pour rendre l'expérience intéressante. J'ai eu un peu honte de cette pensée, mais mon esprit critique existait toujours, et dans une certaine mesure, je tenais à le conserver. Si les plantes possédaient une intelligence, un réel pouvoir, autre que celui de me défoncer, elles allaient devoir faire leurs preuves. Le mystique et le scientifique allaient s'affronter sur le ring de mon cerveau, et le vainqueur devrait gagner par K.O.

C'est ce que je me suis dit, avant de me raviser. Peut-être bien que les deux naissaient de la même source. Peut-être qu'ils étaient que les deux facettes d'une même chose, deux manières d'aborder la réalité, de tenter de la comprendre, et qu'ils travaillaient main dans la main. Ou encore que c'étaient que deux concepts vides de sens, qui n'exprimaient chacun qu'un bout du spectre du réel, mais qui ne pouvaient pas le résumer, parce qu'ils focalisaient l'attention sur un simple détail qui, pris à part, renvoyait à une vision erronée de l'ensemble.

La réalité que je connaissais n'était pas l'ultime réalité, mais la vision humaine de cette réalité. La réalité du jaguar était autre. Mais c'était toujours la réalité.

Je me demandais si élargir la mienne, la mettre en perspective, serait la solution de mon mal. Après tout, les cathos faisaient rien d'autre en croyant que les morts s'en vont au paradis. Alors c'était quoi la différence ? Au fond, est-ce que j'étais pas en train de prier Dieu dans son temple ? Est-ce que j'étais pas en train d'implorer la *Madre* dans la jungle ? Peut-être que tout se recoupait, mais au moins, mon Dieu à moi me parlait dans ma tête, et me montrait des choses. Chez les cathos, on aurait dû me considérer comme un saint, ou même un prophète. Enfin, soyons francs, si le cureton chez qui ma mère allait chialer constamment à l'époque avait pu me voir, il m'aurait traité de sorcière, de démon, et rien de plus. Parce que j'avais besoin des plantes pour arriver au stade des visions, et que ma foi exigeait des preuves, alors que le principe de la foi c'est de croire aveuglément. Et l'ayahuasca me les offrait, ces preuves. Elle me prouvait même des choses que j'aurais jamais songé à remettre en question. Qui était le vrai Dieu, alors, et où était l'intelligence ?

J'avais jamais vraiment envisagé que le monde végétal ait quelque chose à m'apprendre. Bien sûr, j'avais bouffé des champis, comme les trois quarts des baltringues que je connaissais, mais sans véritablement penser qu'ils avaient quelque chose à dire, *en personne*. Plutôt comme un moyen d'explorer ma propre conscience, et basta. Mais apparemment ici il n'était plus question de ça. Dans cette forêt, les plantes étaient animées d'une réelle intelligence, elles avaient des mondes à elles, des essences, apparentées à des mélodies, qu'elles pouvaient transmettre aux Hommes pour leur offrir le pouvoir de guérison. Elles n'étaient pas de simples objets organiques qu'on pouvait utiliser sans leur demander leur avis. Elles donnaient librement leur concours aux Hommes, choisissaient volontairement d'offrir leur aide, ce qui faisait d'elles des sujets à part entière, et sans doute des êtres d'une importance majeure sur la route de l'évolution.

J'étais si peu habitué à voir les choses de cette manière que je me sentais intimidé. Ça m'a fait penser à ce film d'horreur, *Ruines*, où les plantes rentrent dans les humains pour les dévorer de l'intérieur. J'ai eu une bouffée d'effroi en réalisant que des plantes, y en avait tout autour de moi.

Plus je les regardais, plus leur vie, leur écrasante vivacité me sautait à la gueule.

Et elles aussi me regardaient.

En fait, j'étais loin d'être seul dans cette forêt.

* * *

Combien de temps ?

Si seulement je le savais… Avec ce bandeau sur les yeux, tout est encore pire…

J'ai essayé de l'enlever. Plusieurs fois. Je supporte pas d'avoir ce truc autour du crâne. Mais dans la minute qu'a suivi, chaque putain de fois, ils ont déboulé dans la cellule pour me marave comme des bâtards. Et me le refoutre en place.

C'est la caméra. Moi j'y vois rien, mais elle, elle en perd pas une miette, la salope.

Après trois ou quatre laminages en règle, j'ai gardé le bandeau. Et la vérité, c'est que seul dans le noir, on finit par douter de la réalité de sa propre existence. Par moment, j'en viens à désirer avec ardeur qu'ils reviennent. Qu'ils se pointent pour me chercher, pour aller me poser toutes les putains de questions qu'ils voudront, dans la salle là-bas. Je sais pas pourquoi ce simple bout de tissu provoque toutes ces choses. L'obscurité, c'est rien que l'obscurité, merde. Je sais que j'ai un corps. Je *sais* que j'ai un visage. Alors, pourquoi est-ce que j'ai la sensation que tout est en train de s'effacer, comme la marée emporterait une statue de sable…?

Cette perte de cohérence que subit mon propre esprit me révulse, m'énerve et surtout, m'inquiète. J'ai toujours pu lui faire confiance jusqu'à présent. Je tolère très mal qu'il commence à montrer des signes de faiblesse. Il a pas le droit de me lâcher. Pas lui, putain. *Ouais, t'es dans le noir, mon gros, et alors ? Depuis quand t'as besoin de lumière pour éclairer le bordel qu'y a à l'intérieur ? Ton propre faisceau n'est pas suffisant ?* Il m'énerve, putain.

Et puis ils se foutent de moi, en plus. Ils viennent de m'apporter de la bouffe, alors que ça doit pas faire plus de deux ou trois heures qu'ils m'ont refilé le dernier plateau. Je vois très bien ce qu'ils essayent de faire. Ils veulent que je perde tous mes repères. Et ça me troue le cul de constater que ces bâtards sont sur le point d'y arriver !

Ce qui m'inquiète le plus, c'est ces bruits que j'entends. Je sais qu'ils sont pas réels. Et pourtant, je les entends. L'autre fois c'était une petite musique. Toute ténue. Elle venait du couloir. À part si un soldat était en train de tripoter sa boite à musique, y a aucune chance qu'elle ait existé pour de vrai.

J'ai affreusement honte de l'avouer, mais je veux qu'ils reviennent ! Je jure que je leur dirai rien, mais je veux juste… parler, je sais pas, dire n'importe quoi ! Qu'ils me distraient avec leurs conneries. Qu'ils me frappent. Qu'ils me donnent l'occasion de me dégourdir, de me défouler, et surtout de sortir juste un seul putain d'instant de moi-même ! Pourquoi c'est si inconfortable d'être prisonnier de sa tête ? Pourquoi est-ce que mon esprit ne peut pas simplement profiter du calme pour aller se balader bien gentiment dans mon imagination ?

J'ai terriblement honte. Quelle sorte d'être humain est-ce que je suis, si je suis pas foutu d'être à l'aise tout seul, et que j'en vienne à désirer comme un malade que ces enflures me persécutent afin d'oublier ma propre personne ? Enfin, ce qu'il en reste…

Plus le temps (*le temps existe t-il seulement ?*) passe, plus j'en arrive à douter... de tout. Le mot *Travis* ne signifie plus rien. Plus je le répète à haute voix, plus son sens s'étiole. Quand je tente de visualiser mon visage, y a plus rien qui me vient. Et le pire de tout, c'est quand je veux pisser. Je tâtonne jusqu'au seau et je me positionne plus ou moins devant, en essayant de viser. Mais quand je prends ma queue dans la main, j'arrive même plus à la reconnaître comme un truc m'appartenant.

La sensation de mon corps, de ce que je me rappelle de lui, m'est devenue étrangère.

Comment est-ce qu'on sait que le changement a été opéré ?

Est-ce qu'on bascule lentement, par gradation infime, vers des réflexes conditionnés, en perdant du terrain un peu plus chaque jour, sans s'en apercevoir, en cédant ici, en renonçant à ça, jusqu'à ce qu'un beau jour, on réalise qu'on est devenu un robot, sans plus aucun signe de rébellion ou d'esprit critique en soi, sans plus aucune volonté propre, sans plus de désir au monde que celui de contenter celui qui nous domine ?

Peut-être même qu'on est même plus capable d'avoir une telle idée !

Ou bien est-ce qu'un jour pas fait comme un autre, après un traitement particulièrement affreux, ou juste parce que la limite de ce qu'on peut subir, le quota d'offenses qu'on a été programmé pour supporter à la naissance a été atteint, quelque chose se passe et la transformation se fait d'une traite, dans un renoncement total, incontrôlable et irréversible ?

De quoi je dispose encore pour savoir où j'en suis sur le chemin de la perdition ?

* * *

C'était tout simplement pas possible de rester assis sans rien faire pendant que la *selva* m'observait, alors je suis parti en direction de la rivière, en tentant de marcher le plus droit possible. Les restes d'un sentier se laissaient deviner par endroit, et la tâche de ne pas le perdre requérait toute ma concentration. Par moment je discernais plus rien, et je me mettais à croire qu'il avait jamais existé, alors je relevais les yeux en essayant de marcher droit, mais tu parles, avec une telle végétation, c'est presque impossible de savoir si c'est le cas ou pas. Jamais j'avais vu de plantes aussi énormes, d'arbres aussi hauts. La jungle était si dense que par moment j'avais la certitude qu'elle allait m'étouffer. Alors le chemin réapparaissait comme par magie.

J'avais de la boue jusqu'aux chevilles, des insectes tout le tour de la tête, mon tee-shirt me collait à la peau, ma sueur me démangeait jusqu'aux plis derrière les genoux. L'air était si épais que je suffoquais. Quand une trouée dans les cimes permettait au soleil de passer le cap de la végétation, il brûlait si fort que j'osais pas lever les yeux vers lui. Se perdre ici serait une torture, une longue et affreuse agonie.

J'ai fini par m'imaginer que j'entendais de l'eau, mais

quand j'essayais de me connecter à ce son, je le percevais plus, et les petits bruits constants que faisait la *selva* semblaient prendre de l'ampleur, jusqu'à atteindre un brouhaha insupportable, qui m'a irrité jusqu'à ce que je crie un *CHUUUUT* ! retentissant.

Pour finir je suis bel et bien tombé sur le fleuve, mais je savais que c'était plus une question de hasard qu'autre chose. La rive était pas très grande, elle formait une petite plage accueillante. J'ai pris un grand arbre tout noueux comme point de repère, qu'était plus ou moins dans l'axe du chemin du retour, et j'ai été me baigner. Je savais pas si je risquais de tomber sur des piranhas ou des caïmans, mais vu que Wish m'avait rien dit à ce sujet, j'ai supposé que je risquais rien.

Ça faisait tellement de bien de se foutre à la baille après avoir mariné comme ça dans son propre jus... J'ai nagé jusqu'au milieu du fleuve, à mi-chemin de la rive d'en face. On flottait très mal dans cette eau douce et l'effort m'a épuisé. J'ai rejoint la plage et m'y suis écroulé. J'avais toujours du mal à réaliser que j'étais en plein cœur de l'Amazonie, mais de me le dire et de me le répéter en boucle faisait rayonner mon âme d'une joie profonde. J'aurais au moins vu ça avant que ça disparaisse, ou que *je* disparaisse.

Le destin m'avait joué de sales tours et je comprenais pas pourquoi maintenant il m'offrait tout ça alors que j'avais rien demandé.

* * *

— T'as dû te sentir seul là-bas dans ta cellule, nan ?

J'ai mal aux yeux, la lumière me brûle, mais je suis heureux de le voir. De voir… quelqu'un.

— Tu sais que si tu nous donnais enfin ce qu'on veut, ce genre de désagrément te serait épargné.

Si seulement je parvenais à comprendre vraiment ce que vous voulez…

— Tu le sais bien, pas vrai ?

— Je sais pas ce que vous attendez de moi.

— Bien sûr que si.

— Nan ! Nan, je vous jure que si je le savais… si seulement je le savais, je…

Qu'est-ce que tu es en train de dire ? gronde la voix du samouraï.

— Eh bien, Montiano ? Qu'est-ce que tu ferais, *si seulement* tu le savais, hein ?

Je me recale sur ma chaise, le dos droit.

— Rien.

— Comment ça, rien ?

— Rien. Même si je le savais, je vous dirais *rien*.

Il me regarde longuement, l'air contrarié. Il ne dit pas un mot pendant un très long moment.

— Ramenez-le à sa cellule.

* * *

Mon esprit, mon esprit demeure la partie inviolable de mon être. Et tant que mon esprit ne se rend pas, tant qu'il ne se constitue pas prisonnier, tant qu'il continue à turbiner courageusement, *tant qu'il ne renonce pas à lui-*

même, alors, il me reste encore une chance.

* * *

Je serais bien resté plus longtemps à contempler le ciel et à écouter l'eau, mais les moustiques devenaient carrément insupportables, alors je suis retourné au *tumbo*. J'ai bien failli le dépasser, parce que ma trajectoire était pas tout à fait la bonne, mais quelque chose m'a incité à regarder en arrière avant que je me perde définitivement.

J'étais désœuvré, une pointe d'irritation commençait à se faire sentir. J'ai lâché l'affaire et me suis foutu dans mon hamac, en tentant d'évacuer toute pensée de mon système. Alors mes tripes ont commencé à gargouiller.

Je me suis dit : *Eh merde.*

* * *

Car le lion de cirque dans sa cage, même s'il ne profite plus de la moindre occasion pour bouffer ses geôliers ou tenter de se carapater, même s'il exécute les tours stupides et humiliants qu'on lui ordonne de faire, même s'il ne fait même plus mine de montrer les crocs quand on lui balance un coup de fouet, même s'il accepte la tête de son dresseur entre ses mâchoires sans plus ressentir l'envie de la broyer...

Le lion, tant que lorsque les grilles se referment après son numéro, le laissant seul, lui, la marionnette des pantins, tant qu'il ne se couche pas sur le flan en appelant la délivrance de toutes les fibres meurtries de son corps, mais qu'il marche, en boucle, encore et encore, tournant presque sur lui-même, faisant trois pas et tournant de nouveau, qu'il longe ses barreaux, qu'il rôde, tel un psychotique, refusant de s'assoupir, refusant de s'abandonner…

Alors, le lion n'est pas mort.

Et il n'y a qu'une balle dans la tête qui pourrait lui faire cesser le manège.

* * *

Wish a réapparu en début de soirée. Je somnolais vaguement, l'attente de la cérémonie avait finalement réussi à occuper mes nerfs rongés d'ennui. Mais je nourrissais davantage d'appréhension que les fois précédentes. Je crois que ça venait de l'environnement. L'énergie était différente ici. Là-bas dans les montagnes, elle flottait, aérienne, charriant avec elle la fraîcheur des hauts sommets et la réconfortante odeur du feu de bois qui animait les petites maisons du village. Mais dans ce lieu des choses sérieuses, où croissaient la liane elle-même et les autres plantes que j'étais censé ingérer, elle était pesante, humide, et terriblement organique. Par moment, l'air devenait irrespirable, comme prisonnier d'un utérus en pleine gestation. C'était impossible pour moi de trouver de la sérénité dans cette énergie glauque et visqueuse, dont la violence latente était pourtant hautement perceptible.

Le bruissement incessant de la nature en train de croître et en même temps de s'autodigérer, les cris soudains d'animaux impossibles à identifier, les vrombissements constants de milliers d'insectes dont le seul but dans la vie était de pénétrer ma moustiquaire, et même le silence inexplicable qui s'emparait parfois de la jungle, maintenaient tous mes sens en alerte, sans possibilité de détente. Il s'agissait pas vraiment de peur, mais cette puissante énergie affreusement vivace dévorait la mienne.

Peut-être qu'un mec aride du désert comme moi s'accordait mal à ce type d'existence. J'espérais sincèrement pouvoir incorporer une partie de cette énergie, et qu'elle me devienne moins nocive, moins toxique. Quoi qu'en dise Wish, les plantes m'avaient pas encore reconnu comme leur allié. J'étais un élément étranger ici, j'allais devoir apprendre à m'intégrer. Sans doute que les plantes que j'allais diéter autoriseraient mon admission dans le royaume du végétal. Pour le moment, j'étais ici chez lui, et j'étais pas spécialement le bienvenu.

— Alors, comment tu trouves ta nouvelle demeure, Travis ? il m'a fait l'œil allumé et le sourire au coin des lèvres.

C'était évident que ce petit salopard savait que je me sentais comme une merde, alors j'y ai pas été par quatre chemins :

— J'ai peur de tourner en rond et de devenir barge.

— C'est parce que tu refuses de te laisser imprégner. Pourquoi tu luttes ?

— J'ai pas l'impression que cet endroit soit fait pour moi.

— T'es un gars des villes, c'est normal que la jungle te suffoque au départ.

— Y a ça, et aussi le fait que j'ai pas de grain à moudre.

— Fais attention à ce que tu dis, parce que les plantes vont t'en filer, du grain à moudre, et tu risques de regretter l'époque où t'avais rien à faire de toi-même !

Il a éclaté de rire à pleine gorge, avec cette espèce de cruauté infantile propre à lui, et ça m'a fait marrer moi aussi. Ce type avait définitivement le don de me décrisper.

— Allez viens, j'ai de quoi te détendre. Regarde ce que je t'apporte.

Il a sorti de son sac plusieurs sachets en plastique pleins de *mapachos*, les seuls trucs que j'aurais le droit de fumer à l'avenir, parce qu'ils contenaient pas de produits chimiques. Ça m'allait très bien. Depuis quelque temps je trouvais que les cigarettes classiques avaient un goût de chiotte. J'étais ravi, et je m'en suis donc allumé un direct. Il a fait pareil.

On s'est posé le cul sur le perron du *tumbo* et il m'a dit :

— J'ai mis en place ton programme pour la diète. Ça risque d'être assez long.

— Long comment ?

— Long. Peut-être plusieurs mois.

— Tant que ça ?

— Si tu considères que les bénéfices s'étendent sur tout le reste de ta vie, ça a une longueur toute relative.

La pensée qu'il me restait plus que trois ans à vivre m'a sauté dans la tête, mais je me suis contenté de répondre :

— Ouais, on peut voir les choses comme ça…

Il m'a toisé par en dessous, et une brève seconde, j'ai eu la certitude qu'il avait lu mon esprit. Ça m'a mortifié. Il a craché loin de lui, en prenant tout son temps, comme pour exprimer le mépris que je lui inspirais, puis il a tiré deux-trois bouffées du *mapacho* avant de me sortir, en regardant au loin :

— Je sais que c'est toujours difficile à croire pour toi, mais les plantes ont le pouvoir de modifier la trajectoire que tu crois inévitable. Et une part de toi le sait aussi, sinon tu serais pas là. Si tu respectes ta diète jusqu'au bout, tu comprendras ce que je te dis maintenant.

Il m'a regardé en plissant les yeux comme s'il s'interrogeait, comme si je venais de dire un truc qu'il aurait pas capté, puis il m'a dit doucement :

— Je pense que je t'apprends rien en te disant que t'es très malade, Travis. Et c'est pas une petite diète de dix jours qui pourrait te remettre sur pied. Y a un travail intensif à opérer. Ça va être long et compliqué, tant pour toi que pour les plantes, mais je crois que t'as une chance de t'en sortir. L'ayahuasca le croit aussi, c'est pour ça que t'es là.

— Je resterai le temps qu'il faudra. J'ai rien qui m'attend ailleurs, je te l'ai dit.

— Parfait, c'est la meilleur façon de travailler. Demain matin tu boiras ta première plante. On verra comment elle agit en toi. Personne peut prédire le temps que ça prendra, mais quand elle aura fini son boulot et qu'elle t'aura donné tout ce qu'elle pouvait, je scellerai son énergie en toi, et on passera à la suivante, et ainsi de suite, jusqu'à ce que tu sois de nouveau apte à retourner à la vie.

— Combien je vais en prendre, au total ?

— Ça dépendra de tes progrès. Mais je dirais au moins quatre.

— Putain, mais je vais me transformer en fougère à rester dans cette forêt à bouffer que des plantes sans voir personne !

— C'est pas le pire truc qui puisse t'arriver.

J'ai vu à son air grave qu'il contemplait la même image que moi dans sa tête. Celle de moi en train de me jeter dans le vide.

— J'ai peur de pas tenir, Wish. Je vais devenir dingue tout seul dans cette jungle…

— Tu seras pas seul. Les esprits des plantes seront autour de toi pour te guider et moi tu me verras deux fois par jour à l'heure des repas. Et puis y aura les cérémonies aussi.

— Mm. Espérons que t'aies raison. J'espère que je vais pas en ressortir plus fou qu'au départ, c'est tout.

— T'as la force en toi pour pas que ça arrive. Souviens-toi que les plantes te veulent pas de mal, c'est tout. Quoi qu'il arrive.

J'ai hoché la tête mais j'étais pas rassuré pour deux sous. Il m'a demandé si j'avais fait le point sur mon intention, me rappelant que c'était particulièrement important, parce que cette cérémonie serait celle de l'ouverture de ma diète, et que la problématique que j'exposerais à l'ayahuasca devrait englober l'ensemble des déséquilibres que les plantes maîtresses allaient traiter. En bref, fallait que je désigne le chef d'orchestre de tous mes problèmes, quoi. Celui qui menait la danse, et sans qui les autres troubles n'auraient été que des trucs mineurs.

Je visualisais très bien ce qu'il voulait dire. Je voyais toutes mes souffrances distinctes joindre leurs forces pour suivre le rythme acharné qu'imposait ma Culpabilité, trônant fièrement au-dessus d'elles, les faisant cracher tout ce qu'elles avaient, révélant leur noirceur la plus noire, pressant leur jus jusqu'à la lie, extrayant d'elles les perles de haine et de peur les mieux gardées. Si l'ayahuasca parvenait à l'éjecter du trône sur lequel elle avait bondi avec l'assentiment de tout le monde, alors tout l'orchestre serait démantelé. Sans chef de file pour leur montrer la direction, pour organiser la fréquence et le degré d'intensité avec lesquels mes souffrances devaient vibrer, sans doute que celles-ci fileraient dans un premier temps en tous sens, ricochant les unes contre les autres, émettant par moment quelques violentes envolées, quelques mélodies uniques et brutales, mais ni plus ni moins que chez une personne normale, tout compte fait. Et le raz de marée pourrait prendre fin. Le concert de l'agonie me laisser enfin en paix.

Je savais bien que c'était elle, l'Homme à abattre. Mais personne n'avait jamais remis en cause sa légitimité, et surtout pas moi. C'était même moi qui lui avais remis en main propre son sceptre et sa couronne, m'inclinant devant elle comme l'esclave que j'avais toujours été, lui offrant de bon cœur le gouvernement de ma personne tout entière, acceptant qu'elle m'adoube avec une sorte de joie malsaine et contrite tel le plus fidèle chevalier de son écrasant pouvoir.

Wish m'avait aidé à l'identifier quand on parlait près du feu au retour des montagnes, mais je lui étais tellement soumis que j'avais presque honte de demander à l'ayahuasca de la destituer. Il s'en est aperçu. Il a mis la main sur mon épaule en serrant fortement ma clavicule, à plusieurs reprises, comme pour me faire reprendre contact avec mon corps.

— Elle pense à ta place depuis bien trop longtemps, Travis. C'est normal que t'arrives plus à faire la différence entre elle et toi. Mais tu dois te faire confiance. Les plantes vont t'aider à te retrouver, à être à l'écoute de ton vrai toi, et non plus de ce parasite qui s'est emparé de ton âme. T'as qu'à te dire que t'es infesté par un mauvais esprit qui pense et ressent à ta place, et que le traitement que je vais te donner va le dissoudre, d'accord ?

J'ai vu dans ses yeux que c'était pas une simple métaphore. Que pour lui, les émotions malsaines étaient de véritables esprits malins. J'ai repensé au fantôme de ma sœur, au milieu de la route. J'ai réalisé que ma culpabilité m'avait poussé à presque *tuer* un gamin qu'avait rien demandé à personne. Et une brève seconde, j'ai eu l'intime conviction que quelque chose me possédait, quelque chose qui n'était pas moi.

Quelque chose qui se nourrissait de moi.

J'ai eu atrocement peur. Un long frisson m'a parcouru l'échine, et j'ai senti la bête redresser la tête, émergeant de sa somnolence de monarque repu de son propre pouvoir, tel un dieu obèse qui n'avait jamais été inquiété de se voir voler son trône. Elle tendait l'oreille, doutant de ce qu'elle avait perçu. J'ai réitéré ma pensée. Elle a fait parvenir une vague glacée jusqu'à ma conscience, qui s'est recroquevillée.

Comment je pourrais oublier Tyler ? Comment est-ce que j'ose penser une seconde à l'oublier ?

Wish a dit :

— Tu y es.

Le déferlement des ondes de culpabilité inondait ma conscience, soulevant de sa lame de fond l'écho sans fin de ma douleur.

La voix de Wish disait :

— Tu as identifié le processus. Ne lâche pas prise.

Mon cœur s'est alors dressé sur la jetée, traversé par les vagues sans qu'elles l'emportent, et il a dit au ciel qu'il allait demander à l'*abuelita* de me rendre ce qui était à moi. Qu'il connaissait mes motivations et qu'il n'avait rien à justifier devant ce monstre. Il a dit que ce soulèvement serait son dernier souffle, les derniers râles d'une bête à l'agonie, et qu'il espérait qu'il en profitait à fond.

Wish a dit :

— Tu vas vaincre, Travis. La bête est déjà en train de reculer.

* * *

— Un vrai sac d'os !

— Putain mais ça doit faire mal quand on tape au fond, non ? Je suis sûr qu'on s'égratigne avec ses hanches !

— Et regardez-moi ces seins !

— T'en vois où, toi, des seins ?

— Mais si, les deux points roses sous les clavicules !

— Ah ! Ça ?

Tu es belle, j'articule en la regardant droit dans les yeux, sans émettre un son, depuis la chaise vissée dans le sol où je suis attaché, les chevilles entravées aux pieds, les mains nouées par une corde derrière le dossier. Ses yeux sourient sans que ses lèvres ne fassent le moindre mouvement.

Tant que tu arriveras à la garder connectée à toi, ils ne pourront pas l'atteindre.

— Qu'est-ce que tu préfères, poupée, dis-moi. Les chiens ou les crapauds ?

Elle ne détache pas ses yeux des miens, mais une flamme de peur les incendie.

Reste avec moi.

— T'es sourde ou quoi ? gueule le soldat en lui envoyant une claque sur le coin de la tête, faisant voler ses cheveux. Chien ou crapaud, je t'ai demandé !

Elle réfléchit à toute allure. Je sais à quoi elle pense. Parce que je pense la même chose. *Cette fois-ci, ça y est. Ils vont la baiser. Ils vont la baiser sous mes yeux. Et ils lui demandent de choisir de quelle façon elle veut qu'ils la baisent.*

Elle peut plus me regarder en face. J'ai le sentiment qu'elle a encore plus mal pour moi que pour elle. Je me mets à pleurer.

— Chien, elle chuchote en se mettant à pleurer elle aussi.

Ils se jettent un regard complice et se marrent ensemble, avant de lui dire :

— Alors à quatre pattes, cocotte.

— LA TOUCHEZ PAS ! je hurle en m'étouffant dans mes larmes, en me charcutant toute la trachée. PUTAIN VOUS AVEZ PAS INTÉRÊT À LA TOUCHER, BANDE D'ENCULÉS DE FILS DE PUTE !

— Ta gueule, toi, putain, on t'a pas sonné, fait l'un d'entre eux en s'approchant de moi pour me foutre une

179

claque en pleine face.

— DÉTACHE-MOI, ENCULÉ, QUE JE TE RÈGLE TON COMPTE !

— Ferme ta putain de gueule, Montiano !

Il me crochète le cou par derrière, un bras autour de ma gorge, et m'agrippe les cheveux de sa main libre pour me maintenir la tête bien en face de l'horreur qui se déroule devant moi.

— Je vous en supplie, je vous en supplie, putain, lui faites pas de mal...

Tyler tombe à genoux, mais ça ressemble plus à un écroulement qu'à un mouvement volontaire. Elle se met à quatre pattes en tremblant de tout son corps, en pleurant convulsivement. Je veux qu'elle me regarde. Il *faut* qu'elle me regarde. Mais elle ose plus lever les yeux vers moi.

— Pourquoi vous faites ça...? Pourquoi vous lui faites ça, putain de Dieu...

— Tu vois ce qui se passe, Montiano ? murmure par derrière celui qui me tient. Tu vois ce qui se passe quand tu refuses de nous donner ce qu'on veut ?

— MAIS QU'EST-CE QUE VOUS VOULEZ ?! QU'EST-CE QUE VOUS ATTENDEZ DE MOI, BORDEL DE MERDE ?!

— Ta gueule !

Il me lâche la gorge pour me tirer l'oreille, comme un acharné, encore et encore et encore, jusqu'à ce que les cris qui fusent hors de moi n'aient plus rien d'humain, puis me rechope les cheveux et me force à redresser la tête pendant que les autres s'adressent à ma sœur :

— Alors, t'es une chienne ou pas ? Qu'est-ce que

t'attends pour aboyer, Montiano ?

Elle se frotte les yeux d'une main tout en continuant à pleurer. Je reçois sa souffrance, et tout le poids de son humiliation, en plein cœur des tripes. J'ai tellement mal pour elle. Elle me fait tellement de peine. Elle se sent si faible. Si *vide*. Elle donnerait tout ce qu'elle a, tout ce qu'elle est, pour être ailleurs qu'ici. Pour ne jamais avoir fumé ce maudit putain de joint de trop qui nous a conduits jusqu'à cet *ici et maintenant*.

— Abois, Montiano, susurrent les soldats. Abois comme la chienne que t'es.

Elle pleure de plus en plus fort, ses larmes commencent à former une petite flaque sur le sol.

Regarde-moi, je l'implore en silence, avec toute la force qui me reste. *Regarde-moi, Tyler, Putain !*

Elle finit enfin par tourner ses yeux vers moi. Je les vois à peine, noyés derrière ses larmes, mais je sais qu'elle me regarde.

Peu importe ce qu'ils font, j'articule en silence, lentement, en compensant le manque de son par toute la putain de puissance de ma putain de volonté. *Tu es toi. Tu es toi, Tyler.*

L'un d'entre eux lui fouette la croupe avec un journal et lui hurle dessus :

— Tu vas aboyer, putain de merde ?!

Un jappement s'échappe d'elle, sans doute motivé par la surprise pour commencer.

Et puis, elle continue.

Elle jappe, elle couine, elle aboie, elle hurle à la mort, et je me dis, je me dis au fond de moi que peut-être, peut-être ce petit jeu débile pourrait juste la défouler, lui permettre d'extérioriser, de se… *Transforme-toi en loup* ! je lui crie soudain dans ma tête. *Transforme-toi en la bête sauvage que t'as toujours été ! Vas-y, Tyler, donne-leur en pour leur pognon, à ces enculés, offre-leur leur putain de spectacle ! T'es un putain de loup-garou, frangine !*

Alors c'est ce qu'elle fait.

Elle grogne, elle hurle, elle rugit, elle geint, elle se lâche, et même si ça me fracasse et que ça me saccage de la voir s'avilir pour eux comme ça, même si mes boyaux se désintègrent et se décomposent d'écouter les cris d'humiliation qui s'échappent de son âme et pulvérisent la mienne, je l'encourage en me mettant à hurler comme un sauvage moi aussi, depuis ma chaise, joignant mes plaintes aux siennes, j'aboie comme un Berger Allemand surexcité, je m'époumone comme un loup perché sur sa montagne, je couine comme un chihuahua en chaleur, je donne tout ce que j'ai, *absolument tout ce que j'ai* dans ces piaillements insensés et parfaitement absurdes.

Et je mords la main du soldat qui cherche à me frapper la gueule pour me la boucler.

Je la mords de toutes mes forces.

* * *

La lumière décroissait et mon appréhension s'élevait. J'avais perdu toute assise mentale. Le silence intérieur, que je considérais désormais comme une évidence, et qui m'avait englobé avant chaque cérémonie précédente, n'avait jamais été aussi loin de moi. J'arrivais pas à rester concentré. En plus ces saloperies de moustiques semblaient prendre un malin plaisir à me rendre fou. Avec la tombée de la nuit, ils devenaient carrément dingues, ces enculés. J'ai fini par demander à Wish la permission d'aller me réfugier dans la *maloca*. Il m'a fait un signe de tête genre : *Ouais allez, vas-y, débarrasse-moi le plancher, tu m'agaces à t'agiter comme ça.*

Une fois à l'intérieur j'ai respiré un grand coup. L'atmosphère là-dedans était empreinte de pouvoir. Je l'ai senti direct, ça m'a remis les idées en place. Quelque chose flottait dans l'air, quelque chose d'ancestral, un peu comme dans ces grottes où ont vécu les premiers Hommes. Cette pièce devait sans doute conserver en elle une part de l'énergie déployée lors des cérémonies qui y avaient eu lieu. Ça m'a un peu apaisé. Je me sentais en sécurité ici.

Y avait des tapis ornés des formes que je connaissais déjà. Je me suis assis sur l'un d'entre eux et j'ai fermé les yeux. Je me suis forcé à respirer avec conscience, jusqu'à ce que je sente mes nerfs se relâcher. Quand je me suis senti prêt, j'ai évoqué mon intention. Instantanément, le doute a reflué vers moi, mais je me suis pas attardé dessus, tentant simplement de me focaliser sur ma demande. Je l'ai laissée rayonner en moi, afin qu'elle imprègne tout mon être. Elle me semblait pure et sincère.

Wish est entré dans la *maloca*, il avait déjà enfilé son habit de cérémonie. J'avais toujours envie de rire quand je le voyais là-dedans, il avait trop l'air d'un gamin. Mais bon, ce gamin-là était un petit prodige, un véritable virtuose, en l'occurrence. On y était, j'avais finalement hâte de l'entendre chanter, et de retourner avec lui dans le monde de l'ayahuasca, où tous les trois on était plus qu'un seul et même esprit.

Il a fait un mouvement de tête pour désigner ce qui nous entourait et il m'a demandé, l'air railleur :

— Ça te va ?

J'ai émis un petit rire et j'ai secoué la tête en disant :

— Putain, je pouvais pas rêver mieux !

Il a pris place au fond de la salle, du côté opposé à la porte, avec la tranquille autorité du mec au sein de son propre univers, et il a dit :

— Je sais que ça peut être intimidant, tout ce qui circule ici. Moi aussi quand j'ai été en ville la première fois, les énergies m'ont impressionné. Mais c'est juste le manque d'habitude. Tu verras, quand tu retourneras chez toi, le choc que ça va te faire. Tu te diras que t'étais mieux dans la jungle.

— Ouais, ça je veux bien le croire.

Il m'a fait un clin d'œil et a commencé à se mettre en place. Il a bourré sa pipe de tabac et s'est levé pour souffler de la fumée dans tous les coins de la pièce. Il m'en a imprégné aussi, puis s'est rassis et a fait pareil pour lui-même, se servant de ses mains pour aider la fumée à l'envelopper. Ensuite il a préparé la bouteille. J'adorais le voir faire ça, concentré à l'extrême, à chantonner au-dessus d'elle. J'ai repensé à cette vision de moi que j'avais eue, ce moi de cristal dans l'espace. Il avait la même chose sur le visage. Je me suis dit que personne dans mon pays ne pourrait avoir autant de foi en une plante. Moi pourtant, en le regardant faire, j'y croyais plus qu'en moi-même.

C'était sans doute grâce à sa conviction à lui, à son être tellement habité par la foi. Même un incroyant comme moi était forcé de se laisser envoûter.

J'ai fermé les yeux et j'ai cru sentir tout autour de nous les esprits se lever à son appel. Mais quand je les ai rouverts y avait que Wish en train de me tendre ma tasse. Son regard luisait à la flamme de la bougie entre nous. L'éclat de ses yeux m'a frappé. C'était comme s'il me tendait la main en murmurant : *Suis-moi, viens, je vais te faire survoler le monde des morts...* Cette coupe qu'il me présentait m'est apparue comme du poison, un truc qu'allait me tuer pour me faire renaître de l'autre côté, où Wish serait mon guide. Son regard insistant ressemblait à une supplique et à une mise en garde.

Ça m'a interloqué. J'ai failli bafouiller quelque chose, mais je me suis raisonné en me disant que c'était juste moi qui me faisais tout un film au sujet de cette ouverture de diète. J'ai pris la tasse à deux mains en regardant son contenu comme si mon vrai moi pouvait s'y refléter. La nausée était déjà en train de monter, alors je me suis centré sur mon intention, et je l'ai avalée. Chaque gorgée a été difficile, y en avait beaucoup, mais j'en suis venu à bout quand même, plaquant immédiatement une main sur ma bouche une fois la chose accomplie pour éviter que ça ressorte. Un long frisson glacial et écœuré m'a traversé. Le goût infect s'incrustait dans ma mâchoire, sur ma langue, derrière les dernières dents, et j'avais beau déglutir, ça servait à que dalle.

Wish m'a regardé au fond des yeux une dernière fois. Un sourire au coin de ses lèvres a laissé apparaître une de ses canines pointues comme celles d'un renard, et il a soufflé la bougie.

J'étais fébrile, c'était dur pour moi de maintenir ma concentration au même seuil. Elle arrêtait pas de vaciller, et les bruits constants de la jungle me distrayaient carrément. Mais le silence dans la *maloca*, en revanche, était total. Les yeux fermés, je sentais même pas la présence de Wish en face de moi. Il émettait pas un son, on aurait dit qu'il avait disparu. Je me suis pourtant refusé à ouvrir un œil pour vérifier. Une fois la plante en moi, mes yeux devaient être clos, c'est comme ça que je vivais la chose.

Graduellement, le calme a fondu sur moi. La présence de la plante pesait sur mes paupières, les scellant sur elles-mêmes. J'ai retrouvé ma position, confortablement installé en moi-même, blotti dans ma propre chaleur, dans ce monde secret où seul moi pouvais pénétrer. Je me sentais comme un fœtus baignant dans son liquide amniotique. Souvent c'était très difficile pour moi d'habiter mon corps et mon âme, de me sentir bien dans ces enveloppes, et dans ces moments-là je savais plus où me réfugier, où me cacher pour trouver la paix. C'était bien dommage d'avoir un tel abri en soi et de pas être foutu de le retrouver. J'ai touché mon visage, me suis frotté doucement les yeux, j'ai étreint mon corps, presque tendrement. Ça m'a fait du bien. Un grand sentiment de douceur était en train de naître, j'avais envie de me câliner de partout. Je me suis dit : *Ça y est, je suis défoncé !* Et cette idée m'a donné envie de rire.

Wish a alors commencé à faire le serpent, et une ombre

m'incitant à un peu plus de sérieux est descendue sur ma conscience. Je me suis transformé en pierre toute chaude, ma mâchoire pesait lourd, j'ai mis une main sous mon menton pour soutenir ma tête qui menaçait de s'écrouler. Les sifflements de Wish s'enroulaient autour de moi, virevoltant sur eux-mêmes comme des volutes de fumée. J'ai inspiré un grand coup, et ils ont pénétré en moi.

Des ombres serpentines tapissaient les parois de mon cerveau, et le souffle de Wish les a mises en mouvement. Je n'ai pu les voir qu'une brève seconde, avant de replonger dans le noir. Wish s'est alors mis à chanter, d'une voix extrêmement grave. J'entendais les vibrations dans son corps transformé en caisse de résonance, je pouvais les humer, et j'éprouvais l'envie de faire vibrer ma gorge moi aussi, à l'unisson. D'une manière générale, je ressentais le besoin de souffler, d'expirer, d'inspirer, pour donner mon concours à ce qui se produisait en moi.

Puis brutalement il a changé de registre, sa voix s'est faite aiguë comme celle d'un petit garçon, pleine de naïveté, et sa beauté candide m'a fait sourire. J'ai eu le flash d'un enfant, debout dans la forêt, un petit Indien avec un chapeau de cowboy. Ça n'a duré qu'une seconde. C'était lui, bien sûr, et il souriait à l'objectif avec fierté. Mais j'ai pas eu le temps d'être surpris qu'une autre vision s'approchait déjà de moi. Sa voix était en train de faire descendre une lueur du trou noir de l'espace, une petite lumière fragile et vacillante comme celle d'une fée, comme celle d'une étoile en train de mourir. Cette lueur était sa voix, et en même temps c'était autre chose. Elle descendait tout doucement vers moi, les *icaros* de Wish semblaient savoir comment lui parler sans l'effrayer, comment la mettre en confiance pour qu'elle vienne jusqu'à moi. Elle semblait hypnotisée par sa voix. Et moi, j'étais hypnotisé par elle. J'avais envie de lui dire de venir, mais je savais que si j'émettais la moindre pensée à son égard, elle se volatiliserait d'un seul coup. Et il me semblait avoir ineffablement besoin d'elle.

Alors la lumière m'a touché et je me suis divisé en deux. Mon double est apparu en face de moi. Son visage tout en transparence était un amalgame de formes géométriques incrustées les unes dans les autres qui se modifiaient en permanence, elles tournaient, elles fondaient, se dissolvaient, à tel point que l'image de mon visage semblait comme dévorée par elles. Comme un puzzle, elle se déconstruisait, se réassemblait sans cesse, si bien qu'elle portait en elle une infinité de visages. Ses yeux mis-clos, sa bouche entrouverte laissaient entrer et sortir des petits serpents noirs. Ça donnait l'impression d'une chose morte en train de se faire bouffer de l'intérieur par de la vermine. La vie qui l'animait n'était pas la sienne, mais celle de milliards de petites vies qui se repaissaient d'elle en créant l'illusion qu'elle bougeait encore. Cette vision était très belle tout en étant morbide, et j'étais subjugué autant qu'écœuré. Wish a marqué une pause dans ses chants et toute la fascination qu'exerçait cette vision a atteint son apogée d'horreur quand ce visage a rejeté la tête en arrière comme un noyé soumis aux courants. J'ai voulu crier, mais mon double l'a fait à ma place, et son cri silencieux a projeté vers l'espace un torrent de ce qui s'apparentait à de la matière organique, des organes putréfiés collés ensemble, des abats de boucherie, des boyaux rouges et luisants qui semblait ne jamais devoir finir.

Wish s'est précipité vers moi et a appliqué sa bouche au niveau de mon cœur. J'avais pas la moindre idée de ce qu'il était en train de faire et la surprise m'a empêché de réagir. Il s'est mis à faire des bruits de succion carrément repoussants, comme s'il était en train d'aspirer une sorte de liquide dégueulasse, et qu'il l'avalait ensuite en déglutissant d'un air écœuré. Il a fait ça plusieurs fois de suite, et le plus fou, dans un sens, c'est que je sentais bel et bien qu'il était en train d'extirper cette boule de noirceur répugnante que j'avais identifiée lors de la cérémonie ratée dans la montagne, et bien que le processus possédait un aspect profondément révoltant, je lui étais reconnaissant de se farcir le sale boulot. Parce que ça me soulageait pour de vrai. Et puis, sans crier gare, il s'est mis à vomir. Enfin, vomir à sec, on va dire. Les bruits qui sortaient de sa gorge étaient les mêmes que ceux qu'on fait quand on dégueule super fort, comme un acharné, pire encore même, c'était quasiment des cris de rage qu'il rejetait hors de lui. Jamais j'avais entendu quelqu'un vomir du rien d'une façon si outrée, si... théâtrale, même. Mais je me suis senti libéré. Et quand il a repris sa place, mes visions s'étaient modifiées.

Je voyais maintenant mon double comme une forme assise dans le lointain, une petite ombre cent fois plus petite que ce qu'elle vomissait vers le haut. Elle a levé les bras autour d'elle, et un tourbillon de lumière, une spirale conique multicolore est sortie de ses mains. Ça m'a tellement surpris que mon esprit s'est hérissé. C'était magnifique. La spirale était un véritable déferlement d'énergie, dont la puissance était indescriptible. Indescriptible, putain. Alors le noir autour de mon double s'est petit à petit peuplé de visages et de formes holographiques, jusqu'à ce que cette vision ne soit plus qu'une fresque saisissante, incroyablement complexe et d'une beauté sans égal, pleine de couleurs grandioses, qui mutait en permanence.

Il y avait un jaguar saisissant dont le style me subjuguait. Ses yeux reflétaient la force et la fierté de son espèce, cette nonchalance légèrement endormie des êtres sans prédateurs. Il portait une sorte de chapeau entre la toque chamanique et le truc des sultans, avec des plumes de perroquet devant, attachées par un diamant hexagonal, et il avait un serpent en guise de collier autour du cou. Près d'un arbre immense et noueux dont les feuilles étaient des crânes, et qui renfermait dans son écorce un esprit bleu au visage longiligne, trois chamans en habit de cérémonie entouraient un homme nu allongé, et leurs chants étaient des aigles à peau de serpent qui tournoyaient vers les soleils de ce monde impossible, et les mouvements de leur vol se perpétuaient en surimpression les uns sur les autres, ce qui donnait l'impression d'un ralenti, comme s'ils pénétraient dans les ondes de l'eau, ou encore qu'ils franchissaient une dimension après l'autre. Plus loin, un canoë voguait sur un fleuve de cristal, emporté par un banc de poissons à plumes aussi jaunes que l'or. La silhouette d'une femme se tenait droite sur ce canoë.

Puis le visage de Wish a fini par transparaître derrière

cette myriade de détails. Toutes ces images constituaient en fait les pièces de sa physionomie, comme un tableau de Dalí vu de loin. Pris séparément, chaque petit univers avait son propre sens, sa propre histoire, mais quand on se reculait suffisamment, on s'apercevait qu'ils n'étaient que les éléments d'un tout plus global. C'était dément, et le mot est faible. Mon esprit bloquait complètement face à la richesse imaginative de cette œuvre, cette profusion insensée de détails tous plus ciselés les uns que les autres. C'était plus réel que le réel, plus vivant que tout ce que je connaissais de la vie. Ma réalité était tellement terne en comparaison, tellement pauvre, que j'aurais voulu rester dans ce monde à jamais.

Alors, sans crier gare, je me suis mis à vomir. J'ai eu le temps de choper mon seau, Dieu bénisse, parce que c'était un putain de torrent de dégueuli. Wish s'était mis en mode nettoyage sans que je m'en aperçoive, faut croire, il chantait vite et fort, et je croyais comprendre que c'était ses *icaros* qui me faisaient vomir, et non pas mes visions. Il enclenchait un cycle, ça montait, ça se développait, ça sortait. C'était comme si j'avais besoin de gerber pour incorporer vraiment ce que j'avais vu, pour finaliser l'opération, quoi. Je sais pas, peut-être que j'expulsais mes interprétations, pour ne conserver en moi que le sentir de mes visions. C'est ce que je me suis dit, même si là en l'occurrence j'avais pas eu le temps d'interpréter quoi que ce soit.

Wish s'est levé et il s'est mis à marcher en cercle autour de moi en chantant très rapidement. Ça me filait le tournis, et j'en finissais plus de dégueuler, ça allait chercher loin

loin loin, sans presque rien ramener, alors Wish s'est interrompu deux secondes le temps de me dire de crier, de rugir ! C'est donc ce que j'ai fait, rugissant dans mon seau, la bouche pleine de bave, et ça a marché. Les vagues de nausée ont immédiatement cessé.

Sa voix était en train de faire lever des esprits qui s'approchaient de nous. Leurs pas étaient lents et gracieux, mais ils parcouraient des millénaires à chaque foulée, ils traversaient plusieurs mondes pour venir à nous. Ils étaient aussi fins et fragiles que des herbes toutes neuves, tout longs et lumineux. Un sentiment de pureté naissait en moi de leur contemplation. Wish a ralenti sa cadence, il chuchotait presque, tout en maintenant de la force dans son intention. Les êtres nous encerclaient complètement maintenant, ils nous observaient sans bouger. Leurs petits visages ressemblaient à des masques africains, avec la bouche et les yeux entrouverts.

L'un d'entre eux a fait un pas supplémentaire vers moi et il a posé sa main sur mon front. Ça m'a un peu brûlé.

Le truc le plus étrange, en fait, c'est qu'à ce moment-là j'ai fait des gestes avec mon corps, chose qui m'était encore jamais arrivée en cérémonie. J'ai tendu mes mains en coupe devant moi et j'ai recueilli la médecine, ou son énergie, je ne sais pas. C'était froid dans mes mains, il y avait bel et bien quelque chose. Je me suis appliqué cette énergie sur le front, au niveau du troisième œil, là où il m'avait touché, pratiquant une ouverture, et aussi sur l'estomac, sur le cœur. J'ai appuyé sur l'arrière de ma tête, sur mon front, sans savoir ce que je faisais, mais pourtant, il fallait que je le fasse. Je me posais même pas la question, en réalité, j'agissais ainsi par pur instinct. En y repensant maintenant, je crois qu'en fait j'aidais à ce que la *medicina* entre en moi.

Une lumière blanche a soudain envahi tout mon champ de vision, au point que je baigne littéralement dedans. Y avait plus rien au monde que cette lumière aveuglante. J'entendais parler quelque part, pourtant je percevais aucun son. C'était vraiment bizarre. La lumière se faisait de plus en plus brillante, ça me brûlait, le regard de ma conscience en pleurait, puis j'ai reçu un choc très fort dans la poitrine, qui m'a coupé le souffle, et j'ai basculé en arrière.

J'ai entendu mon crâne cogner contre le sol, senti Wish poser sa main sur mon front, fortement, à plusieurs reprises, puis le noir a fondu sur moi. J'avais mal au niveau du plexus. J'ai respiré, et respiré encore. J'étais allongé sur le côté quand la plante a relancé l'assaut. Je l'ai sentie s'infiltrer en moi, me posséder, me pénétrer par le corps entier, et en particulier par le ventre, avec une telle violence qu'il me fallait aspirer l'air à travers mes dents et l'expulser de la même manière pour encaisser le choc. Je respirais très profondément et pourtant assez vite, mes expirations duraient un temps infini alors que j'étais presque en hyper ventilation. C'était extrêmement puissant, ce qui se passait à ce moment-là. *Le pouvoir entrait en moi.* J'étais tout replié sur moi-même, les mains crispées entre mes cuisses qui serraient fort, à trembler, à presque rugir. La passation d'énergie était d'une puissance effarante. Je savais que ça pouvait pas durer éternellement, c'était trop fort, trop intense, alors je me suis levé en tanguant pour aller me poster devant Wish, histoire de récupérer un peu d'équilibre. J'avais plus que jamais besoin de ses *icaros*.

En étant face à lui, je pouvais littéralement *voir* l'énergie que dégageaient ses chants. Mes visions se transformaient. Elles se teintaient d'or, et cet or pénétrait en moi. C'est à ce moment-là que j'ai compris qu'à l'avenir, quand j'aurais besoin de lui, il me suffirait de m'approcher pour que ses chants m'aident à traverser.

Je les ai respirés longuement. C'est incroyable comme le souffle peut devenir puissant en cérémonie, et pas que dans le sens purement physique. J'avais l'impression de découvrir le réel pouvoir qu'il a, sur le mental, sur les visions, l'alignement, et aussi sur l'évacuation des énergies, comme une sorte de renouveau.

Je suis reparti à ma place tandis que Wish entonnait un nouveau chant très doux, et je me suis retrouvé entouré de poussière d'étoiles. Ça ressemblait à notre galaxie, cette image de la voie lactée que tout le monde connaît, qui est si belle, avec ses teintes roses et bleues. À nouveau allongé, je me suis vu sur le sol, avec cette brillance qui descendait sur moi, transformant mon corps en poussière lumineuse. C'était sublime. J'ai eu une dernière vision de mon être à forme humaine constitué de milliards de particules, puis Wish a élevé ses chants vers l'espace, a soufflé vers le ciel, et un courant m'a emporté avec eux. La forme de ce que j'avais été n'était plus discernable. Je faisais désormais partie du tout.

Mon corps de particules est parti en voyage dans le rêve d'une jungle inimaginable, un lieu où la mythologie épousait la métaphysique dans un acte charnel d'un érotisme insoutenable, et cet orgasme visuel était d'une telle violence que je me tordais au sol en m'agrippant les cheveux d'extase.

Dans ces visions surréelles, les Hommes envoyaient des incantations par le sommet de leur crâne jusqu'aux confins de l'univers, les arbres étaient décryptés à travers le schéma du nombre d'or, les serpents dessinaient des arabesques qui se transformaient en mandalas, et ils portaient sur leurs écailles les fresques sans fin de l'Histoire du monde. Des esprits habitaient les plantes, et leurs faciès correspondaient à la personnalité des végétaux, des dragons chinois tout en or nageaient librement dans le ciel, des visages se reflétaient dans l'eau en murmurant des perles de savoir, le ciel crépitait de feux d'artifice organiques et d'explosions colorées, les lianes étaient les âmes des morts prisonniers dans cette dimension, les iguanes s'érigeaient en totem, et leur peau était comme du bois finement sculpté, des Hommes recouverts de plumes tournoyaient en dansant devant un feu préhistorique, la lune était une déesse bleue, des chamans en cristal se réfléchissaient indéfiniment comme dans un miroir face à un miroir... Et le visage de ma sœur se dessinait dans les feuilles des arbres...

Ce monde était celui que les chamans voyaient, cet univers d'une effroyable complexité, où tout était vivant, où tout possédait un esprit, cet univers qui n'était pour moi qu'un étouffement de sensations diverses et de vies incompréhensibles, d'esprits inconnus et de savoir confus, c'était comme ça qu'ils percevaient le monde, je le savais sans même avoir à le penser. Comment est-ce qu'ils faisaient pour s'y retrouver, bordel ? Ma perception sursollicitée s'étranglait dans un trop-plein d'informations que mon esprit n'avait pas le temps de conceptualiser. Pour un humain, c'était quelque chose d'extrêmement rare et d'infiniment troublant. J'ai été forcé de vomir.

La tête dans mon seau, j'ai entendu l'ayahuasca se rire gentiment de moi avec Wish.

Elle m'a tapé dans le dos et m'a souhaité la bienvenue.

Ensuite, je crois que je me suis évanoui.

* * *

Aujourd'hui j'ai réussi à réfléchir.

Ça faisait longtemps que ça m'était pas arrivé, et j'ai dû fournir un réel effort pour maintenir mon esprit dans la direction choisie. J'ai dû constamment le ramener vers moi. Il s'en allait battre la campagne comme un papillon du chaos, survolant les ruines tel une sorte d'imbécile heureux.

Il m'a fallu le ferrer, me refoutre en selle et lui serrer la gueule pour qu'il m'obéisse et accepte enfin de m'emmener là où je voulais aller.

Et maintenant, je crois que j'ai compris où ils cherchent à en venir.

* * *

Quand je me suis réveillé, j'étais tout seul dans la *maloca*. Impossible de savoir combien de temps j'étais parti en voyage astral. J'avais le corps tout léger, et les idées brumeuses. Il faisait nuit noire, mais un rayon de lune passait pile-poil au-dessus de mon seau de vomi. Je me suis rapproché parce que je pouvais pas en croire mes yeux. Il était plein à ras bord, l'enculé. Un seau qui devait contenir au moins trois litres. Je pouvais pas le croire, putain, comment j'avais fait pour gerber tout ça ? Mon estomac pouvait pas contenir autant de liquide, si ? J'ai frissonné en remettant les explications à plus tard et je suis sorti. Ma vue était toujours parasitée, je voyais des mandalas qui tournaient dans l'écorce des arbres et des hexagones en pleine révolution sur le sol. Ça sentait pas bon tout ça, j'étais pas loin de recommencer à gerber, aussi fou que ça puisse paraître, alors je suis rentré vite fait dans ma cabane et me suis allongé dans mon hamac. Ses mouvements de balancier m'écœuraient un peu, mais j'ai fini par replonger dans le néant, en songeant à la séance colossale que je venais de vivre.

* * *

— Tu sais que tu parles dans ton sommeil ? murmure Fletcher.

Je suis allongé sur le sol, et l'effort de rester conscient me pompe déjà tant de jus que faut pas me demander autre chose.

— Ta sœur aussi, d'ailleurs, c'est marrant. C'est une chose que vous avez en commun.

Il se penche au-dessus de moi, mais en contre-jour, je ne peux pas voir son visage.

— C'est très instructif, ce qu'on peut apprendre d'une personne à ses dépends. Tu l'as déjà entendue causer, Tyler, quand t'es couché auprès d'elle après l'avoir baisée ?

La nausée monte, et une amertume dégueulasse m'envahit toute la trachée.

— Tu me détestes, hein, Montiano ? J'aime quand tu me détestes.

Sale enfoiré.

— Elle est comment, ta sœur, au pieu ? Une vraie tigresse, je parie, pas vrai ?

Je tente de rouler sur le côté pour me recroqueviller mais il m'en empêche avec sa botte. Je ferme les yeux et tente de le refouler loin, très loin au-delà de moi. Mais le serpent qu'est sa voix s'immisce jusqu'aux tréfonds de ma conscience, s'enroule autour de mon cerveau et le pénètre de ses têtes multiples.

— C'est lequel de vous deux, qui a commencé à persuader l'autre qu'une telle chose était possible ?

Il s'accroupit au-dessus de moi et j'ouvre les yeux sans le vouloir. Mes larmes m'empêchent d'avoir une vision claire de lui, et c'est sans doute pas plus mal.

— Est-ce que c'est elle qu'est venue t'aguicher, en te chuchotant que personne n'en saurait jamais rien ? Ou est-ce que son petit cul te faisait bander si fort qu'un jour t'as plus pu te retenir ? Et alors tu lui as dit que l'amour entre frère et sœur n'avait rien de honteux, pendant que tu la martelais de toutes tes forces de puceau...

Ça y est, ça vient, je peux pas me retenir. J'arrive à me pencher vaguement sur le côté mais ça me coule quand même sur la gorge. Je frissonne de tous mes membres. Ça semble venir de très loin, chaque vague me creuse les entrailles, comme si c'était moi-même que j'étais en train de gerber, comme si mon corps essayait de se purger de sa propre essence malade.

— Ben alors, qu'est-ce qui t'arrive, Montiano ? Est-ce que tu es en train de réaliser à quel point tout ça est répugnant ?

* * *

C'est la présence de Wish qui m'a réveillé. Il se tenait là sans rien dire, mais je l'ai senti depuis mon sommeil. Quand j'ai ouvert un œil, il m'a fait :

— Pas mal... Je viens juste d'arriver. On dirait que la fiesta d'hier t'a aiguisé les sens.

— Salut, Wish.

J'étais aussi frais qu'un nouveau-né. Même ma bouche me semblait propre, chose totalement inexplicable après avoir dégueulé trois litres d'ayahuasca sans se brosser les dents derrière.

— Tu dois crever de faim, nan ?

Mon ventre a émis un faible gargouillement. Ce jour-là, mon corps semblait réagir très vite à tout ce qui venait de Wish.

— Carrément.

Il m'a fait signe de le suivre dehors et on s'est assis sur le plancher de mon *tumbo*, devant la porte.

— Tu vas prendre ta plante avant de manger.

Il a sorti de son sac une grosse bouteille en plastique

contenant un liquide assez clair, et m'en a versé un verre bien plein. Il a pris tout son temps pour chantonner un peu au-dessus et lui souffler de la fumée de tabac dedans, puis il me l'a tendu en disant :

— Ajo sacha.

Je me sentais plein de respect en tenant ce verre dans mes mains, et je lui ai brièvement demandé de me soigner, avant de le boire. Ça avait un vague goût d'ail, comme son nom l'indique.

— À quoi elle sert, exactement ?

— Tu découvriras ça tout seul, comme ça tu pourras pas dire que je t'ai influencé quand t'en ressentiras les effets.

— Est-ce que je dois m'attendre à un truc violent ?

Il s'est contenté de hausser les épaules en levant un sourcil narquois, l'air de dire : *Qui sait ?*

On s'est fumé un *mapacho*. Je savais pas trop si j'avais envie de parler de la cérémonie de la veille, mais j'ai pas pu m'empêcher de lui demander si c'était moi qu'avais gerbé tout ça. Il m'a juste répondu en souriant que c'était bien, que je m'étais bien nettoyé, que le terrain était propre pour l'ajo sacha.

— Je crois que j'ai vu le vrai monde des plantes, Wish. Vraiment.

Il m'a toisé avec un air énigmatique, un petit sourire indéchiffrable au bord des lèvres, et il m'a fait :

— Allez, vas-y, pose-la, ta question.

— Comment tu fais pour t'y retrouver là-dedans ? Y en a de partout, on sait pas où donner de la tête, putain !

— Avec l'habitude, on y arrive. Et le fait de savoir ce qu'on cherche, ça aide, aussi. Toi et moi, on voit pas exactement la même chose. Pour le moment toi t'es plus comme un touriste qui découvre un marché avec un million d'étalages. Les cris des vendeurs qui parlent pas ta langue, l'odeur exotique des épices que tu connais pas, les couleurs fabuleuses des fruits dont t'ignores la saveur et les dromadaires qui te coupent la route te stimulent en tous sens et, fatalement, t'égarent.

Sa métaphore m'a fait rire, et il s'est joint à moi en grimaçant.

— Moi j'habite le quartier depuis longtemps, je sais ce que chaque vendeur propose, j'ai goûté à tout. Je comprends ce qui se dit autour de moi, je sais que cette vieille qui vend des jolies fleurs est une sorcière, que ce type qu'a l'air dégoûtant fabrique les meilleures galettes du monde, je sais où se cache la diseuse de bonne aventure. Tu vois le tableau.

J'ai hoché la tête en continuant à me marrer.

— T'es un conteur-né, Wish, on te l'a déjà dit ?

Il s'est contenté d'un petit sourire.

— Allez, mange maintenant.

Y avait une sorte de gruau d'avoine à l'eau, sans sucre bien sûr, un demi-concombre en rondelles et une poignée de riz complet. Sans sel, sans gras. La diète, quoi.

Il est resté avec moi le temps que je mange, puis m'a donné ses dernières directives avant de les mettre : valait mieux que j'évite de m'exposer à la lumière directe du soleil, que je me dépense pas trop, en gros donc que j'aille pas à la rivière dans l'immédiat. Si je voulais me laver j'avais qu'à utiliser l'eau de pluie des conteneurs en plastique qui se trouvaient derrière mon *tumbo*. J'avais pas le droit de me tripoter non plus (j'ai haussé les épaules parce que ça me concernait pas), et il me semble que c'était à peu près tout.

Il m'a salué d'un signe de tête et m'a dit qu'il reviendrait dans la soirée pour m'apporter à manger et me faire prendre mon traitement.

Je me sentais bien. Cette cérémonie m'avait beaucoup relaxé, et tout ce que j'avais vomi contribuait certainement à ce sentiment de bien-être et de pureté que j'éprouvais. J'étais prêt à accueillir cette nouvelle journée avec joie, et j'étais réceptif à tout ce qui m'entourait. La *selva* me paraissait nettement moins hostile que la veille. J'écoutais avec délice le chant des oiseaux dans les arbres, levant le visage en fermant les yeux pour humer cette odeur musquée de végétaux que j'appréciais de plus en plus. J'ai passé un moment à observer de grosses fourmis super speed s'activer sur le sol comme des mabouls, avec leur bout de feuille plus gros qu'elles qui semblait posséder une valeur inestimable. Je me suis étiré dans tous les sens, heureux de simplement sentir mon corps plein de sève, puis je me suis calé dans mon hamac avec un livre de Castaneda dans les mains. J'ai lu une demi-heure avant de replonger dans ma béatitude langoureuse. Et je me suis endormi.

Tyler et moi, on est assis par terre dans un squat que je reconnais pas. Y a des tas de gens autour de nous, mais y en a pas un que j'arrive à identifier. Ils parlent, ils sont couchés sur des vieux canapés moisis, complètement raides, ou ils sont en train de se défoncer. L'atmosphère est carrément glauque. L'endroit est pourri et visqueux, comme tous les gens qui nous entourent. Tyler elle-même est bien abîmée. On dirait qu'elle a perdu la moitié de ses cheveux. Ils pendent tristement autour de son visage. Sa peau est affreuse à voir. On dirait la peau d'une morte. Je la regarde chercher sa veine dans son bras maigre. Elle a des marques de piqûre partout. J'ai hâte qu'elle en finisse pour pouvoir moi aussi me shooter. Elle galère. Elle doit s'y reprendre à trois fois avant de parvenir à faire monter du sang dans la seringue. Elle enfonce enfin le piston et ses yeux basculent en arrière tandis qu'elle tombe au ralenti. Je retire moi-même l'aiguille de son bras et commence à préparer ma dose. Je tremble, c'est affreusement difficile. Tout le préparatif prend un temps infini. Quand enfin je brandis la seringue, j'arrive pas à trouver mes veines. J'y arrive tout simplement pas. Je me pique dans tous les sens et dans tous les endroits, mais jamais le sang ne remonte. Je lutte désespérément, je tremble de plus en plus, mais ça veut pas marcher.

Le rêve s'arrête sur moi en train de batailler avec mes veines bouchées.

Je pense que vous pouvez imaginer le choc.

À des années-lumière de ça, voilà que ça me revenait en pleine gueule.

J'étais la proie d'une agitation sans borne, mon cœur battait à cent à l'heure, j'étais trempé de sueur, ma tête me lançait impitoyablement, et j'avais un sale goût amer dans la bouche. J'ai passé mes deux mains dans mes cheveux inondés, je les ai plaquées sur mon visage pour tenter de me calmer. Un sanglot m'a échappé brutalement sans que je le sente venir. L'image de Tyler d'un réalisme effrayant a sauté dans ma tête.

J'ai chialé et tremblé tout ce que je savais pendant les dix minutes qu'ont suivi.

* * *

Y avait pas de doute. Il s'était envoyé une dose mortelle volontairement. Il avait dû mettre le paquet, parce qu'un junkie comme lui, avec la résistance qu'il avait, et depuis le temps qu'il en prenait, il était pas facile à mettre K.O. Et puis il avait laissé une lettre en évidence. Juste quelques mots : *Vous valez mieux que ça les gars.*

Quand on a émergé au petit matin, il était mort. Je saurais pas expliquer pourquoi on l'a su immédiatement. Il avait toujours été maigre comme un clou avec un teint maladif et des putains de cernes sous les yeux, et il avait la même dégaine ce jour-là. À part qu'il respirait plus.

Tyler tremblait comme une feuille, les yeux agrandis par l'effroi, à serrer convulsivement son sweat contre sa bouche, alors c'est moi qu'ai dû m'approcher de lui pour vérifier ce qu'on savait déjà très bien tous les deux. J'ai surmonté mon aversion et j'ai vaguement secoué son épaule. Il était raide et froid, et il est resté affaissé dans la position où je l'avais bougé. Ça m'a fait frissonner de terreur et j'ai eu un haut-le-cœur. Je me suis détourné à temps pour pas lui vomir dessus.

Tyler répétait : *Nan, nan, nan,* comme une psychotique, et j'ai eu l'impression de devenir fou. Le monde a chaviré sur lui-même et j'ai dû m'accrocher de toutes mes forces pour le maintenir autour de moi.

* * *

Un moustique me tournait autour avec un zèle agaçant, ce qui m'a contraint à cesser de chialer pour l'exterminer. Sans y penser, j'ai regardé mon bras, celui où je me piquais toujours. Il était plein de boutons. Je me suis demandé si le rêve provenait de là, et si ce moustique était un envoyé du ciel, parti en commando suicide pour accomplir l'œuvre des plantes.

* * *

Je sais pas combien de temps on est restés sans parler à le regarder. Il fallait faire quelque chose, mais le lien entre le cerveau et le contrôle moteur était coupé. Tyler était scotchée, et moi je répétais en boucle : *Il faut faire quelque chose, on peut pas le laisser là, il faut faire quelque chose.*

Mais il se passait rien.

C'est le manque qui nous a réanimés. Le choc l'avait maintenu loin de nous un temps remarquablement long, mais le soleil commençait à se coucher et c'était plus possible d'ignorer l'appel de la came. J'avais mal partout, Tyler commençait à s'arracher la tête. Et puis c'était pas humain de rester comme ça à regarder son pote mort.

Pourtant ça nous a pris encore un moment avant de faire quelque chose de cohérent. Tyler a rampé jusqu'à la cuisine pour se servir un verre d'eau mais elle l'a laissé tomber par terre. Moi j'ai voulu aller pisser mais arrivé devant les chiottes j'avais oublié ce que je faisais là et je me suis mis à chialer la tête appuyée contre le mur. C'est là que Tyler est arrivée avec les trois mots griffonnés sur un vague papelard.

Vous valez mieux que ça les gars.

Ça faisait comme s'il s'adressait à nous depuis l'au-delà. On a frémi tous les deux comme si on était observés par son esprit.

Je savais pas ce qu'on était censés faire et Tyler en savait rien non plus.

* * *

J'ai l'impression de chialer en continu. Et le plus terrible, c'est que je sais même plus pourquoi je chiale. Mon bandeau est tout mouillé, le sel de mes larmes me pique les paupières. J'arrive plus à penser.

Je parviens plus à voir ma vie au-delà de cette cellule. Même mon passé, ce que j'ai toujours considéré comme quelque chose de posé, de définitif, comme un truc *m'appartenant en propre*, fait figure de fantasme. Une sorte d'avorton d'éclair neuronal qui ne possède aucune tangibilité.

J'essaye, du plus profond de mon cœur, de me dire et de me répéter que je suis Travis. Travis, Travis. Mais la vérité, c'est qu'ils ont réussi à me projeter au-dehors de moi-même.

Je ne peux plus réfléchir. Je ne peux plus me rappeler.

Il n'y a même plus de pensées.

* * *

Je suis sorti du *tumbo*, mais la chaleur oppressante du début d'après-midi m'a écrasé d'emblée. Pourtant c'était hors de question que je retourne dans ce hamac puant imbibé de sueur, alors je l'ai détaché et rattaché entre deux arbres, pour qu'il prenne un peu l'air, puis je me suis réfugié dans la *maloca*. Je savais pas si j'avais le droit d'y aller ou non, mais je m'en battais les couilles. J'en ai profité pour vider mon seau de vomi qui trônait toujours fièrement sur le tapis, je l'ai vaguement rincé avec la bonbonne d'eau qui traînait là. Puis je me suis enfin posé directement sur le plancher de la *maloca*, avec l'espoir d'en retirer un peu de fraîcheur.

* * *

On a fini par se faire un shoot. Y avait pas d'autre moyen si on voulait retrouver un tant soit peu d'esprit pour décider de la suite des évènements, et je dis pas ça pour me justifier. Ça a été le shoot le plus triste de ma vie. J'en ai retiré aucun plaisir, c'était juste histoire de se remettre le corps et ce qui va avec en état de marche. Ça paraissait malsain et indécent, et on s'est planqués dans la salle de bain pour se le faire. Mais même là-dedans ça revenait à se shooter sous le nez de notre pote mort d'une overdose. La simple idée du truc me donnait envie de vomir et me filait des sueurs froides.

Tyler s'est écroulée contre la baignoire et j'ai bien cru

que j'allais la perdre elle aussi. Elle avait le regard dans le vague et la bouche entrouverte sur un rictus étrange. Elle me faisait peur, on aurait dit qu'elle contemplait quelque chose qui la révulsait sans pour autant qu'elle puisse en détourner les yeux. Quand je l'ai appelée elle a pas réagi alors je lui ai foutu une claque et je l'ai chopée par les épaules. Elle m'a regardé pendant que je lui expliquais ce qu'on allait faire. Elle a rien répondu mais j'ai vu qu'elle avait compris.

On avait pas le choix. On pouvait pas prévenir la police. C'était sûr qu'ils allaient nous épingler. On les esquivait depuis trop longtemps pour parvenir à se tirer indemnes de ce foutu merdier. On avait des tas de trucs à se reprocher. On était clairement pas en position de les appeler.

Mais l'idée de laisser Eliot moisir sur le canapé jusqu'à ce que d'hypothétiques voisins se plaignent de l'odeur, je pouvais pas. J'aurais voulu l'enterrer de mes mains, creuser sa tombe avec mes ongles. Mais la seule chose à ma portée, c'était d'appeler les secours d'une cabine pour signaler une overdose.

* * *

Je me sentais très mal. Impossible de dire si ça venait de mon esprit en plein bad trip envoyant des ondes de souffrance vers mon corps, ou alors de mon corps douloureux empêchant mon esprit de se focaliser sur autre chose que son mal. Les deux étaient liés dans le mal-être, c'est tout ce que je peux en dire.

Il faisait effroyablement chaud ce jour-là. Je transpirais à jet continu alors que je bougeais pas d'un poil. Saloperie de jungle. J'avais de plus en plus mal dans mon corps. C'est simple, aucune partie de lui ne me faisait pas souffrir. J'avais des courbatures dans les jambes, le dos raide, des sueurs froides, les organes barbouillés et un mal de crâne à s'arracher la tête. Ça m'a rappelé quelque chose.

Ces symptômes étaient les mêmes que ceux d'une crise de manque.

* * *

Donc c'est bien ça, ils veulent partir là-dessus maintenant. Sur cette putain d'histoire d'inceste. Parfait. Qu'est-ce que ça peut me foutre ? Fallait bien s'y attendre, que tôt ou tard ça viendrait sur le tapis. Et si j'étais pas autant dans le coaltar, j'aurais pigé que c'était ça le nœud du problème depuis belle lurette.

Pourtant je peux pas tolérer qu'ils viennent foutre leur nez là-dedans, qu'ils viennent manipuler avec leurs sales pattes cette chose qui n'appartient qu'à nous. Ils ont pas le droit de jouer avec ça, putain. Ils peuvent pas travestir ça comme ça, et me demander des comptes dessus encore en plus.

Qu'ils aillent se faire mettre, putain !

* * *

J'ai réuni nos quelques affaires dans un sac, et tous les médocs que j'ai pu trouver. On avait toujours des réserves de Valium, de Méthadone et de Subutex en cas de crise. Je savais qu'on allait en avoir besoin.

Dans ma confusion, j'étais inquiet d'oublier un truc qui pourrait nous rattacher à lui. Et j'étais emmerdé pour la bagnole. C'était celle d'Eliot, mais on en avait besoin pour se barrer loin de cet endroit. Je me suis dit qu'on trouverait bien à l'échanger plus tard dans un autre État. Vu le quartier, je savais que les flics allaient pas se prendre la tête au sujet de la disparition de la caisse merdique d'un junkie mort. Au cas où, il nous suffirait de faucher les plaques d'une caisse à la décharge et de faire l'échange. Ouais, au final, la bagnole c'était simple à gérer.

Le plus problématique, c'était de savoir ce qu'on allait devenir.

Mais j'avais pas la moindre envie d'y penser à ce moment-là.

* * *

Quand Wish s'est ramené, j'étais toujours à peu de choses près dans le même état. Y avait eu des vagues plus ou moins violentes et quelques creux salutaires. Globalement, j'étais en vrac, c'était lamentable. Un putain de désastre. Je l'ai entendu m'appeler mais j'ai pas eu l'envie ni le courage de quitter mon plancher alors j'ai gueulé dans sa direction un : *Je suis là !* qui m'a paru assez agressif. Il est entré dans la *maloca* sans avoir l'air surpris du tout de me trouver par terre entortillé sur moi-même, complètement recouvert de sueur nauséabonde.

— Ah, t'es là, qu'il a fait, cet enfoiré.

— Ouais, je suis là, j'ai rétorqué d'un ton hargneux.

— Je t'ai ramené à manger.

— J'ai pas faim.

— À toi de voir, il a fait en posant ma gamelle par terre.

Il s'est assis à mes côtés en s'allumant un *mapacho*. Il avait envie de rire, ça crevait les yeux, putain. Mais il a rien dit, il attendait que je parle. Étrangement, alors que j'aurais voulu qu'il m'interroge sur mon état de merde et montre un semblant de compassion envers mes atroces souffrances, son comportement m'a calmé, et m'a incité à un peu plus de dignité. Je me suis redressé comme j'ai pu. J'ai même tenté un sourire. Quelque chose s'est modifié dans mon esprit.

— C'est l'ajo sacha qui fait tout ça, Wish ?

Il m'a regardé avec gentillesse et m'a dit doucement :

— Oui. Elle est en train de travailler.

— Ça fait mal !

— Je sais, mais faut que tu travailles avec elle. Ne lutte pas, essaye plutôt de comprendre ce qu'elle te montre.

Il avait raison. Je bataillais comme un forcené alors que ma politique en matière de substances étrangères avait toujours été de laisser faire.

— Elle est en train de t'ouvrir, elle fait émerger des choses. C'est pour te purifier, laisse-la faire. Aie confiance en elle, même si c'est douloureux. T'en sortiras renforcé.

— Je me sens surtout super faible pour le moment.

— C'est normal, c'est la première phase. Lâche prise, laisse-toi entraîner.

J'ai respiré longuement. Ses paroles me faisaient du bien, je me suis senti un peu mieux.

J'ai même pas fait mine de rechigner en reprenant mon traitement. Avant de boire, j'ai assuré l'ajo sacha de ma confiance en elle, en lui demandant de continuer le travail. J'ai cru sentir dans l'air comme un acquiescement. Ensuite j'ai mangé ma gamelle, yucca bouilli et carottes crues, on a fumé un *mapacho* avec Wish. Il m'a annoncé que deux autres *curanderos* participeraient à la cérémonie du lendemain, et puis il est parti.

Ça m'a fait comme un déchirement de le voir disparaître dans les broussailles avec sa machette.

J'ai poussé un grand soupir avant de m'en retourner vers mon enfer.

* * *

J'ai foutu Tyler et nos affaires dans la caisse et j'ai roulé jusqu'aux confins de la ville. De là, j'ai passé mon coup de fil d'une station-service et j'en ai profité pour prendre de l'essence, avant de m'engager sur l'autoroute filant vers le sud. J'étais loin d'avoir suffisamment d'héro dans le sang pour entreprendre un tel voyage, mais ça me procurait une joie malsaine de le savoir. *Bien fait pour toi, connard*, je me disais. *T'as que ce que tu mérites, pauvre enculé, et ça risque pas de te faire de mal d'en chier un petit peu. On a tous que ce qu'on mérite.*

— Où on va ? a murmuré Tyler au bout d'un moment.

— Ça a pas d'importance où on va, je lui ai répondu sans même réaliser qu'elle s'était enfin remise à causer.

J'ai navigué dans mes méandres pendant je ne sais combien de temps. J'avais pas la moindre conscience de la route, et je me demande comment j'ai fait pour pas nous foutre dans le décor, alors que j'étais même pas dans la voiture.

— Je me sens mal…

Je lui ai répondu que moi aussi je me sentais mal.

Et ça s'est arrêté là.

* * *

La nuit est tombée rapidement.

C'est sans doute idiot comme réflexion, mais je me suis dit qu'au moins on pouvait encore compter sur une chose de sûre en ce bas monde. Le peu de fraîcheur que ça a apporté m'a soulagé, et j'ai enfin trouvé le courage de réintégrer mon *tumbo*. Mon hamac était encore un brin humide, et il sentait pas la rose, mais on ferait avec. La fièvre était un peu redescendue, certains mouvements du corps ou de la tête déclenchaient encore une douleur aiguë, mais l'étau de mon crâne s'était quand même relâché. Bref, j'étais mal, mais c'était supportable.

Avant de me remettre dans mon hamac, j'ai bien vérifié qu'aucun petit suceur de sang ne s'était faufilé pour me pourrir ma nuit. Je me sentais épuisé, j'avais même pas la force de lire.

Mais je savais bien que le sommeil allait être difficile.

* * *

Et puis je sais pas, y a un moment où j'ai plus pu continuer. Je me suis arrêté au bord de la route et je me suis mis à chialer. Ça voulait pas se calmer alors je suis sorti dans la nuit et j'ai marché. Tyler m'a rejoint et elle m'a fait asseoir sur la rambarde. Elle m'a serré contre elle. J'ai baragouiné dans ma morve contre son cou :

— Qu'est-ce qu'il a fait, putain de bon Dieu, qu'est-ce qu'il a fait...

Mais au fond de moi, je pouvais pas m'empêcher de penser que c'était normal. Cette vie qu'on menait, qu'est-ce qu'elle valait de toute façon ? Pourquoi on s'accrochait à elle comme ça ? Son geste avait bien plus de sens que les nôtres. Il était allé au bout du truc, en fin de compte, et ça m'étonnait pas de lui. Il en avait jamais parlé. Il y avait jamais fait allusion. Et pourtant je réalisais maintenant que je m'y étais toujours plus ou moins attendu. Et c'était une putain de honte de l'admettre, parce que j'avais rien fait pour empêcher ça.

On savait parfaitement que l'héro ce serait qu'une étape pour nous, alors que pour lui c'était le terminus, mais ça nous avait pas retenus de le bassiner pendant des années avec notre grand truc de mort, et tout le foin qu'on faisait autour de notre suicide, comme deux misérables trous du cul.

Et lui, il avait rien dit, mais un jour, en silence, il s'était contenté de le faire. Et en nous laissant un mot pour dire qu'on méritait mieux que ça, mieux que lui, en gros.

C'était pas possible, putain, j'allais m'étouffer dans ma propre honte. On était que deux pauvres petits cons d'égoïstes, pire que ça même, *des monstres d'égoïsme*, et au lieu de s'employer à faire sortir Eliot de son mal-être pour lui montrer ce qu'y avait de beau sur Terre, on avait sauté dedans à pieds joints, comme pour l'enfoncer encore plus, et on l'avait nargué avec notre amour alors que lui il était pas foutu de mettre la main sur quelqu'un qu'en valait la peine, et taillait des pipes à des gros bâtards pour sponsoriser la mise en scène de notre déchéance.

C'était à gerber.

Et maintenant il était mort, happé dans le tourbillon de notre rêve de nous-même en train de s'échouer.

J'aurais voulu qu'il soit plus fort que notre délire et qu'il nous largue avant d'en arriver là.

* * *

Ça allait mal de nouveau. Je devais être couché depuis une demi-heure quand les assauts de l'ajo sacha ont repris. Y a eu comme un voile de chaleur qu'est passé sur moi, on aurait vraiment dit que ça venait de l'extérieur, et en une seconde j'étais en nage. Je sentais chaque goutte de sueur sortir de ma peau.

J'ai pensé : *Oh non bordel, pas encore.*

Mais si. Encore.

J'ai fermé les yeux, qui me démangeaient déjà à cause du sel sécrété, en me concentrant sur les paroles de Wish. *C'est comme une désintox*, je me suis dit. *La plante est en train de faire sortir le mal.* Ouais, et vu l'ampleur des dégâts, y avait beaucoup à évacuer.

Les images de mon rêve étaient omniprésentes dans ma tête. Je les ai regardées en face, sans chercher à les ensevelir, et pendant un moment, le rapport entre ces images et ma situation actuelle m'est apparu assez clairement. Tyler avec sa tête de morte en train de se défoncer. Moi qu'en avais rien à foutre et qui songeais qu'à la rejoindre dans l'oubli, où elle et moi, en définitive, on était aussi seuls l'un que l'autre. Mon incapacité à trouver l'ouverture pour faire entrer la mort en moi, ma frustration de ne pas parvenir à m'envoyer en l'air. Tout ça avait les traits d'une métaphore cosmique.

Mon intention en entamant cette cure était de me débarrasser de mon sentiment de culpabilité pour savoir ce qu'il restait derrière, si toutefois il restait quelque chose, parce que je voulais continuer à aimer Tyler, et non plus redouter le fantôme que j'en avais fait. Je voulais retrouver mon amour avant de me tuer pour le rejoindre. Pour la retrouver, *elle*, et non pas suivre ce fantôme qui m'emmènerait dans la mauvaise direction, exactement à l'opposé de là où elle était, et où il me serait à jamais impossible de la retrouver.

Mon Dieu.

Je venais de trouver une clé du problème, ça m'a fait comme une putain de révélation. C'était pour ça que j'avais pas sauté de ce canyon à la sortie de l'H.P ! C'était pour ça, putain, et pas parce que j'avais peur ! C'était parce que je voulais pas suivre cette sirène qu'était pas ma sœur. Sur le moment, j'ignorais pourquoi j'avais fait ça, je croyais que c'était de la lâcheté ou une saloperie du genre, alors qu'en fait quelque chose en moi *savait*, et refusait de céder à cet appel...

Je peux pas exprimer à quel point cette idée m'a fait du bien. J'ai eu l'impression qu'un énorme pan d'estime de soi venait de réintégrer mon âme. D'un coup, j'étais plus un lâche, j'étais plus cet être vil et apeuré que j'étais convaincu d'être depuis des mois. C'était comme si, après des années de mortification en croyant avoir tué quelqu'un, on m'apprenait soudain que j'étais pas un meurtrier, que le petit garçon que je pensais avoir renversé dans la nuit sans trouver le courage d'oser m'arrêter pour vérifier n'était en fait qu'un petit tricycle oublié sur la route.

J'étais pas un mec d'une lâcheté abjecte qui méritait pas de vivre. J'étais en fait quelqu'un de sensé, qui aimait sa sœur, et qui refusait de suivre une chimère dans le néant, où lui et elle demeureraient seuls pour l'éternité.

* * *

La regarder souffrir est pire que de souffrir moi-même.

Cette haine impuissante que je ressens au fond de moi, ses cris et ses pleurs auxquels je ne peux pas répondre, ses yeux qui les supplient d'arrêter… Leurs rires… Ça me dévore de l'intérieur. Être fou de rage, maintenant, je sais ce que ça veut dire. Je hurle tant que je m'entends même plus. Je les insulte jusqu'à même plus savoir ce que je dis. Je tire sur mes liens et rue sur ma chaise en me déchirant la peau. Et rien de tout ça n'apaisera jamais le démon de fureur qui a pris possession de moi.

Quelque chose veut sortir de mon corps, fuir mon esprit, désintégrer Tyler, la faire cesser d'exister pour la sauver de ces malades. Quelque chose doit s'échapper.

Mais il n'y a pas de sortie.

Elle et moi, on est tellement à bout… Jamais je l'avais

vue si faible. Ils sont en train de l'écorcher jusqu'au trognon, de la peler à vif, lambeau après lambeau, pour qu'il ne reste plus rien de ce qu'elle a été.

— Faites-le moi à moi ! je les supplie, laissez-la, arrêtez, prenez-moi à sa place...

Fletcher a tenu sa promesse : ils nous torturent l'un à travers l'autre. Mais même quand enfin ils la délaissent dans un coin de la pièce, comme une bête blessée dont le sort est incertain, la délivrance que je m'imaginais ressentir en prenant sa place ne vient pas.

Parce qu'elle aussi, ils la forcent à me regarder souffrir.

Et la douleur qu'elle éprouve pour son amour en train de se faire déchiqueter est encore pire que la sienne propre.

* * *

Le manque commençait à me rendre marteau, mais pour la première fois de ma vie j'avais pas l'intention d'entreprendre quoi que ce soit pour y remédier. Tyler semblait s'engager dans la même voie. Elle disait rien, elle en parlait pas, même si elle commençait sérieusement à suer sang et eau sur son siège. Elle me faisait un peu pitié, mais je me débattais trop avec mes propres merdes pour songer à lui tendre la main.

Ça commençait à plus être envisageable de continuer à conduire dans cet état, alors j'ai pris la première sortie qui s'annonçait dans l'idée vague de trouver un motel. On allait pas dormir de la nuit, ni même pendant les prochaines soixante-douze heures, mais je nous voyais pas rester en chien dans la caisse, à se tordre de douleur, pliés en deux entre les sièges. On allait avoir besoin d'une douche, de toilettes pour chier et gerber, d'un lit pour tenter de s'étendre les jambes quand ça allait se mettre à swinguer.

On avait quasiment rien comme thunes devant nous, mais y avait pas le choix. J'ai fini par dégotter le motel le plus merdique que j'ai pu trouver, et on s'est traînés jusqu'à la piaule comme deux morts-vivants.

**

La fièvre a reflué de mon corps, et aux petites heures du jour j'ai fini par m'endormir.

Mais ça n'a été que pour mieux replonger dans un autre rêve.

Tyler est en face de moi. Son visage a les reflets d'une vision d'ayahuasca, l'étrange lumière balaye sans cesse ses traits, dans une sorte de fourmillement de particules, et par moment ses cheveux ressemblent à des serpents noirs entrelacés. C'est elle sans être elle. Durant une seconde, elle est magnifique et rayonnante comme la plus belle princesse de la nature, pour se métamorphoser en démon d'une laideur et d'un vice répugnants la seconde d'après. Elle parle sans cesse, comme si elle racontait une histoire, et sa voix arrive directement dans ma tête. Mais elle emploie des mots tellement alambiqués et effectue tant de détours dans ses propos que ce qu'elle raconte m'est parfaitement inintelligible. Je sens pourtant l'importance, et l'ultime nécessité pour moi de comprendre ses paroles, mais j'oublie tout au fur et à mesure. *Je me concentre, et je finis par saisir qu'elle me parle du monde qu'elle a créé et de la genèse de ses créatures. Elle me désigne du doigt un lieu d'une beauté bouleversante, avec des lacs colorés qui reflètent les volcans enneigés s'érigeant derrière eux, des troupeaux de gazelles au pelage gris-bleu, fragiles et délicates comme du cristal, des geysers fumants qui laissent échapper des vapeurs blanches et pures, un ciel comme ciselé dans le bleu le plus transparent qu'on puisse imaginer. Son monde est d'une splendeur à couper le souffle, mais plus je la regarde, elle, plus elle a les traits d'un démon. Je m'entends dire :* Ou alors, peut-être que c'est moi qui l'ai créé. *Et instantanément j'entreprends de transformer des choses. Moi-même ne fais aucun geste, mais je sais que c'est mon esprit qui agit. Les volcans enneigés entrent soudain en éruption. Les gazelles deviennent des loups. Le ciel s'obscurcit en accéléré. Alors c'est ma propre voix que j'entends dans ma tête, et elle parle de la même façon que Tyler, elle me raconte ma propre histoire au passé simple, avec le ton d'un livre d'époque :* Sa sœur lui fit croire qu'elle avait engendré un monde d'une beauté stupéfiante mais il réalisa que... *Et je me réveille sur la dernière phrase de ce long monologue, où je me raconte à moi-même que ma sœur se faisait passer pour le créateur, alors qu'elle n'était elle-même qu'une créature...*

* * *

Ça a été atroce, mais l'avantage c'est que la douleur physique est parvenue à surpasser la douleur morale et à noyer la culpabilité sous des flots de sueur, de merde et de vomi. À part quand des hallucinations me faisaient voir

Eliot mort qui me regardait avec ses yeux vitrifiés pleins de reproche, tendant son doigt décharné vers moi comme pour me désigner coupable devant une cour... Tyler luttait contre les mêmes démons, et souvent elle se mettait à crier comme une folle sans prévenir. Heureusement qu'y avait pas grand-monde dans ce motel pourri parce que c'est sûr que les voisins auraient cru qu'un exorcisme se déroulait dans la chambre d'à côté.

C'est Cocteau je crois qui disait que dans le manque, tout est intolérable, l'action comme l'inaction, et qui le traduit comme une *absence qui règne, un despotisme négatif*. J'aurais du mal à trouver des mots plus justes.

On a pas pu ressortir avant trois jours, si ce n'est pour aller s'approvisionner en coca au distributeur au bout du couloir, histoire d'aider à faire descendre les tranquillisants et autres merdes qu'on ingurgitait par poignées. J'avais payé la bonne femme d'avance en lui demandant qu'on nous foute la paix et en lui faisant comprendre que c'était pas la peine de nous envoyer une femme de ménage, parce qu'on risquerait de mal le prendre. Elle avait eu l'air de s'en taper royal, se contentant de hausser les épaules.

Au début, on avait du mal à se soutenir l'un l'autre parce qu'on était chacun trop occupé avec soi-même, mais au cours de la deuxième nuit un élan réciproque nous a poussés à nous rapprocher, et les choses sont devenues plus faciles. On s'est rattrapés niveau tendresse, bien qu'on ait évidemment pas été en état de faire l'amour. Je l'ai lavée dans la baignoire, je lui ai fait un shampooing, j'ai séché son petit corps avec une serviette neuve que j'avais été chiper exprès sur le charriot de la femme de ménage, et puis j'ai retenu ses cheveux quand elle gerbait et qu'elle était trop faible pour le faire elle-même.

Elle a pris soin de moi elle aussi, et ça a rétabli le lien qu'on avait plus ou moins égaré avec le choc.

Mais on est toujours seul face à la mort, qu'il s'agisse de la sienne ou de celle des autres.

* * *

Wish était déjà en train d'arriver, j'entendais marcher au loin. J'étais d'une humeur exécrable, vénère comme jamais. Y avait pas à dire, cette putain de journée s'annonçait bien. Je me suis envoyé une gorgée de flotte et j'ai allumé un *mapacho* en l'attendant devant le *tumbo*. Je l'ai à peine salué quand il est apparu.

— Ça va pas ? il m'a fait d'emblée.

— Je suis super énervé.

— C'est un des effets de l'ajo sacha. Elle rend très irritable.

— C'est quoi, putain, tous ces rêves ? À quoi ça rime, bordel ?

— C'est toutes les conditions dans lesquelles tu es qui favorisent les rêves. Être isolé comme ça en pleine nature, sans manger n'importe quoi et sans t'agiter inutilement, ça incite ton âme à faire le tri, tu vois. Tu te nettoies, en fait. Physiquement, psychiquement, énergétiquement. Et pour ça t'es forcé de te confronter à certains trucs. Les rêves sont un bon indicateur de ce qui bloque.

— Ça va finir par me rendre marteau, Wish, de la voir

comme ça dès que je ferme les yeux.

— C'est comme ça maintenant, mais c'est que la première phase du traitement, je te l'ai dit. La plante commence par exacerber ce qui cloche. Elle déterre tout, elle te force à regarder les choses en face. C'est loin d'être agréable, mais c'est la seule façon de procéder. Comment tu veux régler un problème si tu refuses de l'identifier clairement ?

J'avais rien d'intelligent à opposer à ça, alors je me suis contenté de la boucler. Sa voix s'est faite très douce quand il a ajouté :

— Je sais que c'est dur, Travis, et que particulièrement dans ton cas, ça fout en l'air de regarder certaines choses. La plante travaille pour te faire intégrer, incorporer ton vécu, que tu l'acceptes en toi comme ce qui te constitue.

— Je pensais pas être quelqu'un qui se fuit lui-même.

Quelque chose a frémi en moi, comme si je professais un mensonge.

— Peu importe le degré de conscience avec lequel tu fais les choses, tu sais. On a tous des trucs à régler, y a rien à faire.

— Tyler était dans les deux rêves que j'ai faits.

— Ça, fallait s'y attendre.

— Je crois que j'ai compris un truc avec le premier.

— En rapport avec ton intention ?

— Ouais. Carrément, ouais.

Il m'a pas demandé ce que c'était, et ça tombait plutôt bien parce que je savais pas si j'avais envie d'en parler.

— L'ajo sacha est très bonne pour t'aider à faire la différence entre ce qui est vraiment toi et ce qui pollue ton mental. Elle brûle les mauvaises énergies, tu sais.

— Alors la fièvre que je me coltine, c'est juste le mal en train de se faire incinérer ?

Il s'est fendu la poire un bon moment, puis il a fait :

— Ouais, c'est la chasse aux sorcières, là-dedans (il s'est tapé la tête trois fois du plat de la main). Tu risques d'en apercevoir quelques unes se précipiter vers toi en appelant à l'aide en pleine combustion. Elles sont mauvaises, cherche pas à les sauver, et écoute pas ce qu'elles te diront.

— Ça commence à devenir franchement balèze ton truc, Wish. Entre la plante qui faut que j'écoute et les mauvais esprits qui faut que j'élude… On se demande un peu où je me situe, moi, dans tout ça.

— C'est justement ça que la plante travaille. Sois patient. Après avoir évacué tout ça, tu vas pouvoir enfin retrouver ton identité profonde. C'est bon signe, ta fièvre. Si tu chiales, c'est bien aussi. Ça veut dire que t'es en train d'évacuer. C'est la deuxième phase.

J'ai hoché la tête. Je me sentais pas ce qu'on pourrait appeler soulagé, mais Wish parvenait quand même à me remettre les idées en place.

— Et ça va être comme ça avec toutes les plantes ? Je vais me taper tous les cycles en boucle, lavage, essorage, séchage à tous les coups ?

Il a éclaté de rire à nouveau, et cette fois-ci je me suis joint à lui.

— Y a des chances, ouais ! Mais chaque chose en son temps. Bois ton ajo sacha pour commencer, et on verra le reste plus tard.

On s'est attelés au même rituel que d'habitude.

Traitement, bouffe, *mapacho*. Puis on a discuté de mon intention de la soirée. En fait, c'était pas évident de formuler des vœux à répétition. Si j'avais eu un génie devant les yeux, je sais même pas si j'aurais été foutu de trouver trois trucs intelligents à lui demander. Est-ce qu'y avait une chose que je voulais travailler en particulier ? Je lui ai dit que j'y réfléchirais.

Le temps était très couvert ce jour-là, des nuages noirs et menaçants planaient très bas, l'air sentait encore plus l'humidité que d'habitude. J'étais quasiment sûr que ce soir-là on allait y avoir droit. Du coup, vu qu'y avait pas de soleil, Wish et moi on est partis à la rivière pour que je me débarbouille. Avec sa machette, il a dégagé le chemin, ce qui allait rendre les choses plus évidentes pour moi à l'avenir.

Cette jungle était vraiment impressionnante. L'immersion était totale ici, et un Homme était forcé de se sentir ridiculement petit au sein de ce monde qui appartenait indiscutablement aux plantes. Elles étaient plus grandes que moi, nom de Dieu, leurs feuilles faisaient cinq fois ma tête ! Ce changement de perspective avait un sacré effet sur le mental. Je veux dire, on est tellement habitués à se considérer comme les maîtres de l'univers, avec nos questionnements rationnels et nos problèmes plus gros que nous. Mais ce genre de truc peut plus tenir quand on pénètre dans une forêt comme ça. Sans même le vouloir, le mental recule, dépassé. Aussi bien qu'une vue qui porte loin incite à prendre de la distance et à élargir son horizon psychique, une forêt où les plantes sont plus grandes et plus vivantes que toi te contraint à revoir la taille que tu penses avoir, et l'importance de tes tracas. Les deux semblent absurdes de petitesse, et de mesquinerie.

Je me demande bien comment les colons et les mecs qui déforestent ont pu faire pour conserver le sentiment de leur toute-puissance face à la *selva*, et tenter de réduire ça à leur niveau. Je me demande comment les missionnaires se sont démerdés pour pas s'apercevoir que Dieu était devant eux, et non pas dans leur satanée Bible, et pas tomber à genoux en implorant pardon, mortifiés par leur propre connerie.

Plus je marchais, plus je m'éloignais de ma propre importance. Sans même me juger sévèrement, ce qui aurait été encore une fois une manœuvre de l'ego tout gonflé de sa propre valeur, sans même m'attarder à réfléchir dessus, je m'écartais de ce que je croyais être moi. Ici, y avait plus de place pour la honte d'être un Homme ou pour la culpabilité. J'étais pas suffisamment important pour nourrir de tels sentiments. Au final, la haine de soi n'était que la face cachée de la fierté, l'autre versant d'une même montagne de la vallée de l'ego. Ces choses-là devaient être franchies, dépassées, abandonnées, sans même un regard en arrière. Peu importe la place qu'elles avaient pu prendre à une époque, peu importe qu'elles aient été ton seul horizon pendant un millénaire. Le pas s'accomplissait tout seul, sans avoir à lutter, juste en regardant avec son vrai regard ce qu'il y avait au-delà d'elles.

Si cet état pouvait seulement perdurer... Je me disais que je deviendrais un Homme totalement différent. Rien de ce que j'étais ne serait conservé. Parce que j'étais jamais vraiment moi, en fait. C'était quelque chose d'autre qui dirigeait la machine. Ces émotions qui gouvernaient ma tête, c'était pas moi. Cette rage indépassable qui me biberonnait depuis toujours. C'était pas moi. Cette solitude qui me tenait lieu de cœur. Pas moi non plus. C'est clair qu'en voyant les choses de cette manière, on se demande bien ce qui pourrait rester d'un mec une fois qu'on aurait retiré tout ça. Et pourtant… En réalisant que j'étais rien, je me rapprochais de ce que j'étais vraiment. Parce que je me fondais dans la *selva*. Et qu'à ce moment-là elle m'apparaissait comme bien plus réelle que toutes les merdes qui s'étaient agitées en moi jusqu'ici.

Le silence dans ma tête n'était pas le vide. Le vide existe en négatif, par rapport à ce qui est plein. Les choses ici n'étaient pas relatives. Ce vide étrange était en fait une sorte de plénitude, qui n'avait pas besoin d'être pensée pour exister. Et les choses pensées n'existaient plus véritablement. Elles étaient comme les rêves éveillés de cette chose qui était au contrôle dans la salle des machines.

* * *

On était d'accord sur le fait que l'expérience était terminée. Y avait des limites à l'immoralité, et continuer à se défoncer après ça était au-dessus de nos forces, sans compter que ça faisait déjà un moment que cette vie de junkie nous écœurait. On avait plus rien à prouver à ce niveau, et c'était plutôt dans l'autre sens désormais qu'on allait devoir montrer de quoi on était capables.

La route était longue jusqu'en enfer.

Il était plus que temps de se remettre à marcher.

* * *

Ça m'a fait un bien pas croyable de me baigner et de me laver de toute cette fièvre. L'eau était fraîche, ça devait déjà flotter en amont du fleuve. Y avait pas le soleil pour m'agresser la rétine. J'ai senti que mon corps perdait plusieurs degrés. Après la marche, cette baignade scellait le retour du bien-être, et j'ai nagé longtemps, m'immergeant de longues secondes, prêtant l'oreille aux mouvements de l'eau. Le fleuve avait une odeur fabuleuse d'orage et d'herbe coupée, avec quelque chose d'argileux qui me faisait monter la salive. Ça sentait la nature. Un vent fort commençait tout juste à balancer les grands arbres, leurs feuilles bruissaient d'un chant apaisant.

Ça se confirmait. Ce soir ça allait péter grave.

J'ai emmagasiné toute la fraîcheur et l'énergie que je pouvais, avec la sensation palpable de recharger mes batteries. Wish me regardait faire, assis sur un gros rocher plat au milieu de l'eau, en se curant les dents avec une brindille, l'air rigolard. Puis, sans crier gare, il a plongé. Il est resté longtemps sous l'eau. Au moment où j'envisageais l'option d'aller le sauver, il est ressorti comme une fusée, tout ruisselant, et il a nagé jusqu'à moi. Il m'a tendu une pierre qui ressemblait à un cristal, une sorte de quartz, je crois, et il m'a dit de la conserver tout le temps sur moi désormais. J'ai supposé que c'était une sorte d'amulette.

On a entendu tonner quelque part au loin, et dans la seconde qu'a suivi la pluie s'est abattue sur nous. Des gouttes énormes, assez espacées au début, et puis en rafale. Le fleuve s'est transformé en castagnettes. Wish m'a fait signe qu'on y allait.

La jungle entière ricochait de pluie, comme une sorte de musique zen. On était plus ou moins protégés sous les arbres, pourtant le sol s'est très vite transformé en bouillasse. Les effluves qui se dégageaient de la forêt étaient absolument enivrantes.

J'ai repensé à cette nouvelle de Ray Bradbury, où trois hommes marchent sur cette planète où il pleut constamment. Leur vêtements sont décolorés, leurs clopes tiennent pas le coup plus de trois secondes, ils ne peuvent pas dormir. Ça les rend fous petit à petit. Ils sont à la recherche d'une coupole, seul endroit où ils seront au sec, au chaud sous les rayons d'un soleil artificiel. Ils fantasment dessus, il me semble. Y en a un des trois qui vrille en premier, et il s'arrête et tend son visage, bouche ouverte, bras étendus, à la pluie. Les moisissures envahissent direct sa bouche. Les autres ne peuvent rien pour lui, ils l'abandonnent à sa folie. Ou alors ils le flinguent, je sais plus trop. Quand ils finissent par trouver la coupole solaire, ils courent jusqu'à elle, mais elle est ravagée, la pluie continuelle a eu raison d'elle, son plafond est troué, elle est inondée, comme tout le reste. Je crois que pour finir un seul des deux hommes se remet en route, à la recherche d'une autre coupole. Doit y en avoir trois sur la planète, et lui, il veut pas abandonner.

À défaut de coupole, moi j'avais un *tumbo*, où Wish m'a laissé pour rentrer au village.

* * *

On avait plus une thune devant nous, rien qui nous aurait permis de voir venir. Que dalle. Et le lendemain, fallait qu'on quitte ce motel. Il restait un peu plus de la moitié du plein dans la bagnole d'Eliot, et ça non plus ça allait pas durer éternellement.

— On aura qu'à pioncer dans la caisse, a dit Tyler. On se les caille, mais on devrait quand même pouvoir survivre.

Elle devait pas avoir conscience de la gueule qu'elle avait. On aurait dit qu'on venait tout juste de la sortir d'un frigo mortuaire. Le gros de la crise de manque était passé, mais les séquelles du truc étaient encore bien présentes. Bordel, elle était décharnée jusqu'à l'os et semblait frigorifiée. C'était hors de question de suivre son putain de plan.

— Le seul ennui, c'est qu'une fois la caisse en rade tout ce qui nous restera à faire ce sera effectivement de dormir dedans jusqu'à ce que mort s'en suive.

— Pas si on atteint la côte avant. Y doit faire plus chaud, là-bas.

— On a pas de quoi y arriver, Tyler. À part si on siphonne des camtars pendant la nuit.

— Alors le problème est réglé.

— Et tu penses pas que tu vas avoir faim, à un moment ou à un autre ? Je te rappelle que t'es plus une camée, maintenant, alors ce genre de sensation devrait finir par revenir.

Elle a levé les yeux au ciel d'un air exaspéré comme si

j'étais con comme la lune.

— Eh ben on aura qu'à chourer des trucs dans une épicerie, putain, tu fais vraiment une montagne de rien du tout !

Elle commençait à me les briser avec ses grands airs, et le fait d'avoir le sang aussi clean qu'un chiotte neuf m'aidait pas franchement à prendre sur moi. Merde, on était tendus comme des strings, l'un et l'autre.

— T'as pas envie de voir bien loin, on dirait, je lui ai rétorqué à la gueule.

— Si t'as une meilleure idée, vas-y, je t'écoute !

— T'es chiante, putain, j'ai marmonné dans ma barbe en m'asseyant sur le lit.

Elle s'est levée pour s'en allumer une, puis elle m'a toisé les bras croisés, l'air buté.

— J'aurais juste voulu qu'on profite de cette putain de dernière nuit pour réfléchir un tantinet à ce qu'on va devenir.

— Qu'est-ce que tu veux qu'on devienne ?... elle a chuchoté en se radoucissant un peu.

— J'en sais rien, moi ! Des vagabonds, des braqueurs de banque, enfin quelque chose, quoi, merde, et pas juste pourrir dans une bagnole comme des clodos !

Une lueur s'est allumée dans ses yeux.

— Tu crois qu'on pourrait ?

— On peut devenir tout ce qu'on veut ! On est libres, désormais.

Et en l'entendant, elle et moi on s'est aperçus que c'était vrai. On avait plus besoin de rester accrochés au même quartier où on avait nos petites habitudes avec notre dealer, ni de foutre le pauvre fric qu'on arrivait à se faire dans la came. On pouvait enfin aller de l'avant.

— On est libres, elle a répété sans vraiment parvenir à y croire.

Puis j'ai vu que la pensée d'Eliot est revenue l'assaillir et elle a plaqué une main sur sa bouche en étouffant un sanglot. Je me suis levé pour aller la prendre dans mes bras. Je l'ai plaquée contre moi, fort, en lui caressant les cheveux, seul truc capable de l'apaiser en ce monde. Je savais pas quoi dire. La vision d'Eliot me hantait.

La façon dont il était resté affaissé dans le canapé.

Je me suis agrippé à elle en enfouissant mon visage dans son cou, et je me suis mis à pleurer moi aussi.

* * *

Un jour la porte s'ouvre et c'est Hopkins qui rapplique. Ça faisait si longtemps que je l'avais pas vu que j'avais presque oublié son existence, et je m'en portais pas plus mal. Son affreux petit air de sadique me débecte toujours autant. Je l'observe de mon matelas crasseux sans dire un mot, il s'approche de moi avec son sourire de fouine et vient s'asseoir à mes côtés, alors je me recule tant que je peux contre le mur sans cesser de l'avoir à l'œil.

Il me mate un moment sans rien dire. J'aime pas bien la façon dont il me détaille avec cette espèce de gourmandise propre aux gens de son métier face à un spécimen rare. Sa blouse blanche étriquée sur son gros cul de porc trop bien nourri. Ses petits yeux d'insecte. Tout chez lui m'est odieux.

— Alors, comment nous portons-nous, aujourd'hui ? Tout va bien, mon grand ? Tu te sens à ton aise ?

Son petit ton d'inquiétude simulée me donne envie de le mordre jusqu'au sang. Je me contente de le fusiller du regard. J'ai qu'une envie, c'est qu'il reparte de là où il est venu, mais je peux sentir d'ici qu'il est porteur d'un message, ce pigeon débile, et qu'il va bien me faire mariner avant de cracher le morceau.

— Sais-tu depuis combien de temps tu es ici ? Non, sans doute pas. C'est étrange, n'est-ce pas ? La façon dont l'ignorance du temps fait perdre tous ses repères.

Il tente un geste vers moi, mais personne ne saura jamais ce qu'il s'apprêtait à faire parce que je me lève d'un bond et vais me poster le plus loin possible de lui, accroupi contre la porte. Ça le fait sourire, et il croise les bras comme un docteur de mes deux.

Ouais c'est ça, rigole, va, espèce d'enfoiré !

— Au bout d'un moment, on en vient même à oublier qu'il existe autre chose que cette cellule, ces murs, ce matelas et cette porte qui s'ouvre pour ne faire pénétrer que de nouvelles contrariétés. Pas vrai ?

Il m'exaspère, bon sang, il m'horripile, ce type, mais je réplique rien et continue de le toiser furieusement.

— Tout ça est voulu, bien entendu. Quand on est isolé de cette façon, la réalité extérieure perd à ce point de sa réalité, justement, qu'on en vient à penser qu'on peut vendre ses amis sans aucune incidence. Tout devient tellement abstrait, tout ce qui se trouve en dehors de la cellule, qu'il devient impensable que ce qui se passe à l'intérieur d'elle puisse avoir une quelconque répercussion sur le monde qui a cessé d'exister. Ça me rappelle une nouvelle d'Isaac Asimov, ou bien était-ce Philip K. Dick ? Ça se passe dans un vaisseau spatial, et le type commence à douter de la Terre qui est si loin, puis il en arrive à remettre en cause l'existence de tout ce qui n'est pas directement sous ses yeux, les autres pièces du vaisseau, ses collègues, et je crois que ça va même encore plus loin, mais je ne me souviens plus de la fin de l'histoire. Quoi qu'il en soit, le principe est le même. Qu'en penses-tu ?

J'en pense que t'arriveras pas à me rendre fou, espèce d'enculé.

— Tu ne veux rien dire ? Je comprends, oui. Tu as peur de t'enfoncer encore plus, et c'est bien normal. De toute façon je ne suis pas venu ici pour t'écouter. J'ai des informations à te transmettre.

Pourquoi tu jubiles comme ça ? Crache le morceau, gros porc, et tire-toi.

— C'est au sujet de Tyler. Tu te souviens d'elle, n'est-ce pas ?

Va te faire foutre !

— Elle est en assez mauvaise posture.

Et il se tait. Il se tait, l'enculé ! Je me mets à trembler de tout mon corps mais je laisserai aucun son sortir de mes lèvres verrouillées.

— Ça ne t'intéresse pas de savoir ce qu'il se passe ?

Arrête, putain de bâtard, arrête de jouer avec moi…

— Tu as certainement eu l'occasion de cogiter là-dessus, je suppose. C'est pas le temps qui te manque, n'est-ce pas ?

Et il pouffe de sa vanne de merde, ce taré.

— C'est à cause d'elle qu'on continue à te garder ici, tu

dois bien t'en douter. Elle a eu une altercation assez violente avec une autre fille, et quand je dis violente, le mot est faible. Elles se sont carrément entre-tuées.

Une vague de détresse pure m'agrippe.

— L'autre fille est vraiment mal en point. Tyler lui a arraché un bout d'oreille, cassé deux doigts et enfoncé un manche de cuillère dans l'aine. Effrayant, non ? Ces chiennes sont vraiment vicieuses quand elles se battent entre elles.

Je m'en branle de l'autre meuf, et il le sait très bien, cet enfoiré prolonge mon supplice aussi longtemps qu'il peut, et je suis à ça de me lever et de le secouer dans tous les sens pour qu'il la crache, sa putain de valdingue.

— Tyler quant à elle, ma foi…

Il me regarde avec une sorte de commisération condescendante et secoue la tête comme s'il était face à un cas désespéré.

— Eh bien, elle n'a pas eu trop de dommages corporels, mis à part qu'elle est couverte d'ecchymoses. Non, le plus inquiétant, c'est que…

Parle, nom de Dieu, parle, ou je t'égorge !

— Elle a reçu un coup assez fort sur la tête. Comprends-nous, c'était le seul moyen de l'arrêter. Elle aurait tué l'autre, sinon. Un coup de matraque.

— …

— Sur le moment, elle s'est évanouie, ce qui était un peu le but, bien sûr. L'ennui, c'est que depuis, elle a tendance à délirer. On la garde au Bloc D, où elle passe beaucoup de temps à dormir, ce qui est assez préoccupant. Quand elle est consciente, elle a ces espèces de crises, très violentes, où elle rue dans tous les sens et hurle à s'en faire péter le crâne, ce qui me contraint à lui administrer des calmants qui ne lui réussissent pas trop, car ils la rendent nauséeuse et dépressive, et elle finit par replonger dans ce sommeil étrange qui semble peuplé de rêves... ou de cauchemars.

Il attend un peu pour me permettre de réagir. Mais rien ne vient. Je suis assommé. Une seule pensée tourne en boucle. *Ils m'ont détruit ma sœur. Ils me l'ont détruite.*

— Ne pleure pas, voyons. Rien ne prouve que ce soit irréversible. Et tu sais bien qu'avec moi, elle est entre de bonnes mains, pas vrai ?

Donnez-moi la force, mon Dieu, je vous en prie, donnez-moi la force...

— Pourtant, quelque chose me chagrine, tu sais. Ces choses qu'elle murmure en dormant.

Oh non, pas encore. Pas après ce que je viens d'entendre.

— J'ignorais que toi et ta sœur, vous...

Sale menteur ! Vous êtes tous au courant depuis le début ! Pourquoi est-ce que tu joues à ça maintenant ?

— C'est très explicite. Et hautement instructif. Savais-tu que Tyler éprouve... Comment dire ? Laisse-moi trouver les mots justes pour t'exprimer ça clairement...

Il se met une main sous le menton et lève les yeux au ciel comme s'il cherchait ses mots, ce porc infâme. Il fait exprès de laisser le doute cheminer en moi comme un virus. Il se joue de moi, encore, mais ça prendra pas.

— Il y a comme une sorte de... de répulsion, oui. Un dégoût très profond, tu vois ? Envers elle-même. Et envers toi aussi. Surtout envers toi.

Menteur !

— Ça s'exprime par ces mimiques, ces geignements qu'elle a quand… eh bien, quand elle revit ce que vous faites, elle et toi, quand vous… hum, tu vois, quand vous… enfin, tu vois ce que je veux dire, quoi.

Menteur ! Menteur !

— Et elle dit des choses. Des choses… qui t'incriminent… Elle semble t'en vouloir à mort, particulièrement, d'une certaine chose…

Non, c'est impossible… *Souviens-toi, souviens-toi des regards qu'elle te fait, de ses sourires.* Elle m'aime. Ces enculés n'arriveront pas à me faire douter de ça.

— Tu sais, parfois il arrive que certains sentiments soient si bien camouflés, refoulés même, qu'il faille quelque chose comme un coup sur la tête pour faire émerger l'inconscient et révéler ce qu'il dissimule en lui si adroitement. Et à ce niveau, ta sœur semble avoir plus de morale que toi. Qui l'eut cru, hein ? Ce comportement que tu as envers elle, ça lui pose un vrai dilemme, un vrai cas de conscience, si je puis dire. Aucun de nous n'aurait parié là-dessus. Elle nous paraissait à tous bien plus sauvage et bien plus dépravée que toi. Mais tu vois, comme quoi… même avec des années d'expérience, on ne peut jurer de rien.

C'est des conneries, tout ça. Cet enfoiré cherche à me rendre marteau avec ses mensonges et ses vérités déformées. Mais c'est que de la merde, et s'ils croient tous une seule seconde que ça suffira pour me faire remettre en cause l'amour que je porte à ma sœur, c'est que c'est vraiment qu'un gros tas de branleurs qu'ont rien compris à rien.

Un sourire commence à affleurer sur mes lèvres. Je sens ce rictus malsain, étouffant de mépris, se muer lentement en rire, et je m'esclaffe soudain à sa gueule. Carrément.

Et ça le surprend, ce trouduc. Est-ce qu'il croyait vraiment m'avoir avec si peu ? *Espèce de trouduc de merde.*

— Ça te fait rire, hein ? il grogne en se rembrunissant.

L'atmosphère de la cellule se change brutalement en un puits de menaces. Son vrai visage se dévoile. Et sans le vouloir le souvenir du cocktail diabolique me parcourt en un frémissement et j'ai plus du tout envie de rigoler.

— On verra bien si tu ricaneras encore quand on t'amènera la voir et que t'entendras par toi-même tout ce que nous avons entendu. En attendant, je ferais bien attention à ne pas anticiper ma victoire, si j'étais toi. Dieu sait à quel point la désillusion peut faire mal, quand on est trop sûr de soi. D'ailleurs, sur quoi te bases-tu pour être aussi confiant en quelqu'un d'autre que toi-même ? Et en allant encore plus loin, pourrais-tu jurer de toi-même, disons, sur la tête de ta sœur ? Nous t'avons entendu parler, toi aussi. Crois-tu pouvoir échapper aux règles si facilement ? Et par quel miracle pourrais-tu t'extraire du Bien et du Mal, quand le monde entier y est soumis ? Tu n'as pas été élevé chez les chimpanzés. Tout Homme, qu'il le veuille ou non, est soumis aux mêmes règles. Tu crois pouvoir nier la morale au point que les lois qui dictent ta conduite soient totalement indépendantes de ce qui t'a été implanté. Mais de quel droit ? Et par quelle opération magique y serais-tu parvenu ? Tu es tout au plus vaguement plus intelligent que la moyenne, mais pas suffisamment toutefois pour t'éviter de te retrouver ici, *parmi nous*, à notre merci. Alors d'où est-ce qu'elle te vient, cette confiance aveugle en ta propre valeur ? Une personne se juge par ses actes, et non par ses paroles. En étant parfaitement honnête, je me demande quelles conclusions tu tires du fait que tu te retrouves ici au lieu de tout autre endroit dans l'univers. Ça ne me semble pas la marque d'un esprit surdéveloppé, de se retrouver à croupir dans cette cellule, et d'avoir sa liberté dépendante du bon vouloir de quelqu'un d'autre. Comment pourrais-tu être fier de toi à l'heure actuelle ? Tu pleures, tu geins, tu te pisses dessus. Tu trembles constamment. Tes rêves sont peuplés de démons qui te flagellent. Et tu as encore la bêtise de te croire en position de force et de te moquer de moi ? Grand bien t'en fasse. Ce n'est qu'une preuve supplémentaire que tu es en bonne voie sur le chemin de la perdition. Fais-moi confiance. Bientôt tu ne pourras plus jurer de rien. Tu ne pourras plus te fier à rien. Ni à ta sœur, ni à tes propres pensées. Tu vas te perdre. Et nous serons là pour te montrer la marche à suivre.

Dans tes rêves, mon gros. Seulement dans tes rêves.

* * *

J'ai passé l'aprèm tranquille à bouquiner, bien protégé de la pluie, au frais dans mes habits propres. C'était très agréable d'entendre le tonnerre gronder, de voir le ciel s'illuminer d'éclairs monstrueux et d'observer la pluie s'abattre avec un acharnement stupéfiant, qui transformait le sol en rivières. La jungle chantait de ses milliards de voix différentes. Ma cabane avec ses murs en moustiquaire m'offrait le loisir de contempler le spectacle sans me mouiller. Ça sentait bon dans l'air, j'étais bien. La seule chose qui me chagrinait un peu, c'était de devoir trouver un truc intelligent à demander à l'*abuelita* ce soir-là. Bien sûr j'aurais pu me contenter de lui dire de faire ce qu'elle avait à faire, mais ça me semblait pas la marque d'un engagement réel dans la *medicina*, et je savais que l'intention que je mettais dans une cérémonie se reflétait en elle. Si je voulais aider Wish à me guérir, je devais au moins faire l'effort de réfléchir à ce qui clochait, ou bien à ce qui pourrait me faire du bien.

C'est finalement cette idée qui m'a sauvé la mise.

* * *

Après avoir retourné le problème dans tous les sens, la seule solution qui s'est imposée à nous, c'était de faire un braquage. Quand j'y repense maintenant, je me dis que même si on avait que 17 ans, on en paraissait plus, rapport à la came et au centre qui nous avaient bien entamés, et qu'on aurait sans doute pu se trouver un taff comme des gens normaux. Pour des trucs de merde comme plongeur ou serveuse, personne en avait rien à carrer que t'aies l'âge légal ou la citoyenneté américaine. Tant que tu faisais ton boulot, ça arrangeait tout le monde de rien déclarer et de te payer *mano a mano*. Mais on s'est trouvé tout un tas de bonnes raisons pour pas le faire. Ça nous faisait plus peur de rentrer dans la norme que de devenir des vrais hors-la-loi. Parce qu'au final, c'est ce qu'on avait toujours été, et c'était plus simple de continuer à faire ce qu'on savait faire.

Le seul truc qui me chagrinait, c'est qu'on avait qu'un flingue, qui ressemblait plus à un jouet qu'autre chose, et moins de vingt balles à foutre dedans. Mais je comptais sur la crainte instinctive qu'on inspirait aux autres pour nous faciliter le processus. Tyler pouvait avoir l'air complètement cinglé quand elle voulait, et même à moi elle me faisait peur. Et puis, dans le pire des cas, on avait toujours nos lames, même si dans l'idée je préférais au maximum éviter d'avoir à me rapprocher trop près de nos victimes.

Tyler semblait ravie de cette décision, elle se voyait déjà en Mallory Knox, à sillonner le pays en quête de notre prochain carnage, vivant notre amour comme bon nous semblait sous le nez des autorités impuissantes. J'étais content d'être parvenu à détourner son attention d'Eliot et de la véritable merde dans laquelle on était, et au fond, ça suffisait à mon bonheur. La voir heureuse, c'était tout ce qui comptait pour moi, peu importe ce qu'on faisait à côté.

* * *

Ça travaille, là-dedans, et ça me travaille, ça vit sa vie à l'intérieur de moi, ça creuse, ça gratte, ça me ronge, comme si mes entrailles renfermaient un horrible rat qui cherche à se frayer un chemin vers la sortie à coup de griffes et de dents.

J'ai la certitude qu'ils m'ont inoculé quelque chose. Je vois pas quelle sorte de produit pourrait avoir ce type d'action, mais en même temps je suis loin d'être un pro de la pharmaceutique comme eux. Je suis presque sûr qu'il s'agit de quelque chose qui agit sur l'esprit.

Mes pensées s'entrechoquent, s'accouplent et se déchirent, et d'être à la fois la victime et le spectateur de ce carnage me rend fou. Mon être est le champ de bataille d'une guerre interne, et j'ai aucun moyen de m'échapper de moi-même.

Ou alors, peut-être qu'ils diffusent des trucs pendant que je dors. Une sorte de… message subliminal, qui imprègne mon cerveau sans que je m'en aperçoive. Ils en sont parfaitement capables.

J'ai l'impression de me rapprocher du but.

Je suis certain qu'il s'agit d'un message qu'ils gravent jour après jour dans mon inconscient. Vu l'état d'ébranlement dans lequel je suis, ça doit pas être bien difficile de faire entrer des saloperies là-dedans. J'aimerais tellement pouvoir encore m'échapper comme avant. Mais la méditation a fait son temps.

Y a plus rien qui marche désormais.

* * *

Ils ont rappliqué tous les trois avec des espèces de capes en plastique bleu transparentes au-dessus de leurs fringues. J'ai pas pu me retenir de me marrer. Wish et le jeune qui l'accompagnait se sont fendu la poire aussi en criant pour couvrir le boucan que faisait la pluie :

— Va te faire foutre, putain de gringo !

Le vieux, lui, n'a pas relevé. Arrivé à ma hauteur, il a

baissé les yeux sur la scarification qui ornait mon torse, avec une expression indéfinissable, puis a tracé tout droit vers la *maloca* sans plus m'adresser un regard. Wish l'avait déjà vue lui aussi, mais il m'avait jamais fait de réflexions à son sujet.

— Merde, tu crois que je l'ai vexé ? je lui ai demandé tandis qu'on entrait dans ma cabane.

— Fais pas attention, le vieux aime bien prendre l'air froissé.

Il est passé direct à autre chose :

— Alors, prêt pour le grand soir, Travis ?

Ses prunelles noires brillaient comme deux étoiles. J'ai dû réfléchir une demi-seconde avant de rétorquer :

— Ouais, trois *curanderos* pour moi tout seul, est-ce que je mérite vraiment ça ?

— C'est pas de ça que je cause, enfin ! Maintenant que t'as l'ajo sacha dans le sang, tu vas voir les plantes travailler ensemble, et ça risque d'être quelque chose ! T'as pas trop peur, ça va ?

— En fait j'y avais pas pensé jusque-là, Wish. Mais maintenant oui j'ai peur !

On a pouffé ensemble comme des crétins. Il m'a serré l'épaule comme il faisait toujours pour me rassurer, et à chaque fois son geste me donnait l'impression qu'il savait exactement par quoi je passais. Puis, me tenant toujours, il a mis un doigt devant ses lèvres et a roulé des yeux à droite et à gauche comme un conspirateur. Il m'a fait signe d'approcher et a alors chuchoté dans mon oreille :

— On va te donner une dose très forte ce soir. Ça risque d'envoyer sec. Tu crois que tu vas pouvoir le supporter ?

J'ai voulu bouger la tête pour le regarder, mais il m'a crocheté la nuque pour m'en empêcher. Ça m'a fait bizarre, vraiment. Un bref instant j'ai eu l'impression que c'était une petite vieille qui me coinçait. Maintenant sa bouche à deux centimètres de mon oreille, il m'a soufflé :

— Alors ?

— On verra bien, j'ai répliqué d'une voix étouffée. Je suis prêt à aller aussi loin qu'y faudra.

— Parfait, il a conclu de sa voix de serpent, et son bras a glissé lentement le long de mon cou tandis qu'il relâchait son étreinte.

J'ai frissonné avec l'impression qu'un reptile glacial m'était passé dans la nuque. Je me suis senti très mal à l'aise, mais je savais pas quoi faire à part prétendre que j'avais rien remarqué d'anormal. *Il me met en garde, une fois de plus*, j'ai pensé. *Peut-être qu'il cherche à se laver d'emblée de toute responsabilité.* Je trouvais ça assez moche, et en même temps compréhensible. J'avais conscience qu'il avait pas le contrôle total sur l'expérience, et ça me serait jamais venu à l'idée de lui reprocher quoi que ce soit, même après un gros bad, alors je voyais pas pourquoi il en faisait toute une histoire.

Bref. J'ai avalé mon remède et je m'en suis fumé un en attendant que les autres se préparent. J'étais franchement curieux de voir ce que ça allait donner. Est-ce qu'ils allaient chanter tous ensemble ? L'anticipation du truc m'a de nouveau remué les intestins, et j'ai dû m'évincer vite fait. Après tout, valait mieux que ça arrive maintenant que pendant la cérémonie, et j'étais plutôt reconnaissant à mon corps de me faire le coup à chaque fois, et de m'éviter de me retrouver dans une situation merdique, c'est le cas de le dire.

En revenant des chiottes, je tenais plus en place, putain. J'avais envie de faire des bonds et de me frapper la tête comme un boxeur qui s'apprête à monter sur le ring. J'avais le cœur à balle, des fourmillements dans les jambes. Comme un jaguar sur le point de bondir, voilà comment je me sentais. Wish semblait m'avoir insufflé son énergie de guerrier, elle courait dans mes veines avec voracité, cherchant du combustible.

La cérémonie allait être très violente, dans tous les sens du terme. Chaque parcelle de mon être le savait, et les parasites qui m'habitaient le pressentaient aussi.

* * *

Ça fait des jours qu'ils sont pas revenus me voir. Ils font exprès, évidemment. Ces bâtards m'offrent même pas la consolation de me persécuter pour me détourner de moi-même une seule seconde. Ils savent que je suis en train de m'autodétruire. Ils me regardent me dévorer de l'intérieur. Ils observent la façon dont le virus qu'ils m'ont inoculé fait son chemin en moi, comment il prend lentement ma possession et mute, infectant toutes les parties de mon être les unes après les autres.

Ils patientent.

Ils attendent que je me transforme en monstre.

Il faut que je sauve une partie de mon esprit. Juste une toute petite partie. Quand tout aura été ravagé, irrémédiablement dévasté et contaminé, elle sera là, préservée, gardienne de l'essence, et je pourrai commencer à me reconstruire.

* * *

Ça nous a quand même demandé un moment avant de nous décider. Quand on parle braquage, entre l'idée et la réalisation, faut quand même réfléchir à certaines choses, et vu l'état dans lequel on était, totalement vidés par le sevrage qu'on venait d'endurer, c'était loin d'être facile.

Déjà, quel genre de truc braquer ? Qui soit le plus rentable et le moins risqué possible ? On s'est dit qu'une station-service serait sans doute le mieux, un truc qui vendait de l'essence et de la bouffe, comme ça on pourrait faire le plein et les courses par la même occasion. Fallait qu'on choisisse le meilleur moment, aussi. Quand y aurait le moins de clients possible et le plus de thunes dans la caisse. Et le moins de flics sur les routes, aussi. Mais fallait de toute façon qu'on court-circuite d'emblée toute possibilité pour nos victimes d'appeler les poulets. Couper les fils du téléphone, leur prendre leur portable. Faire gaffe que personne se planque aux chiottes.

Plus on réfléchissait, et plus y avait encore à réfléchir. Pas étonnant que la majorité des gens se dégonfle. Mais à un moment on a plus eu le choix. On avait roulé presque toute la journée, la nuit était tombée depuis une heure ou deux quand le voyant de la jauge s'est allumé. On était sur la réserve. Si on se décidait pas dans les cinquante kilomètres à venir, on pouvait faire une croix sur notre carrière de braqueurs qu'avait même pas démarré.

C'est là qu'une station est apparue, isolée dans la nuit au milieu de nulle part.

Tyler et moi on s'est regardés avec cette espèce d'émerveillement mêlé de crainte qui accompagne tout signe du destin. On savait que cet acte scellerait le nôtre, mais on pouvait pas savoir comment. Si les flics nous cueillaient, on allait finir en taule, à nouveau séparés. Pire encore, le gérant pouvait péter un plomb et nous buter tous les deux. Y avait un million de possibilités pour que ça finisse mal, et une seule pour qu'on s'en sorte indemnes.

— Comment tu le sens ? je lui ai demandé.

— On a pas le choix.

Elle a poussé un long soupir pour expulser toute la tension en elle.

— On va enfin savoir ce qu'on a dans le slip, mon bonhomme.

En temps normal, ça nous aurait fait rire, cette façon qu'elle avait eue de dire ça. Mais pas à ce moment-là.

* * *

Est-ce qu'un simple coup sur le crâne, même très violent, peut faire perdre la boule définitivement à quelqu'un ? Est-ce que la vie permettrait qu'une telle chose arrive à Tyler ?

Il n'y a pas de justice.

Mais je peux pas y croire. Nan, je peux pas y croire, putain !

C'est comme la mort. Tous, tant que vous êtes, vous pensez que ça ne peut pas vous arriver. Pas à vous.

Mais en tant que jumeaux, en tant qu'âmes sœurs, je suis sûr que je devrais pouvoir sentir un truc pareil.

Eh quoi, est-ce que tu sens qu'elle est toujours consciente ? Toujours elle-même ?

Ce qu'est sûr, c'est que je la sens pas perdue pour toujours.

Soit.

Peut-être qu'elle joue un jeu. Peut-être qu'elle est en train de les mener en bateau.

Peut-être.

Peut-être qu'elle espère qu'en jouant les timbrées, ils finiront par la relâcher, et alors elle pourrait prévenir Ricardo pour qu'il vienne me sauver ?

Peut-être, en effet. Mais ce serait mal les juger.

Alors quoi ? Elle est vraiment devenue barge ? Et c'est vrai que coucher avec moi ça la dégoûte et qu'elle se sent coupable parce que c'est immoral et qu'elle m'en veut parce que c'est moi qu'ai commencé ?

Une telle chose te paraît-elle envisageable ? Tâche d'être franc.

Non. Non, pas une seule seconde !

Bien. Quelles sont les autres possibilités ?

Ils cherchent à me faire douter d'elle. Ils savent que la seule façon de nous détruire, c'est de le faire l'un à travers l'autre.

Continue.

Ils savent que la seule chose qui puisse vraiment nous atteindre, c'est de perdre foi en l'autre. Et qu'ils arriveront pas à nous détruire totalement tant qu'on continuera à s'aimer.

Y parviendront-ils ?

Non. Évidemment que non.

Plaît-il ?

Non, putain, ils y arriveront pas.

Répète-moi ça encore une fois.

Je te dis que c'est mort, ils y arriveront pas, bordel !

D'accord. Souviens-toi que tu as juré par trois fois.

* * *

L'ambiance n'était définitivement pas la même avec trois chamans en face de moi au lieu d'un, et j'étais franchement intimidé en entrant dans la *maloca*. Le vieux trônait à l'autre bout de la pièce, là où s'était tenu Wish la dernière fois. Le jeune était à sa droite et Wish à sa gauche. Lui et le vieux portaient leurs fringues cérémonielles, l'ancêtre avait même cette espèce de toque que j'avais vue sur le jaguar dans mes visions, le cristal et les plumes en moins, et son poncho en tissu était magnifique, avec ses formes tissées de couleurs en plein sur le devant. Pour ce qui est du jeune, je me demandais un peu ce qu'il foutait là. Sans déconner, ce type devait pas avoir plus de 17 ans, et il était fringué comme un jeune de base, avec un jean et une chemisette sport. Même sa coupe de cheveux était tendance. Il m'inspirait bien ceci dit, il avait de bonnes vibes, et j'étais curieux de voir le rôle qu'il allait tenir durant cette session. Après tout, il était peut-être là qu'en tant que spectateur, ou alors à l'inverse il suivait une initiation et révélerait des pouvoirs insoupçonnés.

Wish m'a dit de m'asseoir et j'ai pris place en face du vieux pour compléter le cercle. J'en menais pas large. C'était lui qui me foutait mal à l'aise. Sa façon d'éviter mon regard, ses rides sévères, verticales, sur son visage sec et parcheminé, son air revêche et très cérémonieux. Forcément, comparé au côté cool de Wish, celui-là avait tout du *maestro* inaccessible super intimidant.

J'ai coulé un regard vers Wish qui m'a fait un clin d'œil accompagné d'un sourire en coin, se retenant de rire. Par moment c'était vraiment le cancre tout craché celui-là, pas fichu de rester sérieux deux minutes, toujours prêt à sortir une connerie. Bon, ça m'a détendu. En même temps, je crachais pas sur un peu de solennité. Toutes mes cellules faisaient des loopings, et j'avais besoin d'un cadre. Le trip qui s'annonçait, c'était clair que c'était pas le genre balade de santé à *Wonderland*, avec la petite musique du Pays des Poupées de Disney, mais plutôt le giga grand-huit qui se découpe au loin sur fond de ciel tourmenté, qu'un éclair révèle soudain dans toute sa folie et sa démesure. Une image de cauchemar.

Quelques panneaux jalonnaient le chemin, qui criaient en majuscules : *SI VOUS ÊTES ICI, C'EST QU'IL EST ENCORE TEMPS DE RECULER !* ou encore : *FAIRE UN PAS DE PLUS SERAIT PURE FOLIE !* et pour finir : *RENTRE CHEZ TOI ESPÈCE DE MALADE !*

Le vieux, c'est là-bas qu'il avait décidé d'aller, avec son petit air borné, et moi je pensais qu'à une chose, y aller avec lui.

Je sentais quelque chose monter en moi. Tandis que je l'observais en train de préparer la bouteille, elle émergeait vers la surface. Sa voix aux tonalités de basse semblait posséder quelque chose qu'elle désirait, quelque chose dont elle était affamée. *Il parle à l'ayahuasca*, je me suis dit. *Et il parle à l'ajo sacha. Grâce à lui, elles vont se rencontrer en moi.*

La voix de ce mec était incroyable. Elle était en même temps sèche et vibrante, avec cette sorte de rudesse propre au bois mort, elle était rugueuse et pourtant extrêmement fluide. Elle me faisait penser à celle de ces moines tibétains, qui descend si bas dans les graves, jusqu'à atteindre la simple vibration. Ça m'a mis en transe avant même de toucher le verre. J'étais hypnotisé.

Puis ça a été au tour du jeune de chantonner dans la bouteille et de lui souffler de la fumée dedans, et sa façon de le faire m'a complètement scotché. Il mettait une telle force dans son chant, et pourtant il le faisait avec une douceur, une délicatesse d'une beauté insondable. Comparé à l'*icaro* du vieux, le fossé était énorme. Ça m'a fait réaliser à quel point l'intention qu'on peut mettre dans un chant est unique.

Je savais toujours pas précisément ce que toute cette préparation signifiait. Est-ce que chaque *curandero* mettait une intention dans la bouteille, lui soufflait un peu de son pouvoir personnel ? Quoi qu'il en soit, j'étais extrêmement reconnaissant à ma vie de me permettre d'assister à ça et d'y prendre part. Ça me remuait en profondeur, parce que c'était terriblement beau et magique, et que ça avait plus de sens que n'importe quoi d'autre pour moi à ce moment-là. J'ai essayé de me reprendre en me disant que j'étais trop sensible ces derniers temps, mais au fond de moi j'ai remercié tout le monde, eux, les plantes et la vie, d'essayer de m'aider comme ça. J'étais impatient de voir ce que leurs énergies conjuguées allaient donner.

Wish a conclu l'affaire en chantant dans la bouteille lui aussi, puis ils se sont levés tour à tour, dans le même ordre, pour me souffler de la fumée partout. Ensuite l'ancêtre a préparé une dose énorme, dans une autre coupe que celle qu'on avait l'habitude d'utiliser avec Wish, et me l'a tendue.

Sans déconner, devait y avoir pas loin de trois fois la dose habituelle, mais j'étais résolument dans une optique d'ouverture et je l'ai acceptée avec une déférence pleine de ferveur. Une lueur d'amusement est passée dans les yeux du vieillard. Sans doute que ma fougue juvénile et mon émerveillement plein de terreur sacrée lui donnaient un peu envie de rire, mais j'y voyais rien d'offensant.

J'ai demandé à l'*abuelita* de me montrer précisément ce que l'ajo sacha était en train de travailler, afin de pouvoir l'aider au mieux et lui faciliter la tâche. Et puis j'ai bu, pendant les quinze secondes qu'ont suivi, gorgée après gorgée, sans m'arrêter pour reprendre mon souffle ou m'interroger un tant soit peu sur ma naïveté nonchalante qui commençait fortement à côtoyer les frontières de la connerie. Encore aujourd'hui je me demande bien comment j'ai pu venir à bout d'une tasse aussi monstrueuse.

Je me suis rassis, tout auréolé de fierté pour l'exploit que je venais d'accomplir, les autres ont bu à leur tour et le vieux a soufflé la bougie.

Dans le silence préliminaire, le chant de la pluie était très présent. Aucune pensée n'était émise. J'étais un fleuve piqueté de milliards de gouttes, une terre en pleine fécondation. L'eau ruisselait à l'intérieur de moi, je l'entendais couler dans mes neurones. J'ai cru que mes oreilles saignaient, ou alors que des petites bêtes rentraient dedans. J'ai entendu comme un ricanement. Un ricanement de plante. Mais ça devait être un singe. J'avais la tête dans du coton mais l'esprit à l'affût, tellement tendu qu'il en oubliait de penser.

C'est normal, ce n'est pas lui qui pense. Lui ne fait qu'observer les pensées se dérouler, m'a chuchoté la plante. Et elle a émis un rire cristallin. *Détends-toi,* elle a continué. *Maintenant je vais entrer.*

Le tonnerre a grondé avec une force stupéfiante qui a fait trembler la terre de longues secondes, et le vieux s'est mis à siffloter. Ma mâchoire s'est soudain ouverte toute seule et un atroce courant d'énergie a pénétré en moi, comme si j'avalais des âmes, et putain ça m'a tellement terrorisé que je me suis mis à trembler comme une feuille, choqué, l'esprit tout à coup cristallisé sur une unique pensée qui revenait encore et encore à la charge : *Putain, c'était quoi, ça, c'était quoi, ça, c'était quoi, ça ?* Ça m'a filé le tournis et d'un instant à l'autre j'ai senti que j'étais raide.

Je veux dire, *raide comme jamais.*

Ça m'a coupé le souffle, et j'ai repensé à la dose que je m'étais envoyée. C'est là que mon esprit a basculé dans la terreur. La vraie terreur, définitive et paralysante. Et le vieux a commencé à chanter.

Dès les premières notes, j'étais déjà au supplice. Sa voix me faisait mal, elle enserrait mon crâne comme pour en faire éclore le mal-être, elle pressait mes organes dans une torture lente et délibérée, mon cœur à l'agonie pompait lourdement, mais à un rythme extrêmement lent, comme s'il utilisait ses dernières forces pour aller chercher le sang dans ses ultimes retranchements. J'avais atrocement conscience de ma respiration, mais l'air semblait s'être appauvri en oxygène, et chaque bouffée que j'en ramenais en moi était de moins en moins satisfaisante. Les torsions entrelacées de l'*icaro* du vieux étaient en train de m'étrangler, toutes les cellules de mon corps étaient en état d'alerte, les signaux clignotaient au rouge, c'était la panique intégrale là-dedans, et tous mes processus physiologiques m'étaient effroyablement perceptibles, mes poumons en train se noyer, mes intestins prêts à lâcher la charge, mes neurones en train d'émettre : *DANGER, DANGER, PRÉPAREZ-VOUS À L'ÉVACUATION !*

J'étais en état de mort imminente, je le sentais, et que ça ait été vraiment le cas ou pas, au final, c'est pas la question, parce que mon être tout entier en était persuadé, et dans ce sens, oui, l'expérience était carrément réelle. Moi qu'appelais pourtant la mort depuis des mois, j'étais dépassé par l'horreur du truc, mais en même temps y avait quelque chose en moi qui adorait ce que j'étais en train de vivre…

Je l'identifiais clairement comme une chose qui vivait en moi, mais qui n'était pas moi. Et cette chose, même si elle devait plus ou moins mourir avec moi, elle y trouvait son compte. Ça allait même au-delà de ça : elle se réaliserait à travers ma mort. Ce qu'elle était en puissance rencontrerait et embrasserait son accomplissement dans ma disparition. Je captais intuitivement que ça la tuerait tout en la libérant. Elle abandonnerait dans mon trépas la forme, l'incarnation qu'elle avait trouvée, mais elle repartirait, libre, riche de mon énergie, vers un nouvel hôte à parasiter.

Elle semblait être apparue presque au même moment que la vie elle-même, comme si, dans un sens inexplicable, elle était le Temps, ou quelque chose d'approchant, de relié à lui, ou du moins à son concept. Mais tout ça n'avait que très peu d'importance, parce que tout ce que je savais, c'est qu'elle était en train d'aspirer ma vie.

Elle regardait mon âme en train de se débattre, tel un vautour perché sur son arbre crochu, un rictus de satisfaction au coin du bec et un éclat d'impatience vorace et amusé dans l'œil, prenant un plaisir sanguinaire au spectacle de son agonie. Je la nourrissais de ma personne d'aussi loin que je me souvienne, j'avais conscience de son existence depuis toujours, en fait. Elle pouvait prendre toutes les formes qu'elle voulait, ce qui la rendait éternelle et quasiment indéracinable. Je la reconnaissais, comme une vieille maîtresse qu'on en vient à haïr. Qui nous force à continuer à l'honorer, alors qu'elle nous donne envie de vomir, mais dont on ne peut plus se débarrasser, sinon en la tuant et en allant cacher son corps au fin fond des bois.

— Va t'en ! j'ai crié en mobilisant mes dernières forces. Va t'en, laisse-moi en paix !

L'effort que ça m'a demandé m'a presque fait tourner de l'œil, mais l'instant d'après j'ai senti Wish au-dessus de moi, en train de m'asphyxier de fumée de tabac, qu'il soufflait directement sur le sommet de mon crâne. J'ai senti que ça m'aidait à tenir bon. Puis il a commencé à mêler sa voix à celle du vieux, sa voix que je connaissais, qui me rassurait, et que j'aimais tellement. Mon âme l'avait associée à la lumière, celle qui guide hors du puits des ténèbres.

Alors, je me suis accroché.

Plus rien n'existait que cette voix. À nouveau connecté à cette étrange énergie, comme lors de ma précédente cérémonie, à cette sorte de scintillement blanc doré qui transformait la forme de mes visions, je l'ai aspirée, encore et encore, jusqu'à ce qu'elle tapisse tout l'intérieur de mes entrailles. Je l'ai vu encore une fois. Cet or que Wish déversait en moi. Il était en train de me faire du bouche à bouche, je veux dire, énergétiquement parlant. Massage cardiaque, insufflation d'oxygène. Il me réanimait, il réinsufflait la vie en moi, et même plus que ça. Il comblait ma vacuité avec son intention. Il incrustait des diamants dans mon corps, et il recousait mes plaies avec du fil lumineux.

Est-ce que c'était ça, les arcanes ?

J'ai toussé comme si j'évacuais de l'eau de mes poumons, puis je me suis mis à gerber.

Le jeune a entonné un chant à son tour, ils étaient maintenant trois à me tirer hors du marécage, et c'est à ce moment-là que je me suis aperçu que j'étais en pleine vision. Je pouvais pas dire quand elles avaient commencé, et j'ai mis du temps à réaliser ce que je voyais. Vomissant tripes et boyaux, j'étais entièrement dédié à rejeter la mort hors de moi, tout en suçant le jus des *icaros* comme un forcené, et cette tâche difficile accaparait toute mon attention. Il me restait si peu de force que je pouvais pas me permettre d'en perdre une goutte pour cibler mon esprit sur ce que la plante me montrait. Mais les visions ont une telle présence dans ta tête qu'il est impossible de les ignorer longtemps. Soyons franc, j'en pouvais déjà plus, mais je savais pertinemment que c'était que le début du voyage, et que si je voulais pas passer quatre heures à subir, il allait falloir que je me reprenne et que je remonte sur le cheval au lieu de me faire traîner par terre, un pied coincé dans l'étrier en plein galop.

Je me suis donc désespérément agrippé à mon seau, continuant à gerber comme si de rien n'était (oui, on peut dire que c'est un de mes étranges talents), et j'ai placé mon esprit dans les visions. Je sortais enfin de mon corps. C'était mieux comme ça. Mais ça n'a duré qu'un court instant.

Le spectacle que je contemplais avait des répercussions physiques immédiates. J'ai compris que ce que je voyais était en fait la bataille qui se déroulait depuis plusieurs jours à l'intérieur de moi. Corps et âme. Les énergies étaient en train de lutter entre elles pour ma possession, et ça m'a demandé un moment pour capter que les lumières que je voyais, qui se tournaient autour, s'absorbaient mutuellement, s'entrelaçaient amoureusement vers l'infini pour s'accoupler ensemble et ensuite retomber dans une symphonie de couleurs mêlées vers les plus bas niveaux de mon âme, se cristallisaient en figures merveilleuses, en lianes, en fleurs, en fumée, puis en monstres, se dévoraient pour ensuite renaître l'une de l'autre... Que ces lumières étaient en fait les essences de l'ajo sacha et de l'ayahuasca, se battant sans relâche contre les énergies noires et croupies de la présence qui m'infestait.

C'était un combat grandiose, dont la puissance était époustouflante. Je voyais la force en jeu mobilisée dans chaque avancée, et je ressentais les chocs foudroyants de chaque coup porté, d'un côté comme de l'autre. Mon être était leur champ de bataille. L'ennui, c'est que je souffrais avec les unes comme avec les autres.

J'avais mal quand l'énergie des plantes se faisait sucer et lapider par l'obscurité. Et j'avais mal quand la noirceur, qui par moment renfermait dans son organisme les traits de mon propre visage, se faisait poursuivre, mettre dehors et disséquer par la magie des plantes.

Ce que je saisissais tout de même, sans vraiment l'articuler en pensée cohérente, c'est que grâce à la diète, j'étais en train de recevoir la force des plantes. Lors de ma dernière cérémonie, j'avais d'ailleurs déjà compris qu'il était question d'une sorte de transmission de pouvoir. Bientôt, elles et moi on allait pouvoir commencer à parler le même langage. La lumière dans mes visions n'était pas de la simple lumière. Certaines lumières étaient moins pures que d'autres. Commencer à comprendre ces choses-là impliquait de pouvoir faire un pas supplémentaire dans la *medicina*. Voilà l'intuition que j'ai eue.

J'ai arrêté de vomir, épuisé, essoré même. J'ai poussé un très long soupir pour chasser au loin ce que je venais de traverser. Ça avait été très, très violent, et j'ai eu besoin de temps pour m'en remettre. Wish et les autres avaient cessé de chanter.

Peu à peu, j'ai repris mes esprits. Même quand l'ayahuasca distord ton cerveau, t'enfonce profondément, te projette violemment, t'écartèle la conscience et scanne totalement ton âme, la vérité, c'est que tu restes lucide. Une partie de toi conserve toujours sa sobriété, sa neutralité, sa capacité à observer ce qui se passe. Et entre deux vagues, entre deux loopings, t'arrives à peu près à récupérer les morceaux de toi éparpillés dans l'espace. Faut profiter de l'entracte pour respirer un grand coup et se charger à bloc.

C'est ce que j'ai fait, parce que je savais que le stand-by allait pas durer.

Ils ont commencé à jouer du djembé, tous les trois. Le tempo était très lent. Il focalisait toute mon attention. Son pouvoir hypnotique m'a rapidement envoûté. Les coups sourds et répétés ont fusionné avec les battements de mon cœur, que j'entendais vibrer de plus en plus fort. Chacun de ses battements se répercutait sur toute ma structure interne, comme les pas d'un tyrannosaure qui marche dans les rues, et c'était de plus en plus intense.

Ma transe devenait trop lourde, trop profonde. Je me suis mis à claquer des dents.

La plante était en train d'enfoncer ses tentacules dans mon cerveau, et j'avais l'impression troublante, effroyablement dérangeante, perturbante et obscène, qu'on était en train de m'enculer la tête. J'étais paralysé. Ça rentrait et ça rentrait encore, de tous les côtés à la fois. C'était une abomination. J'aurais voulu pouvoir me dire quelque chose pour calmer ma terreur, mais j'étais noyé dans cette atroce sensation de viol cérébral, et y avait de place pour rien d'autre.

Pendant que la plante poursuivait son viol cosmique, les *curanderos* ont entamé un nouveau chant à trois voix d'une splendeur inouïe. Mais l'effet que ça a engendré en moi était à l'exact opposé de cette beauté ineffable.

La colère a déferlé en moi comme les rouleaux noirs d'une marée montante, quelque chose d'implacable, un putain de tsunami émotionnel.

Une bouffée de haine a traversé tout mon être.

La colère a pris l'entière possession de ce qui me tenait lieu d'âme. Elle était sans nom, sans visage, sans rien sur quoi se diriger. Elle n'avait pas de naissance. Elle n'avait pas de fin. C'était la colère la plus noire et la plus absolue que j'avais jamais expérimentée.

Elle était comme l'archétype de la colère, la colère dans son sens le plus symbolique, le plus sacré. Une fois dans ma vie j'en avais éprouvé les prémices, avant de plonger dans un état second qui m'avait englué dans le non-être pendant des mois et des mois. Je ne l'avais pas connue dans toute son ampleur, elle n'avait pas eu le temps de s'enfler totalement avant que je la quitte pour l'inconscience.

J'étais maintenant en train de la vivre pour de vrai.

Elle survivait en moi depuis des mois, refoulée, refoulée à l'extrême bord de la conscience. Toutes les parties actives de mon cerveau avaient voté pour son bannissement, pour son cloisonnement dans les limites de l'inconscient, où on l'avait emmurée vivante et bâillonnée en espérant qu'elle se tairait à jamais. Mais elle pleurait dans son mur, seule, démente, elle s'était dévoré la langue, et elle hurlait sans discontinuer dans l'espoir fou qu'un jour on vienne la libérer. Elle avait de nombreuses forces en elle. L'écho de ses cris parvenait parfois à faire frémir les bords de la conscience. Elle pensait à des choses qui parfois se reflétaient dans les rêves. Elle avait avalé son bâillon et rongeait déjà les pierres.

La fureur de sa folie ne faisait que s'amplifier chaque jour supplémentaire qu'elle passait dans ce mur, chaque heure de plus prisonnière de ces pierres, chaque cri poussé jamais entendu.

Et maintenant, quelque chose ou quelqu'un l'avait libérée.

Elle avait traversé ventre à terre tous les conduits de l'âme, tous les labyrinthes du subconscient pour venir ici face à moi, dans ma tête. Dans la conscience qui était son Graal et son but absolu, la fin de sa quête, le rêve dont elle avait rêvé chaque nuit depuis sa prison.

Elle était là, en moi, face à moi.

Et maintenant c'était moi qu'étais prisonnier, la tête écartelée par une plante pour m'empêcher de me sauver, pour m'interdire de la fuir et me contraindre à la regarder en face.

Elle était noire et échevelée, pleine de bave rageuse au bord des lèvres, avec son moignon de langue qui l'empêchait de professer des sons intelligibles, et ses dents acérées que sa folie avait limées durant tous ces mois passés en recluse, en taularde, en bâtarde, en damnée. Alors qu'elle avait le droit de vivre ici dans la conscience avec les autres émotions. Elle était aussi légitime que cette putain de culpabilité qui dirigeait tout, si ce n'est plus. La culpabilité n'avait pas de fondement, elle naissait de la haine de soi, de cet idiot d'ego qui entachait le passé de sa honte de ne pas être un dieu.

La colère était réelle. En la refoulant, il me manquait une part essentielle de moi-même.

Alors j'ai été forcé de l'écouter. Une partie de moi a lâché prise, comme un énorme rocher qui cède et s'en va rouler jusqu'à la mer.

J'ai accepté de vivre en elle, même si sa rage et sa démesure me terrifiaient.

Elle criait et pleurait en s'arrachant les cheveux pour me montrer à quel point elle souffrait. Ça me faisait tellement mal de la voir comme ça, avec sa langue dévorée et son menton plein de bave, que je me suis mis à pleurer avec elle, à pleurer pour elle. Elle a commencé à projeter des images de Tyler dans l'espace, comme si elle m'ouvrait sa tête en deux. Tyler en train de me sourire, de l'amour plein les yeux. Tyler en train de faire la maligne dans sa nouvelle robe. Tyler en train de pleurer devant le coucher du soleil sur les canyons. Tyler, enfant, en train d'essayer son nouveau vélo. Tyler si menue dans son uniforme du centre.

Et puis, Tyler en train de mourir.

J'ai suffoqué dans un sanglot plus gros que moi, le choc a été tel que pendant un instant j'ai plus réussi à respirer, comme si on m'avait porté un énorme coup à l'arrière du crâne.

Comment c'était possible, putain ? Comment une telle chose avait pu m'arriver ? Comment ma conscience avait pu s'obscurcir à ce point-là ?

J'ai réalisé que j'avais jamais repensé à cette scène depuis que c'était arrivé. Aussi fou que ça puisse paraître, elle avait comme disparu de mon esprit.

C'était plus que ce que je pouvais supporter. Ma colère et moi, on a poussé un hurlement de rage à faire trembler le ciel et les enfers. Un cri propre à exploser jusqu'aux fondations du monde. Je nous ai vus comme un être constitué de flammes noires, qui s'enflait encore et encore de sa propre rage, et son hurlement était projeté vers l'infini avec une telle violence que c'était comme un écartèlement. Les bras et la tête de cette créature sont partis dans toutes les directions à la fois en torrents de flammes, son corps émettait des fils d'électricité. On aurait dit quelque chose en train de prendre la foudre, un être dément en pleine combustion spontanée. La puissance qui se dégageait de lui était proche de celle du Big Bang. Mais elle ressemblait plus à la mort, à l'extinction de toute chose, qu'à la naissance de la vie.

Pourtant, il était peut-être question de ça aussi.

Quand j'ai cessé de hurler, la créature s'est arrêtée aussi. Elle était essoufflée, vidée de ses forces. On aurait dit un grand démon tout noir très triste. Comme un ange déchu, traînant ses grandes ailes arrachées derrière lui.

Elle m'a regardé. Ses yeux m'ont fait penser à ceux d'un animal à moitié mort qui te supplie silencieusement de l'abattre. De le finir. Elle s'est approchée de moi en marchant lentement, semblant devoir s'écrouler d'un moment à l'autre. Elle s'est arrêtée juste en face de moi. Elle ne criait plus. Elle se contentait de me regarder.

Alors j'ai compris qu'elle était moi. Ses yeux étaient les miens. Elle était affreusement sale et défigurée, maigre, noire, les lèvres rongées, mais son visage était le mien. Voilà ce qu'il advenait d'une partie de soi qu'on refoule, d'une émotion légitime qu'on refuse d'écouter. Elle se transforme en monstre. Quelque chose de méconnaissable, qu'on ne songe qu'à fuir, qu'on est même plus capable de reconnaître comme nous appartenant.

J'ai eu envie de la consoler, mais je savais pas comment faire. Je me sentais atrocement coupable du traitement qu'elle avait subi. Je lui ai chuchoté : *Pardonne-moi*. Et je me suis mis à vomir.

Ça venait de très très loin, c'était franchement éprouvant, physiquement parlant, je me vomissais carrément moi-même, et en faisant ça, j'incorporais une nouvelle partie de moi. J'en avais tout à fait conscience.

La créature m'a pris les mains pour les placer en coupe, et elle a fait pareil avec les siennes, en les collant contre les miennes. Des images sont lentement montées dans l'espace entre nous, de nos mains réunies. Elles flottaient comme des mirages juste au niveau de nos yeux. Des petites images mouvantes. On y voyait Tyler en train de vivre.

Notre déesse. Notre muse.

Ma colère semblait avoir gardé intact en son cœur, durant tous ces mois où elle avait été toute seule, de précieux microfilms de Tyler qu'elle avait chéris comme ces souvenirs secrets qu'on garde au fond de soi d'une incroyable nuit d'amour. Et elle me les a offerts, elle les a rendus à ma conscience. Elle et moi on les a contemplés, le visage levé vers les souvenirs de notre amour, baigné dans la délicate lumière de son aura.

Elle était belle, n'est-ce pas ? m'a demandé ma colère.

Oui, je lui ai répondu. *Elle était tellement belle.*

Je suis resté longtemps immergé dans cet océan de visions d'un autre monde. Mon cœur se consumait d'amour. J'avais perdu toute sensation du temps, et toute conscience d'un *je* quelconque. J'étais totalement abandonné, la fusion était complète entre ce qui avait été moi, et les visions que j'avais d'elle. J'avais oublié qu'elle était morte, parce que ma conscience narquoise n'existait plus pour me le rappeler. J'aurais aussi bien pu être mort à mon tour, être en train de la rejoindre, pénétrer, enfin, dans l'espace-temps où elle se cachait. La dissolution du moi semblait autoriser mon stationnement dans cet empire, me permettant de vivre, en oubliant tout le reste, au sein de ces visions avec elle.

J'ai flotté un moment, perdu dans ma contemplation, au point d'abandonner tout ce que je croyais savoir. J'embrassais tellement fort ce que je voyais que j'en oubliais l'idée d'exister.

Puis, un autre type de vision s'est emparé de moi. J'ai réincarné mon corps, et le charnel a pris le pas sur le sacré.

Elle était allongée près de moi sur le côté, sa tête reposant sur ses bras, et me regardait en souriant timidement. Ses yeux étincelaient d'une façon surnaturelle. Elle était tellement mignonne que ça me remuait le ventre de la regarder. J'ai pris une longue inspiration tremblante et j'ai caressé ses cheveux et sa joue. La sensation sur mes doigts m'a complètement retourné.

J'ai attiré sa tête contre la mienne, front contre front, et on a plongé ensemble dans cet espace-temps inviolable qui n'appartenait qu'à nous. La réémergence de ce sentiment que je croyais avoir oublié était si troublante, si intense, que j'ai serré ses cheveux dans ma main en frottant fort mon front contre le sien. Savoir qu'elle ressentait la même chose que moi me transportait au-delà des mots.

J'étais sur le point de jouir, cérébralement et physiquement, alors j'ai roulé sur le dos en passant mes doigts dans mes cheveux, puis sur mes yeux, ma bouche, me frottant tout le visage. C'était tellement bon que j'en avais la nausée. Une sorte d'avide noirceur emplissait mon cerveau, un peu comme quand on fume du crack, et qu'on en veut toujours plus. J'entendais les chants des chamans au loin, mais j'étais plus en mesure d'identifier de quoi il s'agissait. J'avais totalement oublié que j'étais en pleine cérémonie, gavé d'ayahuasca jusqu'aux yeux, avec Wish et les autres qui me regardaient me contorsionner par terre. J'étais en pleine extase dans le royaume de Tyler, et les sublimes *icaros* à trois voix que j'entendais faisaient tout simplement partie de ce monde.

Je sais pas combien de temps ça a duré. Cette étrange extase malsaine me rendait tellement fou de bonheur que j'en avais des fourmis dans le cerveau, des larmes plein la gorge et le sourire collé au point que ça me fasse mal, avec mon cœur qui résonnait comme si ces battements étaient les derniers qu'il allait avoir au monde.

Une pensée est alors apparue dans mon esprit. C'était la première depuis un temps remarquablement long. Je crois qu'elle provenait de cette impression d'étrangeté physique qui mettait mon cerveau en surtension et mes zygomatiques à la limite du claquage musculaire.

Quelque chose n'est pas normal. Ton esprit est tout crispé, complètement à bloc. On dirait que t'as pris de la MD. T'as même la nausée tellement t'es à bloc.

La nausée, la nausée, la nausée, ça s'est mis à tourner dans ma tête et d'un moment à l'autre je ne pouvais plus penser qu'à vomir. C'est monté d'un coup et j'ai à peine eu le temps de me pencher sur mon seau, ça a jailli en torrents démentiels, comme si, inexplicablement, fallait que je gerbe ces images magnifiques, qu'elles étaient nocives, d'une manière ou d'une autre. Comme quelque chose de douceâtre, qui a bon goût au début, avant de révéler ses notes de moisi. Elles avaient beau être splendides, je sentais que ça me faisait du bien de les vomir, de les évacuer de mon système. Elles ne devaient absolument pas rester en moi.

Alors une autre pensée a lentement émergé. Je l'ai identifiée avant même qu'elle s'exprime. Cette pensée, je ne la connaissais que trop bien. Elle m'a rendu encore plus malade.

Elle est morte, Travis. Ce ne sont que des images. Elle est morte, et y a aucune chance qu'elle revienne un jour, comme au retour d'un long voyage, par surprise, en te riant au nez de la bonne blague qu'elle t'aurait faite.

J'ai dégueulé de plus belle. Je vomissais mes espoirs fous, ma bêtise, ma tristesse. Je dégobillais tellement qu'à la longue, je savais même plus ce que je dégobillais. Tout ce que je savais, c'est que je voulais plus de ça à l'intérieur de mon organisme.

C'est alors que j'ai entendu la flûte. La manière de jouer de Wish était reconnaissable entre mille. Je me suis redressé, j'ai posé mon seau... et j'ai senti mon visage se ratatiner, se crisper, se contracter totalement sur lui-même. J'ai baissé la tête, les mains serrées entre mes cuisses... Et j'ai commencé à pleurer.

Jamais de ma vie ça m'était arrivé, de pleurer comme ça. Jamais mon âme n'avait été autorisée à faire état d'une telle peine face à ce qui s'était passé. Parce que, tout seul, j'aurais eu aucune chance d'y survivre.

Je t'aimais tellement fort, Tyler ! Tu peux pas savoir combien tu me manques ! Je me souviens de tout ce qu'on a vécu ensemble, absolument tout... Si tu savais à quel point je t'aimais, même à la fin, quand c'est devenu si difficile... Je pensais même pas qu'une telle détresse pouvait exister, Tyler. J'en toucherai jamais le fond. Je pourrais passer une vie entière à chuter sans rencontrer sa fin. Je t'aime tellement, tu me manques tellement... Sans toi je suis si seul que je sais même pas comment c'est possible de faire encore semblant de continuer à vivre...

J'ai eu beaucoup, beaucoup de mal à me sortir de ça. Parce que j'étais en train de prendre la pleine mesure du stade auquel mon âme était dévastée. Exister au sein de cette peine était tellement définitif. Ça revenait à se tenir en plein cœur du néant. Elle semblait vivre en moi d'une manière indépendante. Mais dans un sens, me connecter à elle me faisait du bien, parce que ça signifiait accepter d'éprouver enfin ce qui hurlait en moi depuis si longtemps...

Au bout d'un très long moment, je suis parvenu à me

ressaisir, mais je pouvais plus me permettre de songer à Tyler sans replonger. J'ai respiré un grand coup, soufflé très fort pour surpasser ce qui venait d'arriver, j'ai frotté mon visage parcouru de larmes, et j'ai relevé la tête. Wish avait posé sa flûte. Il était assis juste devant moi. Il fallait maintenant qu'il m'apaise.

Ainsi face à lui, je me sentais comme un enfant. Avec mon visage trempé, encore tout plissé de tristesse, mon nez plein d'eau. J'étais à genoux devant lui, et il m'a appuyé sur la tête, sur le dos, assez fortement, en soufflant rapidement par la bouche, doucement mais fermement, chaque fois qu'il pressait sur mon corps.

J'étais plus qu'un gosse innocent et complètement perdu au sortir de cette crise, et Wish m'apparaissait plus que jamais comme mon guide, comme le seul être au monde capable de me restaurer un semblant d'équilibre. J'avais plus ressenti ça depuis l'enfance, et encore, je suis même pas certain que ça m'était déjà arrivé un jour. Je me sentais si humble, si démuni… Ça paraît idiot de dire ça…

Mais j'étais si heureux d'avoir réussi à traverser tout ça...

Pour finir je me suis allongé, épuisé, et je suis parti dans le néant. Les seuls souvenirs qui me restent de cette fin de cérémonie concernent les enseignements de la plante, et au fond, y a sans doute rien d'autre qu'importe. J'ai la certitude qu'elle a continué à me parler au plus profond de mon coma, et peut-être grâce à lui. Cette phase de transition que j'ai déjà évoquée est définitivement une partie très importante de la session. Je me rappelle pas de son message en détails, mais au petit matin j'en avais des impressions vivaces, comme gravées dans ma conscience.

* * *

Les décisions et les actions qu'on entreprend seul et qu'on est le seul à connaître ont plus de poids et de valeur que ce qu'on fait et dit en public. La solitude rend la vie d'un Homme plus intense, et plus significative.

Il existe en chacun de nous un élément brut aussi solide que de la pierre, qui repose, intouchable, comme mort. Mais qui est infiniment plus vivace qu'aucune parole jetée vers l'extérieur quand il commence à se réveiller.

Beaucoup de gens passent une vie entière sans soupçonner son existence. Les gens ont oublié comment creuser. Les gens ont toujours craint d'éveiller le chaos. Les gens sont fatigués de vivre, et leur morale est avant tout celle du repos.

Mieux vaut être un fou, mieux vaut être un cadavre que d'être à la recherche constante de réconfort et de chaleur humaine ! Et s'il faut tout briser à l'intérieur pour être enfin ce créateur et sentir cette pierre s'éveiller pour une nouvelle aurore, alors je me tairai à jamais et enfoncerai cette pioche dans mes os sans jamais justifier la raison de mon acte !

Je veux qu'une nouvelle vérité se lève en moi, et que mon âme aride rencontre enfin son ultime métamorphose ! Je veux devenir mon propre maître, et tuer tous les anciens dieux qui susurrent encore à l'esprit de l'Homme !

Celui qui a perdu le monde veut gagner son propre monde...

L'ayahuasca m'avait plongé dans la mort que je désirais tant pour que je réalise ce qu'elle signifiait vraiment, et quelle odieuse partie de moi en retirerait le profit. Elle avait dévoilé les énergies négatives qui me hantaient et me poussaient vers l'abîme, afin de m'apprendre qu'une parcelle de moi désirait encore vivre. Elle avait libéré la colère emprisonnée dans mon subconscient pour que je la regarde en face, l'accepte enfin et l'incorpore, et cesse de me faire tirer les ficelles par des monstres que j'avais créés mais dont j'ignorais le visage. Elle avait réhabilité la rage qui m'habitait, en me forçant à écouter le message qu'elle véhiculait de par son existence. Puis elle m'avait enseveli vivant dans les visions magnifiquement gluantes qui peuplaient mes rêves, jusqu'à ce que je m'en étouffe. Pour enfin rendre à ma chair cette souffrance sans fond et légitime que je m'étais jusque-là interdit d'éprouver.

Le sens profond de cette cérémonie m'est apparu dans toute sa force. Peut-être à cause de la diète, le message de la plante était ce matin-là pour moi d'une limpidité, d'une clarté fabuleuse. Il me semblait réellement *comprendre* ce que j'avais traversé, et pourquoi. Elle avait fait remonter jusqu'à la pleine conscience les ombres qui peuplaient mes souterrains et se cachaient dans les labyrinthes de ma personnalité. Leurs manœuvres me devenant clairement identifiables, elles ne pouvaient dès lors plus avoir le même impact sur moi. Quand la marionnette lève les yeux et aperçoit celui qui lui tire les ficelles, elle ne peut plus se contenter de s'agiter en se persuadant que les mouvements qu'elle exécute naissent de sa volonté. Le marionnettiste perd son emprise, l'étreinte se relâche, les fils se distendent. Les choses ne peuvent plus tout simplement continuer comme avant.

J'étais loin de me sentir régénéré et plein de vigueur comme au sortir des précédentes cérémonies. Ça avait été trop éprouvant à tous les niveaux. Pour le coup, je m'étais tapé tous les cycles en boucle encore et encore, et je savais plus où j'en étais. Mais une chose était sûre : les plantes avaient nettoyé mon âme de fond en comble.

* * *

Les choses se sont organisées toutes seules dans ma tête. Je me sentais froid et bouillant. J'ai dit à Tyler :

— On fait le plein et on entre ensemble dans le bordel. Vu qu'y a qu'une seule bagnole devant, le mec doit être en train de payer. On attend qu'il soit parti. Quand on est dedans, toi tu vas aux chiottes vérifier qu'y a personne et moi je prends deux-trois merdes dans les rayons et je check si y a bel et bien personne d'autre.

Elle a hoché la tête en m'accordant toute son attention.

— C'est moi qu'aurai le flingue. Quand tu sors des toilettes on se dirige tous les deux vers la caisse et là c'est parti.

— Tu le braques ?

— Ouais. Toi pendant ce temps-là tu coupes le fil du téléphone. Je vais lui demander de me filer son portable et d'ouvrir la caisse. Tu devras faire attention qu'il fasse rien d'autre que ce que je lui dis de faire, qu'il appuie pas sur le bouton sous le comptoir ou qu'il chope pas son fusil ou je ne sais quoi.

— Et s'il le fait quand même ?

— Je lui tire dessus.

— Tu vas vraiment le faire ?

— J'en sais rien, mais je le laisserai pas te choper ou te faire du mal. T'as ton couteau sur toi ?

— Ouais.

— Garde-le à portée de main. Et prends la batte aussi.

— Mais comment tu veux que je la planque ?

— J'en sais rien putain, fous-la sous ton manteau.

— Et comment je ferai pour faire tout ce que tu me demandes avec la batte qui m'encombre ?

Elle commençait à paniquer.

— T'auras qu'à la poser avant de le faire. Mais je veux qu'on ait plein de moyens de se défendre au cas où.

Elle allait flancher, je le sentais, alors je lui ai pas laissé le temps de réfléchir.

— Allez, on descend. Je t'aime Tyler, tu le sais ça ?

Elle a répondu d'une toute petite voix :

— Moi aussi Travis.

Et on est descendus.

* * *

Pourtant, je savais pertinemment que la partie était loin d'être gagnée. Ce serait trop simple, pas vrai, s'il suffisait de prendre conscience de ses troubles pour qu'ils se corrigent tout seuls instantanément. De ce que j'en savais, les véritables changements chez un Homme ne naissaient jamais de sa volonté. Un jour, on s'apercevait qu'on avait changé, c'est tout. En ce qui me concerne, c'était beaucoup trop tôt pour dire quel serait le résultat de cette cérémonie. J'étais complètement retourné par ce que je venais de vivre. J'avais l'esprit en mille morceaux.

Dieu seul savait de quelle façon ils allaient se réassembler.

Je dormais dans mon hamac quand Wish est arrivé. J'ai pas eu la force de me lever le cul pour l'accueillir. J'étais totalement déphasé, ma vision était confuse, j'avais du mal à faire le point sur son visage, et j'avais le cœur au bord des lèvres. J'ai articulé avec difficulté :

— Je commence à fatiguer, Wish. Y a pas moyen qu'on laisse tomber le traitement pour aujourd'hui ?

— Ça mon vieux, c'est pas possible, il a rétorqué d'un air navré. Tu fais du bon travail avec l'ajo sacha, mais elle en a pas encore fini avec toi. Ton prochain traitement sera un peu plus cool, mais pour le moment faut que tu continues à t'accrocher.

J'ai soupiré sans retenue et me suis assis dans mon hamac. Ça tanguait horriblement autour de moi. J'ai bien cru que j'allais tourner de l'œil. Wish s'en est rendu compte et il m'a dit de rester allongé.

— Tu t'attendais peut-être pas à un truc aussi violent, nan ?

Je lui ai répondu les yeux fermés, comme si je m'adressais à mon psy :

— Je savais que ça allait être violent, mais putain

personne peut imaginer une séance pareille avant d'y être !

— Dis-toi que ce que t'as vécu, c'est ce que vivent beaucoup de gens qui en prennent pour la première fois.

— Eh ben putain, je comprends mieux pourquoi ils se chient dessus alors ! Je sais pas comment je l'aurais géré si ça s'était passé comme ça pour ma première prise… C'est un passage obligé, la mort symbolique, c'est ça ?

— On a coutume de dire que la plante entame son vrai boulot seulement après t'avoir fait mourir et renaître.

— Comme s'il fallait côtoyer la mort pour prendre conscience qu'on est vivant ?

— Ouais, mais pas que. La mort symbolique, c'est comme de se débarrasser d'une partie de toi qui te sert plus à rien, tu vois. Comme un vieux schéma que tu répètes, parce que tu connais que celui-là, mais qui t'empêche de vivre, en fait. Comme si t'avais une mauvaise définition de la vie, que tu déchiffrais ce qui t'arrive et ce que tu ressens à travers un prisme déformant, avec une attitude qu'appartient au passé, mais dont tu dois te débarrasser pour évoluer. Tu vois ce que je veux dire ?

J'ai acquiescé silencieusement.

— Mais la mort, ça a un sens particulier pour toi, encore en plus.

J'ai hésité avant de parler. Ça avait du mal à sortir. Mais dans le monde de la *medicina,* tout devenait possible, et je savais que Wish comprendrait.

— Est-ce que je suis possédé, Wish ?

Il a mis du temps à me répondre.

— C'est pas la possession le problème. Le problème, c'est ce que t'autorises à vivre en toi.

— Est-ce que c'est si simple que ça de se débarrasser des mauvaises énergies ?

— Ça nan, c'est loin d'être simple. L'ayahuasca te montre la voie, les autres plantes t'aident à te nettoyer. Mais au final, seule ta foi en toi-même peut accomplir des miracles.

— Je sais même pas ce que je veux vraiment, Wish. Même avec tout ce que tu fais pour moi, je peux pas te garantir que j'irai pas me foutre par-dessus bord quand le moment sera venu.

Il est resté silencieux, mais j'ai bien senti qu'il était ni vénère ni déçu. Puis il a fini par dire :

— Tout ce qui importe, c'est que tu agisses avec conscience. Peu importe ce que tu fais, si c'est vraiment toi qui le fais.

La profondeur de ses paroles m'a interloqué. Il venait de mettre le doigt sur ce qui comptait le plus au monde à mes yeux.

— Comment être sûr que c'est bien moi ?

Ça me taraudait depuis toujours. Ma vie entière avait tourné autour de cette putain de question.

— Prends ton ajo sacha. Elle t'aide à déterrer ton identité profonde, elle démêle les fils du conditionnement et brûle les parasites psychiques. Continue le traitement, et tu finiras par y voir plus clair.

Sa foi dans les plantes était attendrissante, ça se voyait qu'il doutait pas un seul instant de leur pouvoir. C'était difficile de pas se laisser convaincre.

J'aurais aimé posséder une foi pareille en quoi que ce fût.

* * *

Ça m'avait jamais demandé autant de concentration pour foutre de l'essence dans une putain de caisse. Je tremblais comme un maboul, en vivant l'évènement dans ma tête encore et encore, comme si c'était possible de se préparer à un truc pareil. C'est à ce moment-là que Tyler a dit :

— Et les masques, t'y as pensé ?

— Quels masques ? j'ai fait avant de réaliser l'énormité de mon amateurisme. Oh. Putain.

— Eh ouais. Heureusement que j'ai une cervelle, moi aussi.

Elle s'est dirigée vers le coffre et je l'ai entendue farfouiller un moment dans le foutoir de nos affaires. Elle en a ramené deux bonnets et deux écharpes.

— Ça va paraître suspect. Y fait pas assez froid pour porter ce genre de truc.

— T'as une meilleure solution ? elle m'a demandé en planquant ses longs cheveux sous le col de son manteau.

J'ai levé les yeux sur les chiffres qui défilaient tandis qu'elle me foutait tout ça sur le paletot. La pompe s'est arrêtée. Au même moment, l'unique client est ressorti de la boutique et s'est barré avec sa caisse. Elle et moi on a inspiré une dernière fois.

Il était temps d'y aller.

* * *

Après avoir bu ma plante et mangé un peu, j'ai ressenti le besoin de quitter mon hamac et d'essayer de méditer. Ça faisait vraiment longtemps que ça m'était pas arrivé. Plusieurs années, je crois.

Je me suis mis à respirer comme la voix du samouraï me l'avait appris, pendant de longues minutes. Ça me demandait pas trop d'efforts de rester concentré sur l'air qui entrait et sortait, vu que la session de la veille avait bien purgé mon esprit. Au bout d'un moment, mon acuité auditive a semblé s'accroître, et j'ai laissé les bruits de la jungle m'emplir. Écouter cette sorte de musique primitive facilitait pas mal le processus de non-formation de pensées parasites.

La profondeur de ma méditation a augmenté, je sentais ma force renaître, ma posture se faire de plus en plus précise, et j'ai distinctement pris conscience du centrage de mon esprit, pile-poil sur la ligne d'équilibre, comme si lui et mon corps étaient traversés, dans une symétrie parfaite, par un axe qui reliait le centre du noyau de la Terre à l'infini. J'en ai presque émis la pensée, mais elle s'est désagrégée avant de naître. Je me suis maintenu dans le silence, comme ça, sans réel effort notable. L'effort est de toute façon toujours accompagné de pensées qui te racontent la difficulté de ce que tu cherches à faire, de l'état que tu luttes pour produire. Tu peux pas t'efforcer de méditer. Soit tu médites, soit non, ça se résume à ça.

Le silence n'était pas le vide. Il était plein de quelque chose que nous, les Hommes, on a pas de mots pour qualifier. Justement parce que ces choses ne sont pas des objets mesurables, quantifiables et définissables. Ni des concepts abstraits répondant à un principe immuable. Le mot le plus juste pour donner une idée de ce qu'elles sont serait le terme de courant d'énergie, j'imagine. Et le fait de sortir d'une séance d'ayahuasca paraissait favoriser l'immersion et la maintenance de la conscience centrée au sein de ces courants, et traversée par eux.

Cet état constituait en lui-même un enseignement. Y avait rien à rapporter dans la conscience ordinaire, aucun objet ou concept qu'on aurait pu emporter avec soi pour l'étudier et l'examiner plus en détail à la lumière de la conscience normale. L'état en soi était la connaissance. Dans le même sens qu'on dit qu'y a pas de voie vers le bonheur, mais que le bonheur *est* la voie. Tout ça c'était qu'une seule et même chose, une fois de plus.

Je pouvais pas me reconnaître dans cet état, parce que la conscience de soi n'avait plus de fondement, plus de valeur, plus d'existence. Y avait aucun enseignement applicable dans la vie de tous les jours dont j'aurais pu me servir quand ça partait en couilles dans ma tête. Tout ce que je pouvais espérer, c'est que cet état laisserait des traces en moi, que chaque fois que j'y accédais pourrait se cumuler aux fois précédentes, pour ménager dans mon esprit un espace de plus en plus grand de vide. Et de liberté.

Cette perte d'identité n'était pas inquiétante, parce qu'elle était remplacée par la conscience de mon unité, de mon appartenance à quelque chose que je ne peux que qualifier de conscience universelle, je crois. Celle qui relie tous les êtres, les plantes, les animaux, les humains, les planètes. À ce moment-là, j'ai compris que la conscience ne naissait pas du cerveau. Que le cerveau n'était qu'un récepteur de la conscience, qui nous permettait d'entrer en contact avec elle, et de nous réapproprier le savoir oublié, enfoui, caché dans la mémoire de nos cellules, aussi vieille que la vie elle-même. Le seul problème, c'est que cette conscience, fallait bien qu'elle s'incarne, et que cet état des faits nous leurrait sur sa véritable nature.

Mais en définitive, c'était pas ça l'important pour moi. Moi, tout ce que je voyais, c'est que cette conscience pouvait me connecter à Tyler.

Ça n'avait rien de nouveau, en fait. Le principe était le même que celui de se relier à l'énergie de la nature pour recevoir de l'amour. On parlait encore et toujours de la même chose. C'était juste mon incapacité à perdurer dans cet état qui me poussait à chercher d'autres moyens de la rejoindre. Et qui me faisait désirer la mort.

La mort était le moyen le plus rapide de retourner au sein de cette conscience, en abandonnant derrière soi la difficulté d'être un Homme. Mais après tout, qu'est-ce qui m'obligeait à me trimballer ce fardeau, hein ? Sous quel prétexte est-ce que je me devais de trimer comme un con à supporter cette enveloppe trop petite pour moi, et tout seul, encore en plus ? Est-ce que quelqu'un m'avait promis le paradis, en échange ? Sûrement pas ! Est-ce que quoi que ce soit m'avait incité à penser que j'en serais récompensé ? Pas souvenir ! Alors, nom de Dieu, c'était quoi le putain de sens de cet acharnement thérapeutique ?

Pourtant, pourtant... J'avais l'impression de suivre une

trace, en étant ici à diéter dans la jungle. J'étais sur la piste de quelque chose, je le sentais clairement, et pas un instant je doutais de ce que percevaient mes sens, ou mon intuition. Cette piste, cette traque, ça ne pouvait qu'être celle qui menait à mon destin, j'en étais sûr. Ou bien, pour le dire autrement, à moi-même ?

Wish avait parlé de ça. Il avait dit que c'est pas parce qu'on était jumeaux et amoureux que Tyler et moi on avait le même destin. Elle avait été libérée avant moi. Peut-être qu'au final, c'était elle qu'avait eu le plus de chance, bien que ce soit pas très moral de parler comme ça. Ou tout simplement, c'était son destin, elle avait fait ce qu'elle avait à faire, point barre. Peut-être même qu'elle avait tiré plus de temps sur cette putain de planète à cause de moi.

Elle aurait sauté, si j'avais pas été là pour dire non. Je sais très bien qu'elle aurait sauté.

À cause de moi, elle était partie d'une autre façon.

Au final, elle était partie, comme elle le voulait.

* * *

Cette pièce est atroce. Cette pièce est mille fois pire que la cellule noire.

Cette pièce va me rendre fou.

— Rendez-moi mon bandeau ! je hurle devant la caméra. Rendez-moi mon *putain* de bandeau !

Cette lumière continue, uniforme, projetée de partout à la fois, est si intense qu'elle me brûle jusqu'au cerveau. Ils l'éteignent jamais. Elle me traque. Je peux pas me cacher. Je peux pas dormir.

Je ne peux pas lui échapper.

Et il y a quelque chose avec le son. Je m'entends même plus moi-même. Quand je crie, ma voix est comme absorbée. Aspirée dans les murs.

Cette putain de pièce doit être insonorisée.

Ça recommence !

Montiano…

Je sursaute violemment et regarde tout autour de moi.

Montiano…

Je me lève d'un bond et cours vers la porte pour coller mon oreille contre elle.

Allez, Montiano. C'est l'heure.

C'est pas de là que ça vient. Je me positionne face à la caméra et la scrute longuement, tous les sens en alerte.

Tu vas être sage aujourd'hui, pas vrai ? Tu vas nous dire ce qu'on veut entendre…

Ça doit être un enregistrement. Comme l'autre fois, quand ils ont diffusé ce putain de hard rock pendant des jours et des jours, à un volume inadmissible.

Il est temps de se montrer raisonnable, Montiano.

Je hurle de toutes mes forces en me plaquant les mains sur les oreilles. Mais les sons que j'émets sont moins audibles que cette voix…

… dans ta tête.

* * *

J'ai à peine jeté un coup d'œil au type derrière le

comptoir en entrant. J'avais trop peur qu'il lise en moi ce que je m'apprêtais à faire. Tyler s'est dirigée vers les toilettes et j'ai déambulé dans les rayons avec l'esprit en déroute. Un tel flot d'adrénaline circulait dans mon corps que j'en avais les jambes qui flanchent. Je sentais la présence des caméras au-dessus de moi. J'ai réalisé qu'y en avait aussi certainement devant les pompes à essence, en train d'enregistrer le numéro de la plaque, et qui garderaient gravé dans leurs rubans nos faces d'abrutis en train d'enfiler des bonnets.

Putain.

L'adrénaline a redoublé de force. La sensation était la même que quand t'as pris une trop grosse trace de coke et que ça te descend dans la gorge en te donnant envie de vomir.

J'étais excité et flippé jusqu'à la tétanie.

J'ai pris deux-trois merdes dans les rangées de bouffe sans faire attention à ce que c'était, juste histoire de meubler le vide, puis j'ai fait demi-tour dans un autre rayon en me rapprochant de la caisse. La porte des toilettes était en train de s'ouvrir, Tyler en est sortie avec son bonnet jusqu'aux yeux et son écharpe sur le nez. J'ai fait pareil avec les miens et on a fondu vers la caisse. J'ai lâché tout ce que je tenais dans les mains pour sortir mon flingue et armer le chien. Tyler, sans un mot, a négligemment posé sa batte sur le comptoir en la tenant par le bout.

Le type était assis sur sa chaise, le visage caché derrière un magazine de pêche au gros. J'ai étouffé un brusque éclat de rire, nerveux bien entendu. Il a lentement levé les yeux de son ouvrage, avec une mauvaise humeur évidente. Puis il l'a balancé violemment loin de lui avant de gueuler :

— Nan mais vous vous foutez de moi !

Tyler et moi on a eu un raté, mais on est parvenus à pas se regarder.

— C'est un hold-up, j'ai fait timidement, presque avec l'air de m'excuser.

C'était un vieux gras du bide d'environ 50 balais, la calvitie avancée, qu'avait sans doute dû en voir des vertes et des pas mûres au cours du long fleuve tourmenté de sa sombre existence, et il avait plus l'air vénère qu'effrayé, en fait, comme si le destin lui jouait encore un plan foireux, un de plus, dans une vie qu'en avait déjà largement eu sa dose.

Il s'est mis debout difficilement, en prenant appui sur ses genoux, et quand ça a été fait il s'est planté deux mains de part et d'autre de son énorme bedaine, là où devaient jadis se trouver ses hanches, et m'a lancé, le sourcil relevé, en avançant le menton :

— Quel âge vous avez ?

Je savais pas quoi répondre, alors j'ai rien dit, me contentant de garder mon flingue braqué bien droit vers le milieu de son front.

— Vous devez pas avoir plus de 16 ans et bordel si y a bien un truc que j'accepte pas, c'est de me faire braquer par des gosses qui sont même pas en âge de picoler, non mais sans blague ! Allez, cassez-vous de là !

Voyant qu'on réagissait ni l'un ni l'autre, il a insisté :

— Cassez-vous, bon sang de merde, avant que je

prévienne les flics !

Je crois que c'est l'idée des flics qui m'a contrarié. J'ai très légèrement dévié mon flingue de sa face et j'ai tiré dans les étalages de magazines derrière lui. Ça a pas eu un effet aussi dévastateur que j'espérais, mais certains d'entre eux sont quand même tombés sur lui, dont un sur sa tête décrépite. J'ai réarmé le chien en reportant ma visée sur lui, et j'ai répété, cette fois avec beaucoup plus d'ardeur, en réalisant que j'adorais ça :

— C'est un hold-up.

Il est devenu rouge pivoine et c'est ce moment-là que Tyler a choisi pour dégommer une des têtes de gondoles pleine de barres chocolatées avec sa batte, avec l'air de s'éclater. Elle avait aucune raison sensée de le faire, mais va savoir pourquoi, son sourire cruel indiquait qu'elle y prenait grave son pied. Ensuite elle a glissé derrière le comptoir et a rapidement sorti sa lame pour trancher le fil du téléphone. Le gros la regardait, les yeux exorbités. On aurait dit qu'il allait s'étouffer de rage.

— Ouvre la caisse, je lui ai grogné, et file-lui ton portable.

— J'ai pas de portable, putain, je déteste ces trucs-là !

— Fouille-le, j'ai ordonné à ma sœur.

— Qu'elle s'approche pas de moi bordel ou je vais vraiment finir par m'énerver ! Putains de gosses ! Même plus le respect des anciens, bordel de Dieu !

Je les ai rejoints derrière le comptoir et cette fois-ci j'ai carrément collé mon flingue contre sa tempe. Cette sensation était miraculeuse.

— Fouille-le, j'ai répété en souriant, et c'est ce qu'elle a fait, sans montrer le moindre signe de gêne, mais il avait visiblement pas menti.

— Je vous ai dit que j'en avais pas, vous écoutez, bon sang ?!

— Et depuis quand on est supposé faire confiance aux gens, hein, mon gros ? Allez, ouvre ta caisse, on a assez lambiné.

Il s'est exécuté en continuant à maugréer dans sa barbe, tandis que moi je gardais le flingue serré contre son crâne. Je craignais quand même qu'il lui prenne l'envie de me foutre un pain dans la gueule. Mais il s'est contenté d'obéir, finalement.

Tyler a raflé tous les billets et les a mis dans un sac en papier trouvé sous la caisse, qu'elle a glissé dans la poche de son manteau. Je maintenais le type en joue tout en scrutant sous le comptoir à la recherche de ce fameux bouton rouge qu'il suffisait de presser pour voir les flics arriver dans les cinq minutes suivantes. Y en avait apparemment pas.

Maintenant fallait qu'on sorte de là. Ça allait pas être la partie la plus évidente. Je redoutais qu'il se précipite derrière nous à peine on aurait le dos tourné, qu'il tente un truc pour nous empêcher de filer, en plus il avait repris sa complainte au sujet de ces gosses perdus de Dieu qu'avaient plus le respect de rien, de ces sales junkies en manque prêts à tout qu'envahissaient l'Amérique, et toute la clique des dégénérés en tout genre. Ça m'aidait pas à me concentrer.

On a commencé à reculer. Je tentais de bien garder son crâne en ligne de mire, mais il a pas esquissé un mouvement, se contentant de secouer la tête d'un air navré quand on franchissait les portes vers la sortie. On s'est retournés pour se mettre à courir vers la bagnole et là Tyler a percuté de plein fouet une nana sans doute venue régler son essence. Elles sont tombées toutes les deux à terre, mais Tyler a fait ni une ni deux, elle a sauté sur ses pieds en levant sa batte au-dessus de sa tête comme un putain de singe de la préhistoire et a hurlé à la pauvre femme encore au sol :

— Bouge pas, salope !

Ça l'a estomaquée, la meuf, et moi aussi, et elle est restée assise sur le béton, ses vieux cheveux de blondasse décolorée dans la gueule, sans oser respirer.

— Prends-lui son portable, ses clés de bagnole et son fric, m'a gueulé Tyler avec une assurance qui m'a parue surnaturelle, mais ça me serait pas venu à l'idée de désobéir à un ordre si direct venant d'elle, alors je me suis exécuté, tout en coulant des regards vers ma sœur qui m'excitait de plus en plus.

Ça a pas été dur. Tout était dans son sac. J'ai quand même dû surmonter la pitié que cette pauvre femme m'inspirait. Elle empestait les vieux remugles de whisky bas de gamme et la fumée de cigarette, et son mascara bleu avait coulé de partout.

On a couru comme des malades jusqu'à la caisse et j'ai démarré en trombe. Le type de la station était en train de la relever quand on est passés devant eux, et de ce que j'ai cru voir, il s'est pas donné la peine de relever le numéro de la plaque.

* * *

Et voilà, j'avais replongé dans la spirale. Putain de Dieu.

Je me suis levé de mon plancher, exaspéré, et me suis allumé un *mapacho*. La pluie avait cessé, mais l'humidité ambiante attirait tellement de moustiques que c'était même pas envisageable de foutre le nez dehors. Rien à faire, j'étais coincé avec moi-même. On pouvait pas rêver mieux comme compagnie. Bordel de chiotte.

Et pour couronner le tout, l'*ajo sacha* recommençait à me travailler. J'avais le front chaud et la bouche pleine d'amertume. Pourquoi est-ce que je m'étais engagé là-dedans, sans déconner ?

Parce que tu veux redevenir toi-même avant de te suicider, histoire d'être bien sûr que ce sera toi qui sauteras et non pas ton ego, voilà pourquoi, m'a fait la voix dans ma tête.

Sa résurgence soudaine m'a scotché sur place.

Je croyais que t'avais disparu.

Je viens que quand t'en as besoin. Et là visiblement faut qu'on te rafraîchisse la mémoire.

J'ai des questions à te poser.

Pas maintenant. Va t'allonger, profite de l'énergie de l'ayahuasca qui circule en toi. Repense à la cérémonie. Tu es loin d'avoir récolté tout ce qu'il y avait à prendre.

Je me suis exécuté. C'était un tel soulagement de plus avoir à penser par moi-même que j'ai même pas fait mine de protester.

N'espère pas que je fasse tout le boulot à ta place. Je vais pas t'offrir tes réponses sur un plateau. T'as du pain sur la planche, pépère. Alors au boulot. Exécution.

J'ai fermé les yeux et j'ai entrepris de me remémorer la cérémonie depuis son commencement.

Une première chose a focalisé mon attention comme un point à éclaircir. Quand je me sentais mourir, quelque chose en moi s'en réjouissait. C'était cette chose-là que l'esprit des plantes cherchait à évacuer de mon système. C'était quoi cette chose ?

Plusieurs idées me venaient, mais avant de me lancer bêtement dans des élucubrations stériles et sans fin, j'ai décidé de systématiser ma recherche. En même temps, ça me gênait de faire comme ça, parce que c'était anti intuitif à bloc, mais je voyais pas d'autre solution. Sans doute qu'y avait un temps pour l'intuition et un temps pour le rationnel. Fallait combiner les deux.

Donc pour connaître la chose, je devais la comprendre, et pour la comprendre, identifier son moteur, ses qualités, son fonctionnement.

J'ai repensé à l'histoire des étoiles, au fantôme de Tyler sur le bord des routes, à la soif de vivre, et à la soif de mourir qu'elle et moi on avait connues. À cette quête qui n'aurait jamais eu de terme, parce qu'en définitive, c'était l'exaltation de la course elle-même, la chasse, et non la prise (qui aurait symbolisé l'atteinte d'un état stable de perfection, d'autosuffisance) qu'on recherchait vraiment.

À présent, aucune soif ne m'habitait plus vraiment. Les mois qu'avaient suivi sa mort, j'étais rien de plus qu'un zombie en pilotage automatique. La voix m'avait parlé une fois, pour me dire de quitter le pays. Wish et l'ayahuasca avaient remis de la vie dans mes circuits, mais c'était plus ce désir forcené et impétueux de vivre que j'avais ressenti à ses côtés. Ce désir-là m'avait définitivement quitté avec elle. Les instants de plénitude que j'avais expérimentés depuis ne semblaient pas de la même nature, ils étaient plus calmes, et dans un sens, plus profonds, plus ancrés dans le réel. Plus permanents aussi. Avec Tyler, on arrêtait pas de courir d'un désir à l'autre. La satisfaction n'était jamais entière, jamais constante. Fallait toujours qu'on reparte en quête de quelque chose de plus fort. Je crois que c'est pour ça que l'idée du suicide avait tant de séduction à nos yeux, parce qu'on avait besoin de quelque chose d'ultime, de définitif. De réel, et sans doute de transcendant, aussi. Et dans un sens, je pense que l'amour qu'on éprouvait l'un pour l'autre nous empêchait de le chercher ailleurs, dans la vraie vie. On était reliés que l'un à l'autre. C'était un circuit fermé qui au final ne nous comblait pas. Ni elle, avec sa soif toujours plus grande de sensations primales. Ni moi, avec ma faim toujours plus dévorante de ne faire qu'un avec elle.

Maintenant qu'elle était partie, emportant avec elle sa soif inétanchée et son avidité insatisfaite, mes yeux avaient quitté les flammes, et tout paraissait terne et mort en comparaison. Enfin, pas entièrement. Quand j'étais allé avec Wish dans les montagnes, j'avais bel et bien rencontré quelque chose de nouveau, et dans cette jungle aussi, et c'était justement tellement neuf et inhabituel pour moi que ça me semblait infini, et plus tangible, et plus réel que toutes ces figures éphémères que les flammes produisaient, avant de les ravaler.

C'est vrai que je m'étais souvent senti comme un fantôme depuis sa disparition, parce que je n'étais plus avide de vivre comme avant. Par moment je constatais que j'étais vivant, et c'était aussi surprenant qu'agréable, mais je ne cherchais plus à reproduire cette sensation avec acharnement. L'urgence de vivre intensément m'avait déserté, probablement pour toujours. Et pour le moment, le désir de mort aussi.

Quand j'allais sauter, et je savais que j'allais le faire, ce serait pas brûlé vif par la passion et aveuglé par une illusion d'accomplissement, mais tout bonnement parce que la mort m'aurait fait signe, et que je saurais qu'il est temps. Je savais que j'aurais pas longtemps à attendre. L'intuition que Tyler et moi on avait reçue était toujours valable, je pouvais clairement le sentir. On l'avait peut-être mal interprétée mais elle n'en était pas moins efficiente.

La chose qui continuait à s'agiter en moi et désirait ma mort était les restes agonisants de cette quête d'absolu tronquée. Sans Tyler pour l'orienter et sans moi pour la nourrir de temps à autre, elle savait plus ce qu'elle était, et commençait à s'en prendre à mon organisme, ou autrement dit... presque à elle-même. Il lui arrivait de revêtir le costume du fantôme de Tyler pour tenter de me ramener dans ses filets, elle tirait sur les cordes de mes émotions pour engendrer la culpabilité, et me chuchotait, se travestissant en l'une de mes pensées, que j'avais pas le droit de vivre comme je le faisais, avec ce qu'elle considérait comme une insouciance qui la rendait malade. *Nourris-moi, nourris-moi !* elle criait dans mon esprit. *Tu n'as pas le droit de m'abandonner !* C'était pas Tyler. C'était *elle.* J'étais en train de la laisser crever. Comment elle aurait pu l'admettre ? Et dès que je songeais à la mort, elle reprenait vie, et elle me chantait alors : *Oui, c'est ça, mourons, mourons donc…*

J'étais tellement habitué à elle, à vivre à travers elle, à penser la vie selon son bon vouloir, que sans elle, je savais plus qui j'étais. Sans l'aide des plantes pour la foutre dehors, elle aurait continué à me ronger jusqu'à ce que j'en crève. Je pensais lui avoir tourné le dos la première fois en abandonnant ma sœur sur la route, et ensuite en criant vers le ciel au milieu des ruines, mais elle avait pris une autre forme, entortillé mon esprit avec de nouvelles pensées, pour que je me rende à elle sans m'en apercevoir.

C'était elle qui avait donné un sens à notre vie. Son horizon était finalement assez limité, mais c'était rien en comparaison de celui des autres gens, et de celui qu'on aurait connu si on s'était résignés à rentrer dans le moule. Grâce à elle, on avait déjà été tellement plus loin que nous-mêmes… Notre seule erreur avait été de devenir ses esclaves, au lieu de simplement nous en servir comme un moyen vers un but plus infini, et plus élevé. Mais quand on croit avoir saisi l'essence ultime de la vie, comment on pourrait la lâcher pour autre chose ? On était trop jeunes, trop idéalistes, trop bornés, trop incultes.

La question qui se posait désormais, c'était de savoir si *moi* j'étais prêt à la dépasser, et continuer mon chemin vers les cimes toujours plus élevées du savoir.

* * *

Calme-toi, Travis. Calme-toi, nom d'un chien, c'est une question de vie ou de mort !

Je peux pas ! Pas avec cette lumière !

Ce n'est que de la lumière. Avant tu te plaignais d'être dans le noir.

Je veux qu'ils me rendent mon bandeau...

Ce bandeau t'a rendu fou, lui aussi. Pourquoi le désirer maintenant si ardemment ?

Cette lumière me pénètre de partout ! Ils sont en train de m'irradier jusqu'en dedans !

Ils n'ont pas ce pouvoir, voyons. Du moins, si tu ne le leur accordes pas.

Il soupire.

Tu devrais essayer de te poser et méditer un peu. Tu te souviens, comme je te l'ai appris ?

Ils me regardent. Je peux pas le faire quand ils me regardent !

Ils te regardaient déjà là-bas dans ta première cellule. C'est uniquement ta conception de la lumière qui rend les choses différentes.

Mais tu vois pas qu'avec elle je peux plus me réfugier nulle part, putain ?!

C'est faux. Le refuge qui existe en toi est imprenable. La lumière n'a aucune incidence sur lui. Rien n'a d'incidence sur ce qui est intérieur.

Je veux plus t'écouter ! Je veux plus suivre aucun de tes putains de conseils ! T'es pas plus réel que ces satanées voix qui parlent en permanence là-dessous ! Je sais même pas d'où tu sors, tu piges, ça ? Je t'ai jamais convoqué ici, bordel !

Mais si. Tu ne t'en souviens plus, c'est tout.

Ah ouais, et quand ça ?

Dans la voiture qui t'a amené ici.

C'est des conneries !

Tu as appelé à toi la volonté du samouraï. Tu m'as invoqué. Tu m'as supplié de venir vivre en toi.

Je me tais.

Tu vois. Tu te souviens.

C'est de la schizophrénie.

Pas exactement. Il m'est impossible de passer au premier plan et de prendre le contrôle de ton esprit et de ton corps comme une entité indépendante, même si c'est pas l'envie qui manque, avec une putain de tête de pioche comme toi. Je me borne à mettre ma sagesse à ta disposition.

Alors aide-moi pour de vrai au lieu de me casser les couilles avec ta putain de méditation de merde !

Ce serait plus facile si tu me laissais le faire !

On soupire tous les deux, les nerfs à vif. Cet agacement mutuel au sein d'un même cerveau n'est pas évident à gérer, mais faut lui reconnaître au moins une qualité, à ce con de samouraï. Il se calme plus vite que moi.

Tu n'as plus le choix, Travis. Que tu le veuilles ou non, il te faut maintenant trouver ton maître intérieur, celui qui se tient bâillonné derrière le chaos de tes pensées et de tes émotions.

Comment je pourrais l'identifier au milieu de cette foutue multitude de voix ?

Oh, c'est simple. C'est celui qui est silencieux.

* * *

On est restés en apnée une minute entière, jusqu'à ce que je mette une certaine distance entre ce qui venait de se produire et nous. Et puis on a explosé en cris de guerre, auréolés de victoire tels des putains de super-héros. On parlait tous les deux en même temps, en se racontant à nous-mêmes ce qu'on venait de vivre, la frousse qu'on avait eue, comment on avait assuré, comment tout était allé comme sur des roulettes. Tyler a tenu à tout prix à me rouler la pelle du siècle, ce qui m'a excité bien au-delà de la normale, et ce goût de triomphe qu'elle avait sur la langue, je l'avais pas senti depuis longtemps.

Ça nous a pris un moment avant de redescendre, mais toute cette adrénaline qu'on avait dans le sang était pas facile à évacuer. On était tout tremblants, et on arrêtait pas de rire comme des mabouls. Quand t'as eu chaud aux fesses comme ça, derrière tu te sens comme un putain de miraculé.

Je lui ai demandé de compter combien y avait dans le sachet. Je sais pas à quoi je m'attendais, mais le chiffre qu'elle m'a annoncé allait bien au-delà de mes espérances : 1700 dollars. J'arrivais pas à en revenir. Elle a recompté pour être sûre. C'était bien ça.

On a de nouveau poussé des hurlements, c'était pas croyable putain, d'un instant à l'autre on était devenus pleins aux as ! On arrêtait pas de se regarder avec des yeux époustouflés, en soufflant parce que c'était trop énorme pour nous, et puis on recommençait à rigoler.

Jusqu'à ce que je réfléchisse à la suite des évènements.

— On a quelqu'un aux trousses, tu crois ?

— Quoi, tu vois des phares ? elle a fait en se retournant

brusquement, soudain affolée.

— Nan mais si à peine on était partis un autre client est arrivé, le type et la meuf lui auront tout de suite dit d'appeler les flics.

— Merde ! Qu'est-ce qu'on peut faire ?

— J'en sais rien. Tu crois qu'on doit rejoindre la prochaine ville et planquer la caisse quelque part ?

— On en a déjà dépassées beaucoup, des sorties ?

— Peut-être trois ou quatre.

— Dans ce cas sors à la prochaine.

— On planque la caisse et on se trouve vite un hôtel, nan ?

— C'est ce que je dirais. Et demain on fera bien attention que personne guette avant de la récupérer.

— Va falloir qu'on se décolore les cheveux, aussi.

— Quoi ? Hors de question !

J'ai explosé de rire.

— Je déconne, Tyler !

— T'es con, putain !

— Je sais.

Je lui ai fait un clin d'œil et elle m'a tiré la langue.

— Tu crois vraiment qu'ils foutraient des flics partout dans les villes alentour pour retrouver deux pauvres braqueurs ? je lui ai demandé.

— J'en sais rien mais dans le doute on devrait pas garder cette caisse trop longtemps.

— C'est pas pire d'en voler au fur et à mesure ?

— Je sais pas. Mais si celle-là devient trop connue ils vont pouvoir suivre notre route super facilement.

— Quoi, tu comptes en faire combien, des braquages ?

j'ai fait en lui chatouillant la joue de ma main libre.

Elle s'est mise à se marrer en se contorsionnant sur son siège pour échapper à mes guili.

— T'as kiffé, hein, avoue-le ! J'ai bien vu comment tu prenais ton pied à martyriser cette pauvre femme !

— Je faisais que mon boulot, je le jure, elle a rigolé en continuant à remuer.

— Moi je dirais que t'as ça dans le sang, poupée, j'ai continué en prenant ma voix de cowboy. Et même que ça te rend ultra badass...

En le disant, j'ai réalisé que c'était vrai. Cette nouvelle facette de sa personnalité m'électrifiait totalement. Et ça me faisait grave bander.

Elle a immédiatement senti mon excitation et un voile de désir lancinant a obscurci ses yeux. Elle s'est mordu les lèvres et elle a déclaré, son regard braqué sur moi :

— J'ai envie de te baiser.

Putain, elle me rendait dingue quand elle disait des trucs comme ça. Ses paroles ont transformé mes entrailles en sac de braises.

— Tyler...

— Ça te dit pas, une petite pipe de la victoire ?

— Tyler, putain, arrête... j'ai gémi, complètement capturé par le dessin de sa bouche.

— Tu vas voir, je vais te faire venir en une minute top chrono...

Elle était déjà en train de faire ramper ses mains sur mes cuisses... Je lui ai caressé les cheveux dans l'idée de la repousser gentiment, mais mes doigts ont commencé à s'attarder entre ses mèches, sur ses lèvres entrouvertes, sur sa nuque délicate... C'était plus fort que moi, et j'avais plus qu'une idée en tête : ouvrir ma braguette et lui mettre ma queue dans la bouche pour qu'elle la suce. Je lui faisais confiance pour tenir sa promesse. J'étais déjà au bord de l'explosion.

Est-ce que j'ai résisté ? À votre avis...

J'ai joui en tremblant, la main crispée dans ses cheveux, avec cette sensation d'une déflagration intérieure corrosive propre à faire chuter le monde.

Elle a tout recraché par la vitre et on s'est à nouveau payé un fou rire, puis elle a réalisé qu'elle avait toujours le sac de cette femme sur les genoux. Elle en a extrait le larfeuille et a jeté tout le reste par-dessus bord, dans les broussailles qui longeaient la route. Y avait rien d'intéressant dedans, à part 80 dollars en liquide. C'était toujours ça de pris. Elle l'a envoyé rejoindre le reste.

On s'est marrés une dernière fois, puis on a fini par se calmer en restant chacun dans ses pensées.

* * *

Un bruit dans les fourrés m'a fait relever la tête. Je suis resté sans bouger, les sens en alerte.

Ça a recommencé. Quelqu'un marchait autour de mon *tumbo*, mais j'avais pas l'impression que c'était Wish. C'était pas son heure, et puis j'aurais reconnu son pas. Mais qui d'autre serait venu rôder par ici ? C'était peut-être un gros animal, mais j'avais de sérieux doutes quant au fait qu'un jaguar vienne jusque-là en plein jour. J'aurais pu tout simplement appeler pour en avoir le cœur net, mais ça me venait pas.

Ça semblait tellement proche que j'aurais normalement dû voir de quoi il s'agissait à travers la moustiquaire, mais j'avais beau regarder en tous sens, y avait que dalle, bordel. Et ça continuait à se déplacer.

C'est très déstabilisant d'entendre un truc se mouvoir autour de toi sans pouvoir le rattacher à rien de visible. J'avais pas vraiment peur, mais ça allait pas tarder. Est-ce qu'un serpent pouvait faire autant de boucan ? C'était des pas que j'entendais, j'en étais sûr. J'ai eu la pensée idiote que c'était les esprits qui venaient me visiter. Mais ça aurait été franchement incongru qu'ils le fassent en marchant sur leur guiboles, quand même. Fallait peut-être pas pousser la magie trop loin non plus.

J'ai eu le réflexe d'allumer un *mapacho* avec l'espoir que ça pourrait faire fuir ce truc chelou qui me tourmentait. Si le tabac me protégeait durant les cérémonies, alors ça devait fonctionner aussi dans le monde ordinaire. Avec un peu de chance. J'ai pompé dessus comme un malade histoire de m'enfumer la gueule et toute la cabane avec.

Le bruit a repris, il s'est encore rapproché. Des sueurs froides me coulaient tout le long du corps. J'avais la certitude que la chose m'observait. Pendant dix atroces secondes, je suis resté transi d'effroi à pomper sur mon truc en sentant tout le poids de son regard désincarné me détailler.

Puis j'ai entendu ses pas précipités s'enfuir à travers la forêt.

Je suis resté tendu un bon moment, même si je savais que la chose allait pas revenir dans l'immédiat. J'ai pas réussi à retrouver le fil de mes pensées. C'était malheureux, pour une fois que je parvenais à faire un examen dépassionné de ma vie. Pour une fois que je sentais que ça avançait pour de vrai dans le foutoir de mon cerveau, fallait que je sois interrompu par un je-ne-sais-quoi super flippant.

Fantastique.

Génial, bordel.

* * *

On a fait l'amour, cette nuit-là, comme si nos vies en avaient dépendu. Comparé à ce que ça avait pu être quand on était camés jusqu'aux yeux avec Eliot dans la pièce d'à côté, l'écart était le même qu'entre se faire un petit bisou lèvres fermées sans y penser ou se rouler une pelle d'enfer. On se retrouvait, on se redécouvrait. J'avais l'impression de tenir entre mes bras une fille complètement différente.

Elle était tellement présente. C'était tellement fort et profond, ce qu'on vivait là ensemble. La fille à qui j'avais fait l'amour les deux dernières années était toujours si lointaine que ça revenait à baiser un fantôme. Elle réagissait à peine à mes caresses, parce que les seules caresses qu'elle pouvait sentir c'était celles de la came parcourant ses veines. Et ses yeux emplis d'une extase vide contemplaient un monde où j'existais pas. Les frémissements de son corps, c'était pas moi qu'en étais l'auteur. Et les rares fois où elle était parvenue à l'orgasme, c'était quand elle était dangereusement proche de la crise de manque.

Et je mentirais si je disais que ça avait pas été pareil pour moi. Parfois j'avais brusquement envie d'elle, ou du moins c'est ce que j'imaginais, parce qu'une trique soudaine se réveillait dans mon ben, mais quand je commençais à la chevaucher, je me demandais ce que je foutais là, et c'est uniquement par gêne que je continuais à faire ce que je faisais, sans parvenir d'ailleurs à une conclusion satisfaisante de mon côté non plus. On avait encore de la tendresse l'un pour l'autre, mais rien qui pourrait s'apparenter à ce désir vorace et insatiable qu'on a éprouvé cette nuit-là.

La came dévorait tout, jusqu'aux choses les plus primaires qui faisaient de nous des Hommes.

Je me demande encore comment on a pu se perdre à ce point en elle, alors qu'elle aspirait même la passion qu'on avait l'un pour l'autre.

* * *

Cette nuit-là, j'ai rêvé d'esprits, ce qui n'a rien de très étonnant, j'imagine. J'espérais que leur message avait été sauvegardé quelque part dans mon subconscient, parce que tout ce qu'y me restait, c'était les vagues images confuses d'un rêve qui me semblait très beau et très long, très complexe, et au contenu capital. C'était carrément frustrant d'être habité par cette sensation d'un vécu majeur dont on ne garde qu'un souvenir fragmenté et déformé. Juste quelques pièces mal assemblées d'un puzzle magnifique.

Des fois j'aimerais partir pour de bon dans ce monde-là plutôt que de rester coincé dans cette réalité, où on comprend rien à rien, où tout ce qui se trame en nous nous est sans cesse dérobé. C'est comme d'être dépossédé de la plus belle partie de soi-même.

Je comprenais plus que jamais la nécessité des rêves lucides, et j'aurais voulu que ce rêve des esprits en soit un. En l'occurrence, j'avais beau me concentrer le plus fort possible, j'arrivais pas à me souvenir de ce qu'ils m'avaient dit. Et même en sondant mon esprit, je n'y découvrais rien de nouveau, rien qui n'y était déjà avant leur intervention. Où se cachait leur message ? Est-ce qu'il vivait en moi à mon insu, agissant dans l'ombre, modifiant tout seul sans que je le sache des parcelles de ma personnalité ? J'aurais tellement voulu avoir un accès direct à mon subconscient... Mais tout ce qu'y me restait, c'était quelques images sans lien, quelques troublantes impressions qui s'enfuyaient déjà, et que je savais même pas dans quel ordre mettre.

Il me semble qu'ils sont venus à moi depuis une autre dimension. Ils étaient comme dans ma cérémonie avec Wish, longs, graciles et délicats, émanant de bonté, et nimbés d'une lumière surnaturelle. Impossible de savoir si elle provenait d'eux ou s'ils étaient juste baignés dedans. Ils semblaient parler par télépathie, en montrant des images, un peu comme la plante qui s'exprime en visions sensorielles plutôt qu'en paroles, à ceci près que les images qu'ils montraient étaient plus réalistes que les fractales de l'ayahuasca.

J'avais le souvenir d'eux venant à ma rencontre, et d'eux penchés au-dessus de moi. Et peut-être d'un vaisseau spatial dans l'espace, aussi, mais cette impression-là était très fugitive. La *selva* était très présente, et je crois que les esprits m'expliquaient des choses au sujet des plantes. C'était la même jungle bleue que celle de ma seconde cérémonie. Je me rappelais m'être dit : *Je suis revenu*. Comme la plante me l'avait annoncé, en fait, mais impossible de savoir ce que j'y avais fait exactement.

Y avait aussi quelque chose au sujet de mon passé lointain, quelque chose qui se situait dans l'enfance.

Une autre image assez nette perdurait en moi, celle du vieux assis dans la *maloca*, en train de regarder la gamine extraterrestre, debout face à lui. Il l'observait avec une étrange intensité que j'aurais été infoutu de définir. C'était pourtant une réminiscence très vivace, mais que je pouvais rattacher à aucun autre élément du rêve.

Et puis je me souvenais de Wish dans la forêt près d'une rivière, qui m'expliquait un truc très compliqué, et son fantôme le suivait partout, comme un double translucide de lui-même.

J'avais aucune idée de ce que tout ça pouvait vouloir dire.

* * *

L'adrénaline nous avait filé un sacré coup de fouet, mais une fois la vague passée on s'est rendu compte qu'on était encore plus ou moins en convalescence. On aurait dû s'endormir comme des bienheureux après avoir remis le couvert trois fois de suite, notre pognon tout frais au pied du lit, mais le sommeil ne venait pas. On était allongés l'un en face de l'autre, à se regarder, quand elle a fini par me demander :

— Tu crois que ça nous passera définitivement un jour ?

— J'en sais rien. Y en a qui replongent après des années d'abstinence.

Ça l'a fait rire, ce terme d'abstinence.

— Mais moi j'ai pas envie que ça nous arrive. Je sais même pas comment j'ai pu me priver si longtemps du bonheur de faire l'amour avec toi comme ça, en étant clean.

— Moi non plus, elle a répondu en se rapprochant de moi pour enrouler ses pieds autour des miens.

— Y a d'autres trucs à expérimenter sur Terre, et qui valent sans doute cent fois plus que cette vie de merde qu'on a eue depuis qu'on est sortis du centre.

— Comment tu le vois, le futur ?

— J'ai pas d'images précises, mais je nous vois loin de la ville et loin de la came.

— Je voudrais voir le désert… elle a murmuré comme si elle le voyait déjà.

— Tu veux qu'on aille dans l'Ouest ?

Elle a ouvert de grands yeux en hochant la tête comme une malade.

— Bah voilà, c'est ça qu'on va faire. On a d'ores et déjà assez de fric pour l'atteindre.

— On a eu de la chance, pas vrai ?

— Je crois que oui, franchement. Je suis pas sûr que c'est censé se passer si facilement à chaque fois.

— Tu crois qu'on est tirés d'affaire ?

— On sera jamais tirés d'affaire. On a même pas le permis. Si les flics nous arrêtent pour une merde quelconque, on y est.

— Faudrait qu'on se procure des faux papiers. Ou qu'on le passe pour de vrai, ce putain de permis. Peut-être qu'on devrait s'arrêter suffisamment longtemps quelque part pour s'occuper de ça. Ça ferait déjà un problème en moins.

— Tu sais dans les combien ça va chercher, ce genre de truc ?

— Quoi, le permis ?

— Ouais.

— Nan.

— Moi non plus.

On est restés silencieux un moment en essayant d'imaginer à quoi pourrait ressembler notre vie future. C'était pas évident de se projeter dans l'avenir avec pour seule ligne directrice celle d'aller là où notre folie nous porterait. C'était beau, et follement romantique, mais pas si évident que ça.

Je crois qu'à ce moment-là, on s'en est tous les deux rendu compte, mais on a fait comme si cette perspective nous effrayait pas le moins du monde, et on s'est embrassés avant de se tourner chacun de son côté pour plonger enfin dans l'oubli.

* * *

— *Tu m'entends, Travis ?*

— *Je vous entends.*

— *Tu es disposé à me parler ?*

Non !

— *Oui.*

— *Bien. Très bien. Et tu sais de quoi je veux qu'on parle, toi et moi, n'est-ce pas ?*

Travis, écoute-moi, bon sang, tu ne dois pas le laisser t'entraîner sur ce terrain !

— *Je ne…*

— *Si. Si, tu le veux. Depuis le temps que tu portes ce si lourd secret en toi.*

— *C'est mon secret…*

— *Je le sais bien, Travis, et je ne le répéterai à personne. Mais tu ne penses pas que ça te soulagerait de t'en ouvrir à moi ? Tu m'apprécies, pas vrai ?*

— *Oui, Spade. Parce que vous êtes… intelligent.*

Non, putain !

— *Tu vois. Alors tu vas me faire confiance, et tu vas te décharger de ce fardeau.*

Si tu commences à parler, Travis, je ne pourrai plus rien faire pour toi…

— *Je dois rien dire. Jamais. À personne.*

— *Mais moi je ne suis pas comme les autres. Tu le sais.*

— *Non…*

— *Avec moi, tout est différent. Je suis le seul ici à te comprendre vraiment. Tu le sais.*

— *Oui…*

— *Alors laisse-toi guider par mes questions. Ce n'est pas très compliqué, qu'en penses-tu ?*

— *Oui…*

Travis !

— *Je te pose une question et toi tu me réponds. Comme on a toujours fait.*

— *Oui… oui, Spade.*

— *Allons-y. Tyler te plaît. Tyler t'attire. Tyler te semble différente de d'habitude, comme si elle brillait d'un nouvel éclat. Quel âge as-tu ?*

— *J'ai 11 ans.*

— *Qu'est-ce qui a changé chez elle ?*

— *Son corps. Il… il m'interpelle. Il m'intéresse différemment. Il m'intrigue.*

— *Est-ce que tu le touches ?*

— *Je l'ai… toujours touché, en fait. Mais en ce moment ça devient différent. Je le touche d'une autre façon.*

— *Consciemment ?*

— *Oui. C'est ça. Je le touche consciemment.*

— *Tu la caresses, Tyler ? Tu l'embrasses ?*

— *Pas encore. Pas vraiment. Mais je sens que ce que je fais avec elle est plus vraiment... fraternel. Plus comme avant.*

— *Comment elle réagit, Tyler ?*

— *Ça la trouble. Je la sens... confuse. Elle rougit. Je vois qu'elle hésite entre me demander de continuer ou… ou d'arrêter.*

— *Tu sais que tu fais quelque chose d'interdit ? Ou du moins, de bizarre ?*

— *Un peu, mais… ça a rien d'une barrière infranchissable. On prenait notre bain ensemble quand on était petits, on… on a dormi dans le même lit pendant des années. Je l'ai vue nue un million de fois. Ce qui semblerait bizarre, c'est que du jour au lendemain elle se cache de moi parce que... nos corps... sont en train de changer. Notre mère… elle fait des réflexions. Elle nous*

307

jette des drôles de regards. Mais ses paroles, elles ont déjà plus aucune valeur pour nous et elle… elle a toujours l'air écœuré et horrifié quand il s'agit de nous. Pourquoi est-ce que ça devrait nous alarmer plus que ses engueulades habituelles ?

— En effet.

— Je dis pas qu'on a pas conscience de faire quelque chose de particulier… de plus ou moins… défendu. Tout le monde sait, instinctivement, que c'est pas vraiment normal. Mais c'est pas non plus comme de se livrer à un truc… obscène. Ou dégradant. C'est entre nous… Un nouveau secret qu'on partage. Ça a rien de sale ou de honteux. C'est juste nous. Peut-être qu'à un moment donné, l'amour entre un homme et une femme peut plus se traduire que par des mots. La première fois qu'on le fait… on est trop jeunes pour réaliser pleinement tout ce que ça implique.

— Est-ce que tout le monde a fini par être au courant ? Prends du recul sur ce que tu me dis.

— Un jour, un gamin du quartier, un voisin, nous a surpris à nous embrasser. On se roulait pas une vraie pelle. C'était juste un petit bisou comme ça. On l'a vu détaler et courir chez sa mère. Je me rappelle que sur le moment ça nous a fait ricaner Tyler et moi. On soupçonnait absolument pas que ce petit bisou de rien du tout allait avoir des retombées désastreuses. Enfin, désastreuses, façon de parler. On s'est aperçus qu'y avait un problème quelques jours après, au collège. Tout le monde nous regardait bizarre, avec une sorte… d'incrédulité révulsée. On a pas fait le lien tout de suite. Ça a bien mis une semaine avant d'atteindre son paroxysme. Au début un silence plein de gêne nous entourait. Les autres se taisaient quand on approchait. On entendait des murmures dans notre dos. Les autres chuchotaient comme des conspirateurs. Et puis bien sûr petit à petit ils se sont *aventurés à devenir plus directs dans leurs propos. Ils nous ont traités de tarés, de tordus, de dégénérés, de trisomiques. Ils faisaient cercle autour de nous dans la cour et se montaient la tête les uns les autres pour nous insulter, ils prenaient un air écœuré dès qu'on arrivait dans les parages. Ça a pas échappé aux profs. Un jour y en a un qu'a demandé clairement ce qu'y se passait. Alors un des gosses a répondu que sa mère allait l'enlever du collège si Tyler et moi on était pas virés, parce qu'elle voulait pas que son fils fréquente des petits incestueux comme nous. Incestueux. Je suis sûr qu'il savait même pas vraiment ce que ça voulait dire, mais d'un coup ce mot a été sur toutes les lèvres. Y a eu un silence troublant dans la salle. Je me souviendrai toujours du regard de ce prof. Un mélange de répulsion, de rejet, de surprise, et d'une espèce de... curiosité déplacée. Voilà à peu près ce qu'on allait inspirer aux autres jusqu'à la fin de nos jours. Tyler et moi on a piqué un fard et baissé les yeux. J'irais pas jusqu'à dire qu'on se sentait vraiment coupables, mais pour sûr que la réaction unanime des autres mettait quand même le doigt sur quelque chose de pas net. Après ça, ça a pas traîné. Ma mère, ma sœur et moi, on a été convoqués chez le proviseur qui nous a gentiment priés de prendre nos cliques et nos claques et de foutre le camp de son établissement, et alors il aurait la délicatesse de ne pas en référer aux autorités compétentes, bien qu'il soit pas certain qu'une telle chose soit de leur ressort, ce genre d'outrage concernant plus probablement Dieu ou ce qui s'en approche. Voilà. On avait l'empreinte du péché sur nous, on était estampillés œuvre du démon, marqués à jamais de la trace de la bête. Notre mère a eu tellement honte, et de toute façon tout le monde était déjà au courant dans le quartier par la faute de ce petit délateur de merde, qu'on a dû* déménager. Elle qui nous aimait déjà pas des masses, ce coup-ci elle avait de bonnes raisons de plus nous regarder en face et de nous traiter de dépravés à tout bout de champ, en nous poursuivant sans cesse avec ses récriminations. Un truc à te rendre barge. À partir de là, évidemment, on a été contraints de faire très attention. De se cacher. De réfréner nos envies de tendresse en public. Mais est-ce que je peux dire qu'on s'est franchement interrogés sur le côté malsain de tout ça ? Pas vraiment, en fait. Nous on le ressentait pas du tout comme ça, alors ç'aurait été que de la démagogie de faire semblant de le remettre en cause. Mais c'est vrai quand même qu'après ce malheureux incident, la fois suivante où on a été l'un vers l'autre, y a eu comme une espèce de malaise. Dont on s'est servis pour rendre la chose encore plus affriolante.

— On a coutume de dire que le vice commence au choix. Est-ce que tu as ressenti ça comme quelque chose de délibéré ? L'émergence de la conscience est censée marquer la fin de la période d'innocence, tu comprends ? La connaissance du Bien et du Mal est, dans cette optique, ce qui fait de l'Homme un être responsable. Elle le fait pénétrer dans une nouvelle ère où le processus du choix le sépare drastiquement de l'animal et du destin. Qu'est-ce que tu en penses ?

— Ça me paraît clair. Soit Tyler et moi on est coupables. Soit on est des psychopathes. Et vu que je me fiche de l'un comme de l'autre, sans doute que ça fait de moi un innocent.

— C'est une réponse intéressante… Parle-moi de la première fois où vous avez recouché ensemble, après tout ce tumulte.

— Je devrais pas le dire, mais cette fois-là ça a été meilleur que toutes les autres fois d'avant. Notre mère était pas là. Tout l'après-midi on s'était tournés autour, à se chercher, à se *provoquer. Une fois dans la chambre on pouvait plus se quitter des yeux. Elle avait le regard lourd, ténébreux, comme voilé d'un appel langoureux et impétueux à la fois, une espèce de désir féroce, impérieux, directement connecté au mien. Y avait comme une question qui flottait dans l'air. Ça avait été comme ça tout l'après-midi. Mais la réponse faisait de doute pour personne. Et ses yeux qui me lâchaient pas… ils me lançaient un défi, timide et en même temps plein de culot.*

— Explique-moi comment ça s'est passé. Dis-moi tout en détails.

— J'ai commencé par l'embrasser, doucement au début, puis avec beaucoup plus d'ardeur. Elle avait le visage en feu. C'est bizarre mais j'avais l'impression que de faire ça, que de coucher ensemble à ce moment-là, c'était le seul moyen d'épancher toute notre haine pour ce monde débile déjà ligué contre nous, et aussi tout l'amour qu'on ressentait l'un pour l'autre. Ça avait plus le même goût que d'habitude. Je crois que c'est parce que cette fois-ci, on faisait l'expérience d'une réelle transgression, parce qu'on avait conscience que c'en était une, et rien, dans notre vie de débauche, rien n'avait jamais été aussi intense. C'était la chose la plus folle qu'on ait jamais faite, mais à ce moment-là rien n'avait jamais eu plus de sens. C'était juste la concrétisation d'un amour sans bornes, sans lois, au-delà de toute norme ou de convention. Je me souviens qu'on en tremblait, parce que ce jour-là on s'est comme rencontrés *dans l'acte le plus osé d'une vie obscène et désarticulée. Du moins aux yeux des autres. Vraiment, c'était mal ? Oh oui, mon ami, et encore, vous pouvez pas imaginer à quel point. Et jamais non plus vous saurez à quel point c'était bon.*

— Tyler et toi, vous semblez donc prendre un malin plaisir à

l'immoralité.

— *Ce mot n'a pas de sens. Qualifiez-nous d'amoraux si vous tenez à nous coller une étiquette. Mais immoraux, non.*

— *Tu nies carrément l'existence de la morale ?*

— *Ce qu'elle signifie dans ce monde n'est pas en adéquation avec mes valeurs. Elle a donc aucun sens pour moi, et surtout pas celui d'une norme qui me permettrait de juger mes lois et mes actes.*

— *Quelles sont tes valeurs, toi, Travis, Fils du Rien ?*

— *La volonté de puissance.*

— *Oh. Rien que ça.*

— *Oui. Seuls moi et Tyler l'incarnons comme il se doit.*

— *Qu'est-ce qu'elle signifie ?*

— *Se jeter dans la vie.*

— *C'est tout ?*

— *Ça veut tout dire.*

— *Explique-moi.*

— L'esprit veut maintenant sa propre volonté. Celui qui a perdu le monde veut gagner son propre monde.

— *Eh bien ! Zarathoustra ?*

— *Ouais.*

— Mais tu veux suivre la voix de ton affliction qui est la voie qui mène à toi-même. Montre-moi donc que tu en as le droit et la force ! Es-tu une force nouvelle et un droit nouveau ? Un premier mouvement ? Une roue qui roule sur elle-même ? Peux-tu forcer les étoiles à tourner autour de toi ?

— Je vis de ma propre lumière, j'absorbe en moi-même les flammes qui jaillissent de moi.

— Tu t'appelles libre ? Je veux que tu me dises ta

pensée maîtresse, et non pas que tu t'es échappé d'un joug.

— *J'aime Tyler.*

— *C'est donc ça qui gouverne ta vie entière, hein ?*

— *Vous le saviez déjà.*

— *Oui. Mais je ne pensais pas que votre liberté résidait totalement là-dedans. Il m'apparaît maintenant clairement que c'est au travers de cet amour incestueux que vous avez choisi de créer votre propre monde. J'envisageais ça davantage comme une sorte de conséquence collatérale à votre quête, peut-être même une sorte de refuge. Ce que tu me présentes comme l'axe de ta vie et de ta liberté semble impliquer au contraire qu'il s'agit de la cause, et non de l'effet.*

— *Vous allez avoir du mal à la déraciner. Mais je vais vous regarder essayer.*

— *Je te trouve bien vindicatif pour quelqu'un sous hypnose.*

— *Ça doit être difficile de m'endormir vraiment.*

— *Parce que tu es déjà trop éveillé ?*

— *Un truc dans ce goût-là, ouais.*

— *Vraiment ? Alors… plonge !*

* * *

J'avais chaud, j'avais froid, j'étais bien et puis j'étais mal. On aurait dit que mon corps était totalement déboussolé, il réagissait comme s'il était empoisonné, à lutter dans le vide, à se débattre contre un agresseur invisible. Je le regardais faire sans trop d'intérêt, sans m'identifier à lui. Je commençais à en avoir ras-le-bol. C'était plus confortable pour tout le monde de faire comme si tout ça me concernait pas.

Mes pensées étaient à la dérive, à l'instar d'un radeau laissé à l'abandon, charriant son mort vers nulle part. J'avais plus la moindre envie de faire l'effort de les suivre, et c'était pitoyable de voir à quel point elles étaient larguées sans moi. Elles ramaient bêtement sans aucune cohérence dans leurs mouvements, sans aucune harmonie dans leurs efforts pour faire avancer leur radeau, elles tombaient à l'eau et se noyaient sans faire de bruit, disparaissant les unes après les autres sans que leur capitaine décédé sur les planches ne lève le petit doigt. C'était jubilatoire de regarder mon corps et mon esprit perdre les pédales sans m'émouvoir, sans considérer le moins du monde que c'était de moi qu'il s'agissait. Ils étaient follement pathétiques, et pathétiquement fous.

Mais moi, ça allait très bien.

* * *

— Répète après moi, Montiano : baiser sa sœur, c'est mal.

Je ferme les yeux et m'adresse à mon esprit : *Tu dois t'enfuir. Il faut que tu disparaisses. C'est maintenant ou jamais.*

— Montiano ?

Ne l'écoute pas. Il n'existe pas. Rien de tout ça n'est réel.

— Pourquoi c'est si dur pour toi de répéter cette simple phrase, putain ? Après tout, t'es même pas obligé de le penser. Tu peux juste le dire, histoire de me faire plaisir et que je te foute la paix.

N'obéis pas, menace la voix du samouraï. *Si tu parles, ça va te ronger pour le reste de tes jours.*

— Hors de question, j'articule en direction du soldat en me forçant à ouvrir les yeux et à le regarder.

Il réagit pas vraiment, mais ses yeux s'embuent d'un voile de contrariété. Il semble sincèrement peiné pour moi, et soupire comme si ma réaction l'accablait d'un poids dont il se serait bien passé. Puis il secoue la tête et se tord sur sa chaise pour extraire de la poche de son pantalon un paquet de cigarettes.

Sans rien dire, il se lève et s'approche de moi pour m'en fourrer une dans le bec. Puis il me l'allume, avant de faire pareil pour lui et de se rasseoir. Et il m'observe encore.

Je sais pas comment réagir, alors je me contente de pomper dessus avidement. Pas évident de fumer avec les mains attachées dans le dos, mais je m'y efforce du mieux que je peux. J'avais oublié le goût que ça a, putain.

— Tu te rends vraiment pas service, tu sais… il déplore l'air écœuré. Merde, je veux bien qu'on lutte pour ses principes, mais putain t'as vu dans quel état t'es ? Mec, faut que tu te foutes un truc dans le crâne : tu *vas* flancher. Aujourd'hui, demain, dans trois semaines. Ça revient au même. Ils flanchent tous, à la fin, et bordel, y a pas de honte à ça. Simplement, tu nous épargnerais pas mal de boulot et tu t'épargnerais pas mal de merdes si t'arrêtais de t'accrocher et que tu lâchais enfin prise. Qu'est-ce que ça te coûte, bon sang, de dire une simple phrase ? Comparé à tout ce que tu subis là-bas en cellule ? T'as pas envie qu'on te lâche un peu les noix et d'aller retrouver les autres là-dehors ? Dormir dans un vrai lit, manger de la vraie bouffe, faire de l'exercice ? Regarde-toi. Un dirait un putain de squelette anémié. Et ta sœur, je t'en parle même pas. Si tu le fais pas pour toi, fais-le pour elle, nom d'un chien…

Il écrase sa clope en soupirant une nouvelle fois, puis me reluque avec une sorte de pitié. Une émotion monte lentement en moi, une émotion qu'il serait judicieux de refouler immédiatement, chose dont je suis incapable. Je me fous à chialer, la clope toujours vissée dans la bouche. Parce que c'est le premier mec qui s'adresse à moi comme si j'étais encore un être humain depuis le début de cette atroce histoire.

— Alors ?

Je secoue la tête en détournant les yeux.

— OK, comme tu veux. Je vais te ramener en cellule.

Il se lève et vient se placer derrière mon dos pour me détacher les mains quand la porte de la salle s'ouvre. Sur Fletcher. J'en perds ma cigarette. Ça fait si longtemps que je l'avais pas vu que l'apparition de son visage familier me rend presque heureux. Il me jette un long regard sans expression.

Je peux pas exprimer à quel point ça me détruit. Tout aurait été préférable à cette absence intégrale de reconnaissance. De la haine, du mépris, de la colère, n'importe quoi, putain, mais pas ce regard vide, ces yeux qui me traversent comme si j'existais plus, comme s'il se souvenait même plus de moi. Cette prise de conscience agit sur moi tel le dernier clou du cercueil. L'ultime damnation, sans espoir de retour. Pour lui non plus, je suis plus rien. Même pas le petit fils de pute qui s'amusait à le teaser sur son territoire. Rien de rien.

— Il l'a dit ? il demande à l'autre en levant les sourcils.

— Toujours pas, Commandant. L'a la tête dure, ce con.

— Laissez-nous, Officier Simmons.

— Bien, Commandant.

Il me jette un dernier regard empreint de regrets et passe la porte en la refermant derrière lui. Fletcher s'assoit sur la chaise.

Et pendant un temps infini, il me scrute. Sans ciller. Sans varier d'intensité. Je sais même pas comment il fait, putain. Plus ça va, plus je me dis que c'est un robot qui se cache sous sa peau remarquablement bien imitée. Un robot, rien d'autre. Mais y a un truc bizarre. Au lieu de me tétaniser à mort, comme c'est sans doute son dessein, son regard froid et cruel appelle à lui les forces tapies en moi, ma vie, mon désir, ma volonté, alors que je les croyais disparues à jamais. Ça m'incendie toute la poitrine.

Mon réveil semble le satisfaire. Un mince sourire naît sur sa bouche. Je me redresse sans le lâcher des yeux.

— La tête dure, hein ? il murmure en se parlant à lui-même. La tête dure…

Quelque chose sort de lui, quelque chose comme... un pouvoir, et se faufile à travers ses lèvres, à travers ses yeux, et glisse sur le sol où il frétille ventre à terre, comme un reptile en proie aux affres de l'électrocution, avec une sorte de fébrilité affamée, en filant à toute allure vers moi. Cette chose m'escalade les chevilles et s'enroule autour de mes jambes avant d'atteindre mon ventre, puis monte, monte, monte, monte encore. Et elle pénètre dans une de mes oreilles pour se vriller au centre de mon cerveau.

Sa volonté.

Son pouvoir.

Et il se lève.

Je tremble maintenant comme un malade, mes dents claquent, je suis trempé de sueur. La terreur me possède en entier. Seul lui est capable de me faire plonger si vite dans une panique aussi noire, aussi absolue. La confiance retrouvée dont je me targuais une minute plus tôt vient subitement de s'exiler. Le marionnettiste approche et va tirer sur une ficelle.

Il pose sa main sur le dossier de ma chaise et lui donne une brusque secousse qui me fait vaciller dessus.

— Quel côté ? il demande avec douceur, cette sorte de douceur atroce dont seul lui détient le secret.

— Quoi ?!…

— Quel côté, Montiano ?

— Qu'est-ce que… qu'est-ce que vous voulez dire, je…

— Ce que je veux dire ? Je te demande quel *putain* de côté, voilà ce que je veux dire, Montiano !

Et il donne encore un coup dans la chaise qui tangue violemment.

— Alors ?!

— J'en sais rien, je… Droit, droit, le côté droit !

— Le côté droit ? Tu es sûr ?

— Non, je… oui, j'en sais rien putain !

Et je suis encore en train de bafouiller quand il fait d'un coup basculer la chaise sur la droite, en l'arrachant quasiment du sol. Une seconde plus tard mon crâne va cogner le carrelage où je l'entends se fracasser.

Ça fait un gros crac ignoble qui me donne direct envie

de vomir.

Et puis, j'en sais rien. Sans doute que je m'évanouis.

* * *

À force de batailler dans le vide, tout le monde a fini par se calmer. C'est marrant à quel point on peut parfois s'apparaître à soi-même comme un sale gosse qui fait des conneries juste pour qu'on s'occupe de lui, un misérable moutard qui sait plus quelle bêtise inventer pour attirer l'attention du monde. Et dire que j'avais toujours pris ça tellement au sérieux, une vraie petite môman bien soumise, toujours à l'écoute, toujours disposée à tendre le putain de bâton.

Merde à tout ça.

Depuis quelque temps, mon corps vivait sa vie. Il chiait quatre fois dans la journée, dégueulait des litres de liquide provenant d'on ne sait où, rêvait de choses qu'il m'interdisait de me souvenir, suait sang et eau quand ça le prenait... Pour ce que j'en savais, il aurait aussi très bien pu aller se balader la nuit dans la jungle et fricoter avec l'esprit malin qui la hantait sans juger bon de m'en avertir.

Niveau mental, c'était le même délire. Mon cerveau décidait soudainement de se remémorer des trucs que je croyais effacés de ma mémoire, la voix du samouraï revenait sans qu'on l'ait sonnée, et puis, dans une fulgurance spontanée, m'autorisait un bref instant à entrevoir ma vie avec ce qu'on pourrait qualifier de "sagesse insoupçonnée".

Tout le monde vivait tranquillement son petit truc de

son côté en me laissant sur le carreau à l'instar d'un vieux serviteur inutile qu'on ose pas flanquer à la porte, mais qui commence à nous les briser menues avec son petit air emprunté et sa façon agaçante d'être toujours dans les pattes.

OK les gars, je démissionne. Continuez peinards à faire votre salade sans me tenir au courant. Et si un de ces quatre vous avez besoin de mes services, souvenez-vous que j'existe plus, que je suis parti tout droit devant et qu'y faut plus compter sur moi à l'avenir.

* * *

Quand je reviens à moi, je suis de nouveau assis sur la chaise, l'Officier Simmons en face de moi. Mes mains sont détachées et Fletcher a disparu.

Un bref instant, je me demande si je viens pas d'imaginer tout ça, ce qui est idiot : le côté droit de ma tête me lance et je crois sentir du sang couler le long de ma joue. J'ose pas lever la main pour vérifier ce qu'il en est.

Si la volonté de ce fameux Simmons est de me faire m'apitoyer sur mon propre sort, on peut dire que c'est réussi. Ses yeux emplis d'une douloureuse sollicitude me foutent tellement les boules que je craque total. C'est lamentable, et surtout abominable. Pleurer devant un ennemi qui prétend être ton ami, je pense qu'on peut difficilement faire pire en matière de piétinement de l'estime de soi.

— C'est rien, bonhomme, qu'il fait histoire d'en rajouter une couche. C'est rien, va, laisse couler…

Et le pire, *le pire*, putain, c'est que ses paroles me font du bien. Pour un peu, je l'implorerais de me prendre dans ses bras et de me tapoter le dos en me chuchotant : Là, là, c'est fini… Tout va s'arranger…

C'est même plus la peine de faire semblant. Je m'appartiens plus. C'est devenu n'importe quoi, tout ça, et mon identité, cette satanée putain d'identité, je peux même plus dire si j'en aie jamais possédé une un jour. Mais c'est même pas à eux que j'en veux finalement, c'est plutôt à ce qui reste de moi, ce qui *ose encore* se faire appeler moi dans cette chiffe honteuse, pitoyable et attardée que je suis devenu.

Cette fameuse conscience dont je me targuais si bien, hein, elle où, maintenant ? Où est-ce qu'elle se cache, putain, quand j'ai vraiment besoin d'elle ?

Spade va me rire au nez. Spade va s'étouffer à force de se poiler la prochaine fois qu'il me verra.

Simmons me tend une nouvelle cigarette, sur laquelle je me jette comme un misérable larbin. Son geste pour me donner du feu me semble si intime que je le savoure en le prolongeant inutilement. Tenir cette clope entre mes doigts, inhaler sa fumée, sentir son odeur, sa chaleur dans ma gorge, tout ça me procure un déferlement de sensations qui me font chavirer d'extase. Parce que ça signifie rejoindre le monde des Hommes, le monde des vivants. Ceux qu'ont le droit de rire, de fumer, de parler. Ceux qu'ont le droit de se tuer d'un cancer du poumon si ça leur chante.

— Ça fait du bien, pas vrai ?

Je hoche la tête en souriant comme un teubé. Comme le

putain de dernier des teubés.

— Au fond, tout ça, c'est pas vraiment contre toi. Merde, c'est vrai que c'est pas bien, de baiser sa sœur. Même si bon, y a pas mal de bleds dans ce putain de pays où personne se gêne pour le faire. Tu viendrais pas de chez les bouseux des plaines ou une connerie comme ça, nan ?

Sa question est si saugrenue que ça me fait éclater de rire. Putain, je me fais peur. Deux petites larmes idiotes jaillissent de mes yeux tandis que je me marre toujours. Et lui aussi, il se marre.

— Tu rigoles, mais ça expliquerait des tas de trucs !

Et on se marre, on se marre, on en peut plus de se marrer. Je tire sur ma clope et je lui réponds :

— C'est con, hein. Mais nan, pas du tout. Je suis né ici, dans le coin.

— C'est con, en effet. J'aurais pu magouiller pour te faire une espèce de dérogation spéciale, je suppose.

— On m'avait jamais dit que vous étiez un comique, Officier Simmons.

— J'ai mes moments.

On lâche encore un petit rire et il ajoute :

— Mais bon, tu te doutes bien que dans le quartier, c'est pas ce qu'on pourrait appeler bien vu de faire preuve de ses talents de mariole, quoi. Parlant de ça, faut qu'on retourne à nos moutons, Montiano.

Une onde glaciale recouvre ma bonne humeur hystérique. Et pourtant, je glousse toujours.

— Balance-le, mec. Une bonne fois pour toutes. Après tout, une fois que ce sera fait, peut-être bien qu'ils tarderont pas à te libérer, et tu pourras justement la baiser tranquille jusqu'à t'en faire péter les burnes, ta sœur, si ça te dit.

Pourquoi est-ce que je ris encore ? Pourquoi est-ce que je peux plus m'arrêter de rire, sa mère ? Et voilà que… sans que je le sente venir… je le dis. Je le dis en étant plier en deux, en ricanant comme un illuminé :

— C'est pas bien de baiser sa sœur ! Haha !

Bizarrement, ma réponse ne semble pas le satisfaire.

— Comme c'est vilain, mon Dieu ! Comme c'est dégueulasse, bouuuuuh ! Et pourtant, pourtant, vous savez quoi, Officier Simmons, hein, vous savez quoi ? J'ADORE ÇA, PUTAIN !

* * *

Je me sentais largué, mais qui sait si cette étrange médecine n'avait pas tout manigancé ? La perte d'identité pouvait très bien être une étape fondamentale dans la voie que je m'efforçais de suivre. D'une manière générale, la perte et le dépouillement progressif de toutes ses caractéristiques personnelles avaient toujours constitué un pas décisif dans toute sagesse.

Ça m'a encore fait penser à *Dead Man*. Au fond on se demande si la véritable sagesse ne s'acquiert pas que dans la mort.

C'était pas un truc vraiment nouveau pour moi, parce que ça revenait au même que le renoncement à l'idéal fantasmé de soi-même dont j'avais parlé avec Spade. Ça faisait longtemps que j'avais plus pensé à lui, mais d'y songer maintenant me surprenait pas plus que ça. Il avait été le premier à voir la faille en Tyler, et je suis désormais convaincu qu'il savait que je finirais seul sur la route. Mais au final, un envoyé du destin tel que lui ne sert qu'à colporter les mauvaises nouvelles.

L'avenir ne fait que confirmer ce qu'on sait déjà.

Tout ça appuyait encore un peu plus le côté inéluctable de ma présence ici.

* * *

Le lendemain, on crevait la dalle, et on s'est tapé un petit dej monstrueux dans un de ces endroits de bord de route où y te servent du gras 24H/24. Ça se voyait qu'on avait rien bouffé de cohérent depuis des jours, parce qu'on s'est gavés comme des porcs, à tel point que la rombière qui faisait office de serveuse nous a jeté un drôle de regard.

— J'ai pas envie qu'on fasse de plan, a déclaré Tyler en repoussant enfin son assiette et en croisant les bras.

— Moi non plus. On a qu'à se contenter d'improviser.

— Vivre au jour le jour, je crois que ça me suffirait pour être heureuse. Tu sais, aller un peu où le vent nous porte. Suivre les signes, comme ça, sans réfléchir.

— Mais ça aussi c'est un plan, j'ai fait pour la taquiner.

Elle a plissé les yeux en murmurant :

— Tu sais très bien ce que je veux dire…

— Ouais, je sais. Et si notre seul plan c'est de pas avoir de plan, ça reste acceptable.

— T'es qu'un philosophe.

— C'est toi qu'es en train de philosopher.

— Au contraire, moi ce que je dis c'est qu'y faut qu'on lâche l'affaire avec tous nos grands principes à la mords-moi-le-nœud et qu'on devienne des putains de sauvages. Parce que cette saleté de philosophie, justement, ça nous a pas du tout réussi jusque-là.

Elle semblait soudain très énervée.

— Tu regrettes ?

— De quoi, d'avoir perdu des mois de ma vie dans une maison de correction, et deux ans dans l'héro ? elle a rétorqué avec amertume.

Ça m'a fait mal de l'entendre causer comme ça, comme si elle reniait tout ce qu'on avait été.

— J'ai méchamment envie de passer à autre chose et ça me surprend que ce soit pas ton cas à toi aussi, merde !

— Bien sûr que si, Tyler, mais je compte pas non plus cracher sur les choix qu'on a faits à l'époque en refusant de les assumer.

— On les a déjà plus qu'assumés, t'en fais pas pour ça... Ça voulait dire quelque chose, à une époque, mais plus maintenant. Il est carrément temps de changer de crédo.

— Qu'est-ce que tu proposes ?

— Je sais pas, putain, arrêter de jouer les philosophes à deux ronds, déjà, pour commencer ! Être plus primaires, plus viscéraux, quoi, plus instinctifs. On a toujours cogité comme des malades sur ce qu'on devait faire de notre vie, au point de se retrouver en taule pour des principes à la con, alors qu'elle est là, notre vie, là, *maintenant*, et faudrait peut-être qu'on se contente de la vivre, tout simplement. Tu te souviens de ce passage dans le livre de Sam

Shepard ? *La vie, c'est ce qu'y vous arrive pendant que vous rêvez de faire autre chose.* Ça me fait bien chier de le reconnaître, mais j'ai comme l'impression qu'on s'est fait niquer en beauté et qu'il serait plus que temps qu'on l'applique, cette putain de phrase !

Ses paroles remuaient quelque chose de très profond en moi, de très ancien, comme si elles s'adressaient à ma partie animale, et je me suis senti avide, avide de vivre comme elle le disait, et j'ai adoré ça.

— Tu m'excites, Tyler.

— C'est le but. Si t'es excité, tu seras d'accord pour faire tout ce que je te proposerai.

— Je confirme.

— Alors va régler ce qu'on vient de bouffer, prenons la caisse et tirons-nous d'ici.

* * *

Les pensées s'étaient toutes noyées les unes après les autres, mon corps avait cessé de gémir et de sortir sa flotte, tout le monde semblait un peu surpris de voir son chef d'orchestre tourner le dos à la scène pour manger son sandwich tranquillos.

Z'êtes calmées, les filles ? j'ai fait par-dessus mon épaule.

Personne dans l'assemblée n'a moufté.

J'ai grimacé un sourire et fait craquer mes jointures.

C'était pas trop tôt. On allait enfin avoir un peu de calme là-dedans et pouvoir commencer à causer sérieusement.

***

Vous et votre amour étriqué, votre désir parqué, muselé, défiguré afin de le rendre acceptable et conventionnel.

Vous, morts-vivants infoutus de donner un nom à ce que votre cœur résigné appelle de ses dernières forces souffreteuses de moribond.

Vous qui faites tomber sous le sceau d'une loi que vous comprenez même pas ce que la Terre peut engendrer de plus beau.

Vous, bande de tordus et de dégénérés, qui traficotez avec vos plus bas instincts dans l'ombre de votre propre conscience, et qui finissez par sombrer dans la violence commune et normative de la maltraitance conjugale, en vous vengeant de votre impuissance sur vos femmes et sur vos enfants.

Vous qui fantasmez secrètement sur la chair vierge, sur une innocence qui vous a toujours été refusée, qui n'est pour vous rien de plus qu'une image d'Épinal, un faux souvenir implanté comme quelque chose que vous auriez perdu, quelque chose qu'il vous faudrait chercher avidement une vie durant, alors que vous ne l'avez jamais connue, et qui êtes fous de rage et de jalousie face aux vrais innocents qui vivent encore dans le péché insouciant du paradis, à tel point qu'il vous faille les déposséder, les priver, les punir, les détruire et les immoler en place publique, afin d'affirmer qu'il existe une justice vengeresse contre ceux qui ont l'outrecuidance de vivre selon leurs lois, en prouvant aux autres, à travers un châtiment exemplaire, que cela ne se peut pas, et que cela ne se *doit* pas.

Vous, bande de médiocres, de faibles, de lâches, de peine-à-jouir, de frustrés, de tordus et de chialeurs.

Un jour de ma vie vaut plus que toutes les vôtres réunies.

Et à Dieu ne plaise que jamais sur ma croix je ne me repentirai !

* * *

Je voulais plus être le terrain de jeu de toutes ces choses qui s'agitaient en moi. Ça commençait à bien faire de me laisser bouffer de l'intérieur par toute cette noirceur. Qu'elle trouve quelqu'un d'autre à hanter. Qu'elle se trouve une putain d'autre âme à dévorer. Je voulais plus être ce noyé qui se croit vivant alors que des saloperies de serpents lui sortent par la bouche. Ma colère retrouvée avait au moins ça de bon qu'elle allait faire un putain de grand ménage là-dedans. Terminé de jouer les zombies. Je me laisserais plus entraîner par ces pensées obscures qui m'appartenaient même pas. Je dilapiderais plus mon énergie à nourrir et faire grandir ce qu'était en train de me tuer. Et je me fatiguerais même plus à lutter contre ça, parce que c'était encore lui accorder trop d'importance, et foutre de l'essence dans son putain de moteur.

Mes pensées n'étaient pas moi. C'était inutile de chercher à diriger mon esprit. La seule chose qui méritait ma confiance, c'était mon cœur, parce que lui seul savait identifier ce qui était moi et ce qui ne l'était pas, lui seul pouvait me désigner les mauvaises énergies qui prenaient possession de mon esprit et de mon corps, et me permettre de m'accrocher à quelque chose quand elles cherchaient à m'ensevelir dans leur chaos.

Leur domination devait cesser. Mon esprit devait être radicalement nettoyé. Il avait été aveugle pendant bien trop longtemps. Tout ce qu'il savait du monde, c'est ce que ces pensées lui avaient raconté, leur façon bien à elles de le décrire. Elles lui chuchotaient leur propre vision de l'univers, leur propre version de l'histoire, mais elles n'étaient pas des témoins fiables. Elles falsifiaient tout. Elles déformaient tout. Elles lui racontaient n'importe quoi. Et le monde qu'elles inventaient se déployait autour de lui, et moi je vivais dedans, persuadé que c'était le vrai monde, le seul monde qui soit.

Je me devais de transcender toute cette merde. Par respect pour la plante, pour moi, pour Tyler. Pour qu'elle puisse vivre en moi, je devais lui faire de la place. Je devais purifier ma tête et laisser s'exprimer mon cœur, autrement, tout ce qu'y me restait d'elle, les sales pensées s'en emparaient et transformaient son souvenir en un de leurs mensonges. Et mes yeux voyaient des fantômes sur le bord des routes.

Je devais reprendre le contrôle, retrouver la pleine possession de moi-même, mais produire de nouvelles pensées pour chasser les premières ne rimait à rien, on entrait dans le cercle, on jouait leur jeu. La plante me l'avait démontré. Rien que d'y penser, j'avais envie de vomir.

Tout ce que j'avais à faire, c'était de me détacher de tout

ça, une bonne fois pour toutes. Puisque je pouvais pas les vaincre en jouant selon leurs règles, la seule chose à faire était de nier leur existence, les mépriser, les ignorer, les traiter comme la merde qu'elles étaient. J'avais bien vu que ça fonctionnait. Même si leur description du monde était parfois séduisante et criante de vérité, je devais me souvenir que j'avais pas besoin d'elles pour voir, parce que j'avais mes propres yeux pour ça.

Le regard de mon cœur.

Lui seul était relié à Tyler, lui et rien d'autre. Le pouvoir de l'intellect avait fait son temps, le règne du mental devait prendre fin.

Il était plus que temps de passer à autre chose.

* * *

Ça nous a pas demandé beaucoup d'efforts de nous laisser porter par le courant, en fin de compte, même si le lâcher-prise implique une certaine discipline mentale, une ouverture suffisante pour accepter de s'en remettre au hasard. En ce qui nous concerne, et surtout après avoir été prisonniers pendant des années, c'était plutôt un soulagement.

Cesser de se sentir obligés de provoquer le monde entier pour mettre à l'épreuve notre courage et nos principes, être enfin tournés vers nos véritables désirs, arrêter de vivre en réaction à un monde qu'on haïssait et se rapprocher de notre propre vérité...

Ce que m'avait dit Spade me tournait dans la tête. Il avait raison, même si j'avais refusé de le reconnaître à l'époque. Ce qu'on avait, c'était des valeurs d'esclave, et rien d'autre. Tyler avait senti qu'on devait changer de cap si on voulait avoir une chance d'évoluer.

On a profité d'être dans cette ville qu'était finalement pas si merdique pour s'équiper un peu. Quelques sapes décentes et surtout du matos pour camper dans la nature : une tente, des sacs de couchage, un réchaud et des gamelles, des frontales. Des bonnes chaussures de marche aussi, et des sacs à dos, ainsi que quelques cartes routières. Rien de superflu.

Tyler était complètement à balle, survoltée, ça faisait vraiment longtemps que je l'avais pas vue excitée comme ça. Je me souviendrai toujours de ce sourire qu'elle a eu en enfilant ses nouvelles pompes, des espèces d'engins de guerre noires et montantes, curieusement gothiques, qui lui donnaient un look de Lara Croft des ténèbres. Elle a pas pu attendre d'être à la voiture pour se les foutre aux pieds, et elle a rebondi avec comme si elle était montée sur ressorts, comme une gamine. Elle a jeté ses vieilles baskets dans la première poubelle venue.

— C'est dingue comme une femme peut se sentir différente simplement avec des nouvelles chaussures, elle a fait en défilant devant moi les mains sur les hanches, en tortillant exagérément son cul d'une façon que j'ai trouvée outrageusement sexy.

Je me suis adossé contre la voiture en m'allumant une clope, comme si elle était pas en train de me faire monter une gaule d'enfer.

— On dit ça pour des talons normalement, nan ?

Elle a fait volte-face, le sourcil relevé. Et ça m'a fait la désirer encore plus fort. De toute façon, depuis que j'étais clean, j'avais désespérément envie d'elle. *En permanence.*

Elle a marché vers moi et a posé son pied sur la carrosserie pour me faire apprécier cette arme noire et brillante qui faisait saillir la minceur de sa jambe et la blancheur de sa peau. Le résultat était admirable.

— Ouais mais moi je suis pas comme les autres femmes, elle a minaudé en fronçant le nez et en me poussant l'épaule, avant de se jeter à mon cou en me plaquant sauvagement contre la caisse, son genou crocheté autour de mes hanches, pour m'emballer comme une collégienne qu'a le feu au cul.

* * *

— On dirait que tu t'es remis.

— Ouais, ça va mieux. Je me sens plus fort aujourd'hui.

— Ça se voit. Tu as l'air déterminé.

— J'ai l'impression que mon besoin d'en finir avec ce qui me pollue est en train de s'affirmer.

— Ta volonté se renforce, c'est bien. Tu dois déjà y voir plus clair.

— Par moment, ouais. J'ai l'impression de comprendre beaucoup de choses, mais je sens bien qu'y a encore pas mal de trucs qui se trament, plus ou moins à mon insu. J'ai encore fait un rêve très étrange, dont je me souviens à peine, et que je suis pas foutu de piger. C'est difficile de faire preuve de discernement sans passer par la pensée, mais si je laisse mon mental saisir les choses, il les transforme, et je vois bien que c'est pas la bonne manière de procéder.

— Essaye de pas vivre au sein de tes pensées. Cherche plutôt le lieu de leur naissance. C'est là que tu trouveras tes réponses.

— D'où elles viennent, les pensées ?

— Ça dépend de leur type. Elles peuvent naître d'un sentiment ou d'une intuition, venir du corps, ou du cœur. Ou encore d'une énergie extérieure à toi. Encore une fois, le problème c'est pas tant les pensées que ce que t'en fais. Contente-toi de les regarder. Elles transmettent des informations précieuses sur tout un tas de choses, si tu te jettes pas dessus pour te les approprier.

— Je veux plus m'identifier à elles. Parfois j'ai l'impression qu'elles sont complètement étrangères à moi, et qu'elles sont même carrément nocives.

— C'est l'usage que t'en fais qu'est nocif, parce que tu les saisis et te confonds avec elles. Et c'est normal qu'elles t'apparaissent comme une implantation étrangère, ça veut dire que tu les vois avec ton vrai regard.

— Ouais enfin c'est quand même une gymnastique mentale super complexe d'exercer son esprit à pas s'identifier à elles.

— Ouais, mais comme toute gymnastique, plus tu pratiques, plus ce sera simple, et plus tu pourras aller loin dans l'effort, en terme d'intensité et de diversité dans la pratique. Exerce ton vrai regard. Fais-lui confiance. Tu verras que ta propre estime va remonter en flèche, plutôt que d'être noyée dans la négativité.

— Est-ce qu'avec ce nouveau regard, je vais pouvoir comprendre mon destin ?

— Est-ce que tu comprends déjà mieux ton comportement passé ?

— Oui.

— Alors tu es déjà en mesure de comprendre ton destin. Si tu peux déterrer les mécanismes qui ont régi ta vie jusque-là, alors tu peux choisir quelles seront tes actions aujourd'hui, et écrire ton futur.

— Je suis pas sûr que ce soit moi qui façonne ma vie, Wish. J'ai plutôt l'impression que c'est la vie qui me façonne.

— Les deux sont liés. Tu crées les conditions qui te conditionnent. C'est toi qui engendres les choses qui vont t'influencer. C'est toi qui donnes du pouvoir aux choses qui t'entraînent, en te tirant vers le haut ou en te soumettant.

— Et elle est où, la vraie liberté, là-dedans ? À une époque je croyais que c'était de se façonner, de se forger soi-même selon son idéal qui faisait de toi un être libre. Je voulais désenchevêtrer tous les fils du conditionnement pour renaître presque comme un pur produit de ma volonté, comme le fruit d'une ontogenèse, tu vois. Comme le résultat d'une discipline, comme ma propre œuvre d'art. Et maintenant je m'aperçois que j'ai fait fausse route, et que je suis obligé de détruire ce que j'ai forgé. Je suis en train de fuir les fantômes que j'ai créés, parce que le monde que j'ai construit autour de moi c'est pas le vrai monde, mais ce que mon esprit en a fait. J'ai vécu au sein d'un mensonge que je me racontais à moi-même. Je croyais que je gouvernais ma vie librement, alors que j'étais soumis à une idée que je me faisais de la vie. Alors elle est où la putain de liberté dans tout ça ?

— Tu sais, je crois que c'est un peu inévitable ce genre de truc quand on est jeune. C'est pas la peine de dramatiser. Pour quelqu'un qui cherche consciemment à vivre librement, selon un modèle qu'il aurait inventé tout seul, en se détachant totalement de l'influence de la société dans laquelle il est né, c'est fatal de tomber dans ce genre de piège. Je dirais même que c'est un passage obligé, une des grandes étapes de la voie. Tu crois pas que moi c'est pareil, avec mon chapeau de cowboy et mes grands airs, sans déconner ? On peut pas passer du stade du conditionnement à celui de la liberté sans d'abord s'être conditionné soi-même avec des grands principes qu'on doit abandonner par la suite. Y a rien de grave. Du moment que tu finis par en prendre conscience, et que tu décides de te déconditionner de toi-même. C'est loin d'être simple, et dans un premier temps t'as l'impression d'être plus rien, tellement t'étais habitué à tenter de correspondre à la grande idée que tu te faisais de toi-même. Mais ça marque l'avènement d'une nouvelle ouverture sur le monde. Elle est là, la liberté. Dans le fait d'être ouvert à tout ce que la vie peut t'offrir, mais sans rien exiger comme un sale gosse capricieux. C'est dans ce sens que je dis que tu crées les conditions de ton destin. La différence réside dans le fait d'être ouvert à tout, ou seulement à certaines choses. C'est ta vision qui fait la différence. Si elle est libre et sans à priori, alors tout peut arriver. Mais si tu pars d'emblée avec une idée précise de ce que tu cherches, tu pourras rien obtenir d'autre. C'est ton regard sur les choses qui installe les conditions de ce que les choses pourront t'apporter. Si ton regard est libre, alors toi aussi tu seras libre. Et ton destin sera celui d'un Homme libre. Est-ce que tu comprends ? Quoi qu'il advienne, ton destin est entre tes mains.

— Alors c'est moi qui ai tué ma sœur.

— Ta sœur voulait mourir, Travis. Même si vos destins étaient liés, c'est pas toi qui l'as tuée.

— C'est à cause de notre façon de vivre. Elle avait pas compris que la mort c'est pas la seule chose réelle. Elle est morte pour une idée.

— Tout le monde peut pas en dire autant. Même si c'est une idée fausse, il y a de la grandeur à sacrifier sa vie à un idéal. C'est la marque d'un esprit fort, d'une volonté implacable. La plupart des gens sont des mollusques. Quelqu'un comme ta sœur avait au moins le courage de ses convictions.

— Mais elle a été tuée, Wish. Elle s'est pas jetée dans le vide comme elle le voulait.

— On peut appeler la mort de différentes façons, c'est pas toujours nécessaire de se suicider. Quand quelqu'un veut mourir, il meurt, Travis. Peu importe la façon dont ça doit arriver. Je pense qu'elle avait suffisamment de force pour faire venir la mort à elle, puisque toi tu l'empêchais de le faire à sa manière.

— Elle avait raison. On avait atteint le point le plus haut. C'était le bon moment pour mourir.

— Nan. Toi tu savais que c'était faux, pas vrai ? Au fond de toi, tu savais qu'il y avait d'autres montagnes à gravir.

— Oui. Oui, je le savais. Mais je savais pas que je devrais les gravir sans elle. Autrement, j'aurais fait ni une ni deux.

— Je sais. Mais quand deux personnes veulent pas la même chose, leurs chemins se séparent, peu importe comment ça doit arriver. Ça finit fatalement par se produire. En ce qui vous concerne, la mort était l'unique moyen d'une séparation.

— Est-ce que je vais pouvoir la retrouver, Wish ? Je me fous pas mal de tout le reste. J'en ai rien à battre des montagnes à gravir. Tout ce que je veux, c'est la retrouver.

— Je sais, Travis. Je sais. Mais je peux pas te donner de réponse. Tout ce que je peux te conseiller, c'est de continuer à gravir les montagnes en espérant qu'elle se cache derrière l'une d'entre elles.

— T'es pas en train de me tromper, hein ? Tu me le dirais si y avait aucune chance pour que je la retrouve, pas vrai ?

— J'ai aucun intérêt à te mentir. Et je te confirme que la seule chose que tu puisses faire c'est de poursuivre tes efforts. J'ignore si tu pourras retrouver ta sœur, et dans quelles circonstances ça pourrait advenir, mais le seul pouvoir dont tu disposes à ce sujet, et au sujet de ta vie entière, réside dans le travail que t'es en train d'opérer sur toi-même. Mais si t'as une autre option à proposer, je t'écoute.

— J'ai que dalle, et de toute façon jamais j'en viendrai à regretter ce que je suis en train de faire ici. Au contraire. J'aurai au moins la certitude d'avoir tout tenté.

— Le travail que tu fais, c'est le seul enseignement qui soit pour tout Homme qui désire aller mieux, peu importe ce dont il souffre. Et je parle pas de l'ayahuasca ou des autres plantes. Les plantes sont juste des aides miraculeuses pour t'aider à y voir plus clair, mais elles ne sont pas la solution aux maux. Il faut se mettre en retrait, pour s'ouvrir et relier son être à tout ce qui est, à sa véritable essence qui est aussi celle du monde. C'est la seule tâche qui nous incombe à nous, êtres humains. Et c'est une tâche noble et belle. Le salut de notre espèce ne peut venir que de la dévotion sincère à cette unique préoccupation. Crois-moi, Travis. L'univers entier retient son souffle pour te permettre de faire un pas supplémentaire sur le chemin de ton destin.

* * *

Et là j'ai senti que j'allais devoir me détacher d'une partie de moi. J'allais devoir me dépouiller, m'éplucher, me décortiquer. Jeter les lambeaux de mon passé, la mue sèche de ce que j'avais été, les fragments de cette histoire que je tentais péniblement de m'approprier, ces morceaux sans vie d'un ancien moi qui m'emprisonnaient dans une peau devenue trop petite et m'empêchaient de grandir.

J'allais être forcé de balancer tout ça aux ordures. Et sans doute de l'enterrer à jamais.

Le papillon sortait de sa chrysalide. Voyez ça comme une renaissance.

J'allais enfin parvenir à émerger de mes croyances, faire table rase de ce que j'étais convaincu de savoir pour (re)découvrir le monde et moi-même d'un œil neuf, vierge de tout préjugé ou dogme, libéré d'un système de pensée esclavagiste. J'allais enfin arracher la carapace qu'on m'avait enfilée à la naissance, et que je n'avais jamais cessé de renforcer, toute ma vie durant, pour révéler ce que j'étais vraiment : un acteur plaintif et handicapé qu'en peut tout simplement plus de porter son costume et son maquillage de clown, et qui voudrait juste sortir de scène, arrêter la représentation, filer en coulisses retirer tout ça, et prendre enfin une longue douche froide.

* * *

Je crois que c'est à ce moment-là qu'on est tombés amoureux de la route. Le fait d'être tout juste désintoxiqués amplifiait ce sentiment d'abandon et de liberté totale. Nos corps réapprivoisaient des sensations oubliées. Le vent dans les cheveux, la musique sur l'autoradio. L'immensité du paysage.

Et, accessoirement, se baiser comme des sauvages.

Notre univers avait été restreint et clos sur lui-même pendant si longtemps que ça revenait à sortir de prison. C'est à la vie elle-même qu'on était en train de revenir.

Tyler reprenait des couleurs et un peu de chair sur les os. La voir comme ça me transportait. Quand le soleil amorçait son déclin, elle descendait la vitre en entier et elle était là, toute calme, à absorber la lumière et les odeurs de la fin du jour. Les lueurs des rayons mourants incendiaient ses cheveux et irradiaient son visage d'une pureté magnifique. Ses yeux reflétaient la magie, le mystère ineffable de la création.

J'ignore à quoi elle pensait dans ces moments-là, mais elle semblait avoir accès au secret le plus profond de l'univers. Et elle communiait avec lui.

* * *

Ça a été une nuit de fou. Un vrai truc de barjo.

J'avais pourtant plongé dans le sommeil facilement, pour pas dire naïvement. Si j'avais su ce qui m'attendait, probable que j'aurais carrément évité de pioncer. Mais en fait, j'ai du mal à faire la distinction entre ce que j'ai rêvé et ce que j'ai vraiment vécu. Ça a d'ailleurs sans doute pas d'importance, puisque cette nuit-là reste pour moi affreusement réelle, ou atrocement irréelle, ce qui revient au même en terme de vécu. Dans les deux cas, l'impression que ça me laisse est du domaine de l'expérience pure, quelque chose que mon corps et mon âme ont éprouvé dans leur chair, et pas symboliquement. J'avais toujours voulu accorder autant de réalité aux rêves et aux hallucinations qu'aux périodes de conscience normale, puisqu'ils ont tout autant d'influence sur un Homme les uns que les autres, mais je dois reconnaître que dans ce lieu des choses sérieuses, ça prenait une ampleur et un éclat de vérité démultipliés.

Je suis assis dans mon hamac, et y a trois chamans avec moi. C'est le genre de hamac super large qui peut contenir une famille entière, et incroyablement stable en plus, parce qu'on est tous les quatre assis en tailleur les uns en face des autres, en cercle. Y a une moustiquaire conique autour de nous, du coup on se croirait dans une sorte de tente, comme un tipi. D'ailleurs, ces chamans ont plus le style indien natif qu'amazonien, avec leurs longs cheveux nattés. Celui qu'est en face de moi a les siens lâchés, qui lui tombent jusqu'à la taille. Une fois de plus, il est en train de m'expliquer un truc fondamental, mais je parviens pas à me concentrer. Je tressaute en tous sens tandis qu'il continue de parler comme si de rien n'était. Je m'efforce de suivre ce qu'il raconte, mais mon corps me pique de partout et c'est terriblement agaçant.

Je me suis réveillé pour constater que c'était pas qu'une impression. J'ai allumé ma lampe de poche pour réaliser que j'étais en train de me faire dévorer vivant par ces enculés de moustiques. Y en avait dans toute la piaule, elle en était littéralement infestée, un truc abominable, à te faire chialer de désespoir. Je voyais pas comment j'allais pouvoir tous les exterminer. Y en avait des milliards, bordel. Et ils continuaient à se poser sur moi en grappe, ces bâtards.

J'ai enfilé un tee-shirt et un falzar, mais ces petits salopards me piquaient encore au travers, alors je suis sorti du *tumbo* en m'allumant un *mapacho*, et c'est là que j'ai vu le trou dans la moustiquaire. Je me suis rapproché. Il était assez gros pour laisser passer la tête d'un Homme, et il avait été découpé très consciencieusement en cercle.

Mon cœur a sauté une marche.

Soit je cédais tout de suite à la paranoïa et m'enfuyais en hurlant jusqu'au village, avec toutes les chances de m'égarer à jamais, soit je respirais un grand coup et remettais les explications à plus tard.

Je me suis décidé pour la deuxième option.

Je regrettais amèrement d'avoir omis de parler à Wish

des pas que j'avais entendus un peu plus tôt dans la journée, parce qu'il faisait aucun doute pour moi que c'était la présence que j'avais sentie rôder qu'était l'auteur du massacre de ma moustiquaire. J'ai regardé tout autour de moi avec circonspection. Bien sûr y avait rien à voir, mais ça voulait pas dire que la chose était pas là à m'épier. J'ai levé les yeux vers le ciel, c'était la pleine lune, on y voyait comme en plein jour. *Pourquoi ça ne m'étonne pas ?* je me suis dit en moi-même.

J'ai pris sur moi de retourner dans la cabane en frissonnant d'avance, et j'ai décroché mon hamac pour aller le pendre entre deux arbres, dans l'idée de finir ma nuit dehors, en prenant soin de laisser la porte ouverte pour que le maximum de ces petits enculés se barre. Et puis seulement après ça j'ai pensé à la *maloca*.

J'étais sauvé.

Je me suis allongé sur un tapis en tentant de rassembler mon calme. La nuit allait être longue, le mieux serait de dormir, ça passerait plus vite, et je causerais avec Wish dès le lendemain.

Ça m'a demandé un certain temps. J'étais complètement à l'affût des bruits de pas que je savais devoir venir, et mon imagination les entendait déjà, perdus au milieu de tous les autres bruits de la jungle. J'ai enroulé mon tee-shirt autour de ma tête dans l'espoir futile d'étouffer un peu la rumeur de l'extérieur, et j'ai replongé.

Maintenant, le chaman à cheveux longs est en train de baiser Tyler sous le regard placide de ses deux acolytes, plantés au pied du lit. Elle gémit, il grogne comme un porc en rut, c'est une putain de catastrophe. Je sais pas où je me situe exactement, mais visiblement j'ai pas le pouvoir d'intervenir, autrement je leur aurais botté le cul à tous les deux, et je me serais servi des deux navets pour les fracasser avec. Mais non, je suis le témoin impuissant de cette scène, et je dois me taper le film jusqu'à son dénouement logique, c'est-à-dire ce porc de chaman ahanant de plus en plus vite pour terminer avec un grognement final sur lequel il s'affaisse sur ma sœur, dégoulinant de sueur et puant le foutre à plein nez. Ensuite Tyler se relève, le laissant dans son coma gluant et chuchotant des saloperies à l'adresse de son petit cul nu qu'elle promène jusqu'à la salle de bain de ce qui ressemble à un hôtel minable. Je la regarde se rafraîchir en face du miroir, étudier son visage, se remettre les cheveux en place, puis enfiler son jean et son débardeur avant de quitter la chambre. Je la suis le long d'une route poussiéreuse. C'est la nuit. On se croirait au Far West. Elle marche vite, comme si elle fuyait un truc, ou alors qu'elle était pressée d'aller en retrouver un autre, et elle chantonne pour elle-même. Cette chanson de PJ Harvey, The Dancer. *Elle marche jusqu'à quitter la ville et s'enfonce dans les dunes. Elle en gravit une, et s'assoit en son sommet. La lune projette des reflets magnifiques sur son visage encore luisant de la sueur de l'autre. Des larmes argentées baignent ses joues. Je l'appelle dans ma tête, mais ma voix ne parvient pas jusqu'à elle. L'un comme l'autre, on est prisonniers d'un sentiment de tristesse et de perte ineffable. Je sais qu'elle pense à moi. Elle croit que je suis mort. Si j'osais lui dire que c'est pas moi, mais elle qui est morte, je sais que je pourrais communiquer avec elle. Mais j'en ai pas la force. Alors elle sort une cuillère de sa poche, une petite cuillère argentée, et elle la plonge dans le sable. Elle dessine des arabesques comme si elle songeait à autre chose, laissant ses gestes libres de toute intention, puis elle se met à genoux et se sert du manche de la cuillère pour écrire dans le sable. Je suis les mots qu'elle trace au fur et à mesure : JE... SUIS... LÀ... Puis elle commence à enfourner du sable. Très lentement. Très délibérément. Cuillerée après cuillerée, elle le mène à sa bouche et avale, avale, avale le sable.*

Je me suis réveillé en état de choc, catapulté dans la réalité. J'étais en nage, je tremblais, j'avais visiblement pleuré durant mon sommeil. J'arrivais pas à en revenir. J'arrivais pas à en revenir, putain. J'étais allongé en position fœtale, à revivre encore et encore ce rêve, dans un élan masochiste répété. Mais c'était plus fort que moi. Je venais de voir Tyler, et même si ces images étaient épouvantables, je pouvais pas me défaire de l'impression de l'avoir vue pour de vrai, et dans un sens, ça me faisait du bien.

C'est alors que je les ai distinctement entendus. Les pas. Ils étaient revenus.

Et ils avaient l'air bien plus furieux que la première fois.

Ils arpentaient avec rage tout le tour de la *maloca*, en cercle, encore et encore, je pouvais parfaitement suivre leur progression. J'étais terrifié. J'avais le cœur à balle, j'étais contracté sur moi-même. La menace était plus que réelle, je le savais, mais j'avais aucune idée de ce que je devais faire.

J'ai allumé un *mapacho*, mais je tremblais tellement que je l'ai fait tomber à plusieurs reprises avant de parvenir à me le coincer entre les dents.

Elle est furieuse parce qu'elle ne peut pas entrer, a fait une voix dans ma tête.

Je sais pas d'où elle venait, mais c'était ni la voix de mon esprit, ni celle du samouraï.

C'est un endroit sacré ici. Elle ne peut pas t'atteindre. Ça la rend folle.

De qui provenait cette voix ? Et pourquoi est-ce qu'elle disait *elle* en parlant des pas ? Est-ce qu'elle savait de qui y s'agissait ?

Reste ici, ne fais surtout pas un pas dehors. Ce n'est rien, rendors-toi.

Une irrésistible envie de dormir m'a soudain assailli, et je me suis rallongé en fermant les yeux.

Est-ce que je dormais, est-ce que je dormais pas ? J'entendais les pas tourner encore et encore, ils étaient tellement proches, ils me serraient de si près, c'était atroce d'être ainsi encerclé par eux, mais j'étais maintenant plongé dans une telle léthargie que je pouvais même plus bouger un muscle. J'essayais d'ouvrir les yeux, mais quand je croyais y parvenir, le monde était à l'envers, complètement inversé, avec le sol au plafond et des proportions étranges. Je luttais pour bouger ne serait-ce qu'une jambe, mais j'étais paralysé, tout en étant parfaitement conscient de mon état. *Réveille-toi, réveille-toi*, je me répétais, mais j'étais déjà réveillé, c'était mon corps qui dormait. J'étais coincé entre l'état de rêve et celui de veille, victime d'un décalage entre mon corps et mon cerveau, c'était terrifiant à vivre. Et cette menace autour de moi. Je devais parvenir à réanimer mon corps pour qu'il se sauve. À un moment, j'ai cru que j'y étais arrivé, mais j'avais juste fini par basculer véritablement dans le rêve.

Je suis dans la maloca, mais c'est pas celle que je connais. Celle-ci fait davantage songer à une grotte, avec ses parois en terre argileuse. Elle est ronde, et y a des tapis au sol, mais c'est pas l'endroit où je me suis endormi. Elle a même pas d'entrée. Ni de sortie d'ailleurs. Cette pensée me bouleverse. D'un instant à l'autre, je ne pense plus qu'à trouver la faille dans les murs pour m'évader. Je les tâte dans tous les sens, jusqu'à découvrir un tout petit interstice derrière un rocher sur l'une des parois. Bien que ça semble ridiculement petit pour qu'un Homme puisse s'y faufiler, je gratte et gratte encore jusqu'à faire céder tout un pan du mur. Derrière, la grotte continue, et elle est magnifique. Un passage se devine entre les stalactites et les stalagmites. Je l'emprunte, et commence à glisser quand il se mue en tunnel. Je glisse longtemps, sans savoir ce qui arrivera si je reste coincé au bout. Mais le tunnel débouche à l'air libre, sur une clairière ensoleillée, pleine d'herbe verte et d'animaux. Y a un immense enclos central avec des girafes, des kangourous et des guépards, des chèvres et des oiseaux, et y a aussi plein d'animaux en dehors de cet enclos, qui font leur vie bien tranquillement. Ça me semble un peu bizarre, mais j'ai pas le temps de m'attarder dessus parce qu'un jaguar bondit devant moi. Enfin, pas vraiment. J'ai plutôt des visions de lui sous différents angles, très brèves. Un coup je vois sa tête de profil, un coup je le vois courir, un coup il saute devant moi comme un cabri. La troisième fois, je l'attrape comme si c'était un gros nounours et je le porte dans mes bras. J'ignore ce que je compte faire de lui, parce que c'est à ce moment-là que je me réveille.

Enfin, je pense que je me suis réveillé, mais à partir de là ça devient vraiment confus. Je me tenais devant la porte en bois de la *maloca*, à l'intérieur. Je suis resté un long moment comme ça à la regarder. Puis j'ai collé l'oreille contre elle. Je savais que la présence était là, juste derrière. Je l'entendais chuchoter. Mais elle parlait si bas que je pouvais pas saisir un mot, et je savais même pas quelle langue elle parlait, pourtant je suis resté comme ça à l'écouter, parce qu'elle disait des choses très belles et terrifiantes. J'étais suspendu à ses lèvres.

Puis elle s'est tue. Je me suis redressé et j'ai posé ma main contre la porte, sans savoir pourquoi je le faisais, tout en ayant l'impression d'obéir à une demande, presque à une nécessité. La chose derrière la porte a apposé sa main contre la mienne. Même avec le bois entre nous, j'ai perçu de la chaleur. *Elle est vivante*, je me suis dit, sans comprendre ce que j'entendais par là. Ma main chauffait de plus en plus et j'avais l'impression de recevoir de l'énergie. Plus que de l'énergie même, du pouvoir. En même temps qu'elle rechargeait mes batteries, cette chaleur me transmettait une force nouvelle qui redressait mon corps, faisait pulser le sang dans mes muscles, m'inondait le cerveau de décharges électriques délicieuses, et me gonflait d'une sensation de puissance immense. Alors que la transmission continuait, j'ai de nouveau collé mon oreille contre la porte et j'ai très distinctement entendu dans ma tête : *Viens.*

Je me vois en train d'ouvrir lentement la porte et puis c'est le trou noir. Mes souvenirs sont effacés. Je sais pas ce qui s'est passé, mais je ne suis visiblement pas sorti, puisque j'ai repris conscience toujours allongé par terre dans la *maloca*, ou alors, je suis sorti et revenu ensuite, mais le boucan que j'entendais dehors m'amène à croire que quelque chose m'a empêché de rejoindre la créature. Et que celle-ci en était malade.

La forêt semblait être en train de s'embraser. Des lueurs rouges dansaient tout autour de la *maloca*, elle était comme encerclée par les flammes. Je les voyais pas vraiment, mais des ondes de chaleur pénétraient jusqu'à moi, comme si je me tenais au-dessus d'un bûcher. L'air s'était fait suffocant, j'avais énormément de mal à respirer, et la forêt s'illuminait de vagues d'énergie rouge, j'entendais crier les oiseaux et les singes. Même les arbres criaient.

Et au loin, avec une violence insoutenable qui me remuait les entrailles, quelque chose hurlait sans discontinuer.

Ce hurlement exprimait un million de choses dans le spectre des émotions humaines et non humaines, entre la rage et la tristesse, la fureur et la frustration, la douleur et l'oubli, la peine et la rancœur. C'était déchirant d'entendre ces cris d'agonie sans pouvoir intervenir, la souffrance de cette chose qui hurlait était tellement palpable que je me suis mis à pleurer pour elle. Par moment, sa voix ressemblait tant à celle de Tyler que j'ai dû lutter dans un effort acharné pour pas me précipiter à elle. L'instant d'après, on aurait dit les cris d'un loup, puis ceux d'une sorcière en train de cramer.

Elle faisait trembler toute la jungle. Tous autant qu'on était, on était prisonniers de sa douleur lancinante, de sa rage incendiaire, de sa violence crépusculaire.

Mais aller la rejoindre signerait ma propre perte, je le savais. Je le savais comme j'avais jamais rien su d'autre.

J'ai dû finir par me rendormir, épuisé par ses vociférations sans fin, exténué par sa violence, bercé par sa complainte. Noyé dans ma propre peine.

J'ai émergé juste avant que le jour se lève. Le silence était revenu dans la *selva*. La lumière était grise, entre chien et loup. J'étais littéralement essoré par cette nuit de malade que je venais de traverser. C'était comme de revenir d'un long voyage. J'aurais voulu dormir encore, mais une énergie nerveuse avait déjà pris possession de mon esprit. J'étais dans le même état que quand on a abusé du speed, et qu'on ne veut qu'une chose, dormir, mais qu'on ne peut tout simplement pas. Je me suis donc levé pour mettre le nez dehors et vérifier s'il restait des traces du massacre de la nuit. Je m'attendais à ne rien trouver d'autre que la forêt telle qu'elle avait toujours été. Ma stupeur n'en a été que plus forte.

La forêt était calcinée. Tout était noir, carbonisé. Les arbres transformés en charbon fumaient encore, les plantes au ras du sol n'existaient plus. C'était un paysage complètement différent, quelque chose de lunaire, d'apocalyptique. Un désastre.

Je dois rêver, je me suis dit. *C'est pas possible. C'est un rêve*.

Je suis retourné dans la *maloca* avec la ferme intention de dormir pour le restant de mes jours.

Je serais pas foutu de dire si je me suis rendormi ou non. J'ai l'impression d'être resté conscient tout le temps, mais il a bien dû s'écouler plusieurs heures avant que Wish arrive, et j'ai pas la sensation d'avoir vécu tout ce temps-là. J'étais de toute façon totalement déphasé, à tel point que j'ai eu peur quand j'ai entendu ses pas approcher, avant de réussir à me convaincre que c'était que lui. L'idée m'a même traversé que la créature imitait sa voix pour me tromper.

Il avait l'air tout à fait normal quand il est entré. Pas du tout la tête de quelqu'un qui viendrait de se rendre compte que toute la putain de forêt avait cramé durant la nuit. Ça m'a interpellé, et je suis sorti devant lui sans prendre le temps de le saluer.

La forêt était telle qu'elle avait toujours été. En pleine santé, aussi vivace que jamais.

Wish et moi on s'est regardés d'un air bizarre, puis j'ai marché jusqu'à mon *tumbo*. Fallait absolument que je vérifie quelque chose.

Non. Non, bon Dieu, c'était pas possible. Y avait pas de trou dans la moustiquaire. Et pire encore, le hamac était sagement accroché à l'intérieur, et la porte était fermée, sans aucun moustique à l'intérieur. Instinctivement, j'ai regardé mes bras. Aucune trace de piqûres.

Je me suis retourné vers Wish qui m'avait suivi et je l'ai agressé :

— C'est toi qu'as remis mon hamac à l'intérieur et fermé la porte ?

Il a secoué la tête en plissant les yeux. Il commençait à comprendre que quelque chose n'allait pas.

— T'es venu tôt ce matin et t'as rafistolé la moustiquaire, hein ? C'est quoi, c'est une blague, c'est ça ?

Il se contentait de me reluquer sans bouger. Ça m'a énervé, je l'ai chopé par les épaules pour le secouer comme un prunier en criant :

— Ça vous amuse de faire peur aux gringos bande de…

J'ai pas eu le temps de finir ma phrase qu'il m'avait retourné par terre avant que j'aie eu l'occasion de réaliser quoi que soit.

— Mais qu'est-ce qui t'arrive, bordel ?!

Allongé sur le sol, avec lui au-dessus de moi, j'ai repris mes esprits. Il était là, enfin ! J'étais sauvé !

Je me suis relevé en commençant à parler dans tous les sens, les larmes aux yeux, mais il m'a interrompu d'un geste définitif et m'a fait asseoir comme on faisait toujours sur le perron du *tumbo*. Il s'est posté à côté de moi et là il m'a fait signe de parler.

Je lui ai tout raconté du mieux que j'ai pu, mais à mesure que je parlais mûrissait en moi une sensation croissante d'irréalité. Énoncer ce qui m'était arrivé me faisait prendre de la distance, et ça paraissait juste complètement dingue, les élucubrations d'un fou, rien de plus. Tout ça ne devait être qu'un rêve, un très long rêve atrocement réaliste, mais rien de plus qu'un rêve.

Pourtant j'avais bel et bien été dans la *maloca,* mais cet acte était bien le seul truc de sûr que j'avais fait cette nuit-là.

Wish m'a écouté sans m'interrompre, jusqu'au bout, puis il est resté silencieux un bon moment. Il devait retourner mon histoire dans sa tête pour lui trouver du sens.

La première chose qu'il m'a demandée, c'est où j'avais fourré la pierre qu'il m'avait donnée. Je m'attendais à tout sauf à ça, mais j'ai bien dû admettre que je l'avais laissée dans le jean sale que je portais ce jour-là. Je suis allé la chercher pour lui prouver que je l'avais pas perdue. Il m'a répété que je devais la garder sur moi à tout moment, que c'était important, surtout au vu de ce que je lui racontais. Ensuite il a cherché à éclaircir certains points qui me paraissaient sans importance, mais je lui ai répondu du mieux que j'ai pu. Il a voulu savoir si j'étais revenu dans le tunnel après avoir attrapé le jaguar. Si j'étais revenu de cette façon-là. J'en gardais aucun souvenir. Il insistait pour que je fasse l'effort de me rappeler, mais ça avait disparu de ma mémoire. Après il m'a demandé si ma main me brûlait quand la créature me transmettait de l'énergie, ou si j'avais simplement chaud sans que ça fasse mal. J'avais ressenti aucune douleur, plutôt une sensation agréable. Il m'a aussi demandé si j'avais senti l'odeur de brûlé quand j'étais sorti au petit matin et que j'avais trouvé la forêt calcinée. Je m'en étais pas rendu compte sur le moment, mais j'ai été forcé d'admettre que j'avais pas reniflé l'odeur caractéristique du passage d'un incendie. Sa dernière question était de savoir si j'avais vraiment vu la créature à un moment ou à un autre, ou même juste entrevue, et sinon elle, du moins son ombre. J'avais rien vu, mais j'avais entendu sa voix dans ma tête.

Mes réponses semblaient pas vraiment le satisfaire, mais qu'est-ce que j'y pouvais ? Moi aussi j'étais plutôt frustré de sa réaction. J'aurais voulu qu'il me prenne sous son aile pour qu'on quitte cette forêt immédiatement, qu'il me sorte une explication claire de ce qui s'était produit, plutôt que de me poser des questions idiotes sur des détails sans importance.

J'ai sombré dans la colère et exigé qu'il me réponde : Est-ce qu'un esprit me poursuivait, oui ou merde ? S'il refusait de me renseigner, s'il me cachait quoi que ce soit, j'allais préparer mon sac immédiatement et me barrer loin d'ici, diète en cours ou pas.

— Mais putain Travis, c'est pas que je veux rien te dire, c'est que je peux pas ! Je sais pas ce qu'y s'est passé, et oui, je refuse de couper ta diète pour un incident que je comprends pas ! La cérémonie de ce soir va nous donner des informations, je vais en parler aux autres, et on va tous travailler dans ce sens-là, mais tu quitteras pas cette forêt tant qu'on saura pas de quelle menace il est question !

J'étais sur le point de lui foutre sur la gueule. C'était pas tolérable qu'il dispose de ma personne comme il l'entendait, putain, et je me suis pas gêné pour lui foutre dans les dents.

— Je suis en train de te protéger, espèce d'abruti ! il a fait en s'énervant lui aussi. Y a de fortes chances que si cette chose te poursuit ici alors que t'es dans un contexte protégé, elle aura pas de mal à t'attraper pour de bon quand tu seras seul et sans défenses. Considère-toi comme chanceux qu'elle t'attaque maintenant pendant qu'on peut lutter contre elle.

J'ai eu envie de lui rire au nez.

— Qui te dit que c'est pas justement à cause de cette foutue diète que cette chose a accès à moi, hein, Wish, qui c'est qui te le dit ?

Il a très bien perçu mon mépris et ça lui a retourné le cerveau. Il bouillonnait visiblement de colère, que je me permette de critiquer ses précieuses plantes et sa putain de soi-disant médecine, mais il était sans doute plus sage que moi, et il a réussi à se contenir.

— La diète ouvre énergétiquement et te rend vulnérable, c'est vrai. Je t'ai jamais dit que ce serait facile, je t'ai même prévenu que t'allais devoir traverser des choses qu'étaient restées enfouies jusque-là. Je te l'ai pas dit, peut-être ?

Je gardais un silence obstiné. J'avais envie de lui rentrer ses paroles dans la gorge et qu'il s'étouffe avec.

— Réponds-moi, bordel ! Je te l'ai pas dit, Travis ?

Ses grands airs de chaman m'écœuraient, mais j'étais bien forcé de gueuler :

— Oui, putain, oui, tu me l'as dit, ça te va ?! T'inquiète, je te décharge de toute responsabilité, mais putain t'as pas intérêt à me forcer à rester ici, t'entends ?!

— Mais c'est pas ça le problème, merde à la fin ! Est-ce que tu captes seulement ce que je suis en train de te dire ? Ce sera pire si tu t'en vas ! C'est pas les plantes qu'ont créé cette chose, elle est avec toi depuis toujours, et elle aurait émergé à un moment ou à un autre, sous une forme ou une autre ! Et t'as bien de la chance de l'avoir en face de toi plutôt qu'en toi ou derrière toi, et je te répète que t'es un putain de chanceux que ça arrive maintenant plutôt que quand tu te retrouveras tout seul comme une merde. Tu comprends, ça ? Est-ce que tu comprends, putain, Travis ?

J'étais toujours irrité à l'extrême, mais le poids de ses

arguments l'a emporté. J'étais de toute façon loin d'être convaincu que ce mauvais esprit était parfaitement extérieur à moi. Après ce que j'avais déjà vécu justement quand j'étais tout seul et sans aucune influence des plantes, je pouvais pas écarter l'hypothèse que cette chose n'était pas encore et toujours le fantôme de Tyler. Et que si je devais me confronter à lui une bonne fois pour toutes, valait mieux le faire ici et maintenant, avec l'aide de Wish, que plus tard tout seul. J'étais venu ici pour arrêter de fuir, alors soit je vaincrais, soit je mourrais, mais l'heure du dernier combat avait sonné. Wish m'avait dit que c'était risqué. Au moment où j'avais accepté d'aller plus loin avec lui, j'avais nettement senti le poids définitif de ma décision. Je pouvais pas faire comme si je savais pas. J'avais scellé le pacte avec moi-même, et peut-être avec la mort. Wish m'avait dit de ne jamais me cacher derrière une fausse ignorance.

— Wish, putain… Est-ce que t'es sûr que je suis pas tout simplement en train de devenir fou ? Si c'était juste ma maladie qui gagne du terrain…

— J'en sais rien. On va tenter d'élucider ça ce soir, OK ? Si quelqu'un t'a jeté un sort ou si un esprit en a après toi, tu peux être sûr que moi et les autres on va le savoir, d'accord ? Et on fera ce qu'il faut pour que ça cesse. Et si t'as des problèmes mentaux, la seule chose à faire c'est de continuer la diète jusqu'à ce que tout s'éclaircisse, à moins que tu préfères rentrer chez toi et te faire enfermer à l'asile, avec la camisole et les tranquillisants et toute cette merde, avec l'esprit qui viendra te torturer dans ta cellule capitonnée, sans personne pour t'entendre quand tu crieras à l'aide ?

Sa vision du truc m'a fait rire malgré moi. C'était un rire un peu nerveux, mais ça a suffi pour me décontracter le cul.

— Qui pourrait préférer ça, putain ?

— Alors calme-toi et arrête de dire des conneries. T'as eu le bon réflexe en allant te réfugier dans la *maloca*, et j'ai toutes les raisons de penser que t'es protégé par la plante qui t'a parlé pour t'empêcher de sortir et t'a fait tomber dans le coma pour pas que t'obéisses à la chose quand elle te demandait de venir. Et puis sans savoir ce que tu faisais, t'as été te chercher un animal protecteur, et puis pas le plus nul en plus. Je sais pas si tu l'as ramené en toi, ça je le verrai ce soir, mais cette démarche prouve que t'es à fond dans la *medicina*. Sache que ce que t'as fait, c'est ce que nous les chamans on fait pour soigner une personne ou pour lui procurer l'énergie de l'animal dont elle a besoin pour que son âme aille mieux. Tu l'as fait sans que je t'en parle et ça, ça prouve que t'es relié aux plantes et qu'elles t'enseignent des choses sans même que tu le saches consciemment. Je dis ça comme ça, mais ça devrait vraiment te rassurer. C'est quelque chose de rare, tu vois.

J'aurais sans doute dû me sentir flatté, mais j'étais encore trop mortifié pour être capable de ce genre d'émotion.

— Le pire dans tout ça, c'est que je suis incapable de croire que ces moustiques et le trou et même le fait que j'aie sorti le hamac, c'était qu'un rêve. Putain je sais bien quand je rêve ou non, quand même, merde !

— Au stade où t'en es, ça a plus d'importance. *Tout* est

réel, les rêves, la veille, les rêves éveillés, on s'en branle ! T'es capable d'agir dans un état comme dans l'autre, voilà moi ce que je vois, et c'est tout ce qui compte. Et tes actions dans le monde du rêve ont autant de valeur et de conséquences que celles de ton état ordinaire. Fous-toi ça dans le crâne et dépasse ta surprise. Le fait même que tu puisses pas faire la différence indique que t'existes d'une manière égale dans les deux plans. Souviens-toi que ta vulnérabilité est aussi ta force. Tu entres dans un combat réel. T'as les choses en face de toi désormais, t'es plus soumis à leur influence silencieuse. C'est une grande opportunité pour lutter avec conscience. Et la conscience, je te l'ai dit, c'est tout ce qui doit compter pour toi désormais.

— Mais j'ai trop peur, putain, je sais pas comment je vais pouvoir dépasser ça ! La simple idée de passer une nouvelle nuit ici me fait chier de trouille…

— On va faire la cérémonie ce soir et je vais voir où t'en es avec l'ajo sacha. Si la plante me le permet, on va couper cette diète-là et passer à la suivante. T'as beaucoup de cartes en main pour continuer à travailler sans elle, et le traitement suivant que je vais te donner devrait t'apaiser un peu et travailler en toi plus en douceur. Il me semble que t'en as besoin. La diète est loin d'être finie, et d'autres plantes t'aideront à poursuivre le travail que t'as commencé. T'es pas au bout de tes peines, mais une petite pause avec une plante lumineuse te permettra de reprendre confiance tranquillement. C'est pas la façon de faire habituelle, mais merde aux habitudes. Si la plante me donne son accord, c'est comme ça qu'on va faire. Est-ce que t'es d'accord avec ça ?

— Je te fais confiance, Wish.

— C'est normal d'avoir peur. Tout ce qui importe, c'est que la peur t'empêche pas d'avancer.

* * *

Je me sens comme un de ces petits singes en plastique débiles avec une clé qu'on remonte dans le dos et des cymbales vissées aux pattes. Une fois la clé tournée à fond, rien à faire. Pendant les trente secondes qui suivent t'es bon qu'à ouvrir et fermer ta bouche de casse-noisette et écarter les bras en rythme pour cogner tes putains de cymbales encore et encore, sans jamais te départir de cette panique dans tes yeux qui hurle : *Au secours, sortez-moi de là !*

La question est : *Qui* tourne cette saloperie de putain de clé ?

* * *

Il est resté avec moi toute la matinée. J'étais très mal en point et j'avais plus la force de parler. J'étais épuisé psychologiquement et complètement rincé physiquement, alors je suis resté dans mon hamac à l'écouter jouer de la guitare. Je replongeais sans cesse, me laissant ensevelir par les images de la nuit. Tout se tenait au même niveau, ce que je pensais avoir rêvé et ce que je croyais avoir vécu. La frontière entre les mondes s'effaçait progressivement, la fracture s'élargissait lentement, mais dans une avancée implacable et inéluctable. Une brèche était en train de s'ouvrir. Elle avait maintenant atteint ma conscience.

Ça avait commencé bien avant ma rencontre avec les plantes. C'était même bien plus vieux que le jour de ma fuite de l'hôpital. J'avais dû naître avec. Je le ressentais comme une scission, une fissure dans mon être, qui laissait pénétrer des choses qu'auraient dû rester à l'extérieur, et sortir ce que j'aurais dû conserver. Mon intérêt pour les drogues, et pour toute expérience qui pouvait mettre à jour et élargir cette faille provenait d'elle. Plus elle s'allongeait, plus j'avais envie de savoir.

J'avais maintenant atteint un point critique. Ma conscience était comme un œuf en train de craquer, quelque chose en train d'éclore. Ça tenait plus qu'à un fil. Une poussée de plus et j'allais exploser dans toutes les directions. J'avais que ce que j'avais toujours voulu, encore une fois, mais ce nouveau monde n'avait pour moi aucune grille de lecture, et j'avais toutes les chances de m'y perdre à jamais. Et ça encore, je l'avais désiré. Me perdre à moi-même, disparaître à mes propres yeux, ne plus être celui que j'étais, abandonner définitivement ce petit homme qui m'horripilait.

Je savais pas ce que ça signifiait, de perdre la notion de ce qui est *réel*. De vraiment être dépossédé des bases solides du matérialisme. Dans ma vision tout ce qu'y a de plus matérielle, je concevais ça comme de s'élever vers le haut, vers un ailleurs où tout serait beau et pur, abstrait des contingences du pauvre monde des Hommes. Mais ce que j'expérimentais dans les faits se situait dans les niveaux inférieurs de la réalité, les coulisses où le spectacle se prépare, les souterrains où prennent naissance les jolies choses bien déguisées que le gardien accepte de faire remonter en surface.

Dans ce monde-là, je pouvais même plus me faire confiance à moi-même. Je ne disposais plus d'aucun élément tangible pour différencier mes actes de mes visions, parce que tout était réel, mais pour un Homme qu'a jamais vécu dans les deux plans à la fois, cette incapacité est source d'une terreur paralysante.

Et j'avais beau me répéter que j'avais que ce que j'avais toujours voulu, et que je devais juste apprendre à naviguer entre les mondes, je me sentais dépossédé de moi-même.

* * *

Est-ce que tu dirais que tu en es capable, maintenant ? me demande mon jaguar, les yeux pleins de cette dérision affectueuse qu'il a toujours envers moi.

— Étant donné que je suis en train de parler avec un animal mythique qu'existe que pour les fous et les innocents, je dirais que oui !

Et ma réplique nous fait marrer comme deux débiles.

* * *

Quand Wish est parti, j'ai pioncé tout le reste de la journée, comme assommé. Je me souviens pas d'avoir rêvé, et tant mieux, c'était reposant pour une fois. J'avais très soif en sortant enfin de mon coma, j'ai bu des litres de flotte à la bonbonne. Quelque chose semblait s'être rétabli pendant que je dormais. La nuit dernière était déjà très loin, et je me sentais capable de faire comme si tout ça n'avait définitivement été qu'un long cauchemar. C'était sans doute pas la bonne attitude à avoir, mais j'avais pas le courage de faire autrement.

Pourtant fallait que je réfléchisse à la question à adresser à l'ayahuasca, mais je sentais bien que j'aurais pas la force de lui demander ce qu'y s'était réellement passé, si toutefois ce genre de truc avait encore un sens, ce dont je doute. Je refusais de revivre ça.

Les *curanderos* allaient faire leur boulot et moi je me maintiendrais le plus loin possible de leurs affaires avec les esprits.

* * *

On s'amusait comme des gosses. On pointait une ville sur la carte, en choisissant celle qu'avait le nom le plus idiot, et on décidait de pas s'arrêter tant qu'on l'aurait pas atteinte. Ou alors, arrivés devant deux panneaux, on tirait à pile ou face pour savoir lequel on devait suivre. On prenait rien au sérieux et on trouvait même un malin plaisir à se comporter comme deux innocents, deux extraterrestres fraîchement débarqués de l'espace qui exploreraient les bleds de bouseux où ils avaient atterri avec une curiosité empreinte d'émerveillement.

On plantait notre tente un peu n'importe où. On abandonnait la voiture sur un vague chemin de terre et on marchait jusqu'à être suffisamment éloignés de la route pour que personne puisse apercevoir notre feu de camp.

Parfois on se bourrait la gueule jusqu'à plus être foutus de tenir debout et on finissait en gerbant dans les broussailles, à moitié écroulés de rire, et d'autres fois on passait la soirée tranquilles, blottis l'un contre l'autre dans nos sacs de couchage, à regarder les étoiles, à papoter ou à bouquiner, et on se réveillait tout froids et tout humides avant le lever du jour, Tyler avec ses cheveux tout frisottés à cause de la rosée, et on sautait dans la tente comme deux asticots sans oser quitter nos sacs à viande pour finir notre nuit, ou alors on réanimait le feu pour se faire du thé et on entamait la journée, certains d'être déjà en route au moment où le soleil commencerait à peine à se lever.

Parfois aussi on parlait d'Eliot, et on pleurait.

Je me souviens d'une nuit particulièrement belle où les flammes dansaient sur le corps de Tyler alors qu'elle me chevauchait. La façon dont elle bougeait sur moi, la beauté de ses formes à la lueur du feu, les râles de plaisir qu'elle envoyait vers le ciel... La manière dont ses prunelles se transformaient en étincelles à mesure qu'elle approchait de l'orgasme.

Au moment même où ça m'arrivait, j'avais conscience d'être en train de vivre quelque chose qui resterait gravé en moi à jamais. Mais on ne peut pas retenir ces instants. On peut que se contenter de les vivre au moment où ils se produisent, et conserver en soi le souvenir d'avoir un jour été touché par la grâce.

* * *

Wish est arrivé en premier, charriant une bassine en fer

blanc dans les mains au-dessus de sa tête. Elle était plutôt large, il avait dû bien se faire chier à la ramener jusqu'ici. Il m'a expliqué qu'il allait me faire prendre un bain de plantes, et il s'est servi des bacs en plastique pleins d'eau de pluie qui se trouvaient derrière mon *tumbo* pour la remplir. Il avait visiblement récolté des feuilles et des racines en chemin, ainsi que des petits citrons verts et des fleurs. Sa besace en était pleine. Il a versé son contenu dans la flotte et s'est mis à malaxer tout ça pour bien en extraire les actifs. Ensuite il m'a demandé de me foutre en calbut, et à la baille.

Ça faisait du bien, ça sentait bon son truc, un mélange de cannelle et de clous de girofle, avec l'acidité du citron. Il se servait d'une tasse en fer pour m'arroser la tête et les épaules régulièrement. On rigolait comme deux gamins sans trop savoir pourquoi. J'appréciais vraiment sa faculté de perdre son sérieux alors qu'il exécutait des rituels importants. J'aurais voulu revivre une des cérémonies du début, quand on s'envoyait plusieurs coupes de suite avec insouciance. Mais je savais bien que c'était plus possible à l'heure actuelle.

Après le bain, il m'a dit de pas me sécher, de me rhabiller direct en conservant les feuilles et les fleurs qui collaient à ma peau jusqu'à ce qu'elles tombent d'elles-mêmes. Le jeune et le vieux sont arrivés et ils sont partis tous les trois vers la *maloca*.

Je me suis assis sur mon plancher, tout dégoulinant, le corps frais qui, pour une fois, sentait bon, et je m'en suis fumé un en observant la lumière en train de changer.

Bizarrement, je ressentais ni ne pensais à rien de

significatif. Ni peur ni espoir, rien. Je regardais juste la lumière.

Ils avaient pas l'air particulièrement tendu, comme si c'était pour eux monnaie courante d'aller se colleter avec le diable en personne. Remarque, vu ce que Wish m'avait raconté là-haut dans les montagnes, c'était certainement le cas. Je me demandais si j'allais sentir une différence dans la cérémonie. Ce qui est sûr, c'est que moi j'étais pas prêt à être le témoin d'une lutte entre les chamans et les esprits ou je ne sais quoi. J'avais eu ma dose de trucs chelous pour un moment.

Après les préliminaires habituels, le vieux m'a tendu ma tasse. Je me suis concentré pour demander à la plante de les aider dans ce qu'ils allaient faire, et puis j'ai bu les deux pauvres gorgées que contenait mon verre. Ça confirmait ce que je pensais. Ils feraient leur truc de leur côté et moi je me tiendrais bien sagement en retrait du spectacle. Je demandais pas mieux.

Pourtant, j'ai très rapidement senti le poids de l'ayahuasca en moi lorsqu'elle a retrouvé sa place habituelle. J'imagine qu'à force de la boire, son énergie circulait en moi en continu et que le fait de quasiment rien bouffer devait me rendre de plus en plus sensible à sa présence, même à très faible dose. On était loin du temps où il m'avait fallu plusieurs verres avant qu'il se passe quelque chose. Mais c'était plus l'heure de penser à ces trucs, j'avais bu, maintenant j'allais faire face à ce qui se passerait, quoi qu'il advienne. J'aurais aimé croiser le regard de Wish une dernière fois avant que ça commence, histoire qu'il me rassure avec un clin d'œil et un sourire en coin, mais lui et les autres semblaient soudain concentrés à l'extrême. Le vieux a soufflé la bougie et les dés étaient jetés.

J'ai expiré longuement pour tenter d'évacuer une partie de la tension qui m'oppressait la poitrine. J'étais déjà épuisé. Ça commençait à devenir éprouvant de faire des cérémonies encore et encore, et je dois admettre que j'avais hâte que ce soit terminé. Puis je me suis rendu compte que c'était ces pensées qui m'épuisaient, alors je les ai abandonnées.

Ma conscience est descendue d'un niveau.

J'étais en train de m'enfoncer dans la transe. Les visions commençaient déjà. Une drôle de chose avait pris forme dans le ciel, à mi-chemin entre le vaisseau spatial et le pachyderme extraterrestre. Un énorme truc gris, lent et super imposant. Il y aurait peut-être eu de quoi prendre peur, mais va savoir pourquoi j'étais ravi de voir ce gros truc. Je me suis demandé s'il était en relation avec mon futur ou celui de l'humanité. J'aurais voulu qu'il s'attarde plus longtemps, qu'il mette plus de temps à atterrir, pour avoir le temps de comprendre. Mais il a disparu.

Le vieux serpent s'était mis à siffler, faisant frémir l'intérieur de mes os. Il m'immergeait dans une eau noire et glaciale, lentement mais sûrement, il appuyait sur mon corps et l'enfonçait de plus en plus profondément. Je crois avoir vu un trou noir dans l'eau, comme un tunnel sous-marin. La gravité avait doublé, là en-bas.

Je devais être tordu en deux, écroulé sous le poids de

ma tête et de mes épaules. L'eau était boueuse comme des sables mouvants, et même si je l'avais voulu, j'aurais pas pu arracher un mouvement dans ce cloaque. J'étais forcé de respirer extrêmement lentement pour faire entrer l'air dans mes poumons, tellement il était épais, mais cette façon d'inhaler était bénéfique à mon système. J'étais en mode économie d'énergie, les fonctions vitales réduites au strict minimum. Un pas plus proche de la mort.

Pas de pensées, très peu de sensations.

J'étais tiré par un énorme anaconda jusqu'aux tréfonds sablonneux du marécage, dans les ténèbres où jamais la lumière ne pénètre. Je l'ai laissé m'emmener. La pression s'est accrue, je l'ai sentie dans mes oreilles quand il m'a attiré derrière lui dans le tunnel sous le sable. L'eau était de plus en plus pauvre en oxygène, je devais en inhaler des hectolitres pour continuer à approvisionner mon cerveau. Le reste de mon corps avait disparu, il restait plus que lui. Même mon visage avait foutu le camp. Tout ce qu'il me restait pour exister, c'était ce cerveau.

On est descendus encore plus bas, sans doute plus très loin du noyau de la Terre. J'ai fini par cesser de respirer, parce que ça ne fonctionnait plus. Mon système respiratoire n'existait plus non plus de toute façon, et j'ai senti les lumières de mon cerveau s'éteindre à leur tour.

Le navire avait fini de couler.

D'un moment à l'autre il allait cogner le fond de l'océan, où il attendrait jusqu'à ce que des Hommes du futur ou des extraterrestres viennent explorer ses entrailles. Il reposerait au fond pour l'éternité peut-être, emprisonnant ses souvenirs avec lui, mais ça n'avait pas d'importance.

J'étais pas mort, pourtant. Simplement décorporé. Ma conscience luisait encore faiblement et continuait d'émettre, comme une radio perdue dans les abysses, un poste émetteur oublié dans la jungle et dévoré par la végétation. Y avait personne pour la capter, mais elle envoyait des ondes comme si ça n'avait pas d'importance, ne recevant en retour que son propre écho affaibli, vibrant de ses propres vibrations. S'il n'y avait plus d'Hommes pour l'entendre, alors un jour, les extraterrestres la capteraient. Et s'il n'y avait pas d'extraterrestres, alors son propre chant la bercerait pour l'éternité, et ça non plus ça n'avait pas d'importance. Et peut-être qu'un jour, après des millions et des millions d'années, elle finirait par s'éteindre. Sans personne pour le savoir. Et de son tout premier à son tout dernier soupir, elle aurait fait résonner la même note d'espoir à travers tout l'infini, sans jamais varier d'intensité. Juste la même note, pour l'éternité.

Mais elle n'était pas seule. D'autres consciences venaient à elle, sous forme de sphères iridescentes, semblables à des bulles de savon aux couleurs d'arc-en-ciel. C'était que des bulles, mais elles portaient en elles les traces de la personnalité dont elles provenaient. Ma conscience a pu reconnaître celle de Wish, rapide et bondissante, celle du jeune, cool et timide, et enfin celle du vieux, ancestrale, posée, charismatique. Elles ont entraîné ma sphère à leur suite dans un voyage astral, mais il m'est impossible de décrire avec des mots toutes ces choses que nous avons traversées. Ce voyage n'est pas destiné à être conté, ni rapporté dans le monde ordinaire.

Là-bas, avec ces sphères pour guides, ma conscience a

rencontré la naissance de toute chose, la dimension primale où l'énergie danse librement, et elle s'est embrassée elle-même en retrouvant ses origines, irradiée, transfigurée par un sentiment de plénitude qu'elle n'avait jusqu'alors jamais pu atteindre.

Un tel niveau de conscience n'est plus descriptible. Exister sans son corps, à un tel degré de liberté qu'il n'y a plus de soi, pousser tellement loin l'expansion jusqu'à embrasser tout l'univers comme étant soi, se tenir sur un plan si élevé qu'il n'est plus rapportable en termes humains, à tel point que c'est la nature même des choses qui s'en trouve transformée...

Je serais pas revenu à mon corps si les autres m'y avaient pas forcé. Jamais j'aurais réintégré ma chair. Sans un regard en arrière, j'aurais laissé tout ça dans son coma, dans son néant, au sein de cette triste chose aveugle qu'il appelait son univers.

Tyler était là-bas. Ma sphère a dansé avec la sienne dans l'étreinte impossible qui relie une conscience à une autre. Elles ont fusionné, et la sensation était la même que quand on refermait le monde sur nous pour exister front contre front dans notre bulle en dehors de tout.

Elle était pas morte. Je l'avais retrouvée. C'était là-bas qu'elle m'attendait. Et dans cette dimension, je pouvais enfin me relier à elle comme mon âme l'avait rêvé toute son existence durant. J'ai eu la vision de deux papillons noirs aux ailes moirées batifolant au sein de l'espace, tournoyant, fusionnant pour devenir un être à huit ailes, s'enlaçant lui-même dans l'extase, le rêve d'un accomplissement poursuivi depuis plusieurs vies.

Est-ce que c'était que ça ? Un rêve ?

Je sais pas comment ils s'y sont pris, mais je sais que c'est eux qui m'ont ramené. De moi-même, jamais j'aurais pris le chemin du retour. J'ai senti qu'ils m'appelaient, qu'ils m'attiraient, qu'ils me tiraient même pour que je revienne. Et je l'ai vécu comme un déchirement.

Ma conscience savait qu'elle reviendrait, et que celle de Tyler serait là à l'attendre... Mais c'était comme de la voir mourir une seconde fois.

Je la regardais luire doucement au loin, sa sphère de cristal, tandis que je m'éloignais d'elle à la vitesse de la lumière, pour revenir à un monde, à une vie, que j'avais plus le moindre désir de vivre.

* * *

Je me souviens que quand on était petits, on allait souvent s'asseoir sur les escaliers de secours accolés à notre immeuble. On sortait par la fenêtre de notre chambre et on se posait là, les jambes dans le vide, les yeux vers les étoiles. C'était la nuit, quand notre mère dormait, que nous on osait enfin vivre.

Quand j'y réfléchis maintenant, je me dis que c'est à cause des moments comme ça, quand elle tournait son visage torturé vers la lune et qu'elle me racontait ses rêves, que je ressentais pour elle ce que je ressentais.

On revendiquait juste le droit de vivre à notre manière. C'était juste ça, au fond.

Juste ça.

Et c'est ce qu'on a continué à faire tout le reste de notre

putain de vie. C'est fou comme cette simple chose, qui n'est rien de plus qu'un droit légitime, ce soit déjà carrément trop demander.

* * *

Quand je suis revenu à moi, allongé par terre, ils étaient tous autour de moi. Ils avaient l'air foutrement inquiet, et leurs visages catastrophés m'ont fait rire. Ça les a surpris, que je me mette à rigoler direct en revenant de la mort, et pendant une seconde y a eu comme un blanc, puis ils ont explosé de rire en me tapant dans le dos comme si je venais de leur en raconter une bien bonne, difficile à saisir, avant de s'apercevoir que c'était la meilleure blague qu'ils aient jamais entendue de leur vie.

Ils paraissaient méchamment soulagés, et Wish m'a même serré contre lui avec effusion.

— Putain, Travis, on a bien cru que t'étais parti pour de bon, cette fois... il a fait d'une voix blanche et chevrotante, a mi-chemin entre la vraie peur et la peur simulée.

— Ça fait des heures qu'on cherche à te ramener, a renchéri le jeunot. Le jour est en train de se lever.

J'ai tourné la tête vers la moustiquaire pour constater qu'une pâle lueur éclairait déjà la *selva*. J'avais du mal à croire que j'étais resté à l'ouest toute la nuit, surtout avec une dose aussi petite. Le temps n'existait plus là-bas, c'est vrai, mais jamais j'aurais cru que ce serait à ce point-là. Je les ai reluqués chacun leur tour sans trop savoir quoi dire, puis j'ai fini par bafouiller :

— Je suis parti très, très loin.

Ils me mataient sans rien dire alors j'ai continué :

— Je vous ai même pas entendus chanter. Ça avait rien à voir avec les autres cérémonies.

Puis, pris d'une impulsion soudaine, j'ai demandé :

— Est-ce que j'ai vomi ?

Ils se sont refoutus à rire en se jetant des regards incrédules.

— T'as failli crever et tout ce qui t'intéresse c'est de savoir si tu vas devoir nettoyer ta gerbe ?! a lâché Wish en levant un sourcil, ce qui a eu pour effet de renforcer l'hilarité des deux autres. Le vieux était carrément écroulé par terre à se tenir les côtes tellement il en pouvait plus. Moi aussi je me suis mis à rire et ça nous a duré un moment.

Et puis je sais pas, d'un coup ça m'est tombé dessus, pareil qu'une porte qu'on te claque à la gueule, et toute envie de rire m'a quitté. Un énorme frisson m'a parcouru l'échine, comme si ma mort venait de m'embrasser dans le cou, et mes yeux se sont remplis de larmes. J'ai été fauché par un accablant sentiment de perte qui m'a donné l'impression de chuter, physiquement. Mon estomac s'est ratatiné sur lui-même. J'ai cru que j'allais tourner de l'œil, ou vomir.

Wish s'est précipité vers moi et a plus ou moins amorti ma chute en se positionnant dans mon dos et en m'aidant à me rallonger. Je me sentais très, très bizarre.

J'ai cherché une explication dans ses yeux, parce que je pouvais plus prononcer un mot. C'était comme si quelqu'un avait tiré sur la bonde de la baignoire et que je disparaissais petit à petit en m'écoulant par le trou avec l'eau. Quelque chose était en train d'aspirer mon âme. Et ça me rendait infiniment triste.

— Ça va aller, mon vieux, m'a dit Wish doucement. Ça va aller. T'es de retour, normal que t'accuses le coup. T'en fais pas, on est là.

Je le regardais, mais je pouvais toujours pas parler. Les larmes s'étouffaient dans ma gorge, ma tête était en feu, j'avais l'impression de brûler de l'intérieur. J'ai fermé les yeux et des filets d'eau bouillante ont dégringolé sur mon visage.

Je l'ai perdue à nouveau. Les jolies choses ne durent jamais. Me revoilà seul.

L'accablement était tel qu'y avait plus un son à professer, plus un geste à esquisser. C'était une chute perpétuelle. J'en finissais plus de tomber. Et les vagues de prise de conscience qui me rappelaient encore et encore ce que j'avais perdu déferlaient dans ma tête sans jamais devoir finir. J'avais envie de me rouler en boule et de m'arracher le crâne, mais tout ça était tellement désuet, tellement inutile, que j'ai même pas bougé.

— Reprends-toi, Travis, putain, te laisse pas aller comme ça ! a grondé Wish, mais sa voix était si distante qu'on aurait dit quelqu'un qui crie du haut d'un puits. Seuls les échos parvenaient à m'effleurer, mais ils n'avaient pas plus de sens que les paroles des médecins qui se racontent leur vie au-dessus du corps d'un comateux.

— Il repart, les gars, il repart ! a crié quelqu'un, mais c'était loin... loin...

Tellement loin de moi.

* * *

Au fond de moi, très loin sous ma torpeur, quelque chose s'émerveille de mon endurance, de cette volonté qu'à cet instant je perçois comme indéfectible. Je suis fier de moi, fier de Tyler, et je vois déjà le moment où je raconterai tout ça à Spade.

Voilà que tu recommences avec ton transfert, fait soudain la voix.

Cette irruption dans ma tête me fait faire un bond. Avec ce bandeau sur les yeux, même mes voix intérieures semblent plus proches.

À t'entendre, on dirait presque que tu t'es trouvé un père de substitution.

Ça me fait redescendre. J'ai un sale goût dans la bouche.

Je vois Fletcher s'approcher, les mains croisées derrière le dos. Il me lorgne méchamment et ses yeux glacés me contraignent à me ratatiner devant lui, contrit comme un chien fautif qui attend la punition du maître.

— *Toi dont je n'ai pas besoin de dire le nom, tu es disqualifié. C'est assez pitoyable au vu de l'épreuve à laquelle tu as échoué. Celle-ci est en effet censée prouver ta force de caractère et ton aptitude à résister à l'appel du corps, à la suprématie des besoins primaires. Être capable de renoncer à leur assouvissement immédiat est l'une des qualités requises chez un soldat. Tu viens de démontrer que c'est une chose que tu ne seras jamais. Tu es inapte. Inapte à l'armée, inapte à la vie. Inapte, voilà tout. Je prendrais bien le temps de me lamenter sur ton sort, seulement il y en a d'autres, vois-tu, qui sont encore dans la course, et qui*

ont encore une chance, peut-être, de sortir victorieux de cette
épreuve, symbole de la vie elle-même.

Puis, avec un geste dédaigneux me désignant, il crache en s'adressant à la foule entière :

— *Soldats, emmenez cet être pathétique loin de ma vue. Qu'il mange, qu'il se repose, puisqu'il n'est bon qu'à ça. Les autres, suivez-moi.*

Fletcher disparaît.

Un silence surnaturel, parfois percé par le cri de quelques corbeaux, plane sur moi. J'essaye de me rappeler ce qu'ils sont censés signifier selon Don Juan. Un danger, un avertissement ? Ou est-ce qu'ils sont juste supposés attirer notre attention vers quelque chose ? Impossible de me souvenir, mais les yeux de Tyler, eux, reflètent un sinistre présage.

Il me semble déchiffrer sur son visage quelque chose qu'elle-même ignore. Un frisson qui n'est pas dû au froid me traverse jusqu'aux cheveux. Un corbeau émet un nouveau croassement lugubre et la lune fait son apparition. Elle est pleine. Le vent est en train de se lever, écartant les nuages, faisant bruisser la végétation, comme un prélude au dévoilement final. Pourtant le jour est encore loin. Je suis rompu d'épuisement.

L'instant de la délivrance se tient là-bas, si loin que ça fait mal d'y songer. Mais ça en vaut pas la peine.

Parfois tout ce qu'on a, c'est le présent, et c'est peut-être pas si mal.

J'entends le bruit des bottes dans le couloir. Mon esprit émoussé par la fatigue n'est plus capable de voir plus loin que ça. Je comprends presque comment on peut en venir à se transformer en zombie, sans plus aucune velléité personnelle. En l'état actuel, s'ils reviennent, je serai tout bonnement incapable de faire autre chose qu'obéir, quoi qu'on me demande.

La fatigue, rien de plus.

L'usure.

C'est aussi con que ça. Voilà comment des innocents en arrivent à avouer des crimes qu'ils n'ont pas commis. La seule chose qui peut encore me sauver, me tirant les ficelles par en haut, c'est le samouraï. Mais ces derniers temps, à part semer le trouble dans ma tête, sa voix sert pas à grand-chose.

La pauvre Tyler a un visage de cendre. Seuls ses yeux brûlants, emplis de l'ardeur de la fièvre, renvoient encore un peu de lumière. Mais elle ne lui appartient pas vraiment. La chose qui vit en elle, comme un singe parasite accroché à son cerveau, rougeoie comme des braises en incandescence à travers ses pupilles, mais pour le reste ma sœur semble plus morte que vive.

Je me demande si elle voit la même chose en moi. Si au final, c'est pas juste cette chose qui se parle à elle-même à travers nous. Et que la raison pour laquelle Fletcher et tous les petits chefaillons de merde de ce monde ne nous auront jamais, c'est parce qu'on a déjà notre propre maître, auquel on reste fidèles parce qu'au fond, on a jamais connu que lui. Plus puissant qu'un tyran, il a carrément été jusqu'à élire domicile en nous, se nichant au sein même de notre conscience, occupant le terrain à tel point qu'il nous est impossible de ne pas l'assimiler à nous, impossible d'établir une réelle démarcation entre ce qui est lui et ce qui est nous, dans ce qu'on veut, dans ce qu'on hait, dans ce qu'on fuit…

Y a certains moments comme ça où il revient à la surface, remontant des profondeurs abyssales où il se terre, et je me souviens soudain de son existence. Il émerge de sa caverne et surnage quelques minutes à la surface du visage de Tyler.

Qu'est-ce qui l'attire jusqu'ici ? Est-ce que ses ouïes hyper sensibles ont entendu un truc qui m'échappe ? Est-ce que l'air possède une odeur différente ? Est-ce qu'il est capable d'une sorte de précognition du destin ?

Ou bien, en étant plus pragmatique, est-ce que ça t'arrange de tout foutre sur le dos d'une créature imaginaire ?

Soudain mon œil capte, à l'extrême bord de son champ de vision, une silhouette qu'une étrange habitude, proche d'une familiarité, me permet d'identifier instantanément.

Spade.

Il est là, assis. Il m'observe. Tyler l'a repéré aussi. Elle me jette un regard empreint de suspicion.

Il devait s'ennuyer tout seul là-haut dans sa tour, à jouer aux échecs avec lui-même. À potasser Nietzsche. À citer par cœur, s'adressant aux murs, des passages entiers de *Zarathoustra*. À établir des connexions nouvelles dans ses synapses, comme un savant fou testant ses hypothèses sur lui-même. Ou bien à échafauder des plans diaboliques pour ruiner à jamais l'humanité, en prenant le mal à la racine, chez les gamins eux-mêmes.

Allez savoir.

Sa présence me met mal à l'aise. Qu'est-ce qu'il fout là, putain ? Est-ce que mon échec sera d'autant plus cuisant s'il est là pour le voir ?

Tu ne vas pas échouer, Travis. Ce n'est pas dans ta nature.

Derrière quoi il court, ce putain de Spade, à la fin ?

Et toi, qu'est-ce qui te fait courir ?

Je sais même pas vraiment. Faudra que je lui demande son avis.

J'en peux plus. Mais l'option d'abandonner, je l'envisage même pas. Pas une seule seconde.

Si je pouvais, je me mettrais juste en face de Tyler et il me suffirait de la regarder, comme ça, pendant quinze minutes. J'irais boire à ma source. Son chant me ferait revenir d'entre les morts. Sa fraîcheur apaiserait le feu qui parcourt mes veines. Une seule gorgée suffirait à me rendre l'énergie perdue.

Mais je tiens pas à attirer l'attention.

Alors je contemple ce soleil que je hais prendre de l'ampleur. J'ai l'impression qu'il fait encore plus crisser les grains de sable que j'ai dans les yeux. Un mal-être odieux me submerge. J'ai atteint ce point de fatigue où tout devient haïssable.

Les ignobles soldats, ruisselant de bêtise crasse, dans leur uniforme à la con. Mes congénères morts de fatigue, qui ressentent la même chose que moi. Ce pourri de Fletcher, rongé par le Mal, qui couve sans doute trois cancers métastasés, tant sa volonté de briser est en train de le dévorer lui-même. Et ce connard, ce sombre et machiavélique connard de Spade, qui ronge son os au grand spectacle de la souffrance, dirigeant de sa main de maître l'hymne à la cruauté qui se joue en ces lieux.

Je nous déteste, tous autant qu'on est. J'ai honte de la

lamentable exhibition qu'on donne à voir, de la désastreuse image de l'humanité qu'on représente.

Le théâtre de l'absurde, l'ode au grotesque, le chant révolutionnaire des idiots.

Et toi qui t'étourdis de grandes envolées lyriques…

Oui. Moi qui m'écœure moi-même avec mes grands mots.

Faudrait-il fuir dans la jungle, retrouver les chamans ou peut-être même les animaux, pour parvenir à s'échapper de toute cette mascarade ? Qu'est-ce qui pourrait bien nous sauver ? Qu'est-ce qui pourrait parvenir à nous transformer ?

Qu'est-ce qui aurait le pouvoir de nous racheter aux yeux de Dieu ?

Si un jour on sort d'ici, va falloir que je chope Tyler et qu'on cogite très sérieusement là-dessus.

Les choses ne doivent plus être comme elles ont été. Le déplacement radical de toutes les valeurs doit être opéré, vaille que vaille, quoi qu'il nous en coûte.

Totalement irrité par mes propres pensées, mon bandeau noir me démange et je suis au bord de l'effondrement total, aussi bien physique que psychologique, quand on me demande de me remettre en selle.

Je me tiens debout comme un attardé, sans savoir quelles ficelles me maintiennent encore. J'ai l'impression que c'est plus moi. Comment peut-il encore s'agir de moi, d'ailleurs ? J'ai pris connaissance du non-être et je peux me protéger dedans, si je veux.

La réalité, le jeu, la fiction.

L'espoir, la haine.

Ça ne comptera plus jamais comme avant.

La fatigue peut être n'importe quoi, du moment qu'on l'expérimente pour elle-même. Et tout est comme ça. Absolument tout. Quand on ne prend plus les choses pour la simple étiquette de ce qu'elles sont. Supporter est un mot qui ne signifie plus rien quand on se noie jusqu'au fond des choses. Quand ça commence à changer de nature, c'est là qu'on sait qu'on a franchi un nouveau degré. Comme si on avait atteint un nouveau palier, où les choses seraient similaires mais d'un niveau supérieur, jetant une lumière différente sur l'éclat de la Vérité.

Ici je peux rejoindre Spade et Fletcher et jouer enfin au même jeu qu'eux. C'est l'endroit où nous coïncidons. L'endroit où on parle la même langue. Et dans ce domaine, j'ai autant de vocabulaire qu'eux. Je peux leur tenir tête. Mon expérience semble aussi étendue que la leur.

Ça me laisse vaguement décontenancé, mais pas plus que ça, au final. Pas comme si je découvrais soudain mes super-pouvoirs. J'ai foi en moi depuis le début. J'ai toujours su de quoi j'étais capable. J'ai jamais réussi à croire qu'ils m'auraient un jour. L'idée précise du pourquoi et du comment m'échappe continuellement, alors je le sais confusément. Mais ça m'empêche pas de le savoir.

Et maintenant je suis là. Et je me tiens face à eux.

Ici, on a tous la même taille.

Et ce qu'on fait, ça ressemble à une cérémonie, dans laquelle chacun tient son rôle et accomplit sa part du rituel pour qu'on accède ensemble au stade supérieur. L'égalité des puissances qui, une fois réunies par un mystérieux assemblage, engendrent le Surhomme. L'*Homo Gestalt* de Sturgeon, mais débarrassé du côté gentillet de la chose. La relation qui nous unit, moi, Spade et Fletcher, fait davantage songer à un hôte parasite dans le corps de quelque chose, plutôt qu'à une association pleine de cœur et de bonne volonté. On se sert les uns des autres, sans aucun complexe, en se cantonnant à faire ce que la nature a prévu pour nous, notre fonction première, la réalisation de notre essence, point barre. Eux et moi, on a besoin de cette chose qui naît quand on est réunis. On va plus loin. On fait une expérience à plusieurs. On est tous impliqués.

Ouais, mais c'est toi le cobaye, alors fais-moi le plaisir de redescendre.

Ce samouraï m'énerve. J'ai pas besoin d'un nouveau tracas. Je lance un long regard entendu à Spade, qui ne semble pas du tout surpris que je consente enfin à admettre son existence, en me répétant dans ma tête, avec l'espoir idiot qu'il pourra y lire ce que je ne peux pas lui dire à haute voix : *Je vous en prie, garder un œil sur elle. Faites qu'il ne lui arrive rien…*

Il a un vague mouvement de tête et je veux croire qu'il m'a compris.

Ses yeux graves posés sur moi, sans esquisser un geste, sa façon si particulière de m'observer, lui qui semble saisir le moindre détail du monde, la plus petite étincelle des gens et des évènements, est-ce qu'il veut me dire quelque chose, lui aussi ? Il semble chercher à attirer mon attention sur un truc.

Mais je suis trop bête pour comprendre de quoi il s'agit.

Je dois de toute façon déjà être en lutte contre moi-même pour parquer mon esprit en errance dans les limites du micro-drame qui se joue en cet instant.

Y a pas seulement mon corps qu'est usé jusqu'à la corde. Les deux étant étroitement liés, les mailles de mon esprit se détendent elles aussi, se font plus lâches, comme distendues, et peut-être sur le point de se rompre. On est tous dans cet état-là. On a même plus la force de se regarder.

Quel est le but de tout ça ? Qu'il n'en reste plus un seul à la fin ? Qu'aucun de nous n'en sorte victorieux ? Et qu'est-ce que Fletcher va raconter aux parents, si pas un d'entre nous ne s'en tire avec les honneurs ? À quoi bon une épreuve dont on a aucune chance de sortir gagnant ?

La démonstration de l'écrasant pouvoir ! tonne la voix dans mon cerveau. *Et, plus important encore, la preuve vécue que tous autant que vous êtes, vous reconnaissez sa légitimité en jouant le jeu, mettant votre dignité sur le tapis, pariant votre honneur alors même que vous êtes vaincus depuis le tout premier jour… La perte si complète des repères qui fait prendre une chose pour une autre, vous faisant croire qu'il existe une manière pour vous de récupérer ce que vous avez perdu, ce dont vous avez été dépouillés, alors que vous ne faites que vous enfoncer, que vous perdre davantage dans les innombrables tunnels de la soumission. Tentant par un moyen tronqué depuis toujours de reconquérir ce dont vous avez été dépossédés, et par là ne faisant que sceller le pacte sournois qui vous a fait vendre votre âme sans même vous en apercevoir...*

Satan est grand. Satan est puissant.

Satan est toujours le vainqueur, toujours. Satan connaît si bien l'âme humaine, depuis le temps qu'on la lui cède en échange de broutilles égocentriques, qu'il connaît, pour chaque Homme, le moyen exact de la lui dérober. Non pas tant dérober, d'ailleurs, que de se la faire offrir sur un plateau d'argent, de bon cœur, en pensant encore qu'on a fait une bonne affaire. Satan est ubique. Tel un séducteur aux mille visages, il est la Tentation incarnée. Et quand bien même chaque Homme désirerait, dans le secret de son cœur, quelque chose de différent des autres Hommes, Satan pourrait le lui faire miroiter. Mais les Hommes veulent tous la même chose, à peu de chose près. Il n'a pas besoin de changer de costume très souvent, et ça le rend las, de ne même plus avoir d'effort d'imagination et de sournoiserie à opérer pour arriver à ses fins. C'est pourquoi, quand dans sa toile un jour se prend et s'englue un oiseau rare, un papillon inconnu, un insecte aux ailes moirées aux couleurs impossibles, sa vieille machinerie, aussi vieille que le monde lui-même, se met en branle, sans trace de rouille, et il prend son temps, se délectant de chaque seconde qui le rapproche de la victoire, pour jouer un moment avec sa jolie proie, sa belle petite proie qu'un vent lointain d'innocence, qui ne souffle plus que très rarement dans ces contrées, lui a envoyé comme un cadeau du ciel, réveillant en lui le vieil instinct, réanimant les circuits, pulsant le vieux fluide dans les rouages de sa perfection. L'issue finale n'a pas tant d'importance, puisqu'elle n'a jamais réellement été mise en question. Mais la beauté du combat, le scintillement de la jeune âme qui s'incendie dans sa propre ardeur, voilà qui vaut le déplacement. Personne ne veut de victoire facile, et surtout pas lui. Et quand il trouve enfin quelque chose d'assez fort pour lui donner du fil à retordre, on peut toujours compter sur lui pour prendre son temps, s'échauffer, et patienter jusqu'au dernier *souffle de sa victime pour accepter enfin de la lui prendre, son âme. Comme une faveur qu'on consentirait à un condamné.*

Pourquoi tu m'as dit que j'allais pas échouer, alors ? Pourquoi tu m'as incité à continuer le combat ?

Pour t'apprendre ce que ça veut dire, de faire la guerre pour son âme.

Je croyais qu'il l'avait déjà, mon âme.

Non, Travis. Tu ne lui as pas encore tout cédé.

— *Te voilà arrivé à l'épreuve finale !* annonce Fletcher presque joyeusement.

Ça me réanime d'un coup. J'essaye de suivre ce qu'il raconte, plongé dans une morne stupéfaction.

Si j'ai bien perçu le sens de ce qu'a dit le samouraï, ce que je devrais faire c'est m'asseoir par terre, les mains sur les oreilles, et me balancer d'avant en arrière en jouant les demeurés, et je serais le vrai vainqueur de cette sinistre farce.

Au lieu de ça, je traîne cette carcasse qui ne m'appartient déjà plus jusqu'à la piste, me joignant à la ronde des condamnés. Quand on s'est déjà tant fourvoyé, la seule issue qui reste, c'est de persévérer dans l'erreur, d'aller toujours plus loin dans la folie, en priant le ciel qu'une porte de sortie fasse soudainement irruption en chemin, un moyen détourné qui permettrait de rejoindre la route alors qu'on se croyait perdu.

Où est-ce que je trouve encore l'énergie de réfléchir à tout ça ?

La scission de mon être me devient de plus en plus intolérable. Je sais pourtant qu'un être humain divisé ne peut pas aller bien loin. Mais c'est plus fort que moi. Quelque chose, qui se rapporte au destin, ou bien au caractère, ou encore au caractère qui détermine le destin, ne me laisse aucune trêve. Ces raisonnements stériles, je suis pourtant plus que disposé à les jeter par-dessus bord. Quoique peut-être pas tant que ça.

C'est comme si je *devais*, au sens du devoir pur, trouver le moyen de joindre l'instinct et l'intellect, l'intégrité physique animale à l'intégrité psychique de l'Homme. C'est pourquoi je continue à donner à Fletcher ce qu'il veut, tout en me prenant la tête sur les mêmes conneries encore et encore. Mon moi primitif refuse de lâcher prise. Et mon moi spirituel me fait chercher le moyen d'être le vrai vainqueur, et non pas le pion dont on fait ce qu'on veut, en se servant de son orgueil de pion qui ignore qu'il est un pion.

Ça ne mène nulle part.

Je me secoue. Je reviens au monde, ou du moins ce qu'il en reste.

Je tiendrai ce que je tiendrai, et basta.

Quelle pitié, je vous jure.

Quelle pitié.

Des morts-vivants. Des gosses usés jusqu'à l'os. Des zombies qui tournent, dans un épuisement effaré, se croyant poursuivis par la mort, alors qu'elle les a déjà eus.

Et moi je suis comme eux.

Ou presque.

Parce que moi j'ai Tyler, et ça, *putain de merde*, ça fait une énorme différence !

Les soldats recommencent à me poursuivre de leurs insultes incessantes. Les autres vont me haïr pour ça, mais je m'en branle. Parler à Tyler, c'est tout ce dont j'ai besoin pour remettre un peu de carburant dans la machine.

On va s'enfuir, je lui chuchote, et j'y crois dur comme fer. *Cet endroit n'est pas pour nous, on a rien à foutre ici, et bientôt le destin va reprendre ses droits et nous permettre de retrouver notre route.*

Alors même que les soldats gueulent et que les autres s'effondrent les uns après les autres, j'ai l'impression de voler. J'ai l'impression de déjà courir pour ma liberté, de déjà fuir pour ma vie. Une sensation d'extase ineffable parcourt mon corps et libère des ondées voluptueuses dans mon cerveau. Je me sens invincible, jeune, fort d'une puissance pleine de sève et d'énergie.

Je suis amoureux, et la fille devant moi m'aime aussi, et pour elle, pour ce sentiment qu'on partage, je voudrais construire, je voudrais abattre quelque chose de grand, quelque chose qui soit à la hauteur de ce qu'on ressent. Et comme pour le moment mon seul champ d'action se situe dans la course sur cette piste, parfait, je courrai jusqu'à la mort s'il le faut.

Il ne reste plus que nous deux. Tyler et moi. Les autres se sont échoués petit à petit, succombant autour de nous comme frappés par un sortilège. J'en peux plus. À chaque pas supplémentaire je me dis que je vais m'arrêter, mais je ne le fais pas. C'est plus fort que moi.

Je continue.

Pourtant cette situation se rapproche pas mal d'une sorte de phobie que j'avais quand j'étais petit. Souvent avant de m'endormir, le soir quand j'étais couché, je songeais à des tas de trucs horribles. Je me disais : *Imaginons que des bandits kidnappent Tyler. Et qu'ils me*

disent, mec, on tue ta sœur si tu t'arrêtes de monter ces marches.
Ou si tu t'arrêtes de courir. Ou si tu ressors de ce bassin glacé.
Ou si tu la lâches alors que tu la portes sur ton dos en
gravissant cette montagne.

Des tas de trucs à la con, tous plus débiles les uns que
les autres.

Pourtant ça m'angoissait vraiment, et je me posais la
question chaque putain de soir : *Jusqu'où serais-je capable*
d'aller pour la sauver ? Est-ce que je serais foutu de jamais
m'arrêter de courir, de monter, de la porter sur mes épaules ?
Combien de temps je tiendrais avant de renoncer ?

Là maintenant, ça me revient brusquement en mémoire.
Pourquoi j'ai l'impression idiote qu'en continuant à courir,
je pourrai la sauver ? Ça n'a pas de sens…

Du fin fond de là où je me trouve, j'aperçois Fletcher
debout qui nous observe, mais je ne peux pas lire sur son
visage. Spade a quitté son trône et se tient à quelques pas
de lui. J'ai la sensation indéfinissable qu'ils communiquent
entre eux, pourtant rien ne semble l'indiquer dans leur
comportement.

Le soleil est haut dans le ciel, il me brûle, et quand je
ferme les yeux il m'est facile de croire que je suis dans le
désert. Et c'est bien là que je suis, avec ces deux vautours
qui attendent patiemment mon dernier râle d'agonie, et
Tyler qui court devant moi, à moins que ce ne soit elle qui
me poursuive.

Tout est complètement surnaturel, désormais. Quatre
personnages étranges, à la dérive, qui ne disent rien, et
sont pourtant en interaction constante.

Lentement, Fletcher se déplace au milieu de la piste, et

on court autour de lui. Spade ne bouge pas, il est là les bras le long du corps, figé comme une statue de lui-même. J'ai l'impression d'être dans un rêve. Pourtant je sais que c'est la réalité. Fletcher se tient là un moment, les mains derrière le dos, sans rien dire, comme s'il méditait profondément, les yeux au sol. Si j'étais pas sûr du contraire, je dirais qu'il écoute quelque chose. Est-ce que lui aussi a une voix dans la tête, qui lui dicte sa conduite ? Spade ne le lâche pas des yeux. Ma parole, je jurerais que c'est lui que Fletcher écoute, qu'en ce moment même Spade lui envoie un message télépathique.

Ce silence déstabilisant me laisse perplexe. Pourquoi personne ne fait rien, pourquoi personne ne dit rien ?

Y a guère que nos pas et nos souffles, à Tyler et à moi, qui rythment un tant soit peu cette scène incompréhensible. Fletcher est parfaitement immobile. Spade aussi, mais même de là où je suis, je vois ses yeux brûlants qui ne quittent pas Fletcher. Tous, on attend que celui-ci se décide.

On accomplit encore trois tours de piste avant qu'il se passe enfin quelque chose. Fletcher ramène le chronomètre en face de ses yeux, attend encore une dizaine de secondes, et prononce enfin les paroles que je n'osais plus espérer :

— *C'est terminé. Vous pouvez arrêter de courir.*

* * *

On a tenu longtemps sans avoir besoin de renouveler notre pognon. À part l'essence, les clopes et un peu de bouffe, on avait quasiment aucune dépense, contrairement au fric quotidien qu'y nous fallait pour la came. C'était plutôt reposant. On se prenait un motel de temps à autre quand le besoin d'une vraie douche pointait son nez, ce qui n'arrivait pas souvent. On en profitait pour passer à la laverie, histoire de repartir tout propres. Ça a duré comme ça de longues semaines, et on avait aucune autre envie sur Terre que celle d'explorer encore et encore de nouveaux territoires, de traverser le pays d'est en ouest, de rouler, et de dormir à la belle étoile.

On croisait très peu de monde, mais on se suffisait à nous-mêmes. Après avoir côtoyé ce que la vie fait de pire en matière d'humanité, je crois que c'est normal de plus avoir envie de voir personne. On en avait eu plus que notre dose. Le fait de vivre avec Eliot dans l'appart que sa mère lui avait laissé nous avait maintenus un peu au-dessus du dernier stade de la déchéance, celui où les camés pourrissent dans un squat, rongés par la crasse et la maladie, en se refilant la même seringue. Mais la ville elle-même était hantée par tous ces laissés-pour-compte en train de crever sur pied au milieu des rues. Clodos, putes, flics ripoux, dealers, junkies, gangs, à croire que tous les déchets de l'humanité s'étaient donné rendez-vous pour créer une sorte d'univers parallèle où la mort talonnait constamment la vie.

Et dire qu'on avait cru appartenir à ce monde-là. La vérité, c'est qu'on avait aimé cette violence et cette folie. La rue était un exutoire où on pouvait se laisser aller à ses plus bas instincts, parce que personne en avait rien à carrer, et que tout le monde faisait pareil. Ça dégobillait sur les trottoirs, ça ronflait sur les bancs publics, ça se plantait en plein milieu des avenues, ça fumait du crack au coin des ruelles, ça dealait sous les porches, ça baisait entre deux poubelles. Ça crevait la gueule ouverte dans les caniveaux.

Ouais, on avait adoré ça, putain. Je me souviens encore de nos premiers temps en tant que junkies, quand une toute petite dose suffisait à nous monter en l'air et que notre vie n'était pas encore devenue une chasse au pognon permanente entre deux shoots. Tyler et moi on passait un temps pas croyable à déambuler dans ces rues, complètement défoncés, engourdis par cette douce chaleur, comme au sein d'une bulle douillette où rien ne pouvait nous atteindre. Et toute cette misère nous paraissait belle. C'était la poésie de Bukowski et des *beats*. On s'y sentait à notre place. Bien plus en tout cas que dans un de ces quartiers bourgeois où les hommes paradent en smoking avec le portable vissé à l'oreille, l'air terriblement important, et les femmes dans leurs sapes hors de prix avec des sacs de shopping qui se balancent à leur bras.

La folie qui rôdait dans ces rues était pour nous plus vraie, plus réelle et plus humaine que cette parodie de bonheur que l'autre face du monde s'évertuait à porter en bannière. Ces gens qu'avaient renoncé à paraître et qui se contentaient d'être ce qu'ils étaient, en se foutant de la loi, de la morale et du reste, ces clodos qu'avaient cessé de courir derrière l'argent, ces toxicos qui s'abandonnaient corps et âme à leur addiction, ces tarés vociférants pour qui le reste du monde n'existait même plus, et pour qui le seul monde réel était celui qu'ils portaient dans leur tête.

Tous ces marginaux étaient des exemples vivants de ce qu'on voulait devenir. Ils étaient libres. Ils avaient renoncé à ce qu'on nous enseignait devoir vouloir. Ils avaient abandonné l'idée du Bien.

L'autodestruction ne les effrayait pas, et c'était même leur mode de vie. La mort était si proche d'eux qu'on pouvait la lire sur leur visage. Et pourtant, ils étaient plus vivants que ces robots bien habillés qui gravitaient dans l'univers parallèle.

Le simple fait d'observer ce qui se passait dans cette ville à la tombée de la nuit constituait un enseignement. C'est pas qu'on était des petits bourgeois en mal de sensations fortes. On peut pas non plus dire ça. Y en avait aussi, de ceux-là, et ils étaient pas difficiles à repérer. Ils tentaient de se travestir, mais leurs brillantes origines suintaient de toute leur personne. Ils faisaient qu'emprunter les traits des purs et durs, mais ça durait que le temps de se fournir en came pour retourner se défoncer en sécurité dans leur joli cocon doré. Tyler et moi, on les détestait, ces gosses-là. On pouvait pas les sentir, bordel. Maintenant je me dis que c'est parce qu'ils nous faisaient penser à nous, qu'ils nous renvoyaient à notre propre traîtrise.

Parce qu'au final, toutes ces ombres qui hantaient cette ville, elles avaient pas choisi volontairement de le faire. La vie les avait traînées et abandonnées là, mais elles avaient lutté, au début. Elles avaient lutté pour s'en sortir. Alors que nous on aurait très bien pu choisir une autre voie. Ça aurait pas été facile, mais on aurait très bien pu le faire. C'est juste qu'on prenait un malin plaisir à désirer du fond du cœur ce que les autres fuyaient avec acharnement.

C'est ce qui me fait dire que nous aussi, tout compte fait, on était que des touristes dans cet enfer-là, et la preuve c'est qu'on l'avait quitté sans difficulté dès que le piège avait menacé de se refermer définitivement sur nous. Eliot avait été poussé dès son enfance vers cet univers, toute sa vie l'avait préparé à devenir l'un de ces morts-vivants, et il avait fini comme ça finit toujours dans ce monde-là. Nous, en croyant nous rendre libres, on avait mis un masque, en pensant qu'il suffisait de singer la déchéance et de la provoquer pour l'atteindre véritablement, comme si c'était la vie elle-même qui nous y avait poussés.

C'était faux.

La destruction et l'autodestruction sont deux choses différentes et elles n'ont absolument pas le même effet, parce que dans l'autodestruction, c'est le mental qu'est aux commandes.

Et il sait toujours très bien ce qu'il fait.

* * *

— Cette fois-ci, t'es bel et bien de retour, a fait une voix d'où émanait une joie profonde.

J'ai ouvert un œil, la mise au point était bancale, j'ai cligné, le visage réjoui de Wish est devenu net.

— Quelle heure il est ? j'ai demandé sans savoir ce que je disais, parce que c'est la première chose qui m'est venue à l'esprit.

— L'heure d'émerger, mon gros. Ça fait deux jours que

tu pionces.

J'ai eu un mouvement de surprise, et j'ai regardé autour de moi. J'étais dans mon hamac. J'avais un sale goût dans la bouche, l'esprit en vrac, comateux. La tête lourde. C'était pas humain de dormir autant.

— Mais qu'est-ce qui s'est passé, bordel ?

— T'as été dans le monde des morts, et ça t'a tellement plu qu'on a dû te botter le train pour que tu reviennes, il a rétorqué en prenant l'air faussement vénère, les poings sur les hanches, dans une parodie d'adulte mécontent.

Ça m'est revenu. Les sphères. Tyler. La perte.

Mais j'avais passé le Cap de Désespérance, à présent tout ce que je voulais, c'était comprendre.

— Moi qui m'attendais à assister à une lutte entre vous et les esprits, je me demande comment mon trip a pu prendre une telle direction...

— On sait jamais à quoi s'attendre avec l'*abuelita*... il a déclaré l'air de rien, mais j'ai eu la certitude qu'il me planquait quelque chose.

Peut-être bien que c'était eux qu'avaient décidé de m'envoyer vers l'espace pour faire leur truc tranquille. En même temps, il leur aurait suffi de pas me filer d'ayahuasca, si ça les gênait tant que ça que je foute mon nez dans leurs affaires. Ouais, un truc m'échappait sérieusement dans tout ça.

— C'est presque dommage que t'aies rien capté de ce qui s'est passé, mais sans doute que la plante a pas jugé bon que ce soit le cas. Et moi j'ai rien à dire là-dessus.

— C'est quoi qui s'est passé ?

— On a découvert pas mal de trucs te concernant.

— Est-ce que je suis hanté, alors ?

— Pas exactement. Écoute, tu veux pas qu'on se cale dehors et qu'on se fume un *mapacho* ? J'ai pas envie de me lancer dans des explications comme ça.

J'ai quitté mon hamac et à sa demande je suis parti pisser, je me suis débarbouillé, brossé les dents, j'ai bu un litre de flotte et j'ai changé de tee-shirt. Il avait pas tort, j'étais bien plus dispo après ça. Il a sorti une gourde de tisane qu'on s'est enfilée doucement en fumant. Puis il a fait sans préambule :

— Ta sœur a bel et bien rejoint ce qu'on pourrait appeler le Grand Esprit, la conscience universelle, le paradis ou ce qu'on voudra. Mais toi tu gardes quelque chose d'elle que tu veux pas lui rendre. Je peux pas te dire ce que c'est, parce que ça regarde que toi, mais il semblerait que cette chose que tu possèdes et qui t'appartient pas attire un esprit qui cherche à te la voler. C'est pas un esprit vraiment malfaisant, dans le sens où il te veut pas de mal, mais il tient à récupérer cette chose à tout prix. Je sais pas ce qu'il compte en faire, je sais pas pourquoi ça semble si précieux à ses yeux, mais voilà où on en est. À présent, écoute-moi bien. *Tu ne dois pas donner ce que tu possèdes à cet esprit*. Peu importe les traits qu'il emprunte, les pièges qu'il te tend, les sentiments qu'il fait naître en toi. Tu ne dois surtout pas l'écouter. Et encore moins le suivre. Est-ce que tu m'entends, Travis ?

— T'es en train de me dire qu'il va revenir…

— Il reviendra que si tu continues à l'appeler.

— Mais qu'est-ce que tu racontes ?...

— La vérité, Travis. C'est toi qui l'appelles.

393

— Jamais j'ai fait ça !

— Si, même si t'en as pas conscience. L'ayahuasca nous l'a très bien montré. Tu l'appelles avec chaque fibre de ton corps. Sois honnête, la nuit où il s'est pointé ici, c'était pas la première fois que t'avais affaire à lui, je me trompe ?

— Il était déjà venu ce jour-là…

— Et tu l'avais jamais vu avant ?

— Peut-être bien que si, je sais pas si c'était lui... C'est n'importe quoi, putain, Wish, j'ai jamais cru aux esprits, alors qu'est-ce que c'est que ce délire que tu me sors ?

— Le seul à délirer ici c'est toi. Moi je t'ai dit ce qu'il en est, maintenant à toi de faire ce que tu jugeras bon.

— Qu'est-ce que je dois faire ?

— Rendre ce qui t'appartient pas.

— Mais putain je sais même pas de quoi on cause !

— Ça viendra. Et quand tu t'en seras débarrassé, l'esprit n'aura plus aucune raison de venir t'importuner.

— Faudrait savoir, je croyais que c'était moi qui l'appelais !

— Oui, c'est ce que tu fais. Tu te comportes comme si tu voulais lui offrir cette chose. Mais si tu l'as plus, t'auras plus rien à lui donner, pas vrai ?

J'ai pas pu m'empêcher de soupirer en secouant la tête, parce que j'étais carrément dépassé par ce qu'il me disait, et j'avais beaucoup de mal à y croire, en plus. Je retournais tout ça dans ma tête, toutes les données qui pouvaient avoir un lien avec cette histoire de maboul. Qu'est-ce que je pouvais bien avoir à offrir à un esprit ? Et d'où y sortait, déjà, celui-là ? Et pourquoi j'aurais voulu lui donner quoi que ce soit ? J'ai présenté toute cette merde telle quelle à

Wish, pour voir ce qu'il aurait à en dire.

— Certains esprits s'attachent aux sentiments humains, et s'en nourrissent. Les Hommes et les esprits peuvent faire des pactes et s'échanger des choses. Du pouvoir, par exemple.

Ses paroles ont réveillé un truc en moi.

— Est-ce qu'il pourrait s'agir d'un pacte avec le diable ? Genre je lui offre mon âme et il me rend Tyler ?

Cette idée l'a bien fait rire, mais j'ai pas fait semblant de me joindre à lui. J'ai attendu impatiemment qu'il cesse de se marrer, un sourcil relevé, et j'ai lancé :

— Alors ?

— Le diable existe pas, Travis. Y a que des esprits et des échanges de pouvoir. Tu peux pas offrir ton âme comme ça. Et même si l'esprit te tuait, il pourrait jamais te rendre ta sœur, parce qu'il en a pas le pouvoir.

J'étais de plus en plus paumé, et ça m'agaçait d'une façon prodigieuse. J'étais à deux doigts d'aller défoncer un arbre.

— Wish, faut que tu m'aides, là, parce que je vais péter un plomb.

Il m'a longuement regardé au fond des yeux et j'aurais donné cher pour savoir ce qu'il voyait en moi. Pour ma part, impossible de sonder son âme, ses yeux étaient limpides et pourtant, étrangement lointains. J'étais malgré tout convaincu qu'il me planquait des trucs.

— Trouve cette chose qui t'appartient pas et rends-la à Tyler, et tu verras que l'esprit te laissera en paix.

Je me suis frotté les tempes avec la sombre impression de devenir fou. J'avais envie d'égorger quelqu'un.

— Entre-temps, s'il revient, fais comme s'il existait pas. N'entre pas en contact avec lui, ne prends plus rien de lui. T'es protégé par le jaguar que t'as ramené avec toi, et les gars et moi on t'a mis des arcanes. Tu risques rien si tu perds pas la boule et que tu te précipites pas comme un perdu derrière lui.

— J'ai déjà peur à l'idée qu'il revienne.

— Alors débarrasse-toi vite de cette chose qu'il désire, et cesse de l'appeler. Il a rien à t'offrir. Tout ce dont tu as besoin est déjà en toi. Fous-toi ça dans le crâne. *Tout ce dont tu as besoin est déjà en toi.*

Je me suis répété cette phrase encore et encore jusqu'à parvenir à y croire. Ça brûlait en moi comme une boule de feu dans ma poitrine, et cette conviction réchauffait les forces tapies dans mon cœur. Puis j'ai repensé à ce que j'avais vécu en tant que conscience pure. Je savais pas si je devais en parler à Wish.

— Tu sais, j'aurais vraiment préféré rester là-bas avec elle.

— Tu me crois alors quand je te dis qu'elle est retournée à sa source ?

— Oui. Je l'ai vue. J'étais avec elle. Pourquoi vous m'avez pas laissé là-bas ?

— Pour qu'on nous accuse encore d'avoir buté un gringo ?

Il a éclaté de rire.

— Personne sait que j'existe.

— C'est pas le problème, c'était notre devoir de te ramener. Qui on est pour juger qu'il est temps pour toi de partir ? La plante t'a montré ce dont t'avais besoin, et elle nous a dit de te ramener.

— C'est normal que j'ai dormi comme ça pendant deux jours ?

— Je sais pas ce qui est normal ou pas. T'avais pas envie de revenir, alors t'as essayé d'y retourner par tes propres moyens, mais tu t'es juste endormi.

Il a regardé au loin un moment, et puis il a déclaré :

— Crois-moi, quand ce sera l'heure pour toi d'y aller, y aura pas le moindre doute sur la question.

On est restés silencieux un moment, chacun dans nos pensées. Y avait plus grand-chose à dire. Rien n'était réglé, rien n'était même sérieusement élucidé, mais est-ce que c'est pas toujours comme ça, au final, dans la vie ? Fallait pourtant continuer à avancer, vaille que vaille. Continuer à avancer.

— Au fait, tu vas pouvoir passer au traitement suivant.

Cette idée m'a soulagé, sans doute parce qu'une partie de moi voulait maintenir l'illusion que tout ça, c'était la faute de l'ajo sacha. Et aussi parce qu'il m'avait laissé entendre que la nouvelle plante serait plus soft.

— Alors c'est bon, t'as scellé l'esprit de l'ajo sacha en moi ?

— Ouais, maintenant tu pourras faire appel à elle quand tu veux.

— Je saurais pas comment m'y prendre.

— L'ayahuasca te l'enseignera.

J'ai hoché la tête sans trop y croire. Je me sentais pas spécialement habité par une nouvelle essence.

— Est-ce qu'on commence le nouveau traitement aujourd'hui ?

— Nan, aujourd'hui on va se contenter de profiter un peu de la vie. Je t'ai amené un repas un brin meilleur que d'habitude, et quand t'auras fini de manger toi et moi on va aller dans un coin que je connais et qui devrait beaucoup te plaire.

— Merde, tu peux pas savoir comme ça fait du bien de t'entendre causer comme ça !

— C'est pas facile, la diète, pas vrai ?

— J'aimerais bien ne pas avoir autant de sales trucs à régler, surtout. J'ai l'impression de passer à côté de quelque chose en étant comme ça obnubilé par mes problèmes. Je me dis que l'enseignement des plantes serait bien plus fort si j'oubliais de penser à moi deux minutes.

— Ça tient qu'à toi. T'es pas obligé de te concentrer sur ce qui cloche, après tout.

— Ah bon ? Je croyais que c'était ce que je devais faire.

— Nan, pas du tout. Si tu cherches des éclaircissements sur des questions que tu te poses, même sans rapport avec toi, faut pas que t'hésites à demander aux plantes. En tant que plantes maîtresses, elles sont là pour ça.

— Je pense que ça me ferait effectivement du bien de sortir la tête de mon cul et d'oublier un peu mes merdes. Ça commence à devenir étriqué ces histoires, et y a des tas de trucs que j'aimerais bien demander sur le monde en général, je crois.

— Bah fais-le, alors. Comprendre le monde, c'est une autre façon de se soigner, tu sais. Et d'ailleurs ça tombe bien que tu causes de ça, parce que ta prochaine plante est très bonne pour ça.

— On est synchrones, alors.

— C'est toi qu'es synchrone avec la *medicina*. Tu réagis vite et bien, et même si ces derniers jours ont été difficiles pour toi, moi je persiste à croire que tu suis la bonne voie, et que tous ces trucs que tu traverses sont les signes que tu t'engages sérieusement dans ta guérison. Tu soulèves de nouvelles difficultés, les choses émergent, te tourmentent. T'as mis le feu à la fourmilière, c'est normal. Tu balayes chaque chose avec ton nouveau faisceau de conscience. C'est bien, faut que tu t'accroches. Si tu suis jusqu'au bout la diète que j'ai prévue pour toi, tu seras invincible quand tu sortiras de la jungle !

Sa foi enfantine m'a fait rire. Ce type-là croyait bel et bien aux super-pouvoirs, sans déconner. Je lui ai dit qu'il était timbré.

— Tu crois pas qu'un Homme puisse se surpasser et se transcender lui-même, pas vrai ? il a rétorqué en levant un sourcil, l'air tout à fait sérieux.

Ça m'a décontenancé. Qu'est-ce que je pouvais répondre à ça ?

— J'en sais foutre rien, Wish.

— Eh ben c'est pas avec une foi aussi vacillante que t'iras quelque part, crois-moi. Allez, avale ton repas, qu'on aille à cet endroit dont je t'ai causé. Peut-être que là-bas au moins t'arrêteras de me bassiner avec ta morosité morbide.

* * *

On en parlait pas beaucoup avec Tyler. Je crois qu'on se sentait un peu cons d'avoir joué ce jeu. Et d'une certaine manière, on continuait à jouer avec nos vies à ce moment-là, mais on savait pas quoi faire d'autre. On s'inventait des personnages auxquels on tentait de correspondre. Mais au final, est-ce que c'est pas ce que tout le monde fait ? On avait été des délinquants, puis on avait été des tox. Maintenant on était des vagabonds et des braqueurs. J'avais l'impression qu'on était toujours quelque chose au lieu d'être simplement nous-mêmes. J'aurais voulu pouvoir échapper à toutes ces étiquettes, mais à l'époque j'avais pas la moindre idée de ce que ça voulait dire, d'être soi-même.

Je sais pas d'où ça nous venait, d'avoir la tête farcie de fantasmes. C'était comme ça depuis qu'on était petits. Il avait toujours fallu qu'on s'invente un monde, et qu'on s'invente nous-mêmes, parce que la réalité donnée n'était jamais suffisante, toujours inférieure à ce qu'on pouvait imaginer. Et pourtant on avait une telle soif de quitter le jeu pour parvenir à quelque chose de réel, le fond ultime de la réalité. Mais de pauvres philosophes sans connaissances comme nous ne pouvaient que deviner qu'il y avait quelque chose d'autre, sans pouvoir parvenir à l'intuition de ce que c'était.

On était pas malheureux, pourtant, c'était même tout l'inverse, mais on pouvait pas s'empêcher de sentir qu'on aurait pu aller encore au-delà.

Et ce sentiment continuait à nous faire courir.

Il y avait chez Tyler une étrange mélancolie, quand elle regardait au loin ou quand ses yeux reflétaient les flammes, une sorte de frustration qui la désorientait. Elle essayait de me le cacher, mais les émotions qui la possédaient n'avaient pas de secrets pour moi. J'aurais voulu pouvoir l'aider, mais je savais pas comment faire. Ça me plombait de la voir comme ça.

Quelque chose la bouffait de l'intérieur, lui entamant lentement le cerveau, lui pompant sa joie de vivre. Et elle parlait dans sa tête. Moi-même parfois je parvenais à l'entendre. C'était sans doute ce qu'on pourrait appeler son démon familier, cette voix qui naît avec toi et qui te parle tout le long de ton existence, pour te dire toujours la même chose, comme un maléfice, peu importe la direction que tu fais prendre à ta vie. Sa puissance d'évocation était supérieure à toutes les paroles que j'aurais pu avoir. Elle lui parlait même quand elle dormait. Elle continuait son monologue, son lent travail de sape jusque dans son inconscient.

Elle était pourtant pas plus réelle que nous. Mais Tyler la nourrissait avec son âme, lui offrant l'ascendant sur elle.

* * *

La *selva* avait une telle présence. Une force immense émanait d'elle. Wish m'avait entraîné tout droit, forçant le chemin à coup de machette. L'aisance féline avec laquelle il se mouvait au sein de cette incroyable végétation ne cessait de m'émerveiller. Il avait l'air tellement à sa place ici, tellement en phase. Jamais j'avais vu un Homme utiliser son corps avec autant d'élégance. Il se fondait dans cette forêt comme s'il était une partie d'elle. Le simple fait de le regarder constituait un enseignement.

Quand on le voyait créer son propre sentier dans cette jungle inextricable, avançant constamment, sans jamais rompre la fluidité de son mouvement, ça donnait envie d'être un Homme. Sa façon d'être réhabilitait l'honneur perdu de notre espèce. Du moins moi c'est comme ça que je vivais les choses. Je réglais mes pas sur les siens, suivant son rythme, presque hypnotisé par son aura. D'ailleurs cette marche avait quelque chose d'hypnotique. Est-ce que ça venait de cette manière régulière de se mouvoir, entouré par les plantes, sans visibilité lointaine, ou bien était-ce le fait de le suivre comme si j'étais son ombre ? J'étais en transe, et la touffeur humide environnante y était sans doute aussi pour quelque chose.

Le ciel n'était même pas visible. Quand je relevais les yeux, y avait au-dessus de moi un tapis végétal, un enchevêtrement de feuilles et de branches interdisant tout horizon. J'aimais cette impression d'immersion totale, c'était carrément un nouvel univers, et j'avais du mal à concevoir qu'une telle chose existe sur notre planète, tant c'était éloigné de ce que les Hommes basiques avaient l'habitude de vivre.

Je humais tout ce que je pouvais à pleins poumons, inhalant cette énergie, absorbant le suc vital que diffusaient les plantes. Il me semblait pouvoir sentir réellement cette force entrer en moi, et j'en avais plus que besoin. Je m'étais trop affaibli en restant prisonnier de moi-même comme ça. C'était bien beau de vouloir jouer dans le labyrinthe, mais à force de se perdre dans ses tunnels, on finissait par oublier qu'il y avait autre chose au-delà de lui. On en venait presque à perdre de vue que le but ultime était de retourner dans le vrai monde.

Et c'était un monde phénoménal.

Fallait définitivement qu'à l'avenir je quitte un peu mon *tumbo* pour aller m'aventurer davantage dans la *selva*.

* * *

On s'était fait un stock de bouffe et de flotte et on avait chargé nos sacs à dos, en laissant la voiture derrière une vieille ferme à l'abandon. On savait pas pour combien de temps on partait, et encore moins si on serait fichus de la retrouver, mais ça avait pas la moindre importance.

Quand Tyler et moi on avait réalisé qu'on était aux portes du désert, ça s'était imposé à nous comme une évidence. On pouvait plus se contenter d'être enfermés dans cette caisse à longer le paysage. Fallait qu'on s'enfonce dedans.

C'est étrange comme certains endroits te donnent l'impression que tu leur appartiens, comme si t'avais retrouvé tes origines. L'instinct se réveille, il émerge dans la conscience. Lui qu'avait toujours hanté les souterrains, trouve la brèche pour s'infiltrer vers la sortie. Assister à sa résurrection, c'est très fort, c'est une sensation tellement puissante que tu ne peux que lui obéir. Le message chimique dont il abreuve ton cerveau balaye toute trace de ce qu'on pourrait appeler une raison, et d'un instant à l'autre, tu te retrouves hypnotisé. Sans savoir à quel moment précis il est passé aux commandes, tu réalises que t'es sous son emprise. Et même si tu l'avais jamais rencontré avant, tu sais le reconnaître quand l'instinct entre en action.

Vivre ce genre de truc, ça incite à penser qu'il existe une

sorte de mémoire planquée dans notre ADN, qui ne se réveille que quand le corps est mis en contact avec une certaine odeur, un message sensoriel qui entre en résonance avec elle, comme quand un parfum fait surgir dans ta tête des images du passé. Mais à une échelle bien plus ancienne.

Tyler et moi on s'était regardés sans avoir envie de mettre un mot sur ce qui nous arrivait. C'était elle qui conduisait, et elle avait pris la première sortie avec une intention dont on avait même pas eu besoin de discuter. On était entrés dans la première supérette venue pour se ravitailler et moins de dix minutes plus tard on était de retour, prêts à larguer la caisse dès que le moment se présenterait.

* * *

On a marché pendant des heures sans échanger un mot. Comme je l'ai déjà dit, Wish était pareil que moi à ce niveau, il aimait pas parler en marchant, et quand on le voyait à l'œuvre, c'était pas dur de comprendre que la marche, surtout en pleine jungle, est une activité à part entière qui nécessite toute l'attention, et que ce serait dommage de la dilapider en bavassant à tout va. Par moment, il tendait le doigt pour me désigner un oiseau, un serpent, un singe ou une grenouille que j'aurais pas repérés sans lui, et aussi certaines plantes sur lesquelles il voulait attirer mon attention, et dont il disait juste le nom. Toute sorte de plantes, de racines, ou encore d'arbres particulièrement gigantesques ou avec le tronc recouvert d'épines.

C'est comme ça qu'il m'a présenté l'ayahuasca et la chacuruna, les deux composants majeurs de cette boisson dégueulasse que je buvais presque en continu.

Plus je marchais, et moins je me sentais fatigué. Je retrouvais ma vigueur, le désir renaissait en moi et animait mon corps d'une sorte de faim sauvage pour tout ce qui m'entourait. Mon énergie circulait à nouveau, après tous ces jours léthargiques englué dans ma sueur et empêtré dans mon hamac, la tête farcie de rêves glauques et les muscles ramollis. Cette puissance retrouvée m'a rappelé que j'étais jeune, et en vie. C'est vrai, on oublie souvent d'y penser quand c'est le cas, pour le regretter ensuite tout le reste de sa vieillesse. C'était triste de traiter mon corps comme je le faisais, tous ces jours passés en bagnole, toutes ces heures perdues dans ma camisole mentale.

Depuis la mort de Tyler, je m'étais complètement rabougri, tassé et renfermé, alors qu'avec elle on passait notre temps à courir le monde. J'avais vraiment resserré mon univers depuis qu'elle était plus là. Heureusement que Wish s'était pointé avec sa médecine. L'expansion devait reprendre, j'avais une soif d'élargissement, de grandeur, d'infinité. J'avais férocement envie de démolir à mains nues les limites et les frontières de mes carcans, je voulais de l'air, je voulais faire entrer la fraîcheur et la vie dans cette vieille cave à l'air vicié.

Il ne tenait qu'à moi d'abandonner mon puits et de réintégrer le monde des vivants.

Cette intuition possédait la force et l'évidence d'une certitude.

* * *

On a parcouru une longue distance sans émettre la moindre parole. Le simple fait de marcher et d'observer ce qui nous entourait occupait toute notre attention, et nous décrire à nous-mêmes la beauté de ce qu'on voyait n'aurait fait que l'atténuer. C'était tellement sublime que c'était comme d'être en présence de l'essence même de la beauté. L'aridité sauvage de ce désert nous laissait sans voix, et encore maintenant j'aurais du mal à vous le décrire. Faut s'en imprégner soi-même pour avoir une idée de la puissance de ce truc. Et avoir une certaine affinité avec lui, j'imagine. Pour certains c'est la mer. Pour nous c'était le désert.

On a d'abord suivi le lit asséché d'une ancienne rivière, avec son fond tout rocailleux et ses plantes mortes sur les côtés. Petit à petit, les rives se sont transformées en canyons, puis en immenses falaises abruptes contre lesquelles poussaient des arbres tortueux défiant la loi de la gravité. L'air était nettement plus frais entre ces parois rocheuses et de la mousse recouvrait les pierres sur lesquelles on marchait. Ça sentait bon l'humidité. Puis la route s'est mise à monter. L'ascension était difficile à cause des rochers glissants, mais ni Tyler ni moi on a songé à faire demi-tour, et pour finir on a débouché sur un terrain relativement plat bien que très accidenté, recouvert de cactus.

Il faisait de nouveau chaud. On a sorti nos gourdes le temps de prendre quelques gorgées, on s'est allumé des clopes et on s'est remis en route, droit devant nous.

C'était difficile de dire à quel niveau on se trouvait, parce que loin devant des falaises et des arches argileuses s'érigeaient vers le ciel, alors qu'on venait à peine de s'extirper du fond des autres. Je sais pas quels évènements climatiques avaient pu donner une telle gueule à cet endroit, qu'est-ce qui l'avait lentement façonné, mais j'avais l'impression d'être à la préhistoire. C'était à peine croyable de se dire que quelques semaines auparavant on était en plein centre du vortex, et que maintenant on était ici, dans un lieu qui semblait n'avoir jamais connu aucune civilisation. Le décalage entre les deux m'époustouflait. Rien ne forçait l'Homme à vivre la merde qu'il était en train de vivre. Si ça lui convenait pas, il avait qu'à prendre sa caisse et se tirer. Je sais que ça paraît con comme réflexion, mais si ça l'est à ce point-là, pourquoi personne ne le fait tout simplement ? Pourquoi est-ce que *nous* on l'avait pas fait quand Eliot était encore en vie ?

On a continué à marcher jusqu'à atteindre une sorte de creux formé dans les méandres du sol, abrité par un grand arbre épineux. Il projetait son ombre loin autour de lui. On s'est postés là et on a sorti nos gourdes et nos paquets de clopes.

— On dirait que c'est fait exprès, a dit Tyler en lisant dans mes pensées.

— Peut-être qu'à force que les pèlerins s'assoient là pour se reposer et lui pisser dessus, cet arbre a fini par grandir.

Ça l'a fait rire.

— Moi je dirais qu'on est les premiers pèlerins que cet

arbre ait vu depuis longtemps. Tu crois qu'y a des Indiens dans le coin ?

— T'es la mieux placée pour savoir que j'écoutais pas grand-chose en classe. J'en sais rien.

Elle est restée pensive une minute.

— Et des champis, tu dirais qu'y en a ?

Elle avait cette flamme diabolique qui s'allumait dans les yeux chaque fois qu'il était question de défonce. Ça m'a fait marrer.

— Même si y en avait, je saurais pas les reconnaître, mais à mon avis c'est trop sec ici pour que ça pousse. Par contre on pourrait peut-être mettre la main sur du peyotl.

— Tu crois ? elle a fait en se redressant d'un coup.

— Si on doit tomber dessus, t'inquiète que ça manquera pas d'arriver.

Un gros oiseau est soudain sorti de l'arbre en gueulant comme un putois, nous faisant sursauter.

— Tu vois, l'univers me donne raison, j'ai fait à la manière de Don Juan en levant l'index.

Ça nous a tordus de rire pendant un bon moment.

* * *

Si Tyler avait pu me voir, comme elle aurait été fière que je sois en pleine Amazonie, à poursuivre un rêve qu'on avait fait ensemble. Débarquer ici était la seule chose dont je pouvais m'enorgueillir depuis qu'elle avait disparu. Et c'était le seul truc qui comptait. Comment j'avais pu ne pas me rendre compte que la seule chose sensée à faire était d'agir de telle sorte qu'elle soit fière de moi ?

Avoir perdu quelqu'un qu'on aime, c'est comme d'avoir enfin un dieu au-dessus de soi. Quelqu'un dont on cherche l'approbation, quelqu'un qu'on veut honorer par ses pensées et ses actes, quelqu'un dont on veut à tout prix être digne.

Ma déesse me regardait, elle suivait chacun de mes pas, écoutait chacune de mes pensées. Elle vivait véritablement en moi. Je la connaissais tellement bien que c'est tout juste si je la voyais pas réagir avec moi aux choses que je découvrais. J'entendais les objections qu'elle aurait sorties à Wish. Je voyais ses larmes couler et sa joie rayonner devant la beauté de cette parcelle de planète qui se révélait à moi. Je la sentais s'émerveiller dans ma poitrine, à chaque pas que je faisais.

L'idée m'est venue qu'elle avait choisi de mourir et de s'offrir en sacrifice pour m'accorder enfin ce dont j'avais rêvé chaque jour à ses côtés. Qu'elle et moi, on ne fasse plus qu'un pour de vrai. Et moi, j'étais à ce point perdu dans ma douleur que je voyais même pas le cadeau qu'elle m'avait fait.

Mais j'ai pas pu laisser cette idée s'épanouir davantage. Ça me paraissait trop fou, trop immoral, même pour moi.

* * *

On s'est remis en route avec l'intention d'atteindre le pied des prochaines falaises avant la nuit. Ça nous semblait la chose à faire. Ça a pris pas mal de temps. On regardait la lumière changer sur le paysage, elle étirait nos ombres sur le sol. L'air était en train de fraîchir. Au loin, le soleil entamait son déclin.

Tyler marchait devant moi, telle une lionne sur son territoire. Elle avait toujours eu cette dégaine, remarque, même en pleine ville. Elle semblait chez elle partout. Mais à la regarder comme ça, ses longs cheveux noirs fouettant son dos, son sac balancé sur l'épaule, haut-perchée sur ses nouvelles chaussures de guerrière qui soulignaient la minceur de ses jambes, quelque chose se liquéfiait en moi, et une sorte de désir, au-delà du désir sexuel, me faisait serrer les dents. J'avais l'impression de ne jamais pouvoir assimiler complètement cette vision. Elle possédait une sorte de transcendance.

Quand j'y repense maintenant, je me dis que Tyler était un fantôme pour moi bien avant de mourir. Parce que j'étais le seul à pouvoir la voir véritablement. Voir à quel point elle était belle.

— Je crois que c'est l'instant le plus fort de ma vie, elle s'est écriée en tournant sur elle-même, les bras levés au-dessus de la tête, en un mouvement si libre, si souverain, qu'il envoyait valser le reste du monde et détruisait toute civilisation.

Et son sourire hardi, affranchi de tout, était tellement beau que ça m'a retourné le ventre.

Je lui ai souri en retour sans rien ajouter.

Voir ce soleil en train de mourir devant elle, c'était sans conteste la plus belle chose que j'avais jamais vue de ma vie.

* * *

Wish avait raison, l'endroit où on a abouti était d'une beauté spectaculaire, un truc dont j'aurais jamais osé rêver même dans mes espoirs les plus fous, empreint de magie et d'enchantement, un lieu où naissent les légendes, et où les dieux viennent se ressourcer après avoir accompli leur œuvre.

Une haute cascade se jetait dans un immense bassin circulaire à l'eau turquoise, entouré de rochers, puis poursuivait sa route en une rivière mirifique et scintillante, qui descendait en escalier sur des pierres plates, comme disposées intentionnellement pour offrir un repos salvateur à celui qui se serait donné la peine de venir jusqu'ici.

Je me suis approché pour plonger mes mains dans l'eau, et je suis resté comme ça, accroupi devant le bassin, mes doigts caressant sa surface, les yeux portés vers le haut de la cascade, sans pouvoir croire que tout ça était réel.

Wish s'est agenouillé à mes côtés et a plongé ses mains dans l'eau fraîche à son tour pour se débarbouiller le visage, en faisant des bruits de gorge pour exprimer son contentement. Ça m'a fait pouffer. Ses bruitages incroyables le rendaient tellement vivant, par moment, tellement humain.

Il s'est mis à se désaper sans faire attention à moi et je me suis demandé ce que j'attendais pour faire pareil. On a sauté dans l'eau comme deux couillons. Cette sensation était un délice de fraîcheur et d'apaisement. Toute marche éreintante devrait se conclure par un plongeon dans une rivière, y a rien de mieux pour se revigorer et soulager les tensions d'un corps échauffé.

On a nagé longuement en rigolant par intermittence, sans trop savoir pourquoi. Dès qu'on se regardait on se mettait à se marrer, comme si voir l'autre batifoler dans ce bassin était la chose la plus drôle au monde.

J'avais l'impression d'être dans un rêve. Je regardais le ciel en flottant sur le dos et je me disais : *C'est pas possible, tu dois rêver bon sang.*

* * *

Il faisait nuit depuis un moment quand on a fini par atteindre les falaises. Un ruisseau coulait au milieu, ce qui en faisait bel et bien l'endroit idéal pour camper. On a même pas eu besoin d'allumer nos frontales pour aller chercher du bois. La lune était pleine, on y voyait super bien. On a ratissé les environs, y avait du bois mort de partout, en deux temps trois mouvements on avait allumé une putain de flambée. Ensuite on a monté la tente, sorti de quoi se préparer des sandwichs, et pris de l'eau au ruisseau pour se faire du thé. On avait le sourire collé jusqu'aux oreilles. J'arrivais pas à me souvenir de la dernière fois où on avait été aussi heureux.

— Quand je vois ça, je comprends pas les mecs qui préfèrent faire clodo à la ville plutôt que de devenir Homme des bois. Si j'avais plus une thune devant moi, je crois que je viendrais ici plutôt que de moisir aux pieds des bagnoles, pas toi ?

— Carrément que si, elle a répondu en mordant dans son sandwich. Mais en même temps quand je vois la vie qu'on a eue jusque-là, je me dis qu'on a de conseil à donner à personne…

— Pourquoi on a pas pensé à tout ça avant ?

— Je sais pas. On pensait qu'à la came, je crois.

— Tu trouves qu'on a perdu trop de temps ?

Elle a pris une gorgée de thé et a mis la main sous son menton.

— Je crois surtout que ça marche pas comme ça. Y a un temps pour chaque chose, et y a sans doute une raison pour que les choses arrivent quand elles arrivent. Peut-être qu'avant on était pas prêts, j'en sais rien, mais quand je pense à la journée magique qu'on vient de vivre, je peux pas m'empêcher de me dire que tout est à sa place, et qu'on est au bon endroit au bon moment. Nan ?

— Carrément que si.

— Alors y a pas à chercher plus loin.

Des coyotes se sont mis à glapir, pas très loin. Et Tyler a levé son index en souriant de toutes ses dents.

— Nan, le dis pas ! j'ai fait en éclatant de rire.

Elle s'est jointe à moi et on s'est marrés comme des baleines jusqu'à rouler par terre. On était tellement heureux que ça nous rendait hilares, je crois. Puis elle s'est jetée sur moi et m'a enserré entre ses jambes. On s'est mis à s'embrasser en continuant à se marrer, puis les choses ont pris un tour beaucoup plus sérieux.

Chaque fois que je lui faisais l'amour était plus belle que la précédente. Je me demandais comment c'était possible alors qu'on baisait ensemble depuis des années. Mais c'est sans doute la liberté qui rend tout beaucoup plus fort. Cette sensation de s'appartenir, d'avoir rompu tout lien, rejeté toute intrusion. Ce soulagement de pouvoir être ce qu'on veut, sans personne pour regarder, sans avoir de comptes à rendre à quiconque. Il s'agit véritablement d'un pouvoir. Tu le sens au creux de ton ventre. Et c'était la première fois de notre vie qu'on en faisait usage.

Faire l'amour ensemble dans ces circonstances semblait rendre la chose presque mystique, comme une célébration divine. Une sorte de rite. Quelque chose de sacré, quoi. Comme si, loin au-delà de la Terre, quelque chose se rééquilibrait dans le cosmos.

Ou peut-être que c'était simplement nous qui nous mettions enfin au diapason du monde.

* * *

On a fini par s'échouer tels deux cachalots sur des pierres plates, épuisés mais contents. La caresse du soleil était exquise après avoir goûté la fraîcheur de l'eau. On s'est allumé des *mapachos* pour parfaire le tableau, et je me suis senti comblé, pleinement satisfait, sans plus d'autre désir au monde que de me maintenir dans cet état de complétude et d'assouvissement total.

Les planètes semblaient s'être parfaitement alignées, dans une configuration céleste qui ne se produisait qu'une fois tous les dix mille ans, et ne durait que quelques heures pendant lesquelles le monde se parait d'une lumière spéciale, magique, rendant possible des états inaccessibles en temps normal, créant les conditions d'une harmonie et d'une symbiose inter-espèce, révélant le lien entre l'organique et l'inorganique, entre les éléments et l'Homme, entre la Terre et ceux qu'elle porte, juste le temps d'une danse, avant que l'envoûtement ne s'achève et ne nous rende, tous autant qu'on était, à notre isolement, à notre irrémédiable, indépassable, incommensurable isolement.

* * *

La journée avait été longue mais on avait pas vraiment sommeil. On est restés longtemps côte à côte blottis comme des marmottes dans nos sacs de couchage, caressés par le feu. On écoutait le chant de la rivière et le silence.

— On est tellement loin de tout ici. Ça pourrait être la guerre atomique qu'on le saurait même pas.

— Si, tu verrais les animaux devenir dingues.

— T'es bête, elle a souri, avant de continuer sur sa lancée. Je me demande si une vie axée sur la survie est pas plus intéressante qu'une vie culturelle.

— Tu te sens comme une Indienne, c'est pour ça ? j'ai dit pour la taquiner.

— Oui, un petit peu, elle a admis en rigolant.

— Moi aussi je me demande comment ils ressentaient les choses. Si c'était juste chiant de déménager la hutte à chaque changement de saison et de devoir chasser le gibier et le dépecer et compagnie au lieu de juste ouvrir le frigo et s'acheter des fringues toutes faites, ou si c'était un plaisir pour eux, comme… un moyen d'être aligné avec les lois de la nature.

— Sans doute que la question se posait pas vraiment. Ils vivaient comme ça, c'est tout. Chez nous on se demande pas si c'est un plaisir d'ouvrir son frigo ou de payer son loyer. On le fait, basta.

— Ouais sauf que toi et moi on trouve ça naze et qu'on a pas envie de le faire.

— Comment ça se fait que ça nous paraît horrible alors que tout le monde s'en contente ?

— Peut-être parce qu'on est des Indiens au fond de nous, j'ai rigolé.

— Je suis sûre que si on avait été Indiens, on aurait trouvé le moyen de remettre en cause leur système aussi. On sera toujours des marginaux, n'importe quoi qu'on fasse.

— Et ça te pose un problème ?

— Nan. C'est juste que je me demande si on sera vraiment heureux un jour, si rien nous convient jamais.

— T'es pas heureuse, là, maintenant ?

— Si ! Carrément que si ! Plus que je l'ai jamais été. Je me demande juste combien de temps ça va pouvoir tenir.

— Pense pas à ça maintenant, Tyler. On s'en fout. Quand on sera plus heureux, on changera de direction, point barre.

— Mais les directions sont pas infinies.

— Elles le sont autant que ton imagination. Et quand le point culminant sera atteint, il restera toujours l'autre continent à visiter.

— Le continent des morts ?

— Exact !

Je sais pas pourquoi, mais ça nous a fait rire de nouveau. L'idée du suicide avait quelque chose de réconfortant.

Maintenant je me dis que c'est parce qu'on savait que cette avidité qui nous dévorait rencontrerait un jour sa fin. Qu'on serait pas toujours ses esclaves. C'est vrai que c'était bizarre de songer au suicide dans un moment où on était tellement heureux… mais c'est sans doute parce qu'on savait que ce bonheur serait pas éternel, et qu'on se préparait déjà à le voir s'envoler.

* * *

— Pourquoi t'es parti d'ici, Wish ? Pourquoi tu t'es expatrié comme ça dans les montagnes ?

Il a haussé les épaules d'un mouvement empreint de fatalisme.

— J'ai été appelé ailleurs, c'est tout. Fallait que je parte. Fallait que je quitte tout ce que je connaissais.

Il a marqué une pause pour me regarder.

— C'est une grande chance pour un Homme de pouvoir renaître dans un autre endroit.

Il faisait explicitement référence à mon cas, mais j'ai gardé mes commentaires pour moi.

— Quand tu t'ouvres à l'infinité, alors tu deviens l'infinité.

* * *

Il faisait encore noir quand on s'est réveillés, le ciel commençait tout juste à s'éclaircir. On a jeté quelques branches sur le reste de braises pour pouvoir faire chauffer de l'eau, puis on est partis pisser chacun de son côté. Au petit matin, l'endroit était encore plus ouf que la veille, et moi je pétais le feu.

On a bu notre thé en silence en contemplant le paysage. On était jamais très causants le matin. Puis on s'est débarbouillés dans le ruisseau et on a empaqueté nos affaires, recouvert le feu de sable, et on s'est mis en route quand le soleil était en train de se lever.

La couleur du paysage était incroyable. Je me suis dit que la nature était le plus grand artiste que la Terre ait jamais porté. Et je me demandais pourquoi l'Homme éprouvait le besoin de dresser des buildings jusqu'à oblitérer le ciel, pourquoi il s'enfermait dans des villes tentaculaires et se coupait du lien qui l'unissait à la nature, comme s'il y avait quelque chose à craindre de toute cette beauté. J'en ai parlé à Tyler, qui semblait déjà avoir fait tout le chemin dans sa tête.

— Parce que c'est plus grand que lui. Et si y a bien une chose que l'Homme peut pas tolérer, c'est qu'il existe un truc plus grand que lui sur Terre.

— Tu peux pas contrôler ce qui te dépasse.

— Nan, et le seul truc à faire dans ce cas-là c'est de nier son existence, d'ériger des murs autour de toi, jusqu'à ce que t'oublies qu'y a quelque chose au-delà. Comme ça tu peux te prendre tranquille pour le roi du monde et arriver à en être définitivement convaincu.

— Tu crois vraiment que c'est ce qui s'est passé ?

— Ça ou autre chose, le résultat est le même.

Elle a paru réfléchir un moment, puis elle a dit :

— À un niveau symbolique comme à un niveau factuel, oui, c'est ce qui s'est passé.

* * *

On a passé tout l'après-midi à se baigner et à prendre le soleil, alanguis sur les rochers. Pour une fois, le simple fait d'être au monde me suffisait largement. Je désirais rien de plus. En m'étirant sur ma pierre tel un félin après sa sieste, j'ai repensé à ce jaguar que j'avais été durant ma seconde cérémonie. Il vivait quelque part en moi, et à ce moment-là ça m'aurait pas été difficile de le faire passer au premier plan. Peut-être parce que j'avais ramené sa force en moi après l'avoir attrapé dans mon rêve, comme Wish me l'avait expliqué. Une brève seconde, j'ai été happé par le mystère et la résonance profonde d'un tel acte accompli en somnambule. Le caractère intrinsèquement énigmatique de l'existence m'a bouleversé. Une partie de moi était capable d'exécuter des choses qui avaient un sens dans le monde de la *medicina*, mais aucun dans ma propre conscience.

Qui agissait pendant que je dormais, ou croyais dormir ? Quelle part de moi prenait le contrôle et vivait des choses à mon insu ? Est-ce que je devais m'en inquiéter, ou, comme Wish me le laissait supposer, m'en réjouir ? Cette idée avait quelque chose d'infiniment perturbant. Un étrange sentiment d'inconfort, de malaise cérébral, harcelait maintenant ma conscience.

Où était le *je* dans tout ça, et est-ce qu'il avait encore un sens ? Jusqu'où allait son hégémonie, et où prenait-elle fin ?

Qu'est-ce que j'étais, moi, dans tout ça ?

* * *

Tyler ruisselait de sueur. Des gouttes de transpiration jaillissaient sans discontinuer du creux formé par ses petits seins serrés dans son débardeur noir. Je lui ai léché l'épaule et lui ai dit qu'elle avait un goût de sel. Ses cheveux trempés sentaient le fauve et la poussière. Elle les attachait jamais. J'ai jamais vraiment pigé pourquoi, mais elle préférait avoir la nuque en feu et le dos collé de sueur plutôt que de foutre un élastique dans sa crinière noire de malade.

Elle a écarté une cuisse pour me laisser me positionner en elle, et elle s'est à moitié adossée contre le rocher qui faisait office d'appui.

— T'es un grand malade, tu le sais, ça ?

— Tais-toi ou je te fourre ta culotte dans la bouche.

— T'es trop impatient pour te donner cette peine.

Je l'ai embrassée pour la faire taire mais elle s'est foutue à se marrer. Elle était pas du tout concentrée, et bizarrement son désintérêt pour la chose la rendait encore plus excitante.

— T'imagines, si un pauvre paysan débarque ?

J'ai soulevé ses fesses un peu plus haut contre la pierre pour aller encore plus loin en elle. C'était tellement bon de la baiser. Elle était si fine que je pouvais en faire ce que je voulais.

— On aura qu'à le faire participer, j'ai haleté les dents contre son cou.

— T'es ignoble.

— Tourne-toi.

Elle a obtempéré et je me suis agrippé à sa culotte que je lui avais même pas enlevée pour me reglisser en elle.

Son dos était splendide. Mince, cambré, taillé en V. Une putain de merveille. Et son petit cul avec sa culotte noire enfoncée entre ses fesses me rendait fou de désir.

Cette sueur qui zébrait son corps est devenue froide, et sa peau s'est couverte de chair de poule. On y était. Ma peau a imité la sienne, je me suis mis à claquer des dents. Le fait d'avoir autant transpiré avant rendait nos chairs ultra sensibles, et pour la peine, je lui ai foutu une fessée.

Elle a poussé un gémissement, juste un seul, mais ça a suffi pour me faire décharger. Elle a pas crié, elle a rien dit, mais j'ai très bien senti qu'elle venait en même temps que moi.

Je me suis défait d'elle doucement et je lui ai rajusté sa culotte. Elle s'est tournée vers moi et a rabaissé son débardeur pendant que je me refouraillais, et puis on s'est allumé des clopes. Elle a fait quelques pas devant elle et s'est agenouillée en baissant sa culotte pour pisser.

— Je me sens tellement bien ici... elle a murmuré en regardant calmement tout autour d'elle. Si je pouvais avoir une petite bicoque en pierre pas loin d'une rivière, avec mon champ de peyotl à portée de main, je crois que je pourrais être heureuse jusqu'à la fin de mes jours.

J'ai tiré sur ma clope et j'ai fait sans réfléchir :

— Tu finirais par tourner en rond.

Elle s'est tue un moment, en regardant par terre. Puis elle s'est redressée et a remonté sa culotte.

— Ouais, t'as sans doute raison.

Je voulais pas lui pourrir son groove. Elle semblait soudain très abattue, et je m'en suis voulu d'avoir dit ça comme ça.

— À part si je trouvais le moyen de t'offrir un cheval pour que tu puisses aller te balader n'importe quand.

Ça l'a instantanément fait sourire. Comme toutes les nanas, elle raffolait des chevaux, même si elle en avait jamais fait de sa vie.

— D'ailleurs, faudrait quand même qu'on arrive à te faire monter sur un cheval bientôt, tu crois pas ?

Ses yeux se sont allumés d'un coup.

— Ou au moins un poney, pour commencer…

Elle m'a filé une bourrade dans l'épaule, l'air faussement vénère. Elle me tordait de rire quand elle prenait ses airs de petite fille courroucée, les sourcils froncés, la bouche serrée, en rougissant de gêne et de colère.

— N'importe quoi, je suis sûre que j'ai ça dans le sang, crétin !

— Tu diras ça aux types des urgences quand ils viendront te ramasser à la petite cuillère !

Elle a ouvert la bouche en grand, outrée, et m'a refoutu un coup. Je pouvais plus m'empêcher de rire en l'imaginant sur son poney, cette espèce de grande sauterelle. Elle aurait les pieds qui traînent par terre.

— T'aurais vraiment l'air con !

Elle a pas pu se retenir de rire avec moi. Ça faisait tellement longtemps qu'on avait pas rigolé à ce point-là tous les deux.

Et puis, au moment où on repartait, elle s'est exclamée

en levant les bras vers le ciel, donnant l'impression que le monde entier lui appartenait :

— N'empêche, t'imagines, sillonner tout ça à cheval ! Ça doit ressembler à ça, la vraie liberté...

* * *

J'ai renoncé à chercher des réponses. Toutes les nouvelles notions au sujet de l'identité que les plantes avaient induites en moi tourbillonnaient dans ma tête en une profusion d'impressions sans suite, des éclairs fulgurants d'intuition pure qui se faisaient la malle dès que j'essayais de m'en saisir pour les foutre sous le microscope de ma pseudo intelligence.

J'ai laissé tomber.

Puisque de toute manière mon double onirique se chargeait d'agir sans mon intervention, puisque dans les coulisses les techniciens faisaient leur taff sans me demander mon approbation, je voyais pas pourquoi je devrais me fatiguer à tenter de comprendre, m'éreinter les neurones à essayer de ramener la lumière vers les plus hauts niveaux.

J'étais guère plus qu'un jouet entre les mains de forces qui me dépassaient, et transcendaient de loin ma misérable intelligence humaine.

Et c'est bien tout ce que j'avais toujours été, au final.

* * *

On a tant marché ce jour-là que quand on est tombés

sur une rivière, on a décidé de pas aller plus loin. On était éreintés, et c'était de toute façon l'endroit idéal où s'arrêter pour la nuit. Après deux ans passés défoncés sur un matelas crasseux, et des semaines le cul vissé dans la voiture, c'était déjà pas mal qu'on soit parvenus jusque-là. C'était la fin de l'après-midi, mais le soleil cognait encore fort, alors on en a profité pour se baigner pour de bon. La rivière était assez large par endroit pour s'y immerger totalement.

Tyler s'est pas posé de questions, elle a balancé son sac et s'est foutu le cul par terre pour défaire ses lacets et envoyer valdinguer ses grolles et ses chaussettes trempées, puis elle s'est dépouillée de ses fringues en vitesse comme si leur contact la rendait malade, son short en jean, son débardeur, son soutif et même sa culotte y sont passés. Elle a tout jeté loin d'elle avec une sorte de rage et a poussé un énorme soupir de soulagement quand ça a été fait. Moi j'étais encore comme un con avec mon sac sur le dos, légèrement abasourdi. Elle m'a fait un clin d'œil mémorable, en bonne aguicheuse professionnelle qu'elle était, et a tortillé son petit cul jusqu'à la rivière dans laquelle elle est entrée comme si de rien n'était. Les soupirs d'extase qu'elle poussait réveillaient quelque chose dans mon caleçon (une fois de plus, oui, je sais), alors je me suis magné de la rejoindre, sans oser me foutre complètement à poil comme elle non plus. La fraîcheur de l'eau a immédiatement refroidi mes ardeurs, et je me suis écrié :

— Wow, mais putain elle est glaciale, cette flotte !
Elle a éclaté de rire.

— Je savais que tu te ferais niquer !

— Mais comment t'as fait pour rentrer dedans comme ça, t'es malade ?!

— La volonté, mon ami !

Et elle a disparu sous l'eau en riant. Je me suis fait violence pour m'immerger à mon tour et lui en faire tâter, de ma volonté. Je l'ai attrapée sous l'eau et je l'ai embrassée. On est remontés tous les deux vers la surface. Ça faisait du bien, même si elle était froide. On s'est pas non plus attardés indéfiniment, mais après ça on se sentait incroyablement revigorés. On s'est posés au soleil sur le sable, Tyler était toujours toute nue, mais ça semblait pas la déranger, et moi ça me gênait pas non plus.

— C'est trop bien, ici ! On a de la chance d'être tombés sur une rivière comme ça, y doit pas y en avoir tant que ça dans le désert.

— On doit être qu'à l'entrée pour le moment. Si on continue à avancer dans les terres, les rivières vont se faire de plus en plus rares, je pense.

— Tu crois qu'on peut la boire, cette eau ?

— Ce serait sans doute mieux de la faire bouillir avant.

On s'est allongés et on est restés comme ça à faire les lézards jusqu'à ce que l'air commence à fraîchir. On a mis des vêtements propres et étendu les autres sur des branches histoire qu'ils sèchent un peu, puis on a monté notre camp pour la nuit.

* * *

Simplement, y avait sans doute pas lieu de s'en

lamenter. Rien, à vrai dire, ne méritait qu'on se lamente. C'était pour finir bien plus facile de vivre en admettant son impuissance. Certes, y avait cette impression troublante de n'être qu'un vulgaire passager en route pour une destination inconnue, prisonnier d'un train lancé à grande vitesse au sein d'un univers inconcevable, tout juste bon à contempler un paysage qui changeait sans cesse, en se faisant des réflexions philosophiques stériles sur l'état du monde et sa propre position de passager... Mais au final, le voyage était pas si déplaisant.

Le secret résidait peut-être dans le fait de s'impliquer beaucoup moins que je le faisais, c'est-à-dire comme un forcené, comme si ma foutue vie dépendait de ma capacité à expliquer et rationaliser tout ce que je pouvais.

Il n'en était rien.

Et à bien y regarder, les plus grands moments de ma vie coïncidaient avec ceux où j'avais fait preuve du plus grand détachement.

* * *

C'est le lendemain qu'on est tombés sur le peyotl. Elle et moi on l'a reconnu de loin, en même temps. On s'est regardés avec un air ahuri avant de se précipiter vers lui en courant. On s'est agenouillés en face et Tyler a fait :

— T'es sûr que c'en est ?

— Ouais, y a pas de doute.

— Putain, j'étais sûre qu'on allait tomber dessus !

— C'est peut-être pour ça qu'on a été appelés ici.

— Tu crois ?

— Ouais, entre autre. La balade valait déjà le détour mais là c'est carrément le jackpot ! Je vais te dire, ça m'étonnerait pas qu'on l'ait senti depuis la route.

— Comme s'il nous envoyait un message télépathique ?

— Peut-être bien.

On est restés un bon moment en pleine fascination devant ce cactus, dans un silence imprégné de respect. Tyler a avancé sa main et l'a caressé un petit peu. J'ai fait pareil parce que j'étais curieux de son contact. Il était lisse et doux.

— Tu te souviens de comment ça se mange ? elle m'a demandé.

— Je crois que Castaneda il les mangeait tels quels. Enfin lui c'était des petits boutons et il en prenait plusieurs, y me semble, et il les mâchait longtemps. Mais je me rappelle pas si c'était des frais ou des séchés.

— Ça doit pas faire une grosse différence. Tu crois que si on se le partage en deux ça fera la bonne dose ? Il est plutôt gros. Peut-être que ça fera comme plusieurs petits.

— Je sais pas à quoi on doit s'attendre. Mais on s'en fout, nan ?

— Carrément.

Ça se voyait qu'elle se retenait de pas se trémousser d'excitation. On en avait toujours rêvé, du peyotl. À cause de Castaneda, à cause des Doors. À cause que la défonce, c'était notre truc, bien que jusqu'à présent, à part la *weed*, on avait connu que les trucs chimiques, et absolument aucun psychédélique.

— Alors je le coupe ? elle m'a demandé.

— Ouais, vas-y.

Elle a sorti son couteau et l'a tranché à la base à la manière d'un champignon, en laissant ses racines et un petit bout de son cul dans la terre, comme si elle avait fait ça toute sa vie. Ensuite elle l'a tenu longtemps au creux de ses mains, contre son ventre, elle a fermé les yeux et ses lèvres se sont mises à remuer. J'avais envie de savoir ce qu'elle faisait mais j'ai pas osé la déranger. J'avais l'impression d'être en face d'une autre Tyler, une sorte de princesse de la nature. Ses sourcils froncés lui donnaient l'air plus mature, plus déterminé que jamais. Elle était très concentrée.

Quand elle a eu fini son étrange prière elle a calmement rouvert les yeux et m'a souri sereinement. Puis elle m'a tendu le cactus.

— Qu'est-ce que tu lui as dit ?

— Désolée, c'est entre lui et moi. Parle-lui toi aussi, je vais préparer un peu notre camp. On sera sans doute contents de le trouver tout fait quand le trip sera fini.

Elle m'a enlevé mon sac à dos et s'est dirigée vers les arbres qui longeaient les falaises.

Je savais pas trop quoi dire au peyotl. C'était difficile de trouver que raconter à un petit cactus. Et puis je me suis mis à penser au Mescalito, l'esprit du peyotl, et à cette image que les livres de Castaneda avaient fait naître en moi. En réalité, je l'imaginais plus ou moins à ma sauce. Pour moi c'était un type normal avec une tête de cactus, sans yeux, sans bouche, juste un gros peyotl tout vert à la place de la tête. C'était plus facile pour moi de m'adresser à lui qu'à cette plante que j'avais dans les mains, et de toute façon tout ce que je lui ai demandé, c'est de me faire découvrir son monde.

Je l'ai rejointe au campement et l'ai aidée à finir de monter la tente. Elle avait déjà réuni du bois pour le feu. C'était la fin de l'après-midi, encore trop tôt pour l'allumer, mais je me suis dit que ça pourrait servir à nous retrouver si jamais on se perdait, alors je l'ai fait quand même. J'ai expliqué à ma sœur qu'on aurait qu'à suivre la fumée pour se rejoindre ici au cas où.

— Tu crois qu'on risque de s'égarer ?

— D'après ce que j'ai compris, c'est quand même franchement violent. Tu sais plus où t'es, ça t'emmène vraiment dans un autre monde. Pas autant que la datura, mais pas loin.

— Je te dirais bien qu'on devrait essayer de pas se perdre de vue, m'enfin tu sais comment c'est…

— Mmm. C'est le genre de promesse qu'on oublie de tenir.

On s'est mis à se marrer. Bizarrement, ni l'un ni l'autre on nourrissait d'appréhension, mais faut reconnaître qu'on était des vrais kamikazes à cette époque, y avait rien qui nous faisait peur, on passait notre temps à se foutre en danger sans même sourciller. Et puis on était dans notre élément. Vraiment. Je sais qu'y a des tas de gens qui disent la même chose et qui finissent perchés au fond d'un asile, mais nous on avait vraiment ça dans le sang, et on avait les épaules pour gérer. On avait vu des gens dans des états pas croyables, perdus dans des trips complètement débiles et pathétiques, à rire comme des abrutis alors qu'ils inventaient les trois quarts de leurs hallus, ou alors en train de chier de trouille parce que le monde était brutalement devenu différent. Comme si c'était pas le but de l'opération. Mais même sans avoir jamais tâté de psychédéliques avant, on savait très bien que ça se passerait pas comme ça pour nous. D'une, parce qu'on était intelligents. De deux, parce qu'on flippait pas d'avance. De trois, parce qu'on était prêts à accueillir tout ce qui se présenterait, sans lutter.

Alors c'est normal qu'on se soit sentis plein de confiance, même tout seuls dans ce désert, prêts à prendre une drogue qu'on connaissait même pas. La défonce c'était notre domaine. On était aussi à l'aise là-dedans que si on y était nés et que c'était comme qui dirait notre état naturel.

— Si je me souviens bien, on peut se rincer la bouche avec de la flotte mais faut surtout pas la boire.

— Pourquoi déjà ? Putain c'est dingue, je m'en rappelle pas assez de ce livre, faut que je le relise...

— Pour pas gerber.

Elle a hoché la tête.

— Autre chose ?

J'ai réfléchi un moment mais y a rien qui me venait.

— Nan, je crois que c'est tout. C'est quoi ce sourire, Tyler ?

— J'arrive pas à croire qu'on va enfin le faire ! Depuis le temps que j'en rêve ! Et en plus, tomber dessus comme ça, sans même l'avoir cherché ! Tu trouves pas que c'est un signe ? Une preuve qu'on est sur la bonne voie ?

— Si, carrément. Et je trouve même que ça a plus de valeur que si on s'était démenés pour le trouver.

— L'univers est avec nous !

Elle me faisait rire. C'est surtout cette bouille qu'elle avait, avec ses grands yeux émerveillés. Aucune fille ne pouvait être aussi mignonne.

— Bon allez, coupe-le en deux.

Elle a ressorti son couteau et s'est bien appliquée pour le trancher en deux parts égales. Ça faisait comme une sorte de bave sur la lame. Ça donnait pas spécialement envie.

Elle m'a tendu mon morceau et m'a donné un long baiser, avant de dire :

— Bon, bah, bonne chance. On se retrouve de l'autre côté.

— J'espère que ce sera un chouette trip.

— C'est tellement beau ici, on est dans le cadre idéal, t'inquiète !

— Au moins c'est le cadre naturel du cactus, ça a sans doute son importance.

— Allez, *salud* !

Et on a croqué dedans tous les deux.

— Oh bon Dieu, elle a fait la bouche pleine avec l'air dégoûté.

— Je te le fais pas dire !

C'était ignoble. À la fois dur et spongieux, et terriblement amer. J'ai dû me retenir pour pas tout recracher direct. Mes papilles étaient comme saturées de toute cette amertume, et ma bouche s'est emplie de salive. J'ai continué à mâcher aussi vite que je pouvais, mais les muscles de mes mâchoires se sont rapidement engourdis, et j'avais l'impression de devoir faire un gros effort pour continuer à actionner mes dents. Vu la tête de Tyler, ça devait lui faire pareil. On était tous les deux concentrés sur notre tâche, avec le visage tout crispé de dégoût.

On est venus à bout de la première bouchée à peu près en même temps, il nous restait quelques fibres dans la bouche qu'on a recrachées. Tyler avait déjà l'air bizarre et de mon côté c'était pas beaucoup mieux, mais je voulais pas y faire attention avant d'avoir terminé ce fichu cactus alors j'ai foutu tout le reste dans ma bouche sans me poser de question, histoire qu'on en finisse et elle a fait pareil.

J'étais tellement anesthésié de l'intérieur que c'est à peine si j'ai senti son goût, ou même sa consistance. Au bout d'un moment je savais même plus si je mâchais encore quelque chose ou si mes dents déchiraient du vide. Mon palais et l'intérieur de mes joues me faisaient l'effet d'un vieux parchemin tout décrépit et tout sec. Allez savoir pourquoi, c'est cette image qui m'est venue, et mon esprit a joué avec pendant un moment. Je crois que j'ai voulu le dire à Tyler mais j'ai perdu l'idée en cours de route, alors j'ai repensé à l'eau, je voulais me rincer un peu la bouche, mais j'ai eu beaucoup de mal à trouver la bouteille, alors que je savais qu'elle était juste à côté de moi, où je l'avais laissée exprès. Mes gestes me semblaient sans suite, désordonnés. Je pensais à un mouvement et c'est un autre que je faisais. Je voulais tendre la main pour tâter le sol autour de moi à la recherche de cette fichue bouteille et c'est ma jambe qui partait à la place. Ça m'a fait rire comme un fou cette histoire, même si en y repensant je vois pas trop ce qu'y avait de marrant.

— Il faut trouver la rivière, a murmuré Tyler, mais elle a

vraiment eu une façon étrange de dire ça, d'une voix désincarnée.

J'ai relevé les yeux sur elle et ça m'a fait peur. Ses cheveux volaient en tourbillonnant tout autour de son visage, comme si elle était sous l'eau, et ses yeux étaient devenus tout noirs. Je veux dire, entièrement. Y avait même plus de blanc dedans.

Je crois que j'ai poussé un cri d'effroi en me jetant au sol en arrière. J'ai eu l'impression de m'enfoncer dans de la vase mais quand j'ai voulu vérifier j'ai pas pu voir mon corps, ni mes mains qui continuaient pourtant à sentir cette chose visqueuse sur ses doigts. J'ai tenté de réfléchir, j'ai essayé de comprendre comment c'était possible, mais je me suis perdu dans un labyrinthe cognitif extrêmement éprouvant, et qui ne menait nulle part. Des tas de pensées sans suite s'entrechoquaient dans ma tête, j'étais en train de prendre peur, parce que je me disais que plus jamais je pourrais en sortir, quand le rire de ma sœur m'a brutalement éjecté de ce tourbillon. J'ai regardé tout autour de moi mais elle était plus là. Pour tout dire, moi-même je savais plus vraiment où j'étais. Ça ressemblait au campement, mais ça en différait beaucoup aussi. Les proportions n'allaient pas. Les arbres étaient trop hauts, la tente était trop loin, et impossible de retrouver le feu. Et puis, il faisait très sombre. J'étais pourtant persuadé qu'il faisait encore tout à fait jour quand on avait pris le peyotl. Combien d'heures avaient déjà passé ?

Je me suis mis à marcher sans trop savoir où j'allais. J'avais l'impression d'avoir toute ma conscience. Le paysage était très beau dans cette lumière argentée, un vent assez fort me poussait dans le dos et transformait ma marche en une sorte de flottement sans effort. Je planais. Le ciel possédait une teinte de bleu absolument incroyable, brillante, profonde, comme durant cette heure entre chien et loup, où le monde de la nuit et le monde de la lumière cohabitent le temps d'une danse. L'heure magique. Le commencement de la fin. La fin du commencement. Ça avait un sens époustouflant pour moi à ce moment-là, j'avais le sentiment d'avoir percé le mystère des origines. J'aurais voulu que Tyler soit là pour lui faire partager ma découverte.

C'est justement à ce moment-là que je l'ai aperçue. Sa silhouette se découpait très nettement sur le fond du ciel, telle une ombre chinoise délicatement travaillée. La finesse des détails que je percevais me laissait littéralement abasourdi. Je pouvais voir jusqu'au moindre de ses cheveux dessiné en contre-jour. J'arrivais pas à comprendre comment c'était possible, alors qu'elle était si loin. La seule explication qui me venait consistait à croire que ma vision s'était transformée en celle d'un aigle. J'ai immédiatement voulu mettre cette idée à l'épreuve et je me suis employé à scruter tout le paysage avec mon nouveau regard perçant. Le haut des falaises dont les détails de la roche ciselée me sautaient aux yeux, les feuilles et l'écorce des arbres un peu plus loin, et chaque caillou sur mon chemin.

Et puis je sais pas, ça a dû finir par me lasser, ou alors j'ai pensé à autre chose. J'avais la certitude de devoir trouver quelque chose, mais je savais pas quoi, et ça me plongeait dans la peine. J'étais désœuvré, dérouté, dépité.

J'ai eu envie de m'asseoir pour pleurer. Et puis je me suis souvenu. Tyler. Elle avait parlé de la rivière. Il fallait que je la retrouve là-bas.

Impossible de savoir pourquoi je m'étais mis cette idée dans la tête, mais elle a au moins eu le mérite de me rendre ma joie. Je me suis mis à courir comme si je savais où était cette fameuse rivière, alors que quand j'y repense, on en avait même pas croisé depuis notre dernier campement, qui se trouvait à une journée de marche. Mais c'était même pas à celle-là que je pensais.

J'ai couru longtemps avec une énergie démentielle, je me propulsais à une vitesse fulgurante, aussi vite qu'un putain de guépard, à tel point que quand je tournais la tête sur les côtés je voyais que des traînées lumineuses. Et puis quelque chose est arrivé. Le ciel s'est brutalement illuminé comme si le plus gros éclair de tous les temps venait de le zébrer, et un bruit énorme, inhumain, a retenti, une sorte d'explosion, comme un grand fracas, un atterrissage forcé, un engin monstrueux qui s'écraserait au sol. Et la terre a tremblé, de longues secondes. J'ai été précipité au sol et je me suis caché la tête sous les bras. J'avais horriblement peur, mais cette frayeur aussi est passée très vite. Rien ne semblait durer très longtemps, en fait. J'éprouvais des émotions violentes, mais elles s'en allaient aussi vite qu'elles étaient venues. En l'occurrence, ma terreur s'est enfuie parce que j'ai songé au Mescalito. Je fouillais ma mémoire à la recherche de ce que je savais de lui, mais y me restait que quelques bribes de phrases qui s'enfuyaient déjà. Pourtant je croyais savoir que ce fracas était un signe avant-coureur de son arrivée. Je sentais l'imminence de notre rencontre. J'étais très impatient de le voir.

Cela dit c'est pas lui que j'ai vu venir vers moi, mais bel et bien Tyler. Il me semblait que ça faisait des heures que je la cherchais.

Y avait quelque chose d'étrange dans sa démarche, même si je pouvais pas identifier quoi. Je l'ai rejointe à mi-chemin et on s'est regardés longtemps. Dieu bénisse, elle avait retrouvé des yeux normaux, et ses cheveux se tenaient sagement derrière ses épaules. Par contre, elle avait le visage en sueur, mais j'essayais de pas trop m'attarder à observer sa peau, parce qu'elle exerçait une fascination bizarre sur moi, comme si je pouvais m'y perdre, comme si c'était un monde à part entière. Tyler m'observait en détail aussi. Je devais pas être très affriolant, vu son air.

De toute façon, c'était pas une bonne idée de se regarder mutuellement comme ça. On a essayé de se parler mais ça non plus ça n'a pas vraiment fonctionné. D'une, parce qu'y avait rien à dire, ou alors trop justement. De deux, parce qu'on savait plus comment s'exprimer, comment utiliser nos cordes vocales pour parler. De trois, parce qu'on était raides comme jamais. Du coup, ça limitait pas mal la communication.

Tyler a fait un vague signe de la main pour désigner quelque chose, loin devant, puis un drôle de mouvement avec sa tête. Je devais visiblement la suivre.

On a marché un long moment l'un à côté de l'autre, en silence. C'était très agréable. Je pensais à rien, parce que mon esprit et le sien s'étaient rejoints juste au-dessus de nous, formant une sphère argentée qui flottait en nous accompagnant. Ils dansaient ensemble, en pleine union fusionnelle, tandis que nos corps libérés de la contrainte de la pensée se baladaient tranquillement en savourant la beauté de cette marche.

On a fini par arriver aux pieds d'une falaise. Tyler s'est appuyée contre la roche et s'est mise à vomir. Presque immédiatement, je l'ai imitée.

C'était une bonne chose de faite. On s'est assis le dos contre la pierre. Je me sentais pas très bien, des fourmis m'envahissaient le cerveau. Tyler m'a regardé, l'air toujours aussi étrange, presque comme si elle me reconnaissait pas, puis a paru sombrer dans une drôle de méditation, les yeux ouverts, soudain absente au monde. Un grand bruit s'est à nouveau fait entendre et des rochers se sont éboulés juste à côté de moi. Le Mescalito ! Il était là-haut à m'attendre.

J'ai entrepris la difficile ascension de la falaise. Dans ma tête, ça revenait à escalader une montagne carrément abrupte, en rappel. Je cherchais longuement chaque prise avant de parvenir à m'élever un tout petit peu, paralysé de peur à l'idée que mes pieds glissent et rencontrent le vide. Cet effort physique et mental m'a fait suer comme un malade et c'est empli d'un soulagement sans nom qu'enfin j'ai fini par trouver le sommet.

Un immense plateau surplombait tout le désert, une vraie merveille, propre à couper le souffle. Malheureusement j'ai pas vraiment eu le temps de me perdre dans cette contemplation parce qu'une ombre s'est muée à la périphérie de mon regard, se précipitant vers moi. J'ai fait volte-face sans rencontrer quoi que ce soit. Ça a recommencé, de l'autre côté ce coup-ci. Je me suis brusquement retourné mais toujours rien.

Puis j'en ai eu marre.

Je me sentais très triste de pas voir le Mescalito mais apparemment ça devait pas arriver, alors je me suis allongé sur le sol en caressant la terre avec mes mains. Les sensations étaient très agréables, comme de toucher le sable au fond de l'océan. Des vagues de bien-être me traversaient encore et encore, je regardais les nuages se mouvoir lentement au-dessus de moi, tout me semblait lié, le sable sous mes doigts, les vagues de bonheur, les nuages. Tout n'était qu'une seule et même chose, dansant avec elle-même au sein de l'éternité. *Tout ce savoir, tout ce savoir...*

C'est à la connaissance ancestrale que je pensais, à celui de la Terre Mère, en quelque sorte. J'ai fermé les yeux pour m'abandonner totalement à ces sensations, à ces émotions qui m'apparaissaient comme profondément intelligentes.

Et puis sans savoir comment je me suis retrouvé assis en tailleur, à regarder le soleil en train de se lever. Il était rouge comme jamais. Tyler était à mes côtés, dans la même position, ses yeux embrassant la même contemplation. On s'est regardés rapidement et on s'est fait un petit sourire, sans oser perdre une miette du spectacle. Le plus sublime spectacle qu'on ait jamais vu au monde...

* * *

Pour quelqu'un comme moi, ça sonnait comme contradictoire. L'effort, la recherche, *l'acharnement*, avaient à mes yeux une grande valeur, et c'était pas facile d'admettre que je rencontrerais jamais la vérité si je laissais pas tout ça de côté, une bonne fois pour toutes. J'avais du mal à me laisser aller véritablement.

Ça, c'était Tyler qui savait le faire, et moi à l'époque je me contentais de me remettre entre ses mains. C'était grâce à elle que j'avais connu des vrais instants de rencontre avec le monde, parce qu'elle savait nous mettre sur les rails et ensuite lâcher prise. Elle possédait cette sorte de sagesse, en équilibre entre la tension et le relâchement, entre la vivacité et l'abandon. Elle était telle une sorte d'équilibriste agile et redoutable, qui sait se maintenir à la lisière des mondes, et exécute des figures gracieuses et fébriles où le moindre faux-pas peut être fatal.

Mais Tyler, c'était une surfeuse de l'infini qui contrôlait tellement bien ses mouvements qu'elle pouvait se permettre, une fois sur la planche, de s'abandonner, de laisser les vagues du destin faire le reste, et nous emmener vers ces lieux mythiques où la magie rencontrait la réalité.

Telle une artiste, elle avait atteint la parfaite maîtrise de ses instruments, si bien qu'elle pouvait laisser libre cours à ses intuitions, et se laisser guider, inspirer, par les courants créateurs de son propre rêve.

* * *

On était en fait très loin du camp, et heureusement qu'on était montés sur ce plateau, parce que je crois pas que sinon on aurait été capables de le retrouver. Mais de là-haut, après une longue observation, on a réussi à voir la tente. Le feu ne dégageait plus aucune fumée, et probablement depuis des heures.

On était encore pas mal déphasés, c'était pas facile de se parler vraiment. Pour elle comme pour moi, ça galérait à se remettre en route de ce côté-là. Mais on avait jamais eu besoin de ça pour se comprendre et on savait se foutre une paix royale quand la situation l'exigeait, alors on s'est tout simplement mis à marcher sans ouvrir la bouche, chacun peinard dans son truc.

Je me sentais encore tout chelou, ma vision était bizarre et j'avais l'impression d'être élastique avec le corps en chamallow, mais dans ma tête j'étais bien, relaxé. Le seul truc, c'est que je crevais de soif. Pas étonnant après le sprint que je m'étais tapé en pleine nuit. Quoi que. J'étais même pas sûr que ça se soit bel et bien passé. En redescendant du plateau j'avais attentivement regardé le relief, histoire de vérifier que j'avais bien réalisé l'exploit que je me figurais avoir accompli. En fait, pas du tout. Impossible même d'imaginer comment j'avais pu croire être en train d'escalader une roche abrupte sans aucune prise. C'était juste une petite montagne très facile à gravir, avec une pente certes longue mais tout à fait raisonnable. Inutile de préciser que ça remettait tout le reste en question.

C'était un sacré soulagement de parvenir enfin au camp et on s'est jetés sur l'eau pour s'en envoyer des hectolitres, avant de se ratatiner aux pieds des arbres, réfugiés dans leur ombre salvatrice. On a tous les deux poussé un immense soupir.

— Quelle aventure ! elle s'est exclamée.

— J'ai l'impression qu'on est partis cent ans !

— Moi pareil. Ça distord le temps à fond ce machin-là, c'est pas croyable.

— À un moment je me suis rendu compte qu'il faisait nuit alors que c'était comme si on l'avait bouffé y a cinq minutes.

— T'avais pas du mal à faire la différence entre le jour et la nuit, toi ?

— Si, le ciel avait une teinte vraiment chelou, mais c'était magnifique.

— Je l'ai regardé un bon moment, moi aussi. Enfin, je crois…

On s'est mis à rire.

— Par contre, impossible de parler, j'ai ajouté.

— C'est clair, j'ai essayé au début mais soit tu m'entendais pas, soit je faisais que baragouiner, je suis pas sûre.

— T'as parlé d'une rivière à un moment, nan ?

— Je sais plus.

— C'est ce que j'ai cru comprendre. T'avais une tête, ma pauvre, on aurait dit un putain de démon, avec les cheveux qui volaient et les yeux tout noirs !

— C'est vrai ?

— Carrément.

— Remarque, toi c'était pas beaucoup mieux. T'avais l'air carrément intoxiqué, en train de lutter contre du poison.

— Bon Dieu.

— Je te jure.

— Je me suis pas vraiment senti mal, en fait. Juste chelou. J'avais du mal à coordonner mes gestes et mes pensées, mais ça me dérangeait pas plus que ça, au fond.

— Ah bon ? Moi j'avais l'impression d'être bien plus lucide que d'habitude. C'était clair dans ma tête, limpide, tu vois.

— Et t'as pensé à quoi ?

— Au monde. À la vie. À nous deux. Mais que des bonnes pensées, pleines de beauté, et ça avait l'air d'avoir de l'effet sur le paysage. Plus j'allais loin dans l'émerveillement avec mon esprit, plus il se mettait à scintiller. À un moment j'ai eu l'impression de presque atteindre le point de rupture... comme si... comme si ma conscience allait s'évader pour fusionner avec le monde... Mais j'ai eu peur... alors j'ai arrêté.

— Wow ! Super spirituel, comme machin.

— T'as pas eu quelque chose comme ça, toi ?

— Pas vraiment. Si, sur le plateau là-haut, je touchais le sable, je regardais le ciel, et je me sentais bien. Relié, tu vois. Comme si mon énergie et celle du ciel et de la Terre c'était la même... Juste... une seule et même... âme, tu vois ? Et quand tu m'as rejoint pour le lever de soleil... putain, c'était sublime !

— C'est vrai...

— Mais à part ça c'est resté assez terre à terre. J'ai eu la vision d'un aigle à un moment.

— T'as vu un aigle ?

— Nan, je pouvais *voir* comme un aigle. Tous les détails et tout. Et j'ai couru comme un guépard aussi.

— Génial !

— C'était canon. Et puis la terre a tremblé et j'ai failli voir le Mescalito… Enfin, je crois…

On a rigolé de nouveau. Puis elle a fait :

— Moi je l'ai vu.

— Nan ?!

— Si, enfin je pense que c'était lui. Un grand type qui se baladait loin devant.

— T'es sûre que c'était pas moi ?

— Nan, toi t'étais à côté de moi à ce moment-là, c'est quand on marchait tous les deux.

— Tu l'as vu à ce moment-là ?

— Ouais, il était juste devant nous. J'ai bien senti que c'était l'esprit du peyotl. Mais j'ai pas eu envie de le rejoindre.

— Pourquoi ?

— Parce que c'était pas le moment, et qu'il était pas là pour ça. Il nous surveillait, juste, enfin plus ou moins. Ce moment-là il était pour nous, pour qu'on profite tous les deux, comme ça sans parler, avec la lune au-dessus de nous, et j'avais pas envie que ça s'arrête. Je préférais rester avec toi que d'aller le voir.

— Moi aussi j'ai adoré cette fusion... Mais quand même t'étais pas curieuse de ce qu'il aurait pu t'apprendre ?

— Je crois pas que ce gars-là parle avec des mots...

Je lui ai embrassé le sommet du crâne et l'ai serrée contre moi en chuchotant dans ses cheveux :

— Je t'aime tu sais.

Elle m'a embrassé à son tour et m'a fait un sourire magnifique. Puis elle a dit :

— T'as pas la dalle, toi ?

— Putain si, je crève de faim.

— Y nous reste quelque chose de cohérent à bouffer ?

— Ça commence à s'amenuiser.

— Qu'est-ce que t'en penses si on prend le chemin du retour ?

— Ouais, on a fait ce qu'on avait à faire.

— Génial. Tu me fais un sandwich avec ce qu'y reste ?

* * *

Il faisait déjà nuit quand on est revenus au *tumbo*, et Wish avait encore de la route à se taper. Il semblait jamais à court d'énergie. J'aurais voulu être branché sur la même source que lui. Moi j'étais rétamé, je me suis calé dans mon hamac direct, dans lequel j'ai passé une nuit longue et tranquille, dormi d'un sommeil très réparateur, et au réveil je me sentais tout neuf. J'avais la patate grave, le corps plein de vigueur, mon esprit avait retrouvé son assise. J'avais oublié ce que ça faisait de se sentir bien comme ça, et j'étais presque surpris de redécouvrir cette sensation.

Wish a pas tardé à se pointer, avec la bouffe et le nouveau remède.

— Cette plante va te faire beaucoup de bien, tu vas voir. Elle a quasiment pas de mondes obscurs. Elle va t'aider à trouver la paix.

— Comment elle s'appelle ?

— Numan rao.

Je me sentais bien disposé envers cette plante. Avant même de la boire, j'avais déjà l'impression d'en ressentir les effets. Et puis elle sentait drôlement bon, comme de la cannelle. Je lui ai demandé de m'apporter la sérénité.

Ensuite Wish m'a demandé comment je vivais le fait de faire des cérémonies une nuit sur deux.

— Ben, je dois reconnaître que c'est assez intense et éprouvant mais au moins ça rythme un peu mes journées, j'ai fait en rigolant.

— Est-ce que tu sens que ça bouge, dans ta tête ? Tu commences à voir se dessiner une direction ?

J'ai mis du temps à trouver mes mots.

— Ouais, ça bouge. L'ennui c'est que ça part dans tous les sens, alors je peux pas vraiment dire que je discerne un chemin dans ce bordel.

— Peut-être que tu devrais demander à l'ayahuasca de te montrer comment serait ta vie si t'étais guéri. Parfois, avoir une vision claire de ce qui nous attend si on renonce à nourrir son mal, ça peut aider pour prendre confiance, et avoir envie d'y parvenir.

J'ai hoché la tête. Le problème, c'est que moi j'étais pas destiné à m'attarder dans ce monde indéfiniment. Le glas avait déjà sonné. Il me restait moins de trois ans à vivre. Et je me demandais ce que la plante pourrait bien trouver à me montrer sur une échelle aussi courte.

— Qu'est-ce qui compte le plus pour toi à l'heure actuelle, Travis ?

— Je voudrais être heureux en pensant à Tyler. Je voudrais qu'elle soit fière de moi.

J'ai marqué une pause.

— Et je voudrais comprendre le plus de choses possibles sur ce monde avant de mourir.

— Bien. Alors garde ces trois trucs à l'esprit quand tu sens que ça commence à partir en live là-dedans, il a fait en se tapotant la tempe du bout de l'index. C'est important pour un Homme d'avoir toujours en tête les questions qu'il se pose, les choses qui lui tiennent à cœur, les problèmes qu'il veut voir résolus, la voie qu'il veut suivre, tu vois ? Se le rappeler, ça permet d'orienter sa vie dans la bonne direction. Parce que tout ce qui se produit, c'est des réponses aux questions que tu te poses. La vie est toujours en train de t'enseigner ce que tu recherches. Si tu comprends pas ce qui t'arrive, c'est parce que t'oublies ce qui compte pour toi. Tu comprends ?

Tyler m'avait parlé de ça. Elle l'avait lu dans la *Prophétie Des Andes*, je crois. Le fait que les situations qu'on vivait n'étaient que des réponses et des démonstrations des sujets qui nous tenaient à cœur.

— D'accord. Je vais garder ça en tête.

Je me suis tu un moment, hésitant à sortir l'idée qui m'avait traversé l'esprit.

— Wish, est-ce que cet esprit est une réponse à une question que je me pose ?

Il m'a regardé longuement au fond des yeux, comme s'il cherchait à évaluer si j'étais prêt à entendre la vérité.

— Ouais. Y a de fortes chances que ce soit ça.

— Mais est-ce que c'est moi qui le produis pour extérioriser une réponse que je porte en moi ?

C'était un peu bancal comme façon de dire, mais il a paru comprendre instantanément.

— Le mystère réside dans le fait de savoir si c'est la vie qui nous offre des réponses, ou si elle se contente de créer les conditions favorables pour que les réponses qu'on porte en nous se révèlent et prennent sens à nos yeux. Je pencherais plutôt pour ta théorie, oui. Pour moi, on a en soi toutes les réponses, parce qu'y a pas de véritables questions. Les doutes proviennent de l'esprit qui perçoit les pensées et se les approprie. C'est un faux problème. Et toute notre existence durant, la vérité est là, sous nos yeux, en nous, et tout le chemin qu'on fait pour s'en apercevoir, c'est ce qu'on appelle la vie. Est-ce que tu comprends ?

Oui, je comprenais. Mais ça m'avançait pas des masses.

— J'arrive toujours pas à voir quelle attitude adopter. Je dois être idiot, Wish, je vois que ça.

— Regarde en toi. Regarde la vie, parce que c'est toi. Tout ce qui t'arrive n'est que le reflet de toi-même. Regarde les choses comme si tu te regardais dans un miroir. Tôt ou tard, les réponses vont t'apparaître. Souviens-toi de ce qui te tient à cœur, et tu verras que le monde a une signification faite à ta mesure.

* * *

Elle avait l'air pensif. Un peu trop pensif, je veux dire. Par moment, c'était comme si elle était plus du tout avec moi. Je la soupçonnais de ne pas m'avoir tout dit de ce qu'elle avait vécu. Plus j'y pensais, plus j'étais convaincu que non.

— Hey Tyler, y a pas quelque chose que t'aurais omis de me raconter ?

Elle a sursauté. J'ai su qu'elle allait mentir avant même qu'elle ouvre la bouche.

— Nan, je crois pas…

— Pourquoi tu veux pas me le dire ?

Ça l'a visiblement emmerdée. Eh oui, c'est l'un des problèmes quand on est jumeaux. On peut rien cacher à l'autre. Elle a soupiré.

— Désolée, mais c'est un truc que je voudrais garder pour moi.

Ça m'a pas plu. Mais alors pas du tout. C'était pas notre style de nous planquer des trucs comme ça, mais je me voyais pas la forcer à me parler si elle en avait pas envie. Ça m'a blessé pourtant, plus que ce que j'ai laissé paraître. Moi y avait rien que je lui cachais.

— T'es sûre que ce serait pas mieux que je sois au courant ?

Elle s'est forcée à sourire et ça m'a fait encore plus mal que le reste.

— T'inquiète, c'est rien d'important, vraiment.

Quand j'y repense maintenant, je suis persuadé que c'était quelque chose en rapport avec sa propre mort qu'elle avait vu. Comme Jim Morrison, ouais. Ça se voyait sur son visage. Jamais j'aurais dû la laisser s'en tirer aussi facilement. Et je me demande comment ça m'a pas sauté aux yeux à ce moment-là.

Elle savait. Elle le savait depuis ce jour.

C'est peut-être pour ça qu'elle a voulu sauter ce jour-là, alors qu'on avait pas encore atteint nos 28 ans. Pour échapper à son destin. Et c'est sans doute aussi pour cette raison qu'elle a pas insisté davantage quand je l'en ai empêchée.

Elle avait compris que ça servait à rien de lutter.

Est-ce qu'elle m'a vraiment menti pendant toutes ces années, en gardant un secret si énorme pour elle ? Comment elle a pu se porter au-devant de sa propre mort, alors qu'elle savait ce qui l'attendait ?

Parfois je me demande si ma sœur n'était pas quelque chose qui me dépasse. Quelque chose de plus qu'une simple femme. Une sorte de médium, peut-être. Un precog. Ou alors, c'est juste moi qui suis particulièrement bouché, qui vois rien tant que c'est pas carrément sous mon nez. J'en sais rien. Mais y a des souvenirs dont j'aimerais éviter de me rappeler, parce qu'ils font que me foutre sous les yeux à quel point j'ai pu être con. Mais ils viennent comme ils veulent, sans que je les convoque. Ils se pointent dans ma tronche n'importe quand en me forçant à les regarder.

De toute façon, ils sont tout ce qu'il me reste. Et même s'ils me font mal, j'aime encore mieux les regarder eux que toutes ces choses insignifiantes qui constituent ma réalité.

* * *

Ils passent de plus en plus de temps avec moi, tous autant qu'ils sont. Si j'avais pas appris à les apprécier, je dirais même qu'ils me *collent*.

Je me demande quelle image on renvoie. Ce bout de trottoir est devenu notre territoire, et les passants sont forcés de faire un écart pour pas nous marcher dessus et probablement pour soustraire leurs narines de notre odeur de fauve.

Le clébard a plus ou moins changé de maître, comme

ça, sans demander la permission à personne. Remarque, le timbré d'en face, ça a pas l'air de l'emmerder plus que ça. Plus ça va, plus il passe son temps dans les vapes de toute façon. Déjà qu'il était pas très causant (pas du tout, en fait), là faut même plus compter sur lui. Il picole trop, c'est clair, mais je crois que le vrai problème se situe ailleurs.

Ce mec est en train de crever.

Comme nous tous, cela dit.

Désormais c'est moi qui nourris le chien. Vu le fric que je me fais avec mes combats de boxe, ça me dérange pas. Je me suis même rendu compte que je prenais plaisir à le voir manger et se remplumer. Je sais pas, c'est peut-être parce que je peux rien faire pour mon jaguar, alors prendre soin de quelqu'un d'autre, ça compense.

Je nourris le gosse et Anita aussi. Ils sont carrément devenus *dépendants* de moi, et la pute fait même plus l'effort d'essayer de se lever un client. Elle a une turne quelque part, et bien qu'elle parle pas beaucoup elle non plus, ça lui arrive de plus en plus fréquemment de venir se poser le cul avec nous et d'accepter un sandwich et une bière.

Mon jaguar n'est pas jaloux. C'est bizarre mais par moment j'ai l'impression qu'il reprend vie, chaque jour qui passe. Ou alors c'est le contact des autres qui lui fait du bien. J'en sais rien.

Anita ne le voit pas. Elle est trop vieille pour ça, trop abîmée. Mais le gosse et le clebs passent beaucoup de temps avec lui, collés à lui, contre lui, à le caresser, lui parler, à essayer de jouer avec lui. Je vois bien que ça le rend heureux.

Merde, c'est moi qui suis en train de devenir jaloux.

Putain de bande de *freaks* qu'on est, je te jure.

* * *

Wish avait raison, je sentais déjà que la numan rao me faisait du bien. Je respirais mieux, comme si le poids qui m'écrasait depuis des jours avait soudain été ôté de ma poitrine. Mes inspirations étaient plus libres, mes expirations plus profondes, et rien que ça déjà ça m'aérait considérablement la tête. Sans déconner, j'avais l'impression de revivre. Le soulagement était monumental. J'avais la vive sensation d'avoir fait pénétrer un souffle neuf dans mon organisme, et j'étais parcouru d'ondes bienfaisantes qui apaisaient le feu de mon âme.

Une trouée apparaissait dans le ciel lourd et plombé.

La pluie tombait sur un désert aride.

Le noyé avalait enfin une goulée d'oxygène.

Ce bien-être se répercutait à tous les niveaux. Tous mes sens s'étaient comme amplifiés. J'entendais des sons dans la jungle que j'avais pas perçus auparavant, mon acuité auditive semblait s'être renforcée, elle avait doublé son seuil de réceptivité. Le mouvement de la végétation et les chants d'oiseaux, le vent dans les cimes, la course des fourmis sur le sol, tous ces petits bruits qui constituaient l'âme de la *selva* m'apparaissaient comme faisant partie de moi, comme les mouvements intimes de mes organes, et mon propre souffle se mêlait à cette musique, une insufflation qui donnait un nouveau thème au chant du monde.

Tout ça, c'est moi, je me suis dit en songeant aux paroles de Wish. Et j'ai étendu les bras au-dessus de ma tête pour caresser le ciel. *J'ai retrouvé ma patrie*, j'ai pensé sans savoir d'où provenait cette étrange idée.

J'ai porté mes yeux sur tout ce qui m'entourait. Un amour quasi charnel me poussait à regarder, regarder, regarder les choses jusqu'à perdre toute notion de moi-même. Cet amour était si puissant qu'il me débordait pour embrasser tout ce que mes yeux voyaient. Ça faisait presque mal, tellement c'était fort. J'ai été contraint de me rapprocher des arbres pour caresser leur écorce, et m'accroupir par terre pour m'agripper aux herbes. Les bourrasques violentes d'un vent inconnu me faisait vaciller d'extase, et je devais m'accrocher doucement à elles pour ne pas me laisser emporter. Ma mâchoire travaillait toute seule, j'avais des larmes au fond de la gorge, que je devais sans cesse ravaler pour pas m'étouffer dans le flot d'émotion que la contemplation de la nature faisait naître en moi.

Mes œillères m'ont été ôtées, j'ai pensé, et ça avait tellement de vérité que j'ai frémi comme si Dieu venait de s'adresser à moi en personne. Ma vision même semblait s'être élargie, tout semblait plus grand, plus riche de détails, plus précis dans ses formes, plus présent, plus vivant, plus *réel*. Mais ça avait pas le côté maladif des champignons, où les choses te sautent à la gueule sans que t'aies le pouvoir de les faire reculer. C'était au contraire un sentiment doux, calme, infiniment apaisant, comme de simplement suivre les mouvements d'un aigle qui se laisse porter par les courants.

Quand tu t'ouvres à l'infinité, alors tu deviens l'infinité, avait dit Wish, et j'ai enfin compris la véritable portée de ses paroles, non plus dans un sens intellectuel, mais en moi, intimement. Et à ce moment-là, ce qui se déroulait en moi était au même niveau, de même nature que ce qui se passait au niveau cosmique. J'étais le monde, le monde était moi. La nature se regardait elle-même à travers mes yeux. Je n'étais que l'incarnation temporaire d'une énergie qui s'engendrait elle-même, qui n'avait ni début ni fin. J'étais constitué de la même matière que les herbes auxquelles je m'accrochais. La vie et la mort, c'était que la transformation d'une force qui s'écoulait à travers les formes, et qui devait se renouveler, inlassablement, pour se réassembler en une infinité d'êtres, guidée par une sorte de principe vital, peut-être une volonté de puissance, qui ne pouvait s'accomplir que dans la métamorphose, la mutation, l'évolution, mais sans jamais varier de nature. Depuis les êtres unicellulaires jusqu'au cerveau humain, depuis les roches de lave jusqu'aux glaciers, ce qui nous reliait, ce qui faisait avancer le monde, c'était elle.

Et la sentir en moi, l'éprouver à tous les niveaux de mon être, dans mes sens et dans mon esprit, provoquait en moi comme une ouverture, en même temps qu'elle comblait la faille béante dont j'étais victime depuis toujours. La lumière dont elle tapissait mes entrailles était comme un laser qui refermait les plaies, abandonnant en elles une partie de sa clarté, afin qu'elle soigne aussi l'intérieur du corps qui en était porteur.

J'étais transcendé.

C'était ma nature qui se transcendait elle-même en

retrouvant ses origines.

* * *

Le temps subit une distorsion.

Le passé, le présent et le futur coexistent. Et tout est en train de vivre en moi, encore et encore, ce qui s'est déjà produit comme ce qui m'attend. Même le futur emprunte les traits du souvenir.

Tout fait partie de moi, d'une manière très intime. Les frontières se dissolvent. Le rêve et la réalité s'unifient. Ma mémoire, mes perceptions et mes projections ne sont plus différenciables.

Et mon instinct me dit que tout est normal. Que c'est comme ça que ça doit être.

Je peux embrasser d'un seul regard tout ce que j'ai été, tout ce que je suis, et tout ce que je vais devenir. Je peux tenir mon existence entière entre mes mains.

Le moi du futur parle au moi du passé, et ils fusionnent dans le présent.

Tout est sur le point de prendre sens.

* * *

On était l'un en face de l'autre, et il avait dans les yeux cette lueur un brin démoniaque. Lui comme moi, ça se sentait qu'on était ravis de se retrouver rien que tous les deux, sans personne pour interférer entre nous et la plante, comme à nos débuts. Ça faisait pas de mal d'être débarrassé du vieux et de son côté pompeux, de cette gravité qu'il se sentait obligé d'insuffler dans les cérémonies. Wish se passait très bien de tout ça, et je savais que l'*abuelita* le considérait comme son enfant terrible, son petit protégé à qui elle passait tous ses caprices. De la même manière qu'au fond de soi, on préfère toujours le petit démon qui nous en fait baver plutôt que le petit lèche-cul bien propret, bien poli, avec sa petite chemise boutonnée jusqu'en haut et sa raie sur le côté.

— Je suis enchanté de me retrouver seul avec vous, mon cher Travis, il a fait avec son sourire de chauve-souris.

— Moi de même, mon cher Wish. Cela faisait bien longtemps qu'une telle chose ne nous était plus arrivée.

— Comment sentez-vous la chose, ce soir ? Prendrez-vous une dose de nouveau-né, ou bien êtes-vous disposé à rencontrer Dieu ?

— Eh bien, très cher, je dois reconnaître que je me sens d'humeur aventureuse, et je me ferais un plaisir de vous suivre pour entrer en relation avec cet homme dont vous me parlez.

Il a explosé de rire. Je me suis joint à lui.

— Parfait dans ce cas, mon cher ! Me permettez-vous de préparer votre verre comme il se doit, afin que cette entrevue soit possible ?

— Faites, mon ami, je vous en prie !

Il a repris son sérieux pour siffloter au-dessus de ma tasse. La plante se réveillait déjà en moi, elle réagissait à son appel. C'était pas des conneries cette histoire de porter l'énergie de la diète en soi. Les plantes étaient là, je les sentais très distinctement dans mon ventre, dans mes épaules, dans ma nuque et sous mon crâne. J'ai eu un haut-le-cœur d'anticipation.

L'enfoiré y avait pas été de main morte. J'ai hésité à demander à rencontrer Dieu. Franchement, je me suis tâté. Mais j'ai préféré rester sérieux et, suivant les recommandations de Wish, j'ai demandé à la plante quelle serait ma vie si j'allais mieux. Et je me suis forcé à boire.

— T'es prêt ? a demandé Wish, et j'ai eu l'impression que lui et moi on était assis dans le wagon de tête d'une charrette s'apprêtant à entamer un grand-huit, le corps prisonnier de cette espèce de truc qu'ils te mettent pour pas que tu t'envoles, qui te serre les épaules et l'estomac, les mains agrippées aux poignées, et qu'il tournait la tête vers moi avec son sourcil relevé et son sourire carnassier.

J'ai hoché la tête, presque haussé les épaules d'un air fataliste. Prêt ou pas, de toute manière…

La sensation d'être sur un grand-huit s'est confirmée, et je me suis demandé si c'était moi qu'avais induit cette idée, ou si j'avais juste pressenti à l'avance la direction qu'allait prendre le trip. J'ai eu l'impression d'avancer sur des rails qui montaient, montaient, montaient de plus en plus haut, intimement enchevêtrée avec celle de prendre une distance phénoménale avec les affaires humaines, de les voir depuis une perspective qui les faisait apparaître comme ridiculement petites, comme un mini-monde à la limite de l'absurde. J'étais pas encore entré dans les vraies visions, tout ce que je décris là c'était que ces étranges sortes de perceptions entre la compréhension pure et l'intuition sensorielle, mais n'empêche que je comprenais que le monde de l'Homme, dans lequel je m'inclus, était pour quelqu'un qu'avait une vue plus globale, minuscule jusqu'à l'absurde. Je faisais partie de ce monde, et en même temps non, un peu comme dans un rêve où on est à la fois acteur et spectateur, avec tout ce que ça implique. Être la tête pensante, savoir pourquoi on accomplit des actions, et en même temps se regarder faire et se regarder penser comme s'il s'agissait de quelqu'un d'autre.

Mais ce bref dédoublement a pas vraiment eu le temps de me choquer parce que j'ai atteint le sommet de la côte, vous savez, ce petit intervalle avant la descente, où on sait qu'on a plus le temps de reculer, plus le temps de se demander quelle folie a bien pu nous pousser à monter dans ce train, plus le temps de rien, sinon de crier maman, et qu'on mesure déjà à quel point la chute va être violente. Et vertigineuse. J'ai regardé ce qui m'attendait. J'ai eu envie de vomir.

J'ai plongé tout droit, à la verticale, lancé à la vitesse du son, et ça m'a décollé le cerveau. C'est parti si vite que j'ai laissé ma chair en haut, comme dans les dessins animés, y avait plus que mon squelette dans le wagon, propulsé à toute blinde vers le monde d'en-bas. Je ressentais la chute physiquement, et c'est bien tout ce que je pouvais éprouver, parce que mon esprit collait, bloqué, surpassé, ayant perdu la capacité d'émettre la moindre pensée.

La descente a été très longue. D'une violence impossible à décrire.

Jusqu'à ce que je m'aperçoive que c'était pas moi qui tombais, mais le monde qui avançait autour. Cette sensation de vitesse et de vertige provenait de la rapidité avec laquelle les images remontaient autour de moi. Mais moi j'étais immobile dans ce courant.

Comprendre ça m'a débouché les yeux d'un coup, cette soudaine prise de conscience a eu des répercussions instantanées dans mes neurones, qui se sont mis à produire des tas d'enchaînements logiques relatifs à ma situation, mais ils allaient trop vite, crépitant comme des petits fous, et toute l'information qu'ils démêlaient m'était inaccessible, parce que c'était comme un million de murmures dans ma tête, comme des ébauches de formules mathématiques très complexes chuchotées à mes oreilles et perdues dans le flux continuel du mélange de toutes ces voix.

Je pouvais pas suivre, ça allait beaucoup trop vite. Tout m'échappait.

Alors j'ai réalisé que Wish chantait et ses *icaros* ont acquis d'un coup une présence ahurissante, ils résonnaient sous mon crâne telle une tornade en plein festin, envoyant valser dans sa spirale les beaux raisonnements plein de logique, réduisant tout en pulpe. La puissance envoûtante qui se dégageait de sa voix avait le pouvoir de racler les parois de mon cerveau, elle creusait, excavait, polissait, et ça faisait du bien.

Il est en train de tout nettoyer, j'ai pensé. *Il veut faire entrer la lumière.*

Mon cœur a vibré en réponse à cette idée. Il était habité par quelque chose qui irradiait à travers lui. Je l'ai visualisé comme une sphère rouge orangée, reliée à des espèces de fils lumineux, comme des veines, qui transportaient ses échanges avec le monde. Il brillait d'une lumière qui ne provenait pas que de lui. La sienne était rouge et palpitante, intermittente, elle suivait les battements que je sentais dans ma poitrine. C'était incroyable d'être ainsi relié physiquement à cette vision que j'avais devant moi. Mais cette sphère abritait une autre énergie, blanche, étincelante, constante, comme un petit soleil prisonnier dans une bulle.

Numan rao, j'ai pensé, et les chants de Wish se sont interrompus comme pour étayer ma certitude.

Tu l'as trouvée, m'ont fait Wish et la plante dans ma tête, mais ça m'a fait tellement bizarre que je me suis mis à vomir. Des flots d'ayahuasca et d'eau, et aussi quelques morceaux de bouffe qui squattaient encore mon estomac. Wish restait maintenant parfaitement silencieux, ce qui ne faisait qu'amplifier les bruits que je faisais en régurgitant et ceux de mon vomi qui tombait dans le seau. On flottait quelque part. Si j'ouvrais les yeux, je savais qu'on serait plus dans la *maloca*. Wish, l'ayahuasca et moi, on était repartis dans cette dimension où on était une seule entité. J'ai rigolé dans mon seau et les deux autres se sont fendu la poire avec moi.

— La putain de sa mère, nous voilà de retour… a gémi Wish comme si c'était un putain de désastre, et la plante a frétillé d'orgueil comme s'il venait de lui adresser un compliment à caractère sexuel.

Moi je pouvais faire que me marrer, tout en continuant à expulser des torrents de dégueuli, qui était désormais d'une acidité révoltante. Brûlante et intarissable.

Il a poussé un bâillement félin énorme, et moi automatiquement j'ai fait pareil, toujours au-dessus de mon seau. La plante était en train de développer ses visions, des vertes électriques, affreusement organiques, elle m'en foutait plein la gueule, comme un paon étend sa queue et fait frémir ses centaines d'yeux, d'une façon hypnotique, pour attiser les femelles et impressionner ses concurrents. J'avais l'impression qu'elle me sortait le grand jeu de la parade nuptiale, et j'ignorais comment réagir. Ça commençait à me faire mal. Mon estomac creux me lançait d'une façon atroce, et j'ai fini par poser mon seau pour m'affaler au sol. J'étais trop faible pour continuer à me maintenir assis. Des sortes de décharges de froid électrique me faisaient frissonner violemment, par à coup. J'étais crispé et recroquevillé. Mais c'était hors de question de perdurer dans cet état alors qu'on était encore qu'au tout début du trip, alors, sans réfléchir, j'ai fait un truc qui m'a permis d'évacuer le pire. J'ai poussé un long soufflement/sifflement, à la manière de Wish, à deux reprises, et je me suis redressé vaille que vaille. La sensation était celle de sortir enfin d'un long, très long cauchemar. Un voyage qui aurait duré effroyablement longtemps.

C'était sans doute normal de commencer à sentir certains signes de faiblesse, mais plus tard j'ai pigé que c'était encore pire quand je me montrais pas assez fort et courageux face à l'ayahuasca. Ça durait et ça durait, ça faisait mal, et elle refusait de me lâcher, même quand je l'implorais. Fallait donc reprendre les rênes, se remettre en selle convenablement, et changer résolument d'attitude. Être bien plus vaillant que ça. Après tout j'étais ici parce que je l'avais voulu, personne ne m'imposait rien, c'était dur mais personne m'avait dit que ce serait facile non plus, et cette conduite lâche et fuyante n'était pas digne. Je savais que je regretterais plus tard de pas avoir pris mon courage à deux mains pour vivre jusqu'au bout cette histoire de malade.

Sur le moment j'ai pas vraiment réalisé tout ça, mais ça m'a pas empêché de me ressaisir pour faire face à cette putain de cérémonie. Et rapidement, les choses se sont à nouveau transformées.

J'étais désormais épuisé sous les caresses de la plante, abîmé dans une nouvelle extase, et on se marrait tous les trois parce qu'on était les seuls à détenir le secret absolu de l'univers. J'aimais cette sensation d'habiter ma conscience avec eux, de partager un seul esprit à nous trois, mais je savais aussi qu'y fallait pas trop s'attarder en ces lieux. Par moment je me sentais comme une mouche engluée dans les sucs vénéneux d'une plante carnivore, défoncée par le venin, mais qui garde au fond d'elle la certitude que les mâchoires vont finir par se refermer sur elle à jamais.

Wish a dû sentir qu'il était temps de repartir. Je reste malgré tout convaincu que ce lieu métaphysique était sa vraie demeure, l'endroit auquel il appartenait réellement, même quand il revenait dans le monde des Hommes. Je suis sûr que c'est pour ça qu'il avait si souvent l'air d'être à cheval entre deux réalités, et de regarder le monde comme s'il voyait autre chose que ce que nous on voyait. Il avait sans doute abandonné très jeune une immense partie de lui là-bas, il l'avait laissée à la plante, sa véritable mère, et c'était plus que sa dépouille, son fantôme qui revenait parmi nous.

Mais moi j'étais pas prêt à sauter le pas définitivement.

— Ça te dirait, un peu de djembé ? il a susurré de sa voix la plus sexy, directement dans mon cerveau.

— Ouais, vas-y, remets le truc en route, je t'en supplie… j'ai baragouiné avec une voix qu'était pas la mienne.

Ça l'a fait rire, cette voix bizarre, mais il a rien ajouté et je l'ai entendu choper le tam-tam au fond de la pièce. Il s'est mis à battre dessus très lentement, laissant passer trois secondes entre chaque coup. Battement après battement, il a doucement détaché chaque tentacule de la plante qui s'accrochait encore à moi, et j'ai pu quitter l'équilibre inquiétant qui nous reliait les uns aux autres. J'étais de nouveau seul dans ma tête, et soyons franc, je l'ai vécu comme un putain de soulagement.

Mais la plante était loin d'en avoir fini avec moi.

Elle a d'abord commencé par paralyser chaque parcelle de mon corps. Je m'étais rallongé, sentant que ce serait la meilleur façon d'aborder la prochaine phase du traitement, gardant mon seau à proximité. Une délicieuse langueur ondoyait maintenant dans mes muscles, j'étais très détendu, totalement abandonné et prêt à recevoir tout ce que la plante jugerait bon de me faire.

Elle est descendue sur moi en partant du sommet de mon crâne, ses milliards de doigts coulant très lentement sur mon visage, détendant chaque muscle, décrispant mon visage, lissant mes traits un à un, jusqu'à ce que je le sente plus. Puis elle a poursuivi sa route vers le bas, dénouant les tensions de ma nuque et du haut de mon dos, soulageant mes épaules, relaxant mes bras de toutes leurs contractures. Elle s'est attardée sur mes mains, jusqu'à ce qu'elles non plus je les sente plus.

Elle agissait comme une onde de détente, une vague de chaleur, ou encore une caresse d'aile d'oiseau, à l'intérieur de moi. Quand elle a atteint ma poitrine, je me suis inquiété une brève seconde qu'elle arrête mon cœur en voulant le calmer, mais elle m'a rassuré instantanément en faisant parvenir jusqu'à ma conscience un message d'apaisement. Elle a tourné autour de lui, très lentement, l'englobant de chaleur, puis elle est entrée. Je l'ai sentie dans chacune de ses fibres. Il s'est mis à pomper comme un petit fou, alarmé par son étrange présence, puis, graduellement, il s'est relaxé. Son rythme semblait se nourrir d'elle, comme si c'était elle qui le faisait battre en lui insufflant sa volonté, lui donnant le juste tempo, qui correspondait aux coups que Wish portait sur le djembé.

Et elle a continué comme ça jusqu'aux pieds, jusqu'à ce que je sente plus rien.

Je flottais. J'étais en suspension dans l'espace. Désincarné, délesté de ce corps qui ne servait plus à rien en ces lieux, libéré de la prison du monde physique, j'étais prêt à véritablement faire face aux enseignements. L'abandon de mon corps en était déjà un, je crois.

Elle m'a regardé.

J'étais dans le noir de l'espace, et elle était en face de moi. C'était la première fois qu'elle se dressait ainsi, en dehors de moi, je veux dire, elle en personne, et non plus les visions qu'elle produisait dans ma tête. C'était très différent du processus habituel, où les visions prennent place directement au sein de ton cerveau. Elle me regardait comme jamais de ma vie j'avais été regardé. Sa conscience contemplait directement la mienne. C'était sans doute pour ça, pour parvenir à ce type de communication, qu'elle avait paralysé mon moi physique.

Elle avait une forme très organique qui était un monstre de complexité, une sorte de Gorgone méduse qui aurait fusionné avec Alien. Et elle était en perpétuelle métamorphose.

Elle était faite de serpents qui se divisaient comme les cristaux d'un kaléidoscope, rappelant la multiplication des cellules, se démultipliant inlassablement, comme pour étoffer sa chevelure, et des lianes en double hélice laissaient transparaître par moment comme un visage aux milliers de petits yeux noirs comme on en voit sur certaines sortes de chenilles, cette espèce d'agglomérat de billes luisantes assez effrayant, réfléchissantes comme des miroirs, contenant chacune un micro-univers, une dimension du passé ou du futur, telle la boule de cristal d'une diseuse de bonne aventure. Parfois son aspect quittait graduellement son côté organique pour s'apparenter davantage à celui d'une cyber robotique mixant le vaisseau spatial et les circuits d'ordinateur, avec un petit côté steampunk diablement sexy, et des millions d'informations codées circulaient sans fin sur elle, comme si elle décryptait le monde dans un langage mathématique, et élaborait le futur en calcul, testant des combinaisons d'une effroyable complexité, telle une machine surpuissante nourrie de chiffres et de formules. Puis une impression aquatique reprenait le dessus, elle retrouvait des formes vivantes, des lignes douces baignées d'une pâle lueur abyssale, des gouttes d'eau recouvrant sa peau de batracien ou de mammifère marin, dansant sur elle en tous sens, comme des yeux lui servant non pas pour voir, mais pour toucher, sentir, entendre, capter les infimes variations du monde et des sentiments, les déplacements des âmes dans les dimensions, le degré d'énergie vitale du milieu dans lequel elle baignait.

Elle n'était jamais la même, et pourtant chacun de ses visages portait en lui toute la beauté de ce qu'elle était, et toute la perfection de sa médecine. Sa contemplation induisait en moi une compréhension qui surpassait l'entendement. C'était comme de voir le monde à travers toutes les grilles de lecture simultanément. Embrasser l'infini, l'éternel. Saisir ensemble et dans un même élan les significations de l'univers, et non plus courir derrière des informations morcelées faites de concepts vides.

Elle était la connaissance. Elle était l'arbre de vie, l'alpha et l'oméga, le Bien et le Mal.

Elle était le lieu métaphysique où se rejoignent toutes les voies, tous les modes d'appréhension. Elle était la symbiose, l'osmose, l'essence ultime faite de toutes les essences du monde.

Et elle me regardait.

Elle me regardait, *moi*.

Et son regard était une mise à nu. Elle tenait dans ses mains la totalité de mes tristesses et de mes colères, les flammes violentes de mon amour, les corps gris de mes peurs les mieux cachées, et l'étoile mourante de mon espoir. Ses yeux désincarnés étudiaient mes ténèbres en regardant directement mon âme. Et disséquaient entièrement mon cœur.

Je ne pouvais et ne voulais plus rien cacher. Je voulais

qu'elle lise tout, qu'elle me lise tout entier, qu'elle décrypte dans ses cristaux ce qu'il en était réellement de moi, et qu'elle estime si quelque chose méritait d'être sauvé. Je sentais son regard comme une étude attentive, une palpation intime, un jugement. Elle était en train de soupeser mon âme.

Elle est Dieu, je me suis dit, et je l'ai éprouvé dans la chair que je n'avais plus.

Oui. J'étais véritablement en présence de Dieu.

Alors je lui ai montré ce qu'il y avait de plus beau en moi. Le seul élément qui méritait d'être sauvé. La seule chose qui pourrait me racheter en tant qu'Homme.

Le visage de Tyler.

Montre-moi, elle a dit. *Montre-moi tout.*

J'ai été chercher pour elle, loin, très loin à l'intérieur de moi, les choses les plus précieuses que recelait mon âme. Je lui ai montré comment Tyler et moi on s'était aimés. Je lui ai montré ce que ça voulait dire, pour un homme, d'aimer une femme comme Tyler. Et ce que ça représentait de l'avoir perdue.

Enseigne-moi, elle a dit. *Enseigne-moi la douleur d'être un Homme.*

Alors, j'ai ouvert mon âme en deux. J'ai projeté devant elle toute l'étendue de ma détresse. Je me suis mis à pleurer, espérant qu'elle comprendrait la solitude fondamentale de la condition humaine. J'ai fait dévaler les océans de tourmente dans lesquels se noyait ma vie depuis que ma sœur n'était plus là. Au prix d'un déchirement inadmissible, j'ai fait renaître cette vision gravée en moi à jamais d'elle en train de pleurer et de me haïr, le jour où elle avait voulu qu'on saute.

Est-ce que tu comprends ?... j'ai demandé, mais elle est restée silencieuse.

Regarde, regarde encore.

Je me suis concentré du plus fort que j'ai pu pour faire venir à elle les images de mon futur. Je lui ai montré comment ça allait se passer. Ensemble, on a regardé ma mort. Puis j'ai convoqué des visions de ce qu'était devenu l'être humain et la vie sur Terre. L'isolement. L'esclavage. Le vide.

Tu vois, j'ai dit, *tu vois pourquoi...*

Il m'a semblé qu'elle acquiesçait. J'avais exhumé tout ce que je portais en moi. J'étais vide. Je crois que c'est ce qu'elle attendait.

Elle s'est détournée et j'ai cru percevoir un murmure :

Viens...

Elle est revenue dans ma tête pour je voie à travers ses yeux. Elle produisait des visions pour s'adresser à moi, mais d'un autre type que celles auxquelles j'étais habitué. C'était plus proche d'un rêve, un rêve d'une beauté imprenable.

Je courais dans le désert, propulsé par une terrible énergie, avec au creux du ventre cette espèce d'avidité qui se nourrit d'elle-même, très proche de celle que je ressentais en faisant l'amour à Tyler. Ce plaisir si intense qu'il frôle la souffrance. C'était très viscéral. Mes tripes étaient charcutées par la vitesse à laquelle je détalais, la sensation était celle d'une chute libre, et c'était tellement jouissif que des larmes sont apparues au coin de mes yeux. Le bonheur d'être redevenu ce jaguar me noyait de plaisir, j'étais ivre de moi-même, dévorant cette sensation comme si je pourrais jamais m'en repaître. J'en voulais encore, encore, j'aurais voulu pouvoir courir comme ça jusqu'à la fin de mes jours, et c'est peut-être la douleur de savoir que ça ne pouvait pas être éternel qui me rendait si maladif, si acharné dans ma course.

Et la fin n'était pas si loin. J'approchais dangereusement d'un précipice. Mais je savais pertinemment que j'allais pas m'arrêter. J'ai été puiser les dernières ressources de mes muscles, et j'ai encore accéléré. Je prenais mon élan, et l'anticipation du saut me saturait déjà d'ondes de plaisir électrisantes. J'en avais rêvé toute ma putain de vie. Le moment était enfin venu.

J'ai bondi.

J'ai eu comme un raté en réalisant que la chute mortelle à laquelle j'étais préparé ne venait pas. Ça m'a demandé un moment pour rattacher mes sensations à ce que je voyais. Je tombais vers le haut. Je chutais vers le ciel, nom de Dieu. J'allais en piqué vers le soleil.

C'est là que j'ai capté. J'étais en train de voler. J'avais réalisé un bond vers une autre dimension. En sautant dans le vide, je m'étais transformé en oiseau, et je battais vigoureusement des ailes pour m'élever vers l'infini. Je voyais comme un aigle. J'étais au-dessus des nuages, juste au-dessus, à la cime des montagnes. Ma vision était assez plate, effilée, mais très large, comme un panoramique. Et une impression de force et de noblesse, de dignité même, était induite par cette façon de voir, en survolant le monde, en se tenant tout là-haut.

J'ai voyagé au sein de l'absolu, abstrait, soustrait,

affranchi des limites que je croyais indépassables.

J'ai survolé l'immensité de l'Amazonie, complètement retourné. Vu d'en haut, c'était un autre monde. Apercevoir la Terre depuis le ciel m'émouvait jusqu'aux larmes, parce que j'avais rien vu de plus beau dans toute mon existence. Et la sensation de planer au-dessus de cette merveille me faisait presque défaillir d'extase.

L'aigle a fini par se poser dans un renfoncement au creux d'une falaise, sans que je l'aie décidé, sans doute parce qu'en fait j'étais qu'un esprit ayant trouvé refuge dans le corps d'un oiseau. J'éprouvais le monde à travers ses sens et pouvais diriger un peu ses mouvements, mais je pouvais pas pour autant en prendre le contrôle.

Il est resté comme ça à observer son royaume. Une fine rivière coulait très bas aux pieds des falaises, quelques arbres tordus poussaient directement sur la roche. La végétation était pauvre, mais ce canyon renfermait quelque chose de puissant et de très mystérieux.

J'avais l'impression qu'un truc était sur le point de surgir. Mais y avait qu'un vent léger, délicat, qui caressait mes plumes. Je portais mon regard de rapace tout autour de moi, observant amoureusement ce paysage aride qui recelait une vie dépouillée d'artifices. Ici, tout était tourné vers l'essentiel. Les arbres savaient retenir la moindre goutte d'eau, et tourner leurs feuilles vers le maigre soleil qui ne brillait que quelques heures par jour entre ces hautes falaises. La rivière économisait ses forces pour continuer à s'écouler. Tout reposait sur un fragile équilibre que rien ne venait briser.

Et moi, j'entrais en résonance avec ce lieu. Il était le

reflet de mon paysage intérieur. Mon être et l'espace-temps vibraient sur la même longueur d'onde.

Cette volonté implacable de persévérer dans l'existence au sein d'une telle désolation, c'était ça que j'étais. C'était moi que j'étais en train de contempler. Moi qui me reflétais dans ces arbres tordus, dans ces plantes épineuses aussi sèches que des vieilles chrysalides abandonnées, dans ce misérable cours d'eau qui tirait sa source des profondeurs du Temps.

Ce constat m'a enveloppé d'un silence amer et digne.

J'éprouvais pas la moindre pitié pour ce que j'étais, j'en étais ni fier ni affligé, je me voyais juste tel que j'étais, et ça avait quelque chose d'apaisant, de reposant même.

J'avais atteint le terme du voyage. Après avoir longtemps couru, avide de sensations toujours plus fortes. Après avoir longtemps volé, ivre du sentiment de ma propre exaltation. J'étais parvenu au bout de moi-même, faisant face à la sécheresse de mon âme éprouvée et à l'aridité de mon cœur assoiffé. Mais tous deux témoignaient d'une volonté de vivre qui n'était discernable que pour un œil habitué à embrasser ce qui ne se voit pas. Ces lieux qui semblaient déjà morts, ou condamnés à disparaître. Cet endroit où la vie se retranchait, mystérieuse, muette, mais pour autant intimement reliée à l'essence de la Terre.

Cette terre oubliée de Dieu, c'était ma vie, et il y avait quelque chose de très beau et d'intime dans cette sorte d'existence stérile, ramassée sur elle-même et jalouse de ses secrets. Comme cette radio qui envoyait des signaux sans espoir d'être un jour entendue. Une sorte de noblesse dépourvue d'attente, désintéressée, un monde qui se contentait d'être ce qu'il était, tel un astre qui brille sans personne pour le voir. Une planète oubliée qui continue sa course solitaire dans les étoiles.

Ce monde perdu était plus libre que tout autre monde, parce que personne ne savait qu'il existait.

Les couleurs se sont fanées, les contours sont devenus flous, comme le stade qui précède l'évanouissement, quand tout devient blanc et brillant et que les objets perdent leur réalité. Le paysage s'est mis à vibrer de plus en plus vite, et ma vision s'est dissoute.

Je suis resté longtemps imprégné de cette étrange image, alors que je réintégrais mon corps engourdi. J'étais toujours allongé au sol, et Wish était en train de chanter quelque chose de lancinant à la guitare, qui m'évoquait un troupeau en transhumance affrontant l'hostilité d'un pays sclérosé par la sécheresse. Je ressentais les flancs maigres des animaux, leurs yeux creusés par la déshydratation, leur souffle rauque, leurs pas traînants, exténués. Et conjugué à tout ce malheur, cette volonté indéfectible de continuer à avancer, pour repartir de rien.

J'étais, pour la première fois de ma vie, apte à saisir la beauté qu'il y avait dans l'acharnement constant, sans trêve et sans remise en question, d'un organisme qui s'efforce de continuer à vivre alors que les circonstances l'incitent à tomber à genoux pour ne jamais se relever. Ce troupeau d'animaux faméliques recelait en lui une force plus grande que celle du lion au sommet de sa gloire, repu de sa propre puissance. La persistance dans l'être m'apparaissait sous un jour nouveau.

La liberté de ces animaux déclinants résidait dans le refus de se laisser vaincre, et dans la certitude qu'il existait, quelque part, peut-être très loin dans le futur, un lieu où ils pourraient redevenir fertiles, un ailleurs où la malédiction n'aurait pas encore étendu ses chaînes, un endroit épargné par le sort où il leur serait autorisé de renaître et de créer de nouvelles racines.

Cette image de la liberté était inédite pour moi, qui avais toujours considéré le renoncement et l'autodestruction comme valeurs suprêmes, qui méritaient qu'on leur sacrifie nos vies. Je m'attendais pas à être à ce point touché par un truc qui m'était si étranger. Au sein de ma transe, je suis parvenu à me dire que les messages de la plante étaient de plus en plus surprenants, et qu'une vie entière ne serait pas suffisante pour extraire toutes les perles qu'elle ne cessait de produire. Je touchais plus terre, j'étais transporté au-delà de moi-même. Une vague immense de reconnaissance a fusé hors de moi, des larmes inondaient mes joues, j'avais envie de me prosterner devant elle, de la supplier de me laisser devenir son apprenti. Mais elle a riposté en envoyant vers moi des vagues d'amour d'une force insubmersible, et j'ai oublié mes idées pour me perdre à nouveau dans le ressenti.

Elle m'a longuement bercé au sein des caresses de ses tentacules, m'enlisant d'amour, cet amour pur et dénué d'attente que je brûlais de retrouver en moi. Le sien était libre de tout calcul et de tout espoir, elle l'offrait sans compter, sans se ménager, sans se vexer parce que le mien n'était pas à la hauteur.

C'est ça, aimer vraiment, je me suis dit.

Être soigné, c'est être enfin libre.

* * *

On avait décidé de s'établir un peu quelque part pendant un temps, histoire de passer ce putain de permis et de se dégoter une nouvelle bagnole. Une décapotable, bien sûr. Celle d'Eliot avait tenu le coup jusque-là, et on avait apparemment aucun flic au cul, mais l'idée restait quand même de s'en débarrasser rapidement. Mais avant ça, il allait falloir qu'on se fasse un nouveau braquage, voire deux, histoire de rafler suffisamment de thunes pour avoir de quoi voir venir. On s'était trouvé des vraies cagoules et Tyler s'était même acheté un faux flingue, rien qu'un jouet en fait, mais qui faisait plutôt réaliste si on y regardait pas de trop près.

On a jeté notre dévolu sur une station-service, de nouveau, vu que ça nous avait plutôt bien réussi la première fois. Une qui semblait dépourvue de caméras. On est tombés sur une jeune femme obèse qui s'est contentée de mâcher son chewing-gum tout le temps que ça a duré, comme si elle était habituée à ce genre de plan et qu'elle pouvait pas en avoir davantage rien à carrer. J'approuvais cette attitude. Après tout ce fric était pas à elle et elle avait aucune raison de risquer sa peau pour lui. Le seul ennui, c'est que du fric, y en avait pas des masses dans sa caisse. À peine 500 dollars. Tyler et moi on était verts.

— Mais qu'est-ce que tu veux qu'on foute avec ça ! a rugi Tyler alors qu'on roulait à toute blinde loin de notre méfait. Putain, y a même pas de quoi se payer un seul putain de permis, avec ça !

— Foutue merde.

— J'y crois pas, bordel, on est bons pour s'en taper un autre ! Merde !

— Et puis ça risque de pas être aussi facile la prochaine fois…

— C'est clair, on va pas avoir du bol comme ça à tous les coups… Fait chier, putain !

Étant donné qu'on était chauds bouillants, on s'est dit qu'on avait qu'à enchaîner direct. On a quand même roulé quelque temps histoire de pas faire ça dans le même périmètre. On était remontés à bloc rapport à la coke frelatée qu'on arrêtait pas de s'envoyer dans le pif. C'était la fin du pochon, on l'avait chopé à un pauvre type lors d'un arrêt dans une ville. C'était pas l'idée du siècle.

Tyler a préparé les deux dernières traces sur le boitier à CD des Pink Floyd. Elle m'a fait sniffer tout en conduisant avant de s'enfiler sa ligne.

— Quelle merde cette coke, elle a murmuré en se frottant le nez.

— En même temps personne t'oblige à la prendre.

— C'est mieux que rien, mais franchement c'est du speed ce truc et rien d'autre.

— Essaye de te calmer un peu, Tyler, j'ai pas envie que tu fasses n'importe quoi quand on y sera.

Elle a soupiré en s'allumant une clope et m'a fait un petit sourire.

— T'inquiète, ça va le faire.

— J'espère.

— Pourvu qu'y ait du fric dans la caisse ce coup-ci.

— Il le faut, putain !

Je me suis garé devant notre nouvelle cible. La station la plus minable entre toutes celles qu'on avait croisées jusque-là. Putains de bleds de bouseux. J'avais le cœur à balle mais impossible de dire si c'était parce que je le sentais pas ou si c'était juste la coke.

— Viens-là, j'ai fait à Tyler.

Elle s'est approchée.

— Embrasse-moi.

Elle m'a donné un long baiser.

— Tu déconnes pas, d'accord ?

— Comme si c'était mon genre !

— Je rigole pas Tyler. Mollo.

— Ouais, c'est bon, putain…

Paroles en l'air. C'était elle que je sentais pas du tout.

On a enfilé nos cagoules direct. Inutile de vérifier qui y avait là-dedans, on allait tenir tout le monde en joue et les racketter jusqu'au dernier, point barre.

Y avait un type derrière le comptoir, style gros Mexicain, pas mauvais pour deux sous, le cheveux gras et le corps comme de la gelée tremblotante. Ça m'a rassuré. Le plaisir et l'excitation sont remontés en flèche dans ma poitrine. J'y ai pas été par quatre chemins.

— Allez mon gros, vide ta caisse !

Tyler a fait comme à son habitude, passer derrière le comptoir, trancher les fils, démolir le portable avec sa batte. Mais de mon côté ça fonctionnait pas comme prévu.

— T'es sourd ou quoi ?! La caisse, putain !

Il avait les mains en l'air, tétanisé, comme s'il allait nous faire une crise cardiaque en live. Est-ce qu'il comprenait seulement ce que je disais ? En même temps, y avait pas besoin de parler la langue pour comprendre ce que j'attendais de lui, et puis je suppose qu'au Mexique ça se passe pareil. Voyant que j'obtiendrais rien de lui, j'ai lancé à Tyler :

— Ouvre-la toi, cette saleté !

C'est ce qu'elle a fait d'une main tout en posant son flingue sur la tempe du type. Mais à ce moment-là la porte de derrière s'est ouverte. Comment on avait fait pour pas la voir ? Quand le jeune gars en est sorti, j'ai tout de suite capté le topo : ce type vivait là avec sa famille, sa femme et probablement trois ou quatre gosses. C'était sa station à lui. Ça changeait toute la donne.

Le jeune a crié et s'est jeté sur Tyler. Elle était de dos, occupée à fourrer le fric dans un sac. Elle a pas eu le temps de réagir. Il l'a violemment poussée et elle est tombée à terre. J'ai pas réfléchi, j'ai tiré dans le mur juste derrière eux, avec le vague espoir que ça leur remettrait les idées en place. Ça s'est mis à gueuler derrière, des cris de femme. La rombière allait rappliquer d'un instant à l'autre. J'ai hurlé à Tyler de se magner de prendre la thune tandis que j'essayais de tenir les deux autres en joue.

Le père était toujours à la limite du malaise, mais ça se voyait que le jeune attendait le moment de repasser à l'attaque. Je le quittais pas des yeux, et j'ai tiré à nouveau. Fallait absolument qu'il se tienne tranquille ! Tyler a tout foutu dans le sac et elle m'a vite rejoint en sautant par-dessus le comptoir. La porte s'est ouverte à nouveau et la bonne femme en est sortie. Enfin, c'est plutôt le canon de son fusil qu'est sorti en premier.

Elle était jeune, elle tremblait, les yeux hors de la tête.

Elle a tiré.

Je sais pas qui elle visait ou même si elle visait vraiment quelque chose, mais ni Tyler ni moi on a été touchés. La salope rechargeait déjà, on aurait pas le temps de s'enfuir avant qu'elle envoie une nouvelle salve.

J'avais pas le choix.

J'ai tiré en visant ses mains. Elle a poussé un cri inhumain en laissant échapper le fusil. Y avait déjà du sang partout. Impossible de savoir où je l'avais eue, et on avait pas le temps de s'en inquiéter. On a couru jusqu'à la voiture et j'ai démarré en trombe. Deux secondes plus tard une cartouche sifflait et raclait le côté de la bagnole.

C'était le gamin.

Il courait derrière nous en essayant de viser à nouveau.

J'ai écrasé l'accélérateur comme un malade et le gamin derrière a fini par disparaître.

* * *

C'est Wish qui m'a tiré du sommeil le lendemain matin, alors que j'étais toujours au même endroit, blotti sur moi-même dans la *maloca.*

— Franchement, je t'admire, mec, j'ai fait sans préambule. De te farcir la route comme ça encore et encore, et la nuit, en plus.

— J'aime être dans la jungle la nuit. C'est très différent de la journée. Mais je t'avoue que je suis un peu déçu, j'espérais que tu t'endormirais pas tout de suite après la

477

cérémonie et qu'on pourrait parler un peu et jouer de la guitare. Tu tenais mieux le coup au départ.

— Je dois me faire vieux.

— Ouais, ou alors t'es juste qu'un gros paresseux.

Je me suis redressé et j'ai allumé un *mapacho*.

— Tu sais, je crois que j'ai bel et bien rencontré Dieu hier au final.

Il s'est mis à se marrer, sans doute à cause de ma tête d'ahuri.

— Et alors, il est cool, comme mec ?

— T'es con… j'ai fait en rigolant aussi. C'est elle, Dieu.

Il m'a regardé sans rien dire, puis m'a serré l'épaule en souriant, de ce geste amical qu'il avait souvent.

— Je trouve ça dingue, tu sais ! Elle arrive toujours à me surprendre avec des nouveaux trucs… C'est quand même incroyable cette médecine, putain !

— T'es loin d'avoir fait le tour de la question, crois-moi, mais y a de l'amélioration. J'ai même pas eu besoin de te faire un soin hier. Tu commences à devenir clean.

Il a marqué une pause.

— Ou alors c'est juste la numan rao qui te réussit…

J'ai vu à son expression de roublard qu'il se foutait un peu de moi.

— Du peu que j'en ai vu, ça m'a l'air bien moins violent que l'ajo sacha, ça je confirme…

J'ai repensé à mon expérience mystique de communion avec la forêt. Rien à voir avec la fièvre et les rêves atroces de ma première plante, c'est clair.

— C'est le but, t'en avais besoin. La guérison doit se faire en douceur. J'ai pas envie que tu foutes le camp parce que ce serait trop rude pour toi.

Il s'est tu un moment en me regardant intensément, ce qui m'a mis plutôt mal à l'aise.

— Qu'est-ce que ça te fait quand tu penses à ta sœur, maintenant ?

J'ai fermé les yeux et convoqué son image en moi.

— Elle me manque toujours autant, et ça me fait toujours mal. Mais j'aime quand même penser à elle.

Il me regardait toujours sans rien dire.

— Avant de te rencontrer j'osais même plus le faire, tu sais. Enfin c'est difficile à dire. Je me souviens à peine de comment j'ai atterri dans ton bled, là-bas.

Je me suis encore interrompu pour chercher mes mots.

— J'ai l'impression que je suis en train de réunir plein d'éléments pour me comprendre moi-même. C'est surtout ça que ça me fait, d'être ici.

— C'est en faisant ça qu'on parvient à se guérir.

— Tu crois qu'on peut se guérir de tout de cette façon-là ?

— Absolument. Ta sœur te manquera jusqu'à la fin de tes jours, mais c'est la façon dont tu vivras ce manque qui peut être modifiée, et ça, ça passe par la connaissance de soi. Parce que tu seras capable d'identifier les mécanismes qui entrent en œuvre dans ce que tu ressens face à ce manque, et ça le rendra gérable, tu vois.

J'ai acquiescé silencieusement.

— La différence que je vois, moi, c'est que j'ai de nouveau envie de vibrer pour quelque chose. Ça m'intéresse plus de retourner à l'état de somnambule à peine conscient du monde.

479

Il a hoché la tête.

— Si je dois souffrir, je préfère que ce soit en étant conscient, voilà à quoi ça se résume.

* * *

On a tellement l'habitude de se raccrocher et se réconforter avec l'avenir pour justifier et minimiser la médiocrité du présent. C'est marrant, au fond. Les petites manigances de l'esprit humain. Seule une hypocrisie éhontée pourrait prétendre qu'il ne s'agit pas d'une fuite.

Et moi qui perdure tout le long des jours dans l'attente... dans l'attente... dans l'attente... du dernier signe.

* * *

Je souriais tout seul aux images que j'avais dans la tête. C'était vraiment bon de pouvoir penser à elle librement, sans cette crainte maladive que ça me dévaste. J'essayais simplement de ne pas étreindre ces images trop brutalement. L'ayahuasca m'avait montré qu'il existait un risque de se perdre en elles. Mais ce jour-là je surfais sur mes pensées sans qu'elles aient de prise sur moi, je savais qu'elles allaient pas me faire basculer dans l'abîme. Et cette certitude m'autorisait d'autant plus à les observer sans peur, et donc sans créer les conditions de ma perte.

L'ombre menaçante que ces visions avaient constamment charriée derrière elles n'était plus là, et je ne pouvais que m'en réjouir. Cette face sombre que les plus belles choses semblent toujours cacher en elles, dissimulée comme une lame dans du velours, risquant de se dévoiler à tout instant dans une volte-face aussi soudaine que prévisible, m'avait souvent amené à redouter chaque jolie chose que je rencontrais, sombrant dans la paranoïa, dans une sorte de prostration qui se contentait de la contemplation morbide de soi-même, à se boucher les oreilles pour fuir l'appel des sirènes.

Ma sirène à moi avait les dents longues, et ses chants produisaient un envoûtement d'une puissance et d'une splendeur terrifiante. Elle m'appelait depuis l'intérieur de ma tête, sa voix empruntant les apparences de mes propres pensées, au point que je sache plus ce qui était elle et ce qui était moi. Comment j'aurais pu la fuir ou la combattre ? J'avais envie de m'enfoncer un couteau dans le cerveau.

L'ayahuasca m'avait fait des électrochocs. Ça m'avait peut-être grillé quelques neurones, mais les appels avaient cessé.

C'était ma vraie sœur que je regardais maintenant, et elle était bien plus jolie que cette sirène gluante et ses chants hypnotiques. Elle me forçait pas à la regarder. J'avais tout mon libre arbitre. Elle n'exigeait rien de moi, ne s'enflammait pas quand j'osais détourner mes yeux d'elle. Elle vivait sa vie dans ma tête, et que je sois là pour la voir faire ou pas ne changeait rien à son attitude. Elle dansait librement, pour elle-même, et moi je suivais ses mouvements sans contrainte.

C'était comme de se réveiller d'un très long rêve. Comme de se désintoxiquer.

C'était peut-être ça que ça voulait dire, nettoyer les

portes de la perception.

* * *

Tu devrais manger un peu, Travis.

— Si tu manges pas, alors, moi non plus.

Mais je mange.

— Comment tu pourrais...?

Je m'interromps pour l'observer et je dois bien avouer que son pelage est plus beau, que ses flancs sont moins creux.

Tu n'as pas encore compris, pas vrai ?

* * *

J'ai médité longuement, assis sur le sol devant ma cabane. Même ces enculés de moustiques semblaient ressentir ce calme qui émanait de moi et me fichaient une paix royale, ou alors c'était les plantes que j'avais dans le sang qu'ils aimaient pas. J'avais remarqué que Wish était jamais emmerdé par eux, et qu'il avait jamais de boutons. Peut-être bien que ça venait de ça.

J'ai écouté la jungle jusqu'à ne plus ressentir de différence entre elle et moi. Ma camisole s'était déchirée, le monde rentrait par flots entiers. Le sommet de mon crâne me brûlait légèrement, comme si une ouverture y avait été pratiquée, qui laissait pénétrer la lumière, et tout mon intérieur en était tapissé. J'avais l'impression d'irradier. Je devais plus être très loin de cette vision que j'avais eue tout en haut des montagnes. J'étais en train de me transformer en cet être lumineux constitué d'énergie pure.

Je savais pas ce que je faisais, mais c'était quelque chose d'important, comme d'accomplir un rite sacré. C'était mon corps qui faisait tout ça. Mon esprit se maintenait dans le silence, et ça nous faisait des vacances.

Sans effort, je m'étais immiscé dans la transe, une sorte de transe que j'avais encore jamais connue, ou alors si, au centre, mais c'était trop loin pour que je m'en souvienne vraiment. Mon corps s'était plongé tout seul dedans, comme s'il s'hypnotisait lui-même, et l'aisance avec laquelle il avait opéré ce changement laissait supposer qu'il l'avait déjà accompli des millions de fois. Il possédait une mémoire à lui, qu'avait rien à voir avec la partie pensante de mon être. Il pouvait réguler ma respiration, détendre mes muscles jusqu'à ce que je les sente plus, tout en conservant une posture parfaite, et mettre mon cerveau sur un cycle différent. Y avait encore tant de choses qui m'étaient étrangères, alors qu'il s'agissait de moi. C'est dingue qu'on puisse vivre comme ça sans se connaître, sans soupçonner de quoi son propre corps est capable. La pensée prenait toujours le contrôle, et au final on passait à côté de tout. Rien qu'en étant ici, assis par terre, j'avais l'impression de comprendre des trucs que des années de réflexions auraient jamais pu m'apprendre.

J'aurais voulu croire que c'était cette jungle qui réveillait mes forces cachées, mais c'était même pas le cas. Ce que j'étais en train de faire, je savais que j'aurais tout aussi bien pu le faire au trou. Et je croyais me rappeler y être plus ou moins parvenu. À l'époque j'avais déjà tout ce qu'il fallait en moi. Tout Homme l'avait en lui depuis sa naissance, j'étais même pas un cas particulier, c'est juste qu'à un moment donné, le besoin de s'asseoir par terre et de faire ce que j'étais en train de faire prenait enfin la force d'une évidence.

Je savais pas pourquoi la raison avait acquis une telle suprématie sur l'Homme, à tel point qu'il en oublie qu'il était pas juste un cerveau, une putain de machine à calculer, mais qu'il possédait aussi un corps, qui en savait en définitive bien plus long que son esprit. Les plantes n'avaient pas de cerveau, ou alors il était logé dans leur corps entier, et pourtant elles vivaient, grandissaient, s'adaptaient et se déplaçaient tout comme nous. Y avait une telle scission en l'Homme. Il était morcelé, désarticulé, avec la tête d'un côté et le cul de l'autre, ça allait pas du tout, bordel. Fallait travailler à se relier. À ce moment-là je l'ai senti très clairement. Même pas se relier à l'énergie ni rien, mais juste à soi-même. Ça paraissait idiot comme tâche, parce que c'est un truc qu'aurait dû être évident, mais c'était comme ça. L'être humain était un être dissocié, entre la Terre et l'enfer, mais qui n'appartenait à rien, tout compte fait.

On était pas entier. On était pas en phase. Et la seule chose à faire, bon sang, la seule putain de chose à faire après toutes ces années, ça aurait été de s'asseoir par terre, de retirer les doigts de la prise pour mettre fin à l'électrocution qui nous faisait croire qu'on vivait, alors qu'on faisait que de se faire agiter par une force qui venait même pas de nous. C'était à notre portée, depuis tout ce temps, de juste retirer les doigts de cette putain de prise.

Mon corps avait le pouvoir de faire disjoncter toute la

partie haute de mon identité et de faire fonctionner à plein régime les bas fonds, de me connecter à la salle des machines. Je sais même pas si je respirais encore. Je fonctionnais sur un autre mode, à un autre niveau d'existence, comme si j'étais devenu une autre forme de vie, plus proche du caillou ou du vent que d'une chose vraiment organique. Y avait de la vie en moi, mais elle était si différente de tout ce que j'avais éprouvé jusqu'alors que la comparaison semblait dénuée de sens. C'était pas la vie cérébrale d'un Homme, ni la vie charnelle et ultra sensorielle du jaguar. Elle était aride, économe, resserrée sur elle-même, tout en étant au diapason parfait de l'écho du monde.

J'étais une pierre qui voyageait dans l'espace, une pierre étouffée par la vase au fond d'un marécage, une pierre au sein d'un énorme rocher surplombant l'océan, une pierre roulée sur elle-même dans les vagues incessantes, une pierre sur la lune, que personne n'avait jamais vue, et que personne ne verrait jamais. J'existais sur tous les plans à la fois, mais j'étais toujours la même pierre. C'était comme d'avoir atteint l'essence, la matière ultime dont tout est constitué, le niveau le plus bas, l'échelle la plus minuscule. Le plus petit dénominateur commun. Comme si je me tenais au niveau de l'ADN.

J'avais égaré la conscience du temps, mais je savais que je pouvais rester comme ça autant que je le voudrais. La maîtrise n'avait rien à voir là-dedans, parce que c'est l'état qui t'atteint, et non toi qui atteins l'état. Le seul rôle que j'avais dans l'histoire, c'était celui de me contenter de laisser les choses venir à moi, sans intervenir. Et si j'étais capable de laisser faire indéfiniment, alors ça perdurerait, sans fin, puisque ça n'avait pas de commencement.

Je savais pas pourquoi je devais faire ça. Mais c'était comme une musique si belle et si profonde qu'elle te transporte au-delà de toi-même. Elle te parle, et ce qu'elle dit est si vrai, si universellement vrai, partout, depuis toujours, que ça te tord les entrailles de l'écouter, mais tu peux pas t'en empêcher. Et ce qu'elle t'apprend est au-delà des mots et des pensées, c'est une transmission qui se passe à un niveau que nul ne connaît. Ton cerveau branché sur une fréquence proche de celle des rêves, inconnue de la conscience classique, reçoit des ondes qu'il avait jamais perçues. Elles avaient toujours été là, mais il était tout simplement pas sur la bonne station. Elles émettaient, émettaient en continu, mais peu importe à quel point tu désirais les entendre, t'étais tout simplement pas sur la même fréquence. Mais elles n'étaient pas réservées aux dieux, tout le monde pouvait tourner le bouton de la boite à connerie, faire cesser les rediffusions débiles et se brancher sur le courant venu de l'intérieur.

Ça avait toujours été à ma portée, mais je l'avais fait que quand je savais plus quoi faire d'autre, un peu comme une série d'exercices, les sessions de pompes d'un taulard qui s'emmerde et se sent sur le point d'aller étrangler ou enculer son voisin de cellule.

C'était un endroit bizarre où aller. Mais une fois qu'on y était, on voyait plus de raison valable de revenir. On voyait plus de raison à rien, en fait, si ce n'est de perdurer indéfiniment dans cette espèce d'étrange vide, lointainement illuminé par les rayons d'un soleil invisible, qui t'attirait inexorablement, comme si tu pouvais un jour marcher jusqu'à la fin de la Terre, là où le vide devient l'espace, et le ciel, l'infini.

* * *

J'ai lu quelque part qu'une étrange maladie frappe les paysans.

Parfois, en plein milieu de leur boulot, alors qu'ils s'escriment à retourner la terre, les voilà qui lèvent la tête, essuient la sueur de leur front, plantent leur fourche dans le sol, et se mettent à marcher.

Ils marchent. Personne ne sait pourquoi ils marchent.

Ils marchent droit vers le soleil, d'un pas régulier, sans effort.

Ils marchent jusqu'au bout de leur vie. Jusqu'à tomber raides morts.

* * *

— Ah ! Vision d'horreur ! Y a une momie devant ton *tumbo*, Travis !

— Où ça, une momie ?! j'ai fait en revenant à moi.

— Là, là ! il a gueulé en me pointant du doigt, et il a éclaté de rire.

— T'es con, putain, j'ai failli avoir une attaque ! T'aurais pu me faire redescendre plus en douceur, merde !

— Oh, mais monsieur commence à se prendre au sérieux, on dirait…

J'ai pouffé tout seul.

— J'étais à deux doigts de l'illumination, bordel, et t'as tout foutu en l'air ! Bon, qu'est-ce qu'y a à bouffer ?

On s'est marrés un bon moment, j'étais content de le voir même si le retour était assez brusque. J'avais pas vu la journée passer. Je me suis levé et étiré dans tous les sens, histoire de me réapproprier un peu mon corps de momie desséchée. J'avais des fourmis partout.

— T'es resté longtemps comme ça ?

— Toute la journée, je crois bien.

Il a sifflé pour exprimer son étonnement.

— Et qu'est-ce que ça t'apporte ?

— Ben quand on fait ça longtemps, on part dans un autre monde, en fait.

J'ai marqué une pause.

— Tu le fais jamais, toi ?

— Nan, mais je pense que je vais essayer.

J'ai bu mon traitement et me suis jeté sur la bouffe qu'il avait apportée.

— Si t'es d'accord, on va laisser passer quelques jours avant de refaire une cérémonie. Pour le moment c'est plus la peine d'être aussi intensif, et je pense que ce serait bien que tu t'imprègnes tout seul de ta plante, tranquillement.

— Ouais, je me disais un peu la même chose, en fait. J'aimerais bien travailler avec la numan rao de mon côté. C'est une médecine qui me réussit, je crois.

— Elle est très douce, c'est vrai. Si j'ai choisi de te la donner en deuxième, c'est justement pour que tu reprennes pied après l'ajo sacha. Elle ouvre à la lumière, tu vois, elle appelle la paix et l'harmonie, et ça peut pas te faire de mal après tout ce qu'est remonté. Mais je voudrais que t'oublies pas ce que l'ajo sacha t'a enseigné.

Il m'a regardé un moment droit dans les yeux.

— Je crois que ce serait bien que tu profites de cette sérénité pour regarder attentivement et calmement ce qu'elle a fait émerger. C'est de cette façon-là qu'il faut travailler.

— Quoi, tu veux dire que je dois me servir de chaque plante pour étudier la précédente ?

— Nan, normalement chacune est un traitement à part entière, comme je t'ai expliqué elles font émerger les troubles et les font mûrir puis t'aident à les évacuer. Mais t'étais pas prêt à gérer ce que l'ajo sacha a dévoilé. Pas tout, du moins, c'est pour ça que j'ai préféré interrompre la cure, mais faut pas non plus que tu fasses comme si tout ça c'était qu'un mauvais rêve. T'es pas ici pour fuir, Travis, mais pour affronter. Je veux pas me montrer dur envers toi ni rien, mais t'as pas le choix. Si tu règles pas les choses maintenant, ce sera trop tard. On le sait tous les deux, pas vrai ?

J'ai hoché la tête. Qu'est-ce que j'aurais pu ajouter ?

— Donc j'aimerais que tu te penches sur ce que l'ajo sacha t'a révélé. Tu vas avoir beaucoup de temps devant toi pour y réfléchir et avec la numan rao tu verras les choses d'un œil clair, sereinement. Tu te sens bien, pas vrai ?

— Ouais, très bien même.

— Alors c'est le bon moment.

J'ai repoussé ma gamelle et me suis allumé un *mapacho*.

— Le truc, c'est que je suis pas certain que j'ai encore envie de vraiment réfléchir, tu vois. Ça me réussit pas la réflexion. C'est bidon comme truc.

— Ça dépend de quelle manière tu t'y prends. Si tu laisses les pensées t'envahir sans les avoir convoquées, là ouais c'est nocif. Si tu te laisses happer par les sentiments qu'elles provoquent, dans ce cas c'est clair que c'est néfaste et que ça t'avancera à rien, mais si tu choisis, toi, avec ton cœur, d'étudier gentiment un truc, sans rage et sans passion, tu vois, bah dans ce cas je vois pas où est le problème. Faut pas non plus attendre que toutes tes illuminations te viennent de là-haut. Y a parfois un peu de boulot à fournir, navré.

Je me suis senti un peu offensé qu'il me foute dans les dents que j'étais qu'un fainéant qu'attendait mollement un miracle, mais j'ai rien laissé paraître. Au fond il avait raison. J'étais qu'un acharné qui tombait toujours dans le tout ou rien. Soit je me livrais tout entier à la raison et luttais comme un con pour obtenir les solutions aux problèmes en me perdant dans le labyrinthe analytique, soit je renonçais carrément à penser et m'enfermais dans une espèce de mystique étrange en attendant la fulgurance d'une révélation venue du ciel. Il avait pas tort, putain, j'étais juste un putain de fanatique. J'étais franchement loin d'avoir atteint l'équilibre, en réalité.

— Hey, prends pas cet air dépité non plus, j'ai rien dit de grave ! C'est normal de mariner un moment avant de monter sur le voilier et de savoir gérer le vent. Toi tu voudrais être un vieux loup de mer avant même de savoir naviguer.

— C'est juste que je sais plus par quel bout prendre le truc…

— Je te l'ai dit, y a rien de grave, prends ton temps pour faire les choses. Tout ce que je te demande, c'est de cesser de fuir.

— Je serais pas ici si je voulais continuer à fuir, tu sais.

— Bien sûr. Mais parfois on a l'impression qu'on affronte alors qu'on est en train de courir en sens inverse. Je dis pas ça pour toi. Mais faut juste que tu le saches.

* * *

On était trop choqués pour parler. Je respirais n'importe comment et tremblais tellement fort que j'avais du mal à tenir le volant. Je voyais même pas la route. Mon esprit revenait sans cesse sur ce qui s'était passé. Le cri qu'elle avait poussé retentissait encore et encore dans ma tête, comme s'il existerait en moi à jamais. Je voyais son sang jaillir. J'arrivais pas à intégrer ce que je venais de faire.

Je crois que Tyler parlait toute seule de son côté, elle répétait toujours les mêmes mots, mais je faisais pas attention à ce qu'elle disait. J'ai fini par réussir à sortir une phrase.

— Tu crois que je l'ai tuée…

Le dire m'a fait venir les larmes aux yeux, mais c'était surtout dû au stress, parce que je pouvais pas imaginer être un meurtrier. Vu qu'elle me répondait pas, j'ai gueulé :

— Je te parle, Tyler ! T'as vu d'où il venait, ce sang, bordel de merde, oui ou non ?

— Nan ! elle a crié à son tour. J'en sais rien, putain, j'ai pas eu le temps de voir !

On s'est regardés. Elle avait de l'horreur plein les yeux.

— Dis-moi que je l'ai pas tuée…

Elle a secoué la tête sans pouvoir émettre un son.

On s'est mis à pleurer tous les deux. On pouvait même pas se consoler mutuellement.

* * *

Je suis resté un moment après qu'il soit parti, à fumer des *mapachos* assis sur le perron de mon *tumbo*. J'étais bien, à regarder la nuit arriver, à écouter les bruits de la *selva* s'intensifier. Je me demandais si je pourrais devenir un Homme des bois. Je me voyais pas revenir à la civilisation après ça. Rien ni personne n'attendait mon retour là-bas, et j'avais aucune raison d'y refoutre les pieds un jour. Je commençais à me faire à la solitude. La voix dans ma tête ne renvoyait plus que son propre écho.

Je marchais au bord du gouffre. Ça ricanait là en-bas, et je savais que ce qui était là n'en perdait pas une miette. Mais j'étais pas encore sur le point de tomber. Peut-être qu'à une époque ça avait été le cas, mais je m'étais rattrapé in extremis, et maintenant je me contentais de marcher tout autour, juste au-dessus du cratère, les bras tendus sur les côtés, un pas après l'autre. C'était pas comme si j'allais vraiment quelque part. On peut pas dire ça, nan, mais ce que je faisais ressemblait quand même à un très long voyage. Bien sûr, le seul horizon que j'avais, c'était le fond de ce gouffre, si toutefois il en possédait un, mais c'était pas encore l'heure de faire le plongeon final.

Mon regard s'attardait sur ce trou noir regorgeant de

menace, mais il ne me faisait plus peur. *À force de contempler l'abîme…*

C'était ça ma vie.

Regarder en-bas, cheminer en funambule le long du précipice, et me demander quand je finirais enfin par y aller.

Quand le vide lancerait son dernier appel.

* * *

Nous sommes les enfants d'un monde perdu.

Nous sommes les enfants d'une peur qui ne dit pas son nom.

Nous sommes simplement l'inverse de ce que vous voudriez pour vos enfants.

* * *

Il se passe des choses bizarres. Avec le temps. Des morceaux de lui disparaissent. Des pans entiers. Ma mémoire a des trous.

Ils viennent me chercher. Ils m'emmènent. Je sais pas où ils m'emmènent. Et ensuite je suis de nouveau dans ma cellule.

Une fois j'ai bondi sur la porte alors qu'ils la refermaient, en chialant pour qu'ils m'expliquent. Je les ai même suppliés.

Je les vois qui viennent et ensuite je les vois qui repartent, avec sur la langue ce goût d'un vécu qui m'échappe. Si seulement y avait une vague lucarne ici, je pourrais faire attention à la lumière au moment où ils arrivent, et voir si elle a brutalement changé au moment où ils repartent.

Je sais que je suis pas fou. Je sais pas ce qu'ils bricolent avec moi mais je sais pertinemment que je suis pas fou.

* * *

Après des heures de route et de silence, Tyler a fini par dire :

— On pourrait peut-être regarder les journaux. Peut-être qu'ils en parleront.

— Hors de question.

— Tu préfères pas savoir ? Si ça tombe elle a rien eu de grave… Peut-être que tu lui as juste un peu blessé les mains…

Quelque chose s'était durci en moi, au point que je ressente quasiment plus rien.

— Nan. Je veux même plus y penser. C'était elle ou nous, Tyler. Si elle t'avait flinguée ça aurait fini pareil de toute façon, sauf que tu serais morte, alors tant pis pour elle, si les gens étaient moins cons avec leur pognon on en serait pas là, elle avait aucun besoin de nous tirer dessus comme ça. Elle a *mérité* ce que je lui ai fait. Y a plus que nous désormais Tyler, tu comprends, ça ? Plus que nous, putain. Les autres, je les encule !

Je sais pas si ça l'a choquée, mais elle a pas surenchéri.

— Faut qu'on dorme, elle a fait. Faut qu'on se trouve un motel.

— Dors, toi. Moi je continue.

— Pourquoi ?

— Parce que. Je suis pas en état de dormir.

— T'as une tête horrible.

— Rien à foutre. Je m'arrêterai pas tant qu'on sera pas arrivés.

— T'es sûr ?

— Merde.

— Bon.

Elle s'est blottie dans son siège, la tête contre la vitre, et elle a plus rien dit. J'ai bien senti qu'elle dormait pas, qu'elle me surveillait, mais j'ai fait comme si je m'apercevais de rien.

Rien à foutre, je me disais. *Rien à foutre de tous ces cons, bordel. À partir de maintenant, y a plus que Tyler et moi. Les autres, je les encule. Rien à battre de leur gueule. Et si y en a encore un qui se met en travers de mon chemin, je lui niquerai la gueule pareil. Peuvent s'en prendre qu'à eux-mêmes, ces putains d'abrutis.*

Ce que je faisais là, sans le savoir, c'était d'établir de nouvelles règles pour ma conduite, et aussi pour ma conscience. C'est pas qu'on avait vraiment fait cas des autres jusque-là, on avait toujours fait notre truc comme on l'entendait, sans se soucier de l'avis ou des sentiments de notre entourage, mais le fait d'avoir franchi un cap sans le vouloir, ça ouvrait la voie vers une autre façon d'être. Plus consciente. Plus *délibérée*.

C'est le seul moyen que j'ai trouvé pour assumer ce que j'avais fait.

Aller encore plus loin.

Et à bien y regarder, ça a rien de paradoxal.

* * *

Seul ce que je ressens pour toi compte, Tyler. Peu importe ce que je dis. Peu importe ce que je fais.

Peu importe ce qu'ils arrachent de moi.

Ils croient pouvoir entrer en moi et me posséder tout entier. Ils sont persuadés que s'ils me charcutent les tripes suffisamment longtemps, et me creusent jusqu'à l'os, et me vident, ils pourront tuer ce qui vit à l'intérieur, et faire de moi une marionnette soumise à leur volonté, animée par leur doctrine. Comme avec les autres.

Ils pensent que s'ils posent leur bouche sur mon front et aspirent au-dehors ma substance, je finirai par perdre tout courage, et renier toute intégrité, pour n'être plus qu'une coquille vide.

Mais ils ont toujours pas compris que même si je le voulais, jamais je pourrais me défaire de ce que j'éprouve pour toi.

Ils peuvent m'attaquer le crâne au pic à glace. M'enfoncer la poitrine à coup de hache. M'écorcher vif et me retourner la peau. Extraire mon cerveau et l'électrocuter.

Qu'ils prennent mon esprit, mes paroles, mon corps. Qu'ils prennent absolument tout ce qu'ils veulent. Ça ne changera rien. Je mourrai en les haïssant, et en continuant à t'aimer.

Jamais ils n'atteindront le cœur inviolable où se concentrent mes sentiments pour toi. Même en pénétrant mes pensées. Même en me faisant avouer n'importe quoi.

Tant que je t'aimerai, il n'y aura aucune trahison. Et rien que pour pouvoir ressentir cette chose qui brûle dans ma poitrine, je sais que ça vaut le coup de rester moi. De rester humain.

Parce que la seule humanité que j'aie jamais eue, elle a toujours été pour toi.

Je t'aimerai jusqu'à ma mort, Tyler. Jamais ils arriveront à me faire cesser de t'aimer.

Et cet amour, je veux le payer de ma propre vie.

* * *

Quelque chose était en train de croître.

Ça envahissait lentement mon système, en se diffusant comme une fumée imprégnant méthodiquement chaque atome de l'atmosphère. Une onde constituée de milliard de particules, quelque chose qu'on respire, dans lequel on baigne, quelque chose qui finit par devenir un milieu ambiant.

Je le sentais dans chacun de mes gestes, et dans chacune de mes pensées. Aucune partie de moi ne pouvait y échapper. Ça progressait comme un boa constricteur en train d'enlacer sa proie, de plus en plus étroitement. Une étreinte dépassionnée bien qu'infiniment charnelle, un corps à corps transcendantal, pour ce que ça peut vouloir dire.

Je me débattais pas. Je regardais le serpent dans les yeux, attentif à ce qu'il allait me faire, ayant décidé de garder les miens ouverts au moment où il m'avalerait. Faut lui rendre justice, à ce serpent. Il était ni bon ni mauvais. Il se contentait juste de faire ce qu'il était né pour faire, comme nous tous, au fond.

À mesure qu'il m'enserrait, étranglant mes pensées, naissait en moi un sentiment de paix, de satisfaction. La proximité de sa fin rendait mon esprit extralucide. Le serpent s'y prenait presque tendrement, comme à regret, mais son avancée était continue. Et le monde était en train de changer radicalement de visage.

Je l'aimais pour ce qu'il était en train de me faire. Des vagues de chaleur s'égayaient loin de mon cœur dans sa direction, mais je voyais dans ses yeux qu'il n'éprouvait rien de particulier à mon égard. Son acte incarnait l'absolue nécessité d'une existence épurée à l'extrême, débarrassée, pour peu qu'elle l'ait jamais connue, de la moindre trace d'un ego. Et son contact, par imprégnation directe, avait le même effet sur moi.

Mon cœur a cessé de battre.

Je ne l'aimais plus, je ne le détestais toujours pas. Je me contentais à mon tour de le regarder faire son œuvre. Il me dépouillait progressivement, arrachant couche après couche, m'écorchant à vif. Chaque battement fantôme resserrait le monde autour de moi. Les derniers restes d'existence, les dernières bulles d'oxygène dans mon sang, comme des lames aiguisées à l'extrême, transperçant la réalité.

Le monde s'opacifiait, il perdait ses contours.

La frontière entre lui et moi était en train de s'évanouir.

Quand le serpent m'a avalé, je suis né une seconde fois.

Et je me suis aperçu que la nature n'avait jamais cessé de me parler. C'était juste moi, trop accaparé par mes problèmes, qu'étais infoutu de l'entendre. Elle s'exprimait dans son langage à elle, mais la partie de moi à qui elle murmurait son message n'était pas encore éveillée, ce fameux sens que l'ayahuasca m'avait appris à utiliser. Celui que je parvenais pas à maintenir ouvert dans la réalité ordinaire, quand ma conscience de base reprenait ses droits.

Mais elle commençait à s'essouffler, à perdre du terrain. Insensiblement, chaque incursion dans le monde de la *medicina* élargissait mes autres niveaux de conscience, et c'était flagrant que la suprématie de la conscience classique vivait ses derniers jours. En s'amplifiant, ma conscience apprenait d'autres façons de fonctionner et elle ne désirait plus favoriser sa partie rationnelle, cet usage unique et réducteur implanté par nos aînés. Cette description du monde dont parlait Don Juan.

J'étais loin d'être un pro en communication inter-espèce, mais je pouvais plus ignorer que j'appartenais véritablement au monde, et qu'il s'adressait à moi, comme moi je pouvais m'adresser à lui. Je l'avais pas pleinement réalisé pendant les cérémonies, alors que pourtant, chaque fois, je me présentais à lui avec une prière, espérant fébrilement qu'il me réponde.

L'ayahuasca, le monde, la nature, Dieu.

C'était toujours la même chose, et c'était la même chose que moi. Je l'avais su et senti plus d'une fois durant les sessions, mais je finissais toujours par l'oublier, et par me retrouver seul, exclu, en dehors du monde, abandonné.

Mais ça faisait plusieurs jours que j'avais pas pris d'ayahuasca, et cette conscience nouvelle, comme réunifiée, ne cessait pourtant de s'amplifier.

Je regardais le monde, jusqu'à en perdre le souffle, et quelque chose se rééquilibrait. Les petites batailles que mes différentes parties entretenaient vainement se dissolvaient toutes seules. Parce que ça revenait à taper sur du vide, à guerroyer pour un territoire qu'avait cessé d'exister.

Assis en haut de ce rocher, avec la rivière en-bas, je me regardais penser à Tyler, et en souffrir, en observant cette souffrance comme s'il s'agissait de celle d'un autre. Cette dissociation ne me procurait aucun bonheur, mais personne n'a dit que la réalité était un truc dont on devrait se réjouir. Je captais pourtant que cette sorte de souffrance possédait une utilité, pas pour moi personnellement, mais pour l'Homme en général. Toute modification de l'état de marche normale offrait l'occasion d'une sorte d'ouverture, d'une trouée dans la conscience ordinaire, et engendrait une méditation, du moins si on parvenait à s'en servir un court instant.

L'apprentissage devait se faire dans la solitude, loin des Hommes, loin de son environnement de base, et aussi loin de soi-même. Je comprenais confusément que si j'avais continué ma vie avec Tyler, jamais j'aurais été en mesure de découvrir tout ce que la diète me révélait. Prisonniers de notre cercle d'autosuffisance et boursouflés de nos deux egos conjugués, on pensait aller loin, alors qu'on faisait que graviter autour de nous-mêmes, comme des satellites usés tournant à jamais sans pouvoir dévier de leurs axes.

Et au final, je pouvais même plus dire si ça nous avait vraiment comblés un jour.

* * *

Tyler me regardait, et elle chantait cette affreuse chanson de PJ Harvey. *Send His Love To Me.*

Parfois j'avais l'impression qu'elle et moi on était comme un vieux couple de compagnons de route usés jusqu'à la corde, qui continuent à faire ce qu'ils font juste parce qu'ils ont plus la force d'imaginer faire autre chose.

Elle voulait pas revenir.

Cette décision de rentrer l'avait brisée jusqu'à l'os. Et on aurait justement dit qu'elle en avait un coincé en travers de la gorge, qui lui faisait mal et la gênait, et qu'elle arrivait pas à avaler.

Remarque moi ça me faisait le même effet. Souvent je me disais qu'on aurait dû sauter, parce que ce qu'on faisait, là, ça valait plus le coup. Mais ensuite je la regardais, et même avec sa tronche de six pieds de long et ses cheveux pas coiffés, j'avais encore le cœur qui bondissait, et je savais bien que même ces journées de merde, ça aurait été triste de pas les vivre. Parce que moi, tout ce dont j'avais besoin, au fond, c'était d'elle.

Je lui avais décrit par le menu la lente agonie qu'on aurait connue si on était restés dans ce putain de désert, à quel point on aurait souffert. J'avais essayé de la faire rire en lui disant que même une végétarienne comme elle

501

aurait fini par me bouffer vivant à force de crever la dalle.

Mais elle, elle avait répliqué d'un ton où perçait une ignoble amertume que tout aurait été préférable à ça, à ce qu'on était en train de vivre, *là, maintenant.* Et je sais qu'elle le pensait.

Pourtant c'était même pas moi qui l'avais forcée à rentrer. Mais y avait plus nulle part où aller de toute façon. Pas après ce qui s'était passé. Et même elle le savait.

Mais elle, c'était justement là qu'elle aurait voulu se rendre.

Elle avait longuement observé l'horizon. J'avais très bien entendu la promesse silencieuse qu'elle lui avait faite. Celle de revenir vers lui très bientôt. Et elle avait pris le chemin du retour, sans même jeter un dernier regard sur ce que je l'avais contrainte à abandonner. Elle s'était résignée, encore une fois. Je crois qu'elle commençait à en avoir plein le cul de se résigner pour moi.

Elle était montée trop haut, trop vite. Elle s'était enflammée trop rapidement. Elle était partie trop loin. Tout ce qu'elle pouvait faire maintenant, c'était de retomber. Elle me faisait penser à une étoile en train de mourir, ou morte depuis longtemps. On sait jamais avec les étoiles.

En plus, fallait plus ou moins qu'on se remette à bosser, histoire de payer notre turne, bouffer de temps à autre, et surtout assurer les frais de Tyler en dope, qu'elle consommait de plus en plus. Je savais ce qu'elle pensait. Elle se disait qu'on aurait pas eu ce genre de problèmes si on avait sauté, ou si on avait continué à marcher tout droit dans ce désert jusqu'à ce que mort s'ensuive. Elle avait trop de fierté pour le dire. Mais cette idée la hantait jour et nuit. Moi je voulais quand même croire que ça allait marcher, qu'elle finirait par s'en remettre. C'était pas non plus comme si je lui avais dit de plus compter sur moi pour la grande finale. Mais c'était des idées bien trop terre à terre pour elle.

Elle voulait pas aller mieux. Elle voulait pas repartir.

Elle, ce qu'elle aurait voulu, c'est que tout soit fini depuis longtemps, et qu'on en parle plus.

* * *

Penser à tout ça me faisait vraiment pas du bien, mais c'était venu sur le tapis sans que je m'en rende compte. Peut-être que c'était le type de pensée dont j'aurais dû me méfier, mais en même temps fallait bien que j'y réfléchisse un jour, et Wish semblait croire que c'était le bon moment.

De toute façon ça me sautait carrément aux yeux à présent.

L'année qu'avait précédé sa mort, Tyler n'était plus heureuse. Tyler n'était plus la même depuis ce jour où je l'avais empêchée de se tuer.

Et c'est à partir de là qu'avait commencé notre véritable errance.

* * *

C'est ma propre absolution que je cherche.

* * *

— *Ain't no sunshine when she's gone...*

Le petit s'approche de moi avec son sourire d'attardé et ses yeux de lutin.

— *It's not warm when she's away...*

Il touche ma bouche, délicatement, de ses petits doigts crasseux.

— *Ain't no sunshine when she's gone...*

Et soudain… il se met à chanter !

— *And she's always gone too long… Anytime she goes away…*

Je vois du coin de l'œil mon jaguar qui redresse la tête, tout surpris d'entendre une nouvelle voix, mais j'ose pas quitter le gamin des yeux, de peur de rompre le charme.

C'est en souriant que je reprends avec lui :

— *Wonder this time where she's gone… Wonder if she's gone to stay… Ain't no sunshine when she's gone, and this house just ain't no home, anytime she goes away…*

On éclate de rire ensemble, en poussant soudain des hurlements de loup, émerveillés par notre propre prestation ! Et sans perdre le rythme, on enchaîne :

— *And I know, I know, I know, I know…*

Je réalise que je savais même pas que ce petit gars parlait anglais. Putain mais comment il peut connaître par cœur cette satanée chanson alors qu'il sait même pas comment il s'appelle ?!

— *Hey, I oughtta leave young thing alone, but ain't no sunshine when she's gone…*

Et voilà qu'il pleure… Pourquoi il me fait ce coup-là, putain ?... Nan… Nan, pleure pas, bordel !

— *Ain't no sunshine when she's gone… Only darkness every*

day. Ain't no sunshine when she's gone, and this house just
ain't no home, anytime she goes away…

Pourquoi il pleure alors qu'il comprend même pas ce
qu'il est en train de chanter ?... Et pourquoi est-ce que de
le voir pleurer, ça me fait pleurer moi aussi ?...

— *Anytime she goes away…*

* * *

Maintenant je sais que c'est possible de louper le coche
et de le payer tout le reste de sa putain de vie. Y a des
erreurs qu'on peut pas rattraper, des choses qu'on pourra
jamais se pardonner… Même avec toute l'ayahuasca du
monde.

* * *

Toute la douleur physique qu'on peut ressentir
n'égalera jamais le mal qui prend possession d'un esprit
quand son dernier point d'attache se rompt.

* * *

Et le recul que j'ai maintenant ne fait que pousser plus
loin cette certitude, et la sceller en moi à jamais, comme
une offrande qu'on foutrait dans mon sarcophage pour
que je voyage avec dans le monde des morts.

Dans un rêve qu'on fait à deux, quand y en a un
qu'ouvre les yeux, tout est fini. Tyler pouvait rêver plus
fort que personne. Elle était capable d'aller aussi loin qu'il

fallait pour ne pas s'interrompre et jamais se réveiller. Elle n'éprouvait aucune peur quand le rêve ressemblait de plus en plus à un cauchemar. Tout valait mieux que de retourner un jour à cette putain de réalité.

Les gens normaux rêvent quand ils sont jeunes, puis ils finissent par rejoindre le monde réel.

Pas elle.

Pour elle, rien n'était réel en dehors de son rêve. Ce qu'on appelle la réalité l'emmerdait prodigieusement, et l'ennui était la chose qu'elle redoutait le plus au monde. Ça pouvait la tuer, elle le savait. Elle l'avait toujours fuie en érigeant des barrières monstrueuses entre elle et le monde réel.

Elle avait décidé de construire sa propre réalité, et elle l'élaborait en rêvant. Elle et moi on était pas des vraies personnes, mais les personnages de son rêve, des sortes de super-héros complètement en dehors des contingences terrestres et de leurs exigences. On était des abstractions, fabriqués de concepts purs, tissés d'idéaux élevés, nourris d'images fantasmagoriques, constitués de fond en comble d'éléments oniriques en perpétuelle mutation.

Y avait pas de stabilité, y avait aucun filet de sécurité. La chute plus que probable était ce qui pimentait le jeu, le risque sans quoi tout ça n'aurait pas été assez bandant. Savoir que ça allait se produire, mais sans précisément savoir quand, c'était ça qu'était excitant. Et pour être sûrs que jamais on retrouverait le monde réel, y avait le suicide, au bout de la route. Le filet de sécurité inversé. Histoire d'être certains de plastiquer le pont qui nous reliait encore au monde des autres.

Moi aussi je rêvais en ce temps-là, et c'est parce que je rêvais aussi puissamment qu'elle que notre rêve parvenait à se maintenir avec autant d'intensité et de cohérence. Comme deux cosmonautes dans leur cocon de verre, endormis chimiquement, presque en mort suspendue, réfrigérés pour pas sentir les années-lumière s'écoulant durant ce voyage dans l'espace, on rêvait tête contre tête, jouant avec nos vies comme si rien ne pouvait porter à conséquences.

C'était ça, être libre.

On avait mis la main sur le secret qui nous permettait de jouer selon nos règles, et pendant des années, rien n'a pu nous empêcher de faire de nous-mêmes des êtres hors du monde. Les dés, la roulette russe, le pile ou face, tout y est passé. On avait de comptes à rendre à personne, on avait personne au-dessus de nous. C'était *nous*, les dieux, et on se comportait comme deux putains d'immortels.

Jusqu'à ce que le rêve se fissure.

C'est de moi qu'est partie la faille. Derrière les images évanescentes produites par ma conscience endormie, j'ai vu se dessiner au loin les contours fermes du monde réel. Y avait quelque chose en transparence, comme un mirage, qui dansait à l'horizon. C'est pas de ma faute si je m'en suis aperçu. J'aurais préféré ne rien voir. Mon œuf à moi était fêlé, et il laissait entrer une petite, une toute petite partie du monde. Mais c'était déjà trop.

Quand le monde commence à s'infiltrer, tôt ou tard, il finira par remplir totalement l'œuf. Quelque chose avait cogné trop fort dessus. Peut-être la mort d'Eliot. Peut-être la lumière d'une étoile. Ou alors, peut-être que c'était moi qu'avais foutu un coup de poing dedans dans mon sommeil. Peut-être qu'inconsciemment, je savais qu'on était autant prisonniers de cet œuf que les gens sont prisonniers de la réalité.

Je réfléchissais trop. Tyler se contentait de vivre, d'aimer, de souffrir, mais moi je réfléchissais, et je savais que quelque chose brillait là-haut, loin au-dessus des flammes. J'avais pas besoin de le voir pour le savoir. Et après toutes ces années à penser qu'à nous, *oui, je le reconnais*, j'étais avide de voir un jour le vrai monde. J'étais obsédé par ces concepts de vérité, de réalité, d'objectivité, sans doute parce que notre vie entière ne tournait qu'autour de nos egos. On avait créé de toute pièce le monde qui nous faisait face, alors c'était clair qu'il risquait pas de nous décevoir, parce qu'il nous suffisait de le transformer quand il nous convenait plus. Mais j'en avais marre de voir que nous-mêmes.

J'étais curieux de ce qui existait là-dehors. Tyler n'était curieuse que de voir jusqu'où *nous* on pouvait aller. Quelque chose me parlait au-dessus de moi. La voix qu'entendait Tyler n'existait qu'en elle-même. Je levais les yeux vers les étoiles, et Tyler se perdait dans la contemplation du feu qu'on avait créé, et ne songeait qu'à le faire grandir encore, encore, jusqu'au ciel, jusqu'à ce qu'il recouvre toute la Terre.

Les autres pouvaient crever, personne méritait de vivre, à part nous, parce que nous on *méritait* notre vie, c'était *nous* qui engendrions notre rêve, alors on avait acquis le droit d'y vivre. Les autres se contentaient d'une réalité donnée, sans effort, sans rien y mettre de personnel. Qu'ils crèvent, voilà comment elle voyait les choses.

Pourtant, Dieu sait que j'aimais passionnément ce rêve qu'on avait fait ensemble, et malgré les appels retentissants de la réalité, je pensais pas que ce serait moi qu'allais y mettre un terme. Le problème, c'est que j'avais aucune alternative à proposer, rien qu'aurait pu combler ce vide, cet espace vacant rempli pendant des années, qui n'avait connu que les limites de notre imagination.

Sans cette faille qu'avait grandi en moi, j'aurais sauté avec elle. La réalité de ce qu'elle s'apprêtait à faire m'aurait pas fauché en pleine face. Mais j'étais déjà fissuré, et le retour au monde réel m'a fait voler en éclats. J'ai fauché Tyler à mon tour. Les choses n'auraient pas pu être autrement.

Mais maintenant c'est le rêve qui me poursuit, c'est plus moi qui le maîtrise. Il me cherche, il me rattrape. J'ai aucun endroit où me cacher. Quand on a rêvé aussi fort, et pendant si longtemps, le rêve est plus que ta vie. Plus que tes misérables incursions dans la réalité. Il est plus réel que tout ce que t'as jamais connu.

Je regrette amèrement de l'avoir abandonné. Ma vraie place n'est pas ici. Le seul endroit où je pouvais exister, c'était là-bas, avec elle, au sein de ce monde créé à notre image. Je me suis coupé les ailes en arrachant les siennes. Et tous ces concepts que je brûlais de dévoiler n'ont finalement pas plus de sens que ce que nous-mêmes on avait engendré.

Quelle vérité, quelle objectivité, nom d'un chien ? Toutes ces montagnes à gravir pour ne jamais rencontrer que soi-même ! Peut-être que je voyais enfin le vrai monde, mais il avait rien de plus à offrir que celui de Tyler et moi. Je voyais enfin sa beauté, après des années d'aveuglement ? Avant, c'est sa beauté à elle que je contemplais, et ça me suffisait largement...

* * *

J'ai au fond de moi cette impression de devoir rectifier quelque chose. Je voudrais tant qu'elle me pardonne... Je voudrais tellement pouvoir me pardonner à moi-même !

Comment c'est possible qu'un instant d'égarement, une pauvre perte de foi momentanée puisse avoir des conséquences si radicales ? Comment un simple doute peut-il influencer à ce point-là le cours d'une vie entière, de manière si drastique ?

Et pourquoi je peux pas me défaire de l'impression que tout était perdu d'avance, depuis toujours, et avant même que quoi que ce soit ait commencé ?...

* * *

J'arrive dans le bureau de Spade. Tyler est là. J'ai attendu ce moment si longtemps que j'osais même plus espérer. Mais c'est là que je réalise. Il n'y a aucune, absolument aucune, *raison de se réjouir. Et je me demande comment j'ai pu vivre dans l'attente de cet instant, comme une sorte de promesse que je caressais le soir avant de m'endormir. Ma crétinerie me dépasse. J'aurais dû souhaiter de toutes mes forces de plus croiser Tyler jusqu'à la libération. Parce que c'est pas pour nous faire plaisir qu'ils consentent enfin à nous réunir dans une même pièce. Mais* bien au contraire, pour nous démolir à jamais. L'un au travers de l'autre, si possible.

— Viens t'asseoir, Travis, fait Spade en me désignant la chaise à côté de ma sœur.

On se regarde avec Tyler et même si la peur nous retourne le bide, on peut pas s'empêcher de se sourire et de se perdre dans le regard de l'autre. Je sens Spade qui nous observe de derrière son bureau, et je me demande furtivement quel spectacle on lui offre, si c'est gênant pour lui de faire face à l'inceste en live. Le truc étrange, c'est que je sens rien de tel qui émane de lui. Normalement, ça se sent, ça. Cette espèce d'embarras qu'on provoque chez les autres. Sans doute qu'il contrôle trop bien ce qu'il dégage pour que ce soit perceptible.

Tyler a encore maigri. Elle a l'air vraiment fatigué. Mais je la sens toujours elle-même. Son regard est direct, et il exprime la même chose que le jour de notre arrivée, à des mois de ça. Cette résolution inébranlable. Je ne m'avoue que maintenant que je craignais qu'ils soient parvenus à la transformer en un de leurs zombies. On se fait un clin d'œil et on se tourne vers Spade.

Il est adossé dans son fauteuil, ses bras reposant sur les accoudoirs, les jambes croisées, sa queue de cheval qui pend sur sa clavicule, presque désinvolte dans sa posture. Il nous regarde un long moment sans rien dire. Je paierais cher pour connaître la teneur de ses pensées. Mais son écran de fumée est plus efficace que jamais.

— Je suis ravi que vous soyez ici, il commence dans un murmure à peine perceptible. Être volontaire pour ce genre d'expérience atteste du sérieux de votre démarche, et aussi, dans une certaine mesure, de la robustesse de votre foi.

Il marque une pause et un léger sourire, un sourire un peu

emmerdé, bizarrement, crispe un côté de sa bouche.

— Vous n'êtes pas revenus sur votre décision, entre-temps ?

On secoue vaguement la tête mais il insiste :

— Tyler, tu es toujours d'accord pour te livrer au test psychologique que j'ai mis en place ?

Elle hoche la tête en baissant les yeux.

— Il faut que tu me le dises. Je dois être certain que tu es bel et bien disposée à le faire.

— C'est bon, elle fait, je suis d'accord.

— Bien. Et toi, Travis ? Tu n'as pas changé d'idée en cours de route ?

— Non. Je suis prêt.

— Parfait. Je vais vous expliquer en détail comment va se dérouler le test, et son principe de fonctionnement. Ça vous dit quelque chose, le réflexe de Pavlov ?

Tyler et moi on se jette un regard en biais et la même pensée nous saute dans la tête : Orange Mécanique. *Et tout de suite après :* Putain nan, pas ça.

— Visiblement, vous savez parfaitement à quoi je fais référence. L'idée est donc de créer en vous un réflexe conditionné envers l'autre. Un réflexe d'aversion, bien évidemment.

— Et qu'est-ce que c'est censé prouver ? je grogne entre mes dents.

— Il veut démontrer que notre amour résistera pas au conditionnement.

— Mais pourquoi il nous en parle avant ? Ce serait pas plus efficace de le faire à notre insu ?

— C'est pas l'efficacité qui lui importe.

Un flash d'intuition foudroie mes putains de neurones. On peut dire que je suis franchement long à la détente.

Il veut nous voir lutter. Il veut nous voir nous débattre en toute conscience contre les nouveaux réflexes qu'il va nous inculquer. Il veut qu'on se regarde nous-mêmes en train de se comporter comme il l'aura décidé. Et il veut qu'on soit en pleine possession de nos moyens quand ça va arriver.

— Cela dit, vous sembliez vous-mêmes intéressés par le résultat final. Il me semble me souvenir que vous m'avez dit clairement, l'un comme l'autre, que les tests que je vous proposerai seraient autant de tests en moins que vous auriez à faire seuls.

— Ouais, sauf que là y s'agit d'une lutte contre son propre cerveau, lâche Tyler.

— Mais n'est-il pas toujours question de ça ?

— Plus ou moins. Mais le côté chimique de la chose fausse pas mal les résultats, vous croyez pas ?

— À vous de voir. Et sache que la chimie n'est pas indispensable.

— Pourtant c'est bel et bien cette méthode-là que vous allez employer, pas vrai ?

— En effet.

— On va y arriver, Tyler, je lui dis en la regardant droit dans les yeux. Doute pas une seule seconde qu'on va y arriver.

Elle m'observe avec une sorte de reconnaissance attendrie, comme si ma fougue et mon assurance de gosse l'émouvaient un peu. Et aussi comme si elle se demandait si elle serait encore capable d'avoir le même regard sur moi après les manipulations de l'autre enflure.

— L'idée qui sous-tend ce test, c'est de vérifier de quelle manière vous allez combattre un conditionnement physiologique, en toute connaissance de cause. Savoir que ce que vous

éprouverez n'a qu'une racine extérieure, issue de la volonté d'un autre, et pour autant ne pas pouvoir s'empêcher de le ressentir. Serez-vous assez déterminés pour enrayer le processus ? Cela suppose que vous alliez creuser en vous, jusqu'à vos ultimes ressources, pour vous libérer de l'aversion.

— *Est-ce que c'est seulement possible ? lance ma sœur en levant un sourcil.*

— *Je ne sais pas.*

— *Vous avez jamais vu quelqu'un parvenir à se libérer de ça ?*

— *Non, mais jamais je n'ai fait ce test dans ces conditions.*

Deux choses étranges s'agitent en moi. Deux éléments bien distincts.

D'un côté, il y a cette peur viscérale de me transformer, de perdre tout pouvoir sur moi-même, de muter en une espèce de robot qu'a envie de dégueuler chaque fois qu'il ose ne serait-ce que songer à Tyler, d'être privé à jamais de cette chaleur que j'éprouve quand je la regarde et de ce désir lancinant et torturé qui me creuse les tripes quand je suis sur le point de la baiser.

Et de l'autre, y a cette certitude implacable qu'une telle chose ne peut pas m'arriver, cette volonté enfiévrée de prouver au monde entier que l'amour que j'ai pour elle est plus puissant que tout, plus fort en moi que tout ce que Spade pourrait inventer, parce que sa source n'est pas dans mon ego, mais dans un lieu imprenable qui existe bien au-delà de ce monde.

— *Quand on aborde le conditionnement, déclare Spade, il est normalement préconisé de ne pas en parler. Je me suis longuement interrogé à votre sujet. Ça m'a demandé un moment pour parvenir à me décider sur la méthode que j'allais employer avec vous. Il a fini par m'apparaître que de vous faire plier via la procédure habituelle ne vous rendrait pas justice, et ne pourrait pas m'apporter de véritable satisfaction. De satisfaction de chercheur, soyons clair. Car même si cela fonctionnait, ces méthodes me feraient passer à côté d'une autre sorte de test que je n'ai jusqu'à présent jamais eu l'occasion de mettre en application. La manipulation mentale a fait ses preuves, c'est un fait, et il me suffit de consulter les rapports du MK-Ultra pour obtenir toutes les informations que je désire. Et j'ai de toute façon déjà étudié ces schémas au travers de vos congénères il y a des années-lumière de cela. Mais il se trouve qu'avec vous, une nouvelle valeur entre dans l'équation, qui présuppose une autre manière d'aborder la chose. Il y en a même deux, en l'occurrence. Votre liaison incestueuse, et votre intelligence, couplées au fait que vous soyez parfaitement conscients d'être en train de vous faire manipuler, ou sur le point de l'être. La question est donc : Peut-on manipuler quelqu'un qui sait qu'il est en train de se faire manipuler, et qui a connaissance de toutes les étapes par lesquelles il passe ? Je pense que vous comprenez l'enjeu fondamental que représente cette équation, et le fait que vous soyez des sujets parfaits pour le test. D'autant plus que les résultats vous intéressent aussi, d'une façon personnelle, et que c'est en toute liberté que vous avez choisi de vous y soumettre. L'impact d'une telle étude est phénoménal, cela en revanche je ne crois pas que vous le saisissiez dans toute son ampleur, mais au fond ça ne change rien. En résumé, voilà donc les raisons pour lesquelles je vous propose de faire ça en toute transparence. Vous pouvez me poser toutes les questions que vous désirez, à tout moment du processus, et je vous encourage même à le faire. Le fait de savoir contre quoi vous êtes en train de lutter est primordial pour la fiabilité du test et de ses résultats. Plus vous êtes conscients, plus les preuves que je récolterai seront justes. Est-ce que vous comprenez ?*

Avec Tyler on se regarde et on soupire ouvertement.

— Ce que vous dites n'a rien de nouveau, je fais. Depuis le début on a bien pigé que ce qui vous intéresse c'est de nous retourner le cerveau pendant qu'on vous regarde faire.

— C'est un moyen de lutter en pleine conscience. N'est-ce pas ce que vous recherchiez ?

Et le rêve s'arrête ici.

* * *

— Je vais pas m'en sortir, Wish. Je préfère te le dire maintenant plutôt que tu te fatigues pour rien. Ça marchera pas. Ça sert à rien ce qu'on fait.

— T'es encore envahi par des sales pensées, c'est ça ?

— C'est pas des sales pensées. C'est juste la vérité, et même la numan rao peut rien faire contre ça.

— Qu'est-ce que tu penses avoir compris, exactement ?

— J'aurais dû sauter avec elle quand elle le voulait. Ma vie s'est arrêtée à ce moment-là de toute façon.

— T'es là, pourtant. Moi je te vois.

— Le rêve qu'on faisait ensemble, il est mort à ce moment-là, Wish. Il devait de toute façon s'arrêter, mais pas de cette façon-là. Si on avait sauté, on serait morts en plein rêve. On se serait jamais réveillés. Et ça aurait été mille fois mieux comme ça.

— C'est dommage de limiter sa vie à ce point-là, de pas voir qu'elle est plus riche quand on accepte de se laisser surprendre plutôt que quand on cherche à tout contrôler.

— Ça, ça vaut peut-être pour toi et ta communauté, mais là d'où je viens, tout ce qui risque de te surprendre, c'est la profondeur de la connerie humaine.

— T'es toujours sur la défensive, comme si le monde entier voulait constamment t'agresser, toujours en train de vouloir te protéger. Si vous aviez pu vous défaire de la peur, Tyler et toi, vous auriez pas eu besoin de construire tous ces murs entre vous et le monde.

Spade et Nietzsche me sont violemment revenus en mémoire. On me traitait d'esclave, de nouveau.

— Je dis pas le contraire. Peut-être bien que c'est une preuve de faiblesse de pas être fichu de s'adapter au monde tel qu'il est et peut-être aussi qu'on était tarés d'avoir choisi d'exister dans un rêve plutôt que dans la réalité, mais tout allait bien jusqu'à ce que cette putain de réalité nous rattrape, justement.

— Si t'as choisi de pas la suivre, c'est que t'avais sans doute une bonne raison, nan ?

— Je voulais pas que ça s'arrête. J'étais trop con pour voir qu'y avait plus le choix. Soit la mort, soit le retour à la réalité. C'est toujours ce qui se passe après avoir atteint le point culminant.

— Ouais, sauf qu'y a pas de point culminant dans la réalité. Y a des vagues plus ou moins hautes, c'est tout.

— Ouais ben moi je trouve que c'est les faibles qui se laissent porter par les vagues. Nous on surfait dans une tornade qu'on avait créée, et au moment le plus fort, soit la tornade t'engloutit, soit elle t'éjecte. Tyler était prête. Moi j'ai eu peur. Elle nous a tous les deux éjectés.

Wish se taisait en me regardant. J'ai poursuivi :

— Tu sais, c'est cette vieille phrase qui dit que vaut mieux que ton rêve détruise ta vie, afin que la vie détruise pas ton rêve. Tyler et moi on a pris ça au sérieux, pas juste comme une jolie maxime qui veut rien dire, on l'a suivi au pied de la lettre, on s'est carrément laissés engloutir par notre délire, asservir par nos envies, parce qu'on était curieux de savoir jusqu'où nos fantasmes pouvaient nous entraîner. On voulait savoir ce que devient un rêve qu'on laisse s'échapper dans la vie réelle, et perdre le contrôle de notre putain de vie pour être certains de pas perdre de vue l'essentiel : *Vivre*, et jamais s'arrêter pour regarder en arrière. À la fin on pouvait même plus faire la différence entre le rêve et la vie, parce que notre vie était devenue notre rêve. On avait besoin de personne, pas besoin d'un Dieu, pas besoin de rien. Hors de question d'être des seconds rôles dans son petit théâtre ou des putains de pantins qu'il agite pour se divertir. Notre vie, elle nous appartenait, et on pouvait en faire ce qu'on voulait, exactement ce qu'on voulait, et y avait pas moyen qu'on nous force à vivre une vie imposée. Et pour ça, fallait éviter les pièges et les tentations que la société met constamment sur ton chemin pour te ramener dans ses filets. Fallait être des émetteurs, pas des récepteurs ou des réceptacles. Nous, on était *à l'origine* d'un nouveau monde, dont on était les héros, tu vois. C'est là où il nous a conduits, notre rêve. En choisissant de le libérer, on l'a laissé remplir notre existence, comme un génie qu'anime une bouteille vide. Le monde tel qu'il est ne nous convenait pas, on voulait lui imposer *nos* règles et *nos*

518

désirs, fallait qu'on devienne à notre tour des créateurs, parce que c'était le seul moyen de pas en finir immédiatement. Fallait qu'on sache si, quand on le décide, on peut transformer vraiment l'existence, de fond en comble. Oui ou non. Toute notre putain de vie on s'est torturé l'esprit pour trouver la façon de tirer le plus possible de chaque situation, de chaque instant, on s'imposait des règles pour les rejeter deux jours plus tard, on était malades à l'idée qu'on puisse un jour se dire qu'on avait tout foiré, qu'on avait rien compris du tout à la raison pour laquelle on était là, et que c'était trop tard, qu'on avait été à côté de la plaque tout le long du chemin. On avait peur de la frustration irrémédiable, peur de s'emprisonner dans un truc trop facile et de pas avoir le courage de tout démolir. Alors on a préféré rien construire, pour pas s'enfermer entre nos propres murs sans s'en rendre compte, et réaliser trop tard qu'on avait jeté la clé. C'est comme ça qu'on en est venus à prendre de l'héro. D'un côté, elle t'offre de l'orgasme liquide, mais de l'autre elle détruit ton corps, ton cerveau, ton esprit, ton entourage, ton rapport à la réalité et ton compte en banque, et la place que t'avais pu acquérir dans la société, et ça tu vois, ça élimine tout risque d'accoutumance à la santé, à la beauté, au fric, au confort et au besoin de la reconnaissance des autres. Quand tu te fais ton shoot, t'as l'impression d'être enfin libre, sans rapport avec les hauts et les bas d'une réalité oppressante et stupide, libéré du poids d'un monde dont t'as jamais fait partie. C'est vrai qu'en fait t'es absolument pas libre quand t'es dedans, parce que le besoin d'éprouver et de retrouver cette sensation dirige complètement tes actes et tes pensées, et réduit ton libre arbitre à néant, et même parfois c'est le manque qui prend possession de toi, mais la came ça a jamais été la cause de ce qu'on est devenus, ça c'est clair que non, pour nous c'était qu'un moyen de se tester, de se mettre à l'épreuve, un moyen pour aller là où on voulait aller, au bout de nous-mêmes. Je dis pas qu'on s'est pas laissés prendre comme tout le monde, au final, mais après la mort d'Eliot on a décroché et on y est jamais revenus, parce que tout compte fait c'était qu'une expérience parmi d'autres, et ça tu vois, c'est le seul truc qui nous faisait vraiment vibrer. Une expérience, si tu regardes, c'est ni bon ni mauvais, c'est même complètement en dehors de ce genre d'évaluation. Ça te procure des sensations nouvelles, une affolante montée d'adrénaline, surtout quand c'est un truc dangereux que tu testes pour la première fois, et c'est l'un des rares domaines de la vie où tu risques pas de t'ennuyer. L'empirisme, c'est le seul truc capable de te faire ressentir la vie qui coule dans tes veines. Le seul risque, enfin en dehors de l'ensemble des risques qui sont le lot de chaque expérience intéressante, c'est de finir par t'y accoutumer et alors faut que t'augmentes la puissance et la dangerosité de ce que tu testes. Y a certaines personnes qui se contentent de marcher lentement vers la mort et tentent même de reculer. Ben nous, on a fait exactement l'inverse. On a couru vers la fin. On s'est précipités à notre perte. On marchait toujours un pas plus proche du néant, et c'était ni positif, ni négatif, et y a sans doute aucune leçon à en tirer, mais putain au moins on a pas laissé filer nos rêves. On a au moins essayé d'aller au bout de nous-mêmes, et ça, bordel de merde, tout le monde peut pas en dire autant.

Il s'est contenté de me regarder attentivement pendant un long moment, avec une gravité qui lui était pas coutumière, tandis que je reprenais mon souffle après ce déballage insensé et pathétique de paroles. J'avais plus rien à dire et je savais même pas pourquoi j'avais éprouvé le besoin de lui raconter tout ça.

— Aller au bout de toi-même, c'est ce que tu continues à faire, Travis. Y me semble que t'es loin d'avoir renoncé à poursuivre tes expériences.

Il s'est tu un moment, sans cesser de m'observer avec une étrange attention.

— Et maintenant que t'as abandonné ce qui t'encombrait, t'es en mesure d'aller encore plus loin.

— Tu parles de Tyler, là ?

Il a éludé la question :

— Maintenant que t'es plus dans le fantasme, mais dans le vrai monde, débarrassé des rêves où y avait que ton propre ego de projeté, ça va devenir de plus en plus intéressant.

Y avait quelque chose de bizarre dans sa voix, j'avais du mal à la reconnaître.

— C'est pas vers la mort que vous auriez dû courir, Travis, mais vers la vie. Rien n'imposait que ça se termine de cette façon-là. Ta sœur était suicidaire, et elle pouvait imaginer qu'une seule fin pour votre histoire. Mais si vous aviez contrôlé le rêve aussi bien que tu le prétends, y avait un million de fins possibles à votre histoire, voire pas de fin du tout. Si vous aviez été plus sûrs de vous, moins froussards, réellement acteurs de vos vies, à l'origine d'un monde, comme tu dis, et non pas les simples créatures de celui d'un autre, alors tout aurait été possible. Mais votre rêve s'est borné à être une réaction à la réalité. Il avait rien d'absolu. Il existait par rapport au monde, en parallèle, et non pour lui-même. Est-ce que tu comprends ce que je veux dire ?

Ses paroles me faisaient atrocement mal, mais je pouvais pas m'empêcher de les comprendre.

— Si le suicide occupait une telle place dans votre existence, c'est parce que vous saviez pertinemment qu'y avait un vrai risque que votre rêve soit pas assez solide, pas vrai ? Vous doutiez sérieusement d'être capables de le maintenir indéfiniment. Et avant de voir ça arriver, Tyler a préféré sauter. Est-ce que je me trompe ?

J'ai pas trouvé la force de lui répondre. Il était en train de m'achever.

— Tu dois accepter de regarder les choses en face, Travis. Cesse de vivre dans le mensonge. C'est ta propre ombre qui te poursuit. Et tant que tu refuseras de l'incorporer, il n'y aura pas de paix pour toi, ni ici, ni nulle part ailleurs.

* * *

Il m'avait complètement retourné, mais ça commençait à devenir une habitude. Je me demandais à quand remontait la dernière fois où je m'étais senti à peu près stable. Pourtant, je sais que sans l'aide de la numan rao, les choses auraient été encore pires. Toutes ces révélations qui affluaient les unes après les autres, en venant s'écraser sur les restes de mon pauvre ego, provoquaient d'énormes bouleversements dans ce qu'on pourrait appeler mon identité. L'idée que je me faisais de moi-même et de ma vie. Wish et les plantes me contraignaient à regarder les choses comme je les avais jamais vues. Comme j'avais jamais eu le courage de les observer. Ils forçaient mes barrages. Ils anéantissaient ces murs que j'avais mis toute une vie à construire. Je pouvais plus me raccrocher à rien. Tout ce que je croyais savoir de moi était en train de partir au loin.

Ouais, encore heureux que l'énergie de la numan rao circulait dans mes veines. C'était le seul radeau duquel je pouvais contempler le naufrage, réduit à l'impuissance. Elle était comme une petite musique enfermée dans mon cœur, très lointaine, très ténue, mais à laquelle je pouvais encore me relier au milieu du désastre, du chaos brutal dans lequel était en train de sombrer tout ce qui jusque-là avait constitué ma misérable existence.

C'était comme un phare dans la tempête.

J'essayais de ne pas le perdre de vue.

* * *

— *Quelle est ta plus grande peur, Travis ?*

— *Perdre Tyler.*

— *De quelle manière est-ce que ça pourrait advenir ?*

— *Elle pourrait tomber amoureuse d'un autre. Ou mourir.*

— *C'est les seules choses que tu puisses imaginer ? Les seules façons de la perdre qui te paraissent crédibles ?*

— Oui.

— Ne peux-tu pas envisager qu'elle cesse simplement… de t'aimer ?

— Non.

— Et pourquoi ça ?

— Ce serait comme cesser de s'aimer soi-même.

— Beaucoup de gens se haïssent eux-mêmes, tu sais. Ça n'a vraiment rien d'exceptionnel.

— On hait tellement les autres qu'on est forcés de s'aimer nous-mêmes.

— Mais on dit souvent que ce qu'on déteste chez l'autre, c'est ce qui existe précisément en nous.

— Pas dans notre cas.

— Soit. Votre ego me semble tout de même très développé.

— Si c'est tout ce qui nous reste, je crache pas dessus. Zarathoustra me paraît pas dépourvu d'ego, lui non plus. Pourtant son cœur est bien plus pur que celui de tous ces lâches auxquels il s'adresse.

— Je ne peux pas te donner tort.

— Docteur Ace of Spade.

— Oui ?

— Vous me faites rire.

— C'est bien la première fois qu'un patient me dit ça alors qu'il est hypnotisé. Concentre-toi.

— Je vous écoute.

— Et si je te disais que nous avons trouvé un moyen pour que tu perdes ta sœur ?

— Impossible.

— Pourquoi ?

— Ça peut pas venir de l'extérieur. Si ce genre de truc doit arriver, ça viendra d'elle seule. Mais personne pourra le décider à sa place.

— Et si c'était en toi que je creusais la faille ?

— Vous n'en avez… pas le pouvoir.

— Tu as conscience que je peux implanter n'importe quelle graine dans un repli de ton inconscient, et ensuite la faire germer d'un instant à l'autre, en un claquement de doigt ?

— C'est faux. L'hypnose n'a pas ce pouvoir. Personne ne peut forcer les barrières de l'esprit si celui-ci ne l'a pas accepté avant.

— Tu m'as pourtant révélé les détails de ta relation avec Tyler.

— Parce que ça a aucune importance, tout compte fait.

— Je t'ai tout de même fait dépasser une frontière.

— Je le voulais bien.

— Admettons.

— Je sais comment vous fonctionnez, Spade. Vous ne ferez rien qui n'implique ma propre volonté. Vous voulez pas m'implanter des conneries dans la tête. Vous, votre unique but, c'est de me faire renoncer à moi-même. Volontairement. En toute connaissance de cause. Parce que prendre la mesure de mon renoncement est le seul truc qui pourrait me rendre fou. Instantanément. Et probablement définitivement.

— Alors qu'est-ce que je suis en train de faire, là, selon toi ?

— Vous tâtez le terrain. Vous prenez des notes. Vous relevez les failles. Comme ça vous vous en servirez le moment venu, quand je serai en pleine possession de mes moyens. Pour m'anéantir.

— Et ça ne te dérange pas d'être en train de me fournir les armes qui serviront à t'abattre ?

— Je compte pas me défendre avec autre chose que ce que je

suis.

— *Qu'est-ce que tu veux dire ?*

— *Je vais pas me cacher ou mentir pour éviter d'avoir à assumer ce que je suis. Si vous parvenez à retourner ma franchise contre moi, c'est que j'étais pas assez dur. Pas assez solide.*

— *Le vrai test, c'est de me laisser te confronter à toi-même, c'est ça ?*

— *Si je dois avoir un seul véritable ennemi, ça ne peut être que moi-même. Et j'aime autant l'affronter maintenant que quand il aura pris plus d'ampleur dans mes souterrains.*

— *Tu ne cesses jamais de me surprendre…*

— *Ça fait trop longtemps que vous côtoyez des robots, c'est pour ça.*

— *Tu as conscience que tu es en train de m'offrir le combat de ma carrière sur un plateau d'argent ?*

— *Et ?*

— *Ça ne t'ennuie pas de me faire ce plaisir ?*

— *Vous n'êtes rien pour moi, Spade.*

— *Je croyais que tu me détestais.*

— *Pas vraiment. En fait, je m'en contrecogne, de ce que vous retirez de moi. Moi aussi, je me sers de vous.*

— *Oui, tu me l'as dit. En utilisant ce que je te fais comme un test que tu n'auras pas à faire toi-même.*

— *Un test que je fais à travers vous, en réalité. Vous mettez votre volonté au service de ma cause. Vous n'êtes ni plus ni moins qu'une interface pour moi. Et on éprouve rien de particulier à l'égard d'une vulgaire interface.*

— *Même pas un peu de reconnaissance ?*

— *Si. Je vous remercie de me relier comme ça à moi-même. Et de mettre votre intelligence à contribution pour inventer des tests aussi vicieux.*

— Tu n'as pas idée…

— Oh si. Je sais très bien ce que vous avez en réserve.

— Ton inconscient le sait. Mais pour t'y préparer convenablement, il faudrait que tu parviennes à faire remonter ce savoir jusqu'à la pleine conscience.

— Vu le temps que je passe au trou, j'aurai tout le loisir de m'y dédier.

— Sauf que nous allons continuer à te diminuer.

— Plus je suis en-bas, plus ma conscience s'élève.

— Ce n'est pas tout à fait vrai.

— Ce qui est vrai, c'est ce que je déclare comme vrai.

— Il va donc falloir que je travaille sur ta représentation de la réalité si je veux aboutir à quelque chose. Ce n'est pas si difficile de faire douter une personne, d'infiltrer dans sa réalité des éléments qui la contraignent à revoir sa définition du monde et d'elle-même. De rendre la frontière des certitudes si poreuse que sa stabilité mentale se mette à vaciller en permanence.

— J'ai plus peur de ça, Spade.

— Tu es un cas à part, Travis. Ça ne va pas être facile.

— Vous m'en voyez désolé.

— Oui. Mais quand j'y arriverai, ton retournement sera plus fatal et plus spectaculaire que tout ce à quoi j'aurais assisté dans ma carrière.

* * *

Y a des choses qu'on préférerait ignorer, mais quand on a mis le doigt sur la vérité, on s'en rend compte immédiatement. Et même si on tente de manœuvrer son esprit pour lui faire croire à une erreur, y a pas de retour en arrière possible. La vérité s'empare de toi et c'est tout simplement trop tard. Ça m'a fait pareil quand j'ai vu ce que ce type avait fait à Tyler.

J'aurais voulu rembobiner le temps. Revenir au moment où tout allait bien et m'y agripper de toutes mes forces. Me mettre en travers du futur. Mais le seul choix qui s'offrait à moi, c'était de rouvrir les yeux et de faire avec. Faire avec les nouvelles données qui constitueraient désormais mon monde. Les choses avaient été écrites longtemps à l'avance, dans un autre temps, une autre dimension. C'est comme ça que je l'ai ressenti. Même un voyage temporel n'aurait pas pu modifier le cours implacable du destin.

Toute notre vie, on fait que suivre une trajectoire tracée depuis toujours. Quand y a rien de spécial qui se passe, on parvient à l'oublier, et puis quelque chose arrive, qui s'apparente à un rendez-vous, et on sait, jusqu'au plus profond de ses cellules, qu'on est toujours sur la même ligne, qu'on s'en est jamais écarté, pas même d'un pas, et que même en se croyant libre, on a fait que se conformer au plan échafaudé pour nous par quelqu'un d'autre. Dieu, une force désincarnée peut-être, ça n'a pas d'importance.

J'avais eu cette impression tout le long de ma vie, chaque évènement marquant m'avait rappelé à quel point j'étais enchaîné à quelque chose qui me dépassait, et le suicide n'était même pas une option valable pour tenter d'y échapper, parce que ça aussi, en définitive, ça faisait partie du plan.

Dire que ça m'horripilait ne rendrait pas justice au

sentiment qui me taraudait. Y avait quelque chose de carrément démoniaque dans cette saleté de condition humaine. J'étais submergé par un dégoût indépassable, littéralement consumé par la colère.

À quoi tu t'attendais ? a fait la voix dans ma tête. *Personne n'a dit que la vérité était facile à entendre. Et puis, par pitié, ne joue pas les mecs surpris. Tout ce que Wish t'a dit, tu le savais déjà, pas vrai ?*

J'ai plaqué mes mains sur mes oreilles. J'aurais voulu m'arracher la tête pour faire taire cette voix.

La réalité finit toujours par nous rattraper. Navré, mais t'es pas aussi fou que t'aimerais l'être.

Rappelle-moi à quoi tu sers, toi, déjà ? Parce que là franchement, ça me saute pas aux yeux.

À te remettre les idées en place, tête de nœud. Sors de l'autocomplaisance. Ton ego a été ravagé, et alors ? Remets-toi. T'as toujours prétendu courir derrière la vérité. Elle est là maintenant, et tu fais ta chochotte ? Assume, nom d'un chien.

Je me suis redressé, piqué au vif. Le fait d'admettre que j'avais que ce que j'avais toujours voulu avait toujours cet effet-là sur moi.

Alors comme ça, Tyler et moi on s'est toujours menti à nous-mêmes, c'est ça ?

Pourquoi faut toujours que tu sois si dramatique ?

Réponds-moi !

La vérité, c'est que ça commençait à devenir trop dur de maintenir l'illusion.

Quelle illusion ?

Celle de pouvoir vivre indéfiniment dans votre propre monde, sans jamais devoir dealer avec la réalité.

Mais qu'est-ce que ça veut dire, la réalité ? Ce qui est réel, c'est ce qu'on croit.

Cesse de te raconter des conneries. Tu sais très bien ce que c'est, la réalité.

Voir autre chose que soi-même ?

Oui. Tyler a parfaitement senti que vous aviez atteint le summum de vous-mêmes, ou pour le dire autrement, le terminus.

La fin du rêve ?

Oui. Elle savait qu'il était temps d'ouvrir les yeux, et elle n'a pas pu l'accepter.

Mais pourquoi on aurait pas pu continuer ? Qu'est-ce qui nous en empêchait ?

Après être monté si haut, on ne peut que redescendre. Tyler ne pouvait pas tolérer cette descente-là. Et elle te l'avait dit, d'ailleurs. Souviens-toi. Elle t'avait prévenu.

Ces jours-là ont été tellement parfaits…

Jamais vous n'auriez pu les revivre une seconde fois. Et Tyler n'était pas quelqu'un qui se contente des miettes du souvenir. Vous avez couru derrière cette sensation toute votre vie. Le jour où vous l'avez finalement atteinte, il ne vous restait plus qu'à mourir. C'est le problème avec les rêves. La réalité est bien terne à côté.

Wish dit que notre rêve était pas assez fort pour se perpétuer indéfiniment et que c'est pour ça qu'on avait décidé de mourir.

Il a raison. Mais ce n'était pas votre faute. C'est la nature du rêve qui veut ça. On galope vers son paroxysme, mais après, la seule option qui reste, c'est de se réveiller. Certaines personnes n'en sont pas capables, et ça non plus, ce n'est pas leur faute. Ça aussi c'est dans leur nature.

Mais moi je pouvais pas croire que c'était déjà fini ! Je pouvais pas lui dire adieu tout de suite !

Pourtant, c'est à ce moment-là que tu l'as perdue.

Je sais.

La plus belle partie d'elle-même s'est envolée à ce moment-là. Le reste n'était qu'une coquille vide.

Je sais...

L'homme qui l'a tuée ne t'a rien pris, Travis. Le rêve l'avait emmenée avec lui en disparaissant depuis longtemps.

Elle s'est dévorée elle-même…

Elle s'est jetée dans les flammes de son propre feu.

Est-ce qu'elle ne m'aimait pas suffisamment ?

La question n'est pas là. Toi, tu tournais autour d'elle. Et elle, elle tournait autour du feu.

Mais on l'avait nourri ensemble, ce feu.

Oui. Mais toi tu as pris peur quand il est devenu plus grand que vous. Elle, c'est précisément ce qu'elle attendait.

J'ai été malhonnête.

Elle était plus entière que toi. Elle savait ce qu'elle voulait, et ne voulait rien d'autre. Toi tu as toujours été fragmenté. C'est la faute de personne.

C'était elle mon monde. Moi c'était elle, mon rêve !

Le problème vient de là. Un être amoureux vit au travers de son amour. Quand son amour menace de s'en aller, il rompt toutes ses promesses. Il oublie tous ses principes. Tu l'as contrainte à abandonner son rêve pour qu'elle reste dans le tien.

Alors pendant tout ce temps, elle et moi on ne rêvait pas la même chose…

Pas exactement. Vous avez rêvé en parallèle, front contre

front, pendant de longues années. Pendant tout ce temps, vos rêves concordaient parfaitement, au point qu'on ne puisse pas les différencier. Mais parvenu au choix final, vos routes ont brusquement dévié. Si son rêve aboutissait à son terme, toi, tu perdrais le tien. La fracture était inévitable.

Et j'ai refusé de me sacrifier pour elle…

C'est elle qui s'est sacrifiée pour toi. Et tu me demandes si elle ne t'aimait pas suffisamment ?

Je me suis mis à pleurer sans bruit. Toutes les larmes de mon corps.

Je regrette. Je regrette tellement. Pardonne-moi, Tyler, pardonne-moi, je t'en supplie…

Maintenant, Travis, tu dois accepter de la libérer. Tu dois rendre ce qui ne t'appartient pas.

Je peux pas…

Il va pourtant falloir le faire. Tu dois te libérer toi aussi. Si tu veux rectifier ta vie, il n'y a pas d'autre choix possible.